KB233329

테마로 읽는
우리 소설

테마로 읽는 우리소설

이강엽 · 이상진 지음

이치 ichi

문학은 삶이다. 그런데 문학이 바로 삶을 그리고 있다는 것을 사람들은 너무 늦게 알게 된다. 문학은 삶을 앞서 경험하게 하고, 혹은 대신 경험할 수 있게 하기 때문에 젊은 때일수록 읽을 가치가 있다. 나이 든 이에게 문학은 지난 시절에 대한 아름다운 회상이지만, 젊은이들에게는 앞으로의 삶에 대한 귀중한 지혜와 깨달음 자체이다. 그것이 그저 학습을 위한 지침서로밖에 보이지 않는 지금의 현실이 그래서 슬프다.

"문학은 읽을 만한 가치가 있는가?", "문학은 왜 읽는가?"

요즘 들어 사람들이 더 이상 문학을 읽지 않을 것이라는 비관적인 전망이 나돌기도 한다. 그러나 우리는 문학은 계속 읽혀져야 한다고 믿고 있다. 그 무엇도 문학을 대신할 수 없기 때문이다. 그러나 그런 당위론을 힘주어 말하면 할수록 문학은 힘을 잃어가고 있다. 대학에서 오래 강의하면서 느낀 공통된 의견은 학생들의 문학적 소양이 점점 더 부족해지고 있다는 사실이다. 젊은이들은 더 세련된 감각과 다양한 지식을 지니게 된 듯하지만 문학 작품에 대한 정서적 감응과 지식은 더 떨어지고 있다.

그들은 소설을 읽으며 현실을 생각할 시간에 가상현실 게임에 몰두하며, 시를 읽으며 가슴 아픈 사랑을 위안할 시간에 채팅과 휴대폰으로 새로운 사랑을 불러내는 데 익숙하다. 정보를 불러내고 저장해 두는 일에는 성급하리만큼 열심이지만, 제 자신의 머리로 지식을 생산하고 예술을 향유하고 창조하는 일에 가치를 두고 있지는 않은 것 같다. 대중문화의 확산과 정보화 사회의 해악을 문제 삼기 이전에 이런 현실은 문학을 공부하는 사람에게 참으로 심각한 문제로 다가온다. 우리 문화의 창조와 전달이라는 의무가 다음 세대에게는 의미 없는 일이 돼가고 있기 때문이다. 환상적인 문화 공간에서 이들이 꿈꾸는 세계화와 가상현실로의 여행 앞에 놓인 우리 문학이 무릎을 꿇어야 하는가를 생각하면 정신이 아득해진다.

이런저런 사정으로 시중에는 그간 많은 책들이 출간되었다. 단편들을 골라 모아서 필독선집을 만들어내는가 하면, 장편들을 다이제스트로 보여주기도 하고, 소설을 재료로 한 논술문제집이 출간되기도 했으며, 시류의 변화에 발맞춰 화려하고 원색적인 분위기로 쇄신된 책도 있다. 이 책도 그 언저리의 한 자리를 차지할 것이다. 그 책들과 힘을 합쳐 모든 젊은이들에게 '문학을 향유하라.'라고 외칠 것이다.

당연히 여러 측면에서 의미가 있는 작품이면서도 일반인이 간단하게 접근하기 어려운 작품들만 택해서 설명하기로 했다. 그것도 기존 논의를 교과서식으로 정리하는 방식이 아니라 가능한 한 새로운 시각으로 해설을 하고 함께 생각할 수 있게 했다. 동시에 문학과 현실의 거리를 최대한 좁히고, 아울러 작품과 작품들을 한데 얼러 읽을 수 있는 시야를 확보할 수 있게 하는 데 주력했다. 또, 가장 읽기 어려운 작품은 뭐니뭐니해도 분량이 방대한 장편 소설과 고전 작품일 것이므로 이 책에서는 그 둘을 적절히 배합하는 형식을 취했다. 다행히 두 필자의 전공이 고전 문학(이강엽)과 현대 문학(이상진)으로 나뉘는 터라, 고전 문학에서 열두 작품, 현대 문학에서 열두 작품을 골라 각각 분담하여 균형을 맞추었다.

이 책은 몇 년 전에 필자들이 낸 《한국문학평설 20》을 개정한 것이다. 거기에서 소설이 아닌 작품은 빼고 새로 다섯 편의 소설을 추가하여 총 24편의 소설들만 다루었다. 소설에 집중하여 독서의 힘이 더욱 늘도록 한 필자들의 의도가 전해진다면 더욱 좋겠다.

끝으로, 이 글의 처음이 있게 해준 지학사의 윤소현 님과 김희동 님, 책으로 간행될 수 있도록 지원한 도서출판 이치의 조승식 사장님께 감사하며, 본래의 의도가 잘 살아날 수 있도록 일반인은 물론 이제 막 문학에 눈뜰 청소년층이 많이 읽어준다면 고맙겠다. 문학은 힘이 세다.

2008년 3월
이강엽 · 이상진

□ 목차

허생전
허생의 이룰 수 없는 꿈

작품 및 작가 소개

　〈허생전〉은 박지원(朴趾源, 1737~1805)의 대표작이자 조선 후기 우리 소설사에서 손가락에 꼽힐 만큼 중요한 작품으로, 박지원이 청나라를 다녀온 뒤에 쓴 《열하일기(熱河日記)》 중의 〈옥갑야화(玉匣夜話)〉에 수록되어 있다. 〈옥갑야화〉는 청나라에서 조선으로 돌아오던 길에 옥갑에 들러서 여러 비장(裨將)들과 나눈 이야기들을 적은 것인데, 이 중에 박지원이 남에게 들은 변승업의 이야기를 하면서 허생의 일화가 나열된 것이다. 따라서 본래 〈허생전〉으로 독립된 것이 아니므로 '허생전'은 편의상 붙인 명칭에 불과하며, 이 부분만 떼어낼 경우 〈허생〉으로 칭하기도 한다. 작가의 의도를 고려하자면 허생의 이야기를 포함한 〈옥갑야화〉 전체가 한 작품이다. 작품 속 허생이 겪은 일이 비현실적인 일이었다는 사실에 비추어보면, 이 작품이

다분히 이상주의에 빠진 면이 있지만, 이상주의에 비추어 현실의 문제를 예리하게 통찰해냈다는 점에서 우리 소설사에서 큰 의미를 지닌다.

　박지원은 1737년 서울 서쪽의 야동이라는 곳에서 태어났다. 그의 집안은 반남 박씨 명문가였으나 할아버지도 마흔이 될 때까지 과거를 보지 않았고 아버지는 아예 벼슬길에 나서지 않았다. 이런 특이한 환경에서 그는 공부도 늦게 시작했는데 열여섯이 되어서야 처삼촌에게서 처음으로 제대로 배울 수 있었다. 그렇지만 불과 스물 무렵에 〈방경각외전〉에 실린 짧은 전(傳) 작품을 지었으며, 청년 시절 이덕무·유득공·박제가 등과 어울리며 문장을 다듬고 학문적 역량을 키웠다. 벼슬은 없었어도 문장으로 이름을 날리다가 세력가들의 미움을 사서 황해도 연암골로 피신하기도 하는 등의 우여곡절을 겪었다. 1780년 청나라에 사신으로 가는 8촌형을 따라 여행에 나섰고 이때의 경험이 《열하일기》를 만들어냈다. 쉰 살이 되던 해에 선공감 감역이라고 하는 낮은 벼슬을 시작으로, 안의현 현감 등을 역임했다. 벼슬을 하면서 들은 백성들의 이야기를 토대로 〈열녀함양박씨전〉을 짓기도 했으며, 농사일을 보살핀 경험을 살려서 〈과농소초〉를 썼다.

〈허생전〉과 중상주의?

고등학교 시절, 〈허생전(許生傳)〉이 중상주의(重商主義)를 주제로 한 작품이라고 배웠던 기억이 있다. 모두들 탁상공론에 빠져 있을 때 혜성처럼 나타나서 상업을 장려해야 한다고 외친 사람이 박지원이고, 그 대표적인 작품이 〈허생전〉이라는 것이었다. 그러다가 대학에 가서는 박지원 소설의 한계에 대해 써보라는 시험 문제를 놓고 한 줄도 못 쓰고 끙끙대기만 했다. 대체 박지원의 소설에 무슨 결함이 있어서 한계를 지적할 것인가? 고등학교부터 대학교까지 그 점에 대해서 가르쳐준 선생님도, 언급한 책도 없었다.

그러나 생각이 조금 커지자 〈허생전〉을 둘러싼 의구심이 싹트기 시작했다. 가령, 허생이 돈을 버는 방법으로 택했던 매점매석(물건 값이 오를 것을 예상하여, 어떤 상품을 한꺼번에 많이 사두고 되도록 팔지 않으려는 일) 문제만 해도 그렇다. 지금 어떤 기업이 허생이 했던 것처럼 컴퓨터 같은 물건을 죄다 휩쓸어 산다면, 그래서 떼돈을 번다면 그게 잘하는 일인가? 그런데 왜 허생을 비난하는 목소리는 하나도 없는 것인가? 또 도적들을 섬으로 몰고 갔다가, 거기에서 나올 때에는 화근을 없애야 한다며 글을 아는 사람들을 모두 데리고 나온 것은 무슨 까닭인가? 생각에 생각을 거듭해도 명쾌한 답은 나오지 않았다.

그런데 나중에 '〈허생전〉은 없다'는 사실을 알고서야 그 문제가 풀리기 시작했다. 이 작품은 〈양반전〉처럼 독립된 작품이 아니라 박지원이 쓴 《열하일기(熱河日記)》 중의 한 편인 〈옥갑야화(玉匣夜話)〉 안에 들어 있는 한 부분에 불과하다. 옥갑이라는 곳에서 여러 사람들이 밤에 주고받은 이야기들 중 하나가 허생의 이야기인데, 우리는 그걸 떼어내서 독립된 소설로 여겼을 뿐이었다. 사실 이 작품을 제대로 이해하자면 작가가 써내려간 그 문맥에서 이해하는 것이 제일 좋은 방법이다.

〈옥갑야화〉의 이야기들

〈옥갑야화〉의 시작은 평범하기 그지없다. 여러 사람들이 이야기를 시작하여 어떤 이는 이런 이야기를 하고, 어떤 이는 저런 이야기를 하고, 하는 식의 맥 빠지는 서술이 계속된다. 그래서 어찌 보면 여러 사람들이 잠들기 전에 주고받는 담소나 수다에 지나지 않는 것처럼 보이기도 한다. 그러나 가만 살펴보면 그 예닐곱 편의 이야기들이 사실은 하나의 핵심 내용을 향해 뻗어가고 있음을 알 수 있다. 맨 처음 이야기부터 보자.

어떤 역관(譯官, 통역을 하는 관리) 하나가 몰래 밀수를 할 생각으로 은(銀)을 숨겨 가지고 중국에 들어갔다가 발각되는 통에 알거지 신세가 되었다. 그의 딱한 신세를 들은 중국인 단골이 삼천 냥이나 되는 거금을 빌려주면서 나중에 갚으라고 했다. 그러나 조선으로 돌아온 그 역관은 돈을 떼어먹을 생각으로, 중국으로 가는 친구 편에 자기가 전염병에 걸려 죽었다는 거짓 소식을 전한다. 그 이야기를 들은 중국인은 그 신세를 딱하게 여겨 도리어 제사 비용을 마련하여 돌려보냈는데, 놀랍게도 그 친구가 조선에 돌아와 보니 거짓말을 한 역관 가족들이 모두 전염병으로 죽어 있었다.

그런가 하면, 그 바로 다음 이야기들은 앞의 이야기와 상반되는 내용을 담고 있다. 어떤 역관 하나는 돈을 전혀 밝히지 않고 반듯한 군자의 행실을 지켰으며, 또 어떤 역관은 중국에 갔다가 딱한 처지에 놓여 몸을 팔러 나선 처녀를 구해주었다. 나중에 그 처녀는 중국의 병부(兵部, 군대·전쟁 등 군에 관한 일을 맡아보는 관청)를 맡은 벼슬아치의 소실로 들어갔다가, 임진왜란 때 조선에 구원병을 보내는 데 앞장섰다고 한다. 이처럼 세 사람이 각기 다른 역관 이야기를 했는데, 그 이야기들은 모두 '신의(信義)'와 관련되어 있다는 공통점이 있다. 신의를 저버린 사람이 하늘의 재앙을 받고, 또 선비처럼 행동해서 존경을 받기도 하며, 개인적으로 좋은 일을 해서 국가적인 보답을 받기도 한다.

〈옥갑야화〉에서는 이런 이야기가 계속되는 가운데 변승업의 이야기가 불쑥 튀어나온다. 변승업이라는 사람이 사채놀이로 많은 돈을 모았는데 갑자기 중병에 걸리게 되었다. 그러자 그의 아들은 아버지가 빌려준 돈들을 급하게 거둬들이려 했다. 그러나 변승업은 자기의 돈이 집집의 명맥(命脈, 목숨을 이어가는 근본)인 셈인데 어떻게 하루아침에 끊어버리겠냐며 그러지 못하게 했다. 그 덕분에 자손들은 더욱 번창하여 잘 살게 되었다고 한다. 그리고 바로 그 변승업 이야기의 뒤를 이어서, 박지원은 윤영이라는 사람에게 들었다는 것을 전제로 허생의 이야기를 펼쳐보인다.

그런데 이미 살핀 대로 〈허생전〉 앞에 펼쳐진 이야기들은 단순히 상업을 장려하는 내용이 아니다. 그보다는 오히려 신의 내지는 공익성(公益性)의 문제를 다루고 있다고 보는 편이 더 옳을 것이다. 즉 앞서 깔아놓은 이야기들은 어떤 거래에서든 신의와 공익성을 저버리면 모두 망할 수 있다는 경고인 셈이다.

허생의 울분과 좌충우돌

허생은 가난한 선비이다. 공부를 열심히 하려 애쓰지만 생계조차 꾸릴 수 없는 딱한 형편이다. 그래서 10년을 기약한 공부를 7년 만에 접고는 자리를 박차고 일어선다. 그리고 곧장 장안 제일의 갑부인 변 부자를 찾아가 돈 만 냥을 빌리는 데 성공한다. 가난한 허생의 모습이 꾀죄죄했을 것은 새삼 말할 필요가 없겠으나, 그런 몰골을 한 생면부지의 허생에게 돈 만 냥을 선뜻 내준 변 부자의 해명이 사실상 이 작품의 주제를 설명하는 관건이 된다. 누구인지도 모르는 사람에게 돈을 내줄 수가 있냐며 어이없어 하는 자식에게 변 부자는 이렇게 말한다.

"이건 너희들이 알 수 있는 게 아니다. 대체로 남에게 무엇을 요구할 때는 반드시 제 뜻을 과장하여 신의를 나타내는 법이다. 그리고 얼굴빛은 부끄럽고 비겁하며, 말은 되풀이하는 것이 상례이다. 그런데 이 손님은 옷과 신이 남루하더라도 말이 간결하고 눈빛은 자신감에 넘치며, 얼굴에는 부끄러운 기색이 없었다. 그는 틀림없이 물질을 기다리지 않고도 자족할 줄 아는 사람이니 나 역시 그를 시험해보려는 것이다. 그리고 주지 않는다면 모르겠지만 이왕 만금을 줄 바에야 이름은 물어서 무엇하겠느냐."

과연 허생이고, 과연 변 부자이다. 누가 더 낫다고 할 것 없이 훌륭하다. 여기에 비친 허생의 풍모는 〈옥갑야화〉에 나왔던 군자풍의 역관을 연상시킨다. 역관 하면 누구나 돈을 버는 자리로 생각했으나 그런 일에 매이지 않고 초연했던 그 사람 말이다. 허생 역시 충분한 능력이 있었으나 그간 그 일에 뛰어들지 않았음이 나중에 확인된다. 그리고 그런 허생을 알아본 사람은 변 부자인데, 이 변 부자는 〈옥갑야화〉의 변승업과 연결된다. 사실은 아무 능력도 없으면서 신의를 과장하는 장사치가 아닌, '진짜 선비' 허생에게 제 돈을 풀어줄 줄 아는

‘통 큰 거부(巨富)’로서의 면모가 드러나는 것이다.

누구나 아는 대로 허생은 그 돈 만 냥으로 큰돈을 벌어서 돌아왔다. 허생이 원금의 열 배인 십만 냥을 변 부자에게 갚으려 했을 때, 변 부자는 이자만 따져 받겠다고 말했다. 이때 허생이 던진 말은 “그대는 어찌해서 나를 장사치로 대우한단 말인가?” 였다. 그렇다. 허생이 장사를 하긴 했지만, 정말 돈을 벌자고 한 것이 아니었고 단지 제 뜻을 시험해보려 했던 것에 불과하다. 돈을 벌기 전이나 돈을 번 뒤나 허생은 여전히 선비였던 것이다. 그러나 세인의 관심은 허생의 큰 뜻보다는 돈벌이 방법에 있었다. 그를 지극히 대우해주던 변 부자 역시 그 점이 궁금해서 물어보았고, 허생은 친절하게 그 방법을 일러주었다. 그리고 맨 마지막에 “이는 백성을 못 살게 하는 방법이오. 나중에 나라를 맡은 이 가운데 행여 나의 이 방법을 쓰는 사람이 있다면 필연코 나라를 병들게 할 것이오.”라는 경고를 덧보탰다.

그렇다면 〈허생전〉에서 허생이 펼쳐보인 상술(商術)은 사실상 사술(邪術, 요사스러운 술법)임이 실토된 셈이고, 거기에 쓰인 장삿법을 현실적으로 고려할 필요는 전혀 없는 것이다. 다만, 그가 휘젓고 다닌 조선의 시장이 얼마나 취약했는지 정도만 이해하면 된다. 따라서 허생은 상업이 낙후된 조선 경제를 개탄한 것이 아니라, 올바른 상도(商道)가 확립되지 못한 현실, 신의가 땅에 떨어진 조선 사회를 통탄한 것이 아닐까 한다. 글을 아는 사람이 화근이라고 했던 것 역시, 지식인들이 참된 도리를 깨우치기보다는 권모술수와 편법으로 자신의 이익을 도모하는 데 급급한 현실을 비판하는 것으로 보인다. 이 점에서 사람을 알아볼 뿐만 아니라 신의를 제대로 아는 변 부자의 등장은 새롭다.

이로써 박지원은, 사농공상(士農工商)의 등급 관념에 따라 맨 꼴찌에 있는 상인이 맨 위의 사(士)의 의식을 뛰어넘고 있는 현실을 허생의 행동을 통해 날카롭게 풍자하고 있다. 작품 뒷부분에 나오는 허생과 이완 대장의 논쟁 아닌 논쟁에서 이 점이 강하게 부각된다. 이완과 친하게 지내던 변 부자가 허생의 경륜을 얻어듣게 할 요량으로 둘이 만나는 자리를 마련했지만, 고식적인 관념에 빠져 있는 이완은 허생이 제시하는 현실적인 타개책을 전혀 수용할 수 없다고 함으로써 그 허약성을 만천하에 드러내고 만다. 한 나라를 책임지는 최고 관리가 아무런 대책을 세울 수도 없고, 그나마 남이 제시한 의견조차 수용할 수 없다면, 나라의 앞날은 참으로 캄캄하지 않을 수 없다.

이 점에서 우리는 허생의 울분을 충분히 이해할 수 있다. 10년 정도 공부하고 싶었으나 그럴 여건이 안 되었고, 세상 사람들이 중요하게 여기는 재물을 모으기는 식은 죽 먹기지만 그것은 한낱 사술에 지나지 않았던 것이다. 게다가 정치를 하는 고관들의 행태는 아주 썩어 문드러진 것이었다. 그것이 바로 주인공 허생이 공부판과 장사판, 정치판을 두루 기웃대며 알아낸 현실이다. 요컨대, 그런 문제는 상업을 장려하고 무역을 일으키는 정도로 해결될 일이 아닌 것이다. 따라서 〈허생전〉에는 〈옥갑야화〉의 첫머리를 장식했던 신의의 중요성에서 출발하여, 개인적 이익을 챙기느라 사회적 공익을 저버려서는 안 된다는 메시지, 또 그런 일들이 잘 이루어지도록 정치하는 사람들이 개혁되어야 한다는 요구 등이 요령 있게 작품 전편에 깔려 있다 하겠다.

풀리지 않는 문제

그렇다면 〈허생전〉에서는 무슨 문제가 해결되었나? 우리가 아는 고
소설은 대개 문제가 해결되는 것으로 끝나는 법이다. 가령, 영웅 소설
에서는 간신의 무리가 패퇴하고, 판소리계 소설에서는 주인공이 불행
을 딛고 일어선다. 그런데 〈허생전〉은 맨 처음의 그 불행, 그러니까
능력 있는 선비가 생계에 위협을 받는 그 상황이 후반으로 가도 조금
도 해소되지 않는다. 충분히 돈을 벌었는데도 가정은 윤택해지지 않
으며 허생 역시 제 뜻을 펼칠 무대를 찾지 못한다. 〈허생전〉의 뒤에
달린 '허생후지(許生後識)'를 보면 이 점이 분명해진다.

박지원이 허생 이야기를 처음으로 전해 준 '윤영' 이란 노인을 만나
"윤 노인!" 하고 불렀을 때, 그 노인은 화를 버럭 냈다. "내 성은 신
(辛)이지 윤이 아니거든. 자네 아마 잘못 안 걸세." 이야기의 앞에서
는 '윤 노인'에게 들었다고 해놓고, 뒤에 가서는 '신'이라고 하는 것
은 아마도 박지원 특유의 글쓰기 전법에서 기인한 것일 터이다. 자신
이 지어놓고도 다른 사람이 해준 이야기라고 해서 물의를 일으키지
않으려고 하면서, 한편으로는 자신의 작품임을 독자에게 암시해주는
방법이라 하겠다. 어쨌거나 그 윤 노인인지 신 노인인지 하는 사람이
했다는 이야기는 "허생의 아내, 참 가엾더군요. 그는 끝내 또 굶주릴
게요." 였다.

정말이지 문제는 전혀 해결되지 못했다. 〈양반전〉이 그렇듯 작품의
맨 뒤로 가면 맨 앞의 상황으로 그대로 돌아가고 만다. 불쌍한 허생의
아내는 처음에는 공부 뒷바라지로 고생하고, 남편이 집을 나가자 혼
자 사느라 고생하고, 남편이 돌아와서는 무언가 좀 나아진 듯하지만
여전히 남의 도움 없이는 입에 풀칠하기 어려운 참상을 겪어내야만

한다. 이는 허생이 처한 상황이 얼마나 풀기 어려운가를 간접적으로 표현하는 것이기도 하다. 사실 이완 같은 벼슬아치는 어디에나 있지만 변 부자 같은 선한 부자는 여간해서는 찾기 어려울 듯하다. 그러니 어느 세월에 허생이 변 부자를 만나 자신의 포부를 펼쳐보이면서 세상을 향해 훈계할 것인가?

이룰 수 없는 꿈을 붙잡고 늘어지는 사람을 보면 왠지 슬퍼진다. 그 꿈이 끝내 이루어지지 않을 것을 알기 때문이다. 그러나 이룰 수 없는 꿈이라고 쉽사리 포기하는 사람을 만나면 더욱 슬퍼진다. 포기하는 그 순간, 나락으로 떨어질 것을 알기 때문이다. 어쩌면, 되지도 않을 꿈을 붙잡고 고심해야 하고, 또 그러는 가운데 무언가를 건져내야 하는 것이 모든 인간의 숙명일지도 모르겠다.

작품 읽기

다음은 〈허생전〉에서 허생이 이완 대장과 논쟁을 벌이는 대목으로 작품의 맨 끝부분에 해당한다. 이 논쟁을 통해서 허생이 추구하는 바가 무엇이며, 당대 지배 계층의 문제점이 무엇인지가 적나라하게 드러난다. 허생이 말하는 세 가지 방책의 현실적인 측면과 그 당연함을 알면서도 전혀 실천할 수 없는 이완 대장의 응대가 묘한 대비를 이루고 있다.

이공(李公, 이완 대장을 가리킴)이 들어와도 허생은 앉은 자세 그대로 일어나지 않았다. 이공은 몸 둘 바를 모르고 쩔쩔매며, 나라에서 어진 인재를 구한다는 뜻을 말하였다. 허생은 손을 설레설레 흔들며 말했다.

"밤은 짧은데 그대의 이야기는 길군요. 듣기 너무 지루하오. 그대의 벼슬은 무엇이오?"

"대장입니다."

"그렇다면 그대는 나라에서 신임받는 신하임이 틀림없소. 내가 와룡선생(臥龍先生, 본디 유비를 도와서 천하를 통일한 제갈량을 가리키는 말로, '숨어 있는 훌륭한 인재' 라는 뜻)을 천거해볼 테니 임금님께 청하여서 그분이 사는 초가집에 세 번씩 찾아가게 할 수 있겠소?"

이공은 머리를 숙이고 한동안 있었다.

"좀 어렵겠습니다. 이것 말고 그 다음 계책은 없겠습니까?"

허생이 말했다.

"나는 아직껏 '그 다음' 이라는 말을 못 배웠소."

그래도 이공이 굴하지 않고 굳이 물어보았다. 허생은 대답했다.

"명나라의 군사들은 이렇게 생각하오. 우리들이 옛날에 조선을 도와준 은공이 있다고 말이지요. 그런데 그 명나라가 청나라에 의해 망하게 되었단 말이오. 그래서 그 자손들이 동쪽 우리나라까지 도망 왔소이다. 그런데 그 사람들이 지금 여기저기 떠돌아다니면서 홀아비로 고생을 하고 있소. 그러니 그대가 나서서 조정에 그런 사정을 아뢰어서 종실(宗室, 임금의 친족)의 딸들을 내어서 시집보내고, 김류나 장유 같은 높은 벼슬아치들의 집을 빼앗아서 그 사람들이 살도록 마련해줄 수 있겠소?"

이공은 머리를 숙이고 한동안 있다가 대답했다.

"이 역시 어렵겠습니다."

허생이 말했다.

"이것도 어렵다, 저것도 어렵다고만 하니 그러면 대체 무슨 일을 할 수 있다는 말이오? 그렇다면 아주 쉬운 일이 하나 있는데 그대가 할 수 있겠소?"

이공이 대답했다.

"듣고 싶습니다."

허생이 말했다.

"대체로 천하에 대의명분을 내세워서 떨치려 들면 맨 먼저 천하의 영웅호걸들과 사귀지 않고는 성공한 일이 없는 법이라오. 남의 나라를 치려고 하면서 간첩을 쓰지 않고서도 성공한 일이 없고 말이오. 지금 보아하니 만주족이 갑자기 천하의 주인이 되기는 했는데, 아직은 내심으로 자기들이 중국과 친하지 못하다고 생각하는 중이라오. 그런 와중에 조선이 다른 어떤 나라보다 먼저 나서서 항복을 했으니 그 사람들이 우리나라를 믿는 것이오. 그러니까 그 청나라 사람들에게 이렇게 청해보면 어떻겠소. '우리 젊은이들을 귀국에 보내서 학문도 배우고 벼슬도 하게 하여 옛날에 당나라나 원나라 때처럼 해주십시오. 그리고 장사꾼들이 드나드는 것도 막지 말아 주십시오.' 하고 말이오. 그렇게 하면 저 사람들은 반드시 우리가 친절하게 대해주는 것을 기뻐하여 허락하겠고, 그러면 그때 우리나라 안의 젊은이들을 가려 뽑아서 머리를 깎고 오랑캐의 옷을 입혀서는 식자층들은 가서 빈공과 시험을 치르도록 하고, 서민들은 강남의 장사꾼이 되게 하란 말이오. 그리하여 그들의 허와 실을 염탐하고 그들 중 영웅호걸들과 교제를 맺게 하는 거요. 그리하여야 천하의 일을 도모할 수 있고 우리나라의 치욕을 씻을 수 있을 것이오. 그런 후에 주씨(명나라를 세운 사람이 주원장으로 주씨였음)를 물색해서 임금으로 세우란 말이오. 그렇게 하지 못한다면 천하의 제후들을 거느리고서는 적당한 사람을 임금으로 추대하여 하늘에 고하시오. 그러면 잘 되면 우리나라가 대국의 스승 노릇을 할 것이며, 못 되어도 제후 가운데 제일 큰 나라가 되거나 황제의 외숙부 나라쯤이야 되지 않겠소?"

이공이 부끄러워하면서 말했다.

"사대부들이 모두 예법을 엄격히 지키는데 누가 머리를 깎고 오랑캐 옷을 입으려고 하겠습니까?"

그러자 허생이 큰소리로 꾸짖었다.

"그래 그 '사대부' 란 족속이 대체 어떤 놈들이란 말이오? 이(彝)나 맥(貊) 땅에 태어나서 자기 멋대로 '사대부' 라고 거드름을 피우니 어찌 엉큼한 놈들이 아니겠소? 바지며 저고리를 위아래로 모두 하얗게만 입으니 이것은 정말 상복(喪服)이고, 머리털은 한데 묶어서 송곳처럼 묶어놓으니 이것도 남쪽 오랑캐의 방망이 상투에 지나지 않는 것이오. 그런데도 어찌 그런 것들을 '예법' 이라고 뽐낼 수 있단 말이오? 옛날에 번오기라는 사람은 자기의 사사로운 원수를 갚기 위해서도 머리를 자르는 걸 아까워하지 않았고, 무령왕은 나라를 부강하게 하기 위해서 오랑캐 옷을 입는 것도 부끄러워하지 않았소. 그런데 지금 그대들은 명나라를 위해 원수를 갚겠다고 하면서도 그까짓 상투 하나를 아끼는 게 말이나 되오? 또 그러려면 말달리기며, 칼 쓰기, 창 찌르기, 활쏘기, 돌팔매까지를 다 해야 하는데 그 넓은 소매의 옷을 고칠 생각도 안 하면서 '예법' 을 운운한단 말이오? 내가 평생 처음으로 세 가지 계책을 가르쳤는데 그대는 그 가운데 한 가지도 실천하지 못하면서 '신임받는 신하' 라고 자부하니, 소위 '신임받는 신하' 가 겨우 이렇단 말이오? 이런 사람은 내가 베어버려야겠소."

허생은 좌우를 둘러보며 칼을 찾아서 정말 찌르려고 했다. 이공이 깜짝 놀라 일어나서는 뒤쪽 들창문으로 뛰어나가 갈팡질팡 집으로 돌아갔다. 다음날, 이공이 허생의 집을 찾았지만, 허생은 벌써 집을 비우고 떠난 뒤였다.

박지원, 《열하일기》, 〈옥갑야화〉 중에서

조웅전

영웅의 힘과 사랑

〈조웅전〉은 〈유충렬전〉, 〈이대봉전〉 등과 더불어 대표적인 영웅 소설로, 여느 영웅 소설이 그렇듯이 작가와 창작연대는 알려져 있지 않다. 그러나 목판으로 인쇄된 횟수만을 따져볼 때 다른 작품들이 따라오지 못할 정도일 만큼 대단한 인기를 누린 작품이다. 이는 이 작품이 다른 영웅 소설들처럼 영웅의 화려한 일대기를 펼쳐보이면서도 무언가 특별한 내용을 갖고 있기 때문일 것이다. 어느 나라의 충신이 간신에게 대항하다 불의의 피해를 입고, 끝내 충신의 아들이 간신을 제압하고 행복한 삶을 누리게 된다는 줄거리는 사실 〈조웅전〉만의 이야기가 아니라 대부분의 영웅 소설의 공통된 줄거리이다.

그럼에도 불구하고 이 작품에는 독특한 매력이 있다. 대개의 영웅 소설의 주인공은 하늘의 기상을 받아 땅으로 내려오는 형식을 취하는 데 비해 이 작품은 인간적 의지가 두드러진다. 다른 작품들에서는 그토록 신경을 쓰며 비중 있게 다루던 출생담 부분에 과감한 생략이 있다. 하늘에서 내려온 인물도 아니요, 그렇다고 놀라운 태몽 끝에 태어난 것도 아니요, 그냥 유복자로 태어난 평범한 사람일 뿐이다. 그만큼 현실적인 부분이 강하다 하겠는데, 그 절정을 보여주는 것이 바로 주인공 조웅과 장소저의 결연담이다. 부모가 맺어준 인연을 따라 상대에게 정절을 지킨다는 내용이 아니라 스스로의 선택에 의하여 혼인 전에 관계를 맺는 파격을 보이는 것이다. 당대의 윤리 기준으로 본다면 엄청난 타락의 상징이겠으나 그것이 오히려 더 많은 인기를 끈 원동력이 아니었을까 한다.

〈조웅전〉은 인기 소설이다

여느 학생의 입장에서 볼 때, 〈조웅전〉은 아무래도 지명도가 떨어지는 작품이다. 많이 아는 작품을 들라면 〈춘향전〉이나 〈흥부전〉 같은 판소리계 소설이나, 〈홍길동전〉이나 〈구운몽〉처럼 명작으로 꼽히는 작품들이기 쉽다. 하지만 실제 고소설이 유행하던 그 당시의 인기도로 따진다면 〈조웅전〉을 따라잡을 작품은 그리 많지 않다. 실제 목판본으로 출간된 횟수만 보아도 〈조웅전〉이 단연 1위일 정도로 많은 독자들에게 사랑을 받았다. 그러나 좀더 생각이 있는 독자들이라면 바로 이 점에서 〈조웅전〉은 고급 독자를 겨냥한 소설이라기보다 일반 대중이 쉽게 읽을 만한 인기 소설임을 간파해내리라 믿는다.

정말 그렇다. 이 작품이야말로 그 당시 최고의 인기 소설이었음을 의심할 여지가 없다. 물론 베스트셀러가 곧 베스트 북은 아니지만, 적어도 베스트셀러가 되려면 많은 독자들의 구미에 맞추어야 함을 상기하자. 남녀노소가 다 함께 보지 않는다면 판매량을 늘리는 데 일정한 한계가 있는 법이다. 이 작품이 흔히 '영웅 소설'이나 '군담 소설'로 불리지만, 내용 면에서 영웅적 투쟁 일변도로 나가지 않는 이유가 바로 거기에 있다. 더욱이 고소설의 주요 독자층이 여성이고 보면, 더더욱 그래서는 안 되었을 것이다. 이제 〈조웅전〉이 지닌 독특한 인기 비결이 무엇인지 가늠해보면서, 작품의 전모를 살펴보자.

난세가 영웅을 부른다

우리가 아는 대부분의 고소설은 그 시작이 대개 엇비슷하다. 주인공의 부모가 등장하여 주인공을 낳게 되기까지의 과정이 상당히 자세하게 서술되는 것이다. 이것은 이른 바 '−전(傳)'을 표방하는 이상 피할 수 없는 특성이자 한계이다. 그러나 〈조웅전〉만큼은 예외이다. 이상하게도 국가의 위기에서 이야기가 시작된다.

송(宋) 문제 즉위 23년이라. 이때 시절이 태평하여 사방에 일이 없고 백성이 평안하여 격양(擊壤, 태평성대에 땅을 두드리며 노래함)을 일삼고 있을 뿐이더라.

월명년(越明年) 추구월(秋九月) 병인일에 문제 충렬묘(忠烈廟)에 거동하실새, 원래 충렬묘는 만고 충신 좌승상 조정인의 묘라. 승상 조정인이 이부상서를 할 적에 황제 즉위 10년일러니 불의에 남란(南亂)을 당하여 사직(社稷, 한 왕조의 기초)이 위태하매 구원할 모책이 없어 송(宋) 황실 옥새와 문제를 모시고 경화문을 나가 무봉터를 넘어 광임교에 다다르니, 성 안팎에 곡성(哭聲)이 진동하고 남녀노소 없이 전도(顚倒, 엎어져서 넘어짐)히 도망하니, 남산(南山) 북악(北嶽)이 봄 아닌 오색 도화(桃花) 만발함 같더라.

작품의 서두를 시대 배경에 대한 서술로 할애하고 있다. 조웅의 아버지 조정인은 국난을 당했을 때 황제를 보필하던 충신이었다. 그러나 그 뒤, 간신 이두병의 참소로 조정인은 음독 자살하고 만다. 이때 조정인의 아내인 왕 부인의 배 속에는 7개월 된 아이가 자라고 있었으니, 그 아이가 바로 이 소설의 주인공 조웅이다. 작품의 시작이 한 개인과 가문의 문제에 이끌리지 않고 있는 것에 유념하자. 즉 '난세를 평정할 영웅'이 필요하던 차에 마침 만고 충신의 유복자가 배 속에서 준비되고 있었던 것이다.

이런 시작은 '누가 아이를 낳았더니 영웅의 기상이 있더라.' 하는 다소 맥 빠진 서술과는 확실히 다르다. 다른 고소설과는 달리 시간을 거슬러 올라가기도 하고, 초반부터 스케일을 한껏 키워놓기도 하면서 독자들을 읽는 재미에 푹 빠지게 한다. 예나 지금이나 보통 사람들은 항상 지치고 힘든데 그런 삶의 고달픔을 한꺼번에 해소해줄 영웅이 등장하니 얼마나 매력적인가? 이 소설은 먼저 문제를 제시하고, 그 문제를 풀어줄 영웅을 선보이고, 그 영웅은 기대를 저버리지 않고 모든 문제를 시원하게 풀어준다. 독자들은 얼마간 자신의 현재 처지를 떠올리고, 일시적인 몰락을 딛고 일어서는 영웅의 활약에 환호한다. 영웅이 곧 자신인 듯한 환상 속에서, 영웅이 실의에 빠지면 함께 실의에 빠지고 영웅이 재기에 성공하면 마치 자신의 성공인 듯 기뻐한다.

사랑에 빠진 영웅

동서고금을 막론하고 영웅담의 인기는 공통적이다. 이미 말한 것처럼, 평범한 독자들로서는 상상도 할 수 없는 힘과 용기를 가지고 어려운 일을 헤쳐나가는 주인공을 보면서 대리 만족을 느끼고 즐기는 것이다. 그러나 독자들과 아주 다르기만 하다면 소설을 읽는 재미는 반감되고 만다. 어느 한구석이라도 독자들이 쉽게 다가설 수 있는 부분이 있을 때 독자들은 안심하고 몰입할 수 있지 않을까? 이런 사정을 생각한다면 영웅담에 곁들이기 가장 좋은 이야기는 아마도 애정담일 것이다. 영화 〈레옹〉이나 〈쉬리〉가 그렇듯이 목숨을 건 전투 중에도 로맨스는 그칠 줄 모른다. 이 점에서는 〈조웅전〉 역시 예외가 아니다.

> 웅이 답 왈, "꽃 본 나비 불인 줄 어찌 알며, 물 본 기러기 어옹(漁翁, 어부의 존칭)을 어찌 두려 하리오." 하며 "바라나니 소저는 빙설(氷雪, 심성이 결백함을 비유) 같은 정절을 잠깐 굽혀 외로운 자취를 이웃 삼기 어떠하니까?"

조웅이 장 소저를 만나는 대목이다. 각종 사랑 이야기에 신물이 난 현대인들에게는 범상하게 보이겠지만, 고전 문학의 잣대로 보면 분명히 충격 중의 충격이다. 그 당시 예법으로는 성인 남녀가 부모의 허락 없이 사사로이 만날 수도 없었거니와, 만난다 한들 '물 본 기러기' 운운하면서 저돌적으로 달려들어서도 안 되는 일이었다. 따라서 이 부분은 고소설에서는 보기 드문 낭만적인 '자유연애'의 명장면이라 할 수 있다. 물론, 여성의 의지와는 다르게 남자가 완력으로 여성을 취한 다는 비난을 받을 여지가 없는 것은 아니지만, 애정 문제를 본인들이 직접 나서서 풀어간다는 설정은 눈여겨볼 만하다. 이것은 부모가 맺어주지 않았는데도 남녀가 어울리는 것을 '야합(野合)'이라 규정하며 범죄시했던 그 당시의 현실에 비추어 보면 엄청난 파격이며, 바로 이 점이 독자들의 흥미를 자극했던 것으로 보인다.

그러나 이런 만남이 곧바로 결혼으로 이어져 행복하게 잘사는 것으로 귀결된다면 진정한 사랑 이야기라 하기 힘들 것이다. 진실한 사랑에는 당연히 어려움이 따르는 법. 조웅과 장 소저는 잠시 헤어졌다가 모든 난관을 극복한 뒤 다시 만나게 된다. 결국 이야기 전편이 두 남녀의 만남-이별-재회로 읽혀질 수 있도록 배치되어 있는 셈이다. 한 편에서는 숨막히는 남성들의 전투가 벌어지고 다른 한편에서는 가슴 아린 사랑 이야기가 펼쳐지고 있어, 독자가 어느 쪽에 관심을 갖든지 모두 끌어들일 태세를 완비하고 있다.

안에서는 효자, 밖에서는 충신

그렇다면 〈조웅전〉은 그 당시 윤리관에 정면으로 도전하는 작품인가? 결론부터 질러 말하면, 전혀 그렇지 않다. 오히려 아주 굳건히 봉건 이념에 봉사하는 작품이다. 연애담을 빼고 본다면, 조웅에게 닥친 문제는 크게 둘이다. 하나는 아버지 조정인의 원수를 갚고 집안을 다시 일으키는 것이요, 또 하나는 황제 자리를 빼앗은 간신을 내치고 쫓겨난 태자를 모셔 와서 국가를 다시 일으켜 세우는 것이다. 그런데 이

둘은 사실 하나씩 따로 이루어질 수 있는 일이 아니다. 아버지의 원수를 갚는 일이 곧바로 간신을 내치는 길이고, 간신을 내치게만 된다면 국가는 자연스레 원상으로 회복될 것이기 때문이다.

조웅이 원수를 갚는다는 것은 곧 부자(父子), 군신(君臣) 관계의 회복을 의미한다. 충신 조정인은 배 속에 아이를 두고 약을 먹고 죽으며, 황제는 여덟 살 난 아들을 두고 세상을 뜬다. 공교롭게도 태자와 조웅은 동갑내기여서 황제는 조웅을 불러다 태자와 인사를 나누게 하고 열세 살이 되면 벼슬을 주기로 약속했던 터였다. 정상적인 상황이었다면 아무런 문제도 일어나지 않았을 것을, 간신 이두병 일파가 등장하여 모든 것을 빼앗아가 버린 것이다. 충신은 죽고 충신 집안은 풍비박산 나며, 태자는 왕위를 물려받기는 고사하고 이두병에게 쫓겨 귀양 가는 처지에 놓인다. 이런 난관을 헤쳐나가는 길은 꼭 한 가지. 어떻게 해서든 이두병을 제압하는 길뿐이며, 그것이 바로 효도이고 충성이다.

조웅은 나이 일곱 살에 이미 "남의 자식이 되어 어찌 불공대천의 원수를 목전에 두고 그저 있사오리까?"를 선언하며, 황제가 자기를 총애하여 불러들이자 "벼슬 없는 어린아이가 궐내에 오래 있으면 국정에 미안하옵고."를 말할 줄 아는 인물이다. 코흘리개의 말로는 도저히 믿기지 않을 정도로 점잖은 것이 문제이기는 하지만, 바로 이 부분이 이 소설이 지향하는 바를 아주 명확히 보여준다. 한편에서는 남녀의 정욕을 수긍하면서 자유로운 교제를 옹호하는 듯한 반유교적 성향을 보이면서도, 또 한편에서는 엄격한 유교 윤리를 실천해보이고 있는 것이다. 조정인 부자의 충성과 효도, 장 소저의 열(烈)이 한데 어우러져서 충－효－열의 3대 유교 덕목을 고스란히 펼쳐보이고 있다.

결과적으로, 이 소설은 유교 이념으로 중무장한 보수적인 성향의 사람들까지도 아우를 수 있는 충분한 기반을 확보하고 있는 것이다.

〈조웅전〉의 성과와 한계

〈조웅전〉의 인기 요인은 매우 복합적이다. 우선, 근본적으로는 한 인간, 한 가문, 한 국가의 몰락과 회복을 둘러싼 영웅담이어서, 결국 대중들의 위안이며 꿈이 되기에 안성맞춤이다. 거기에 남녀의 사랑 이야기까지 결부해놓고 보면, 흡사 현대 영화를 한 편 보는 듯한 느낌마저 든다. 영화에서 펼쳐지는 이야기가 흔히 그렇듯 주인공이 한 가지 과업을 성공적으로 수행하여 애인을 찾고, 집안을 일으키며, 국가적인 위기도 극복해낸다. 게다가 작품 중간중간에 드러나는 장 소저와 조웅의 어머니가 겪는 고난 역시 여성들의 입장에서는 상당히 공감이 갈 법한 내용이다. 싸움의 주체는 남성이지만 그 틈바구니에서 온갖 수모를 감내해야 하는 쪽은 오히려 여성이었다. 화려한 결말을 담보로 고생을 극대화하여 독자들의 눈물샘을 자극했던 것이다. 그뿐만 아니라 충-효-열 같은 유교적 덕목을 강화한 점 역시 독자층을 넓히는 데 크게 기여했다.

그러나 그런 인기가 단순히 그럴듯한 스토리에만 있다고 생각하면 곤란하다. 이 소설에는 다른 어떤 고소설도 따르기 힘든 사실감이 생생하게 살아 있다. 내용 자체만으로는 상당히 허황된 것처럼 보이지만, 세부 묘사나 내면 심리 서술 등에서 독자들을 끌어들이기에 충분한 기교를 갖추고 있다. 주제나 사상이 전근대적이라는 약점을 내보이고 있는 것과 달리, 적어도 소설을 소설답게 써내려가는 기법 면에서는 근대적인 면을 상당히 갖춘 수작이다. 이 소설에 등장하는 적과의 전투 장면을 눈여겨본 사람이라면 이 점에 대해 충분히 수긍할 수 있을 것이다. 즉, 소설 속에 그려진 세상이 실제 현실인 듯한 착각을 느끼게 하는 데 성공했다는 말이다.

끝으로, 이 작품의 재미를 북돋는 요소이면서 또 한편으로는 치명적인 약점으로 작용하는 내용을 하나 지적하지 않을 수 없다. 조웅의 싸움과 승리가 매우 비현실적이라는 점이다. 어떻게 나이 어린 장수가 하나 나서서 온 나라의 운명을 바꿀 만한 전투를 수행할 수 있었을까? 해답은 엉뚱하게도 '조웅검'이라는 보검과 '철관 도사'라는 스승에 숨어 있다. 신비한 힘에 의지해서 모든 문제를 단숨에 해결하는 구도라 하겠는데, 이것은 작품의 환상성을 높이는 데 크게 기여하는 동시에, 합리성에 익숙한 현대 독자들에게는 가장 못마땅하게 여겨지는 대목이기도 하다. 변고가 나기 전에는 반드시 이상한 징조가 일어나고, 주인공에게는 '실로 우연히도' 너무도 많은 구원자와 보조 도구가 등장한다. 이것은 우리가 아는 판소리계 소설이나 연암 박지원의 소설 등과 비교해볼 때 확실한 한계로, 영웅 소설 내지는 군담 소설이라는 유형의 고소설들에서 쉽게 찾아볼 수 있는 특징이다.

작품 읽기

다음은 조웅과 장 소저의 결연 대목이다. 앞에서 확인했듯이 조웅이 무단히 장 소저의 침소에 들어가서 관계 맺기를 원했는데 이때부터 펼쳐지는 남녀 간의 행위가 매우 파격적이다.

웅이 답 왈, "꽃 본 나비 불인 줄 어찌 알며, 물 본 기러기 어옹을 어찌 두려 하리오." 하며 "바라나니 소저는 빙설 같은 정절을 잠깐 굽혀 외로운 자취를 이웃 삼기 어떠하니까?" 하며 나아가 앉으니, 소저 형세 가장 급한지라. 이윽히 생각하다가 애걸 왈,

"요조숙녀는 군자의 좋은 짝이라. 첩인들 어찌 공방에 홀로 자는 것을 좋아하리오마는 선영을 생각하니 구대 진사의 후예라. 부모의 명령 없삽고 육례를 행치 못하였사오니, 어찌 몸을 허락하여 선영의 죄인이 되고, 문호에 욕이 미치오면 어찌 살기를 바라리오. 바라건대 마음을 돌이켜 돌아가 다음 기약을 정하소서."

웅이 들으니 말이 당연하나, 가득한 사랑이 염치를 가리었으니 예절을 어찌 분별하리오. 답 왈,

"성현의 문하에도 담장을 뚫고 몰래 만나는 행실이 있삽고, 명령과 육례는 부귀인의 호사라. 나의 혈혈단신이 어찌 육례를 바라리오. 다만 내 몸이 매파가 되고 상봉으로 육례를 삼아 백년을 기약하나이다." 하고 이부자리에 나아 드니, 모기가 태산의 코끼리에 지는 격이요, 우물에 둔 고기라. 원앙비취의 낙을 뉘라서 금하리오. 인연을 맺었으니 도망키 어렵도다.

소저가 탄식하여 왈,

"내 몸이 규중의 처자요 사대부의 후예로 이렇듯 죄인이 되어 문호에 욕을 끼치오니 살아 쓸데없는지라." 하며 슬피 눈물 흘리며 울거늘, 웅이 위로하여 왈,

"난들 어찌 죄인이 아니리까. 고하지 않고 처를 얻으니 불효가 막대하건마는, 거문고 한 곡조로 퉁소를 화답하니 그 아니 하늘이 맺은 인연이 아닌가. 하늘이 정하신 바라 어찌 내 마음으로 왔으리오."

은은한 정으로 밤을 지새고 삼경이 지나 먼 마을의 닭이 우는지라. 웅이 일어나니 소저 왈,

"모친이 낭군을 보려 하시니 오늘 머물러 모친을 보시고 훗날 가소서."

웅이 답하여 왈,

"내 모친을 천리 밖에 두고 떠난 지 삼 년이라. 일각이 여삼추하니 어찌 일신들 머물리오."

소저 옷을 붙들고 슬피 눈물 흘리며 왈,

"그대 이번에 가면 어찌 소식을 알리오. 사람의 연고를 모르오니 이 앞에 만나는 날에 생각해볼 만한 것이 없사오니 무슨 표를 주어 신(信)을 삼으소서."

웅이 옳게 여기나 행장에 가진 것이 없고 다만 손에 부채뿐이라. 부채를 펴 글 두어 구를 써주며 왈,

"이것으로 일후에 신을 삼으소서."

소저 받아보니 이렇게 씌어 있기를,

'통소장화옥녀금 적막심규광부지 금아아랑수가아 장씨방연조웅시 문장취벽괘일포 분도화연농가희 신풍수어엄루사 소식망망부도시.'

이 글 뜻은,

> 통소로 옥녀의 거문고를 화답하고,
> 적막한 깊은 규방에 미친 흥이 들어갔는지라.
> 오늘밤 어린 낭군 뉘 집 아이냐?
> 장씨의 꽃다운 인연 조웅이 분명하도다.

무늬 장막 비춰 벽에 두루마기를 걸고
꽃다운 자리에 뛰어들어 미인을 희롱하도다.
새벽바람 두어 마디 말에 눈물로 하직하니
소식이 망망하여 아무 때를 의논치 못하리로다.

하였더라.

조웅이 하직하고 말고삐를 힘껏 당겨 나오니, 소저가 나와 문을 안고 가는 거동을 보니, 천리마 위에 표연히 높이 앉았으니 광풍에 조각 구름 같은지라.

〈조웅전〉(완판본) 중에서

홍길동전
홍길동의 양면성

작품 및 작가 소개

〈홍길동전〉은 흔히 허균(許筠, 1569~1618)의 작품으로 알려지고 있으나 그 진위를 알기는 어렵다. 우선 허균이 정말 그런 작품을 썼는지가 문제일 뿐더러, 썼다고 해도 그것이 지금 우리가 읽고 있는 국문 소설 〈홍길동전〉이라는 보장은 없는 것이다. 그럼에도 불구하고 이 소설을 우리 소설사의 초기에 올려놓을 수 있는 것은 이 작품이 신화와 상당히 깊숙이 연계되어 있기 때문이다. 홍길동은 비록 실제의 용에 의해 태어나지는 않지만 용꿈을 꾸고 얻은 영웅으로 작품의 중간중간에 납득하기 곤란한 신통력을 발휘한다. 특히 그가 직접 도술을 사용하여 변신을 한다거나, 사람이 아닌 괴물을 퇴치하는 등의 능력을 보이는 것은 신화에서 그대로 가져온 것으로 다른 영웅 소설에서 쉽게 발견하기 어려운 내용이다.

하지만 그렇게 신화적인 내용만으로 얼룩져 있다면 이 작품의 문학적 성과는 그리 크지 않을 것이다. 어찌 보면 허황된 내용 투성이인 작품이지만 또 한편으로는 너무도 현실적인 문제를 많이 담고 있기 때문에 예사로 보아 넘길 수 없는 것이다. 가정, 사회, 국가, 심지어는 유토피아의 문제까지를 거침없이 다루는 데에서 이 소설의 진가가 드러난다. 작품을 다 읽고 나면 홍길동의 좌충우돌이 기실은 그런 모든 문제를 펼쳐보이기 위한 방책이었음을 알게 된다. 주인공 개인으로서는 영웅적인 능력을 마음껏 발휘하는 것이면서 그것이 진정한 세상을 일구기 위한 몸부림일 때, 우리는 거기에서 깊은 감명을 받게 된다.

이런 홍길동, 저런 홍길동

홍길동에 대한 이미지는 아마도 동에 번쩍 서에 번쩍, 신출귀몰하는 특이한 사람이 아닐까 한다. 지금도 그런 사람들에게 붙여지는 별명이 바로 '홍길동'이 아닌가. 게다가 홍길동은 우리에게 가장 친숙한 인물이기도 하다. 은행을 가든, 동사무소를 가든, 서류작성을 위한 견본에 가장 많이 등장하는 이름이 바로 홍길동이다. 가장 신비하면서도 가장 친숙한 그것이 바로 홍길동의 특성이라고 하면 지나친 말일까. 대개 신비한 것들은 무언가 감추어지고 멀게 느껴지는데 홍길동만은 그렇지 않으니 왜 그럴까 궁금하다.

사실 〈홍길동전〉을 읽어보면 주인공 홍길동이야말로 종잡을 수 없는 인물이다. 자신을 죽이려는 사람이 올 것을 미리 알기도 하고, 둔

갑술을 부려 여러 명의 홍길동으로 변하기도 하며, 피를 토하고 쓰러진 사람을 환약(丸藥,)으로 구해내기도 한다. 어렸을 때 '감명 깊게' 읽었던 신동우 화백의 만화 〈홍길동전〉에서도 확실히 그런 신비로운 부분이 강조되었던 것으로 기억된다. 그런데 고등학교에 가서 정작 작품의 일부인 홍길동이 집을 떠나는 부분을 배워보니 그게 아니었다. 홍길동이 집을 떠난 것은 적서차별(嫡庶差別, 적자와 서자를 차별. 조선 시대에 양반의 서출, 곧 첩의 자식은 신분은 양반이었으나 문과(文科)에 응시할 수 없는 등 많은 차별 대우를 받았음)을 없애자는 선각자적인 의도였으며, 관가를 습격한 것은 봉건 왕조의 부패에 철퇴를 가하기 위한 것이었다. 대체 어느 쪽이 맞는가? 또는 어느 쪽이 좀더 옳을까?

결론부터 질러 말하자면, 어느 한쪽이 옳은 게 아니라 이 작품은 두 얼굴을 가졌으며, 이 두 얼굴을 파헤치는 것이야말로 작품을 제대로 읽는 지름길이다.

도술가와 혁명가 사이에서

〈홍길동전〉은 여느 고소설과 마찬가지로 주인공의 출생 내력부터 시작한다. 조선 세종 임금 때에 한 재상이 있었는데, 그는 청룡이 자신에게 달려드는 꿈을 꾸고 나서 그 꿈의 효험으로 아이를 얻는다. 그 아이가 바로 홍길동이다. 홍길동이 비록 시비(侍婢, 곁에서 시중드는 계집종) 춘섬의 몸에서 태어나기는 했어도 태몽이 예사롭지 않은 이상 무언가 비범한 능력을 가지고 있는 것이야 당연한 일. 그러나 아무리 그렇다고는 해도 납득하기 곤란한 대목이 한둘이 아니다.

차설(且說, 화제를 돌려 말할 때 그 첫머리에 쓰는 말). 길동이 그 원통한 일을 생각하매 시각을 머물지 못할 일이로되, 상공의 엄령(嚴令)이 지중하므로 하릴없이 밤이면 잠을 이루지 못하더니, 차야(此夜, 이날 밤)에 촉(燭, 촛불)을 밝히고 《주역》(周易, 유교 경전 가운데 하나로 천문·지리·사물 등을 음양(陰陽) 변화의 원리에 따라 밝힌 책)을 잠심(潛心, 마음을 가라앉히어 깊이 생각함)하다가, 문득 들으니 까마귀 세 번 울고 가거늘, 길동이 괴이히 여겨 혼잣말로 이르되,

"이 짐승은 본디 밤을 꺼리거늘 이제 울고 가니 심히 불길하도다."

하고, 잠깐 팔괘(八卦, 중국 전설상의 인물인 복희씨가 나라를 다스릴 때 만든 여덟 가지 괘)를 벌여 보고 크게 놀라 서안(書案, 책상)을 물리치고 둔갑법을 행하여 그 동정을 살피더니, 사경(四更, 새벽 두 시 전후)은 되어 한 사람이 비수(匕首)를 들고 완완히(緩緩히, 천천히) 방문을 열고 들어오는지라.

우리의 주인공 홍길동의 앞길에 검은 그림자가 드리워지고 있다. 그의 재주를 시기하는 무리들이 그를 없애려는 것이다. 그런데 정작 최대의 피해자가 될 홍길동은 어떻게 하고 있는가? 보다시피 까마귀 울음소리에서 불길함을 짐작할 뿐만 아니라, 팔괘로 점을 치며, 둔갑법을 행하기까지 한다. 물론 고소설에서 이 정도의 황당한 설정은 흔히 발견될 수 있다. 그러나 대개의 경우, 천상의 인물로 특별한 능력을 갖고 태어나, 도사를 만나 오랜 기간 수련을 거쳐 완벽한 능력을 갖추는 것이 보통이다.

그런데 〈홍길동전〉에는 그런 대목이 보이지 않는다. 아버지를 아버지라고 부르지도 못하게 하는 형편에 누가 그 어려운 《주역》을 가르쳐주었을 것이며, 둔갑술은 또 언제 익혔겠는가? 답이 있다면 그 스스

로 터득했다는 것뿐이다. 그 뒤로도 그는 자신에게 닥친 고난을 언제나 출처를 알 수 없는 대단한 지략과 신비한 술법으로 풀어낸다. 그래서 어떤 사람은 이 소설을 '도술 소설'로 분류하기도 한다. 소설에도 환상적인 이야기가 나오는 일은 왕왕 있지만, 그럴 경우 적어도 그럴법한 이유를 붙이는데, 이 작품은 그렇지 않다는 것만을 우선 새겨두고 넘어가기로 하자.

이런 사실만 놓고 볼 때, 〈홍길동전〉은 확실히 비현실적인 소설이다. 좀 전문적으로 말하면 개연성이 떨어져도 한참 떨어지는 작품이다. 그러나 시각을 조금만 돌려보면, 고소설 가운데 이 작품만큼 현실성이 짙은 작품도 드물다. 우선, 다른 작품들과는 달리 이 작품의 배경이 조선이라는 점을 지적하지 않을 수 없다. 사실 한글로 쓰인 고소설에서, 특히 〈홍길동전〉처럼 한 인물의 일대기를 그린 소설에서 우리나라를 배경으로 한 작품을 찾기란 여간 힘든 게 아니다. 그저 〈춘향전〉, 〈흥부전〉 같은 판소리계 소설에서나 겨우 찾아볼 수 있을 정도다. 그런데 이 작품은 아주 과감하게 '조선조 세종 임금 때'임을 분명히 하고 있다. 대개의 영웅 소설이 중국을 배경으로 하면서 중국 황제를 둘러싼 위기를 다루고 있다는 점과 비교해보면 이만큼 현실성이 짙게 나타난 작품도 드물다.

배경뿐 아니라 실제 〈홍길동전〉에서 다루는 많은 문제들은 조선 사회의 현실을 반영하고 있다. 적서차별에서부터 지방 관아의 학정(虐政), 중앙 정부의 무기력함 등을 속속들이 파헤치고 있는 것이다. 이렇게 볼 때, 이 소설은 고소설에서 보기 힘든 사회성 짙은 주제를 담고 있는 '사회 소설'이다.

일일은 길동이 제인(諸人)을 모으고 의논하여 가로되,

"이제 함경 감사가 탐관오리로 준민고택(浚民膏澤, 백성의 재물을 몹시 착취함)하여 백성이 다 견디지 못하는지라. 우리들이 그저 두지 못하리니 그대 등은 나의 지휘대로 하라."

하고 하나씩 흘러들어가 아무 날 밤에 기약을 정하고 남문(南門) 밖에 불을 지르니 감사가 크게 놀라……

보다시피 홍길동이 관가를 습격하는 데에는 그럴 법한 명분이 있다. 그냥 재물을 약탈하려는 것이 아니라, 백성들로부터 빼앗아간 재물을 정당하게 '되돌려' 받으려는 것이다. 가히 약탈이 아니라 혁명이라고 하겠다. 이 뒤로 전개되는 이야기는 더욱 그렇다. 조정 대신을 희롱하고 임금의 명령조차 간단하게 거부하는 등의 태도는 봉건 왕조 자체에 대한 전면적인 도전으로까지 보인다. 이처럼 작품 중간중간에 조선 사회가 안고 있는 모순을 시원하게 드러내 보임으로써, 그 자체만으로도 충분한 의의를 가질 수 있게 한 것이 이 작품의 큰 미덕이다.

그렇다면 이러한 홍길동의 두 모습을 우리는 어떻게 이해해야 할 것인가? 한편에서는 가장 비현실적이고 황당무계한 방법으로 문제를 풀어가면서, 또다른 한편에서는 현실적인 문제를 이성적으로 짚어내고 있지 않은가 말이다. 그러니 한편에서 보자면 허황된 도술 소설이고 또 한편에서 보자면 진지한 사회 소설이 되는 것이다. 도술 소설의 재미로 보자면 공연스레 무거운 주제가 짐이 되고, 사회 소설의 문제의식으로 보자면 믿기 어려운 도술이 부담된다.

불행한 영웅의 길 찾기

다른 고소설이 대개 그렇듯 〈홍길동전〉 역시 그 제목에 '–전(傳)'을 내세우고 있다. '전'이란 간단하게 말해서 사람의 일대기를 적은 글 양식으로, 이것 역시 홍길동의 일대기를 담고 있다. 그러나 묘하게도 이 작품은 여느 고소설과는 달리 일관된 사건을 중심으로 이야기가 펼쳐지지 않는다.

길동이 서당에서 글을 읽다가 문득 서안(書案)을 밀치고 탄식하여 가로되,

"대장부 세상에 나매 공맹(孔孟, 공자와 맹자)을 본받지 못하면 차라리 병법을 외워 대장인(大將印, 장수가 갖는 도장)을 요하(腰下, 허리춤)에 비껴 차고 동정서벌(東征西伐)하여 나라에 큰 공을 세우고 이름을 만대에 빛냄이 장부의 쾌사(快事)라. 나는 어찌하여 일신이 적막하고 부형(父兄)이 있으되 호부호형(呼父呼兄)을 못하니 심장(心臟)이 터질지라. 어찌 통한치 않으리오."

홍길동에게 닥친 문제는 크게 두 가지이다. 그 하나는 사내대장부로서 제 큰 뜻을 펼칠 수 없는 것이요, 또 하나는 가정에서 당당한 가족 구성원으로 대접받지 못하는 것이다. 그런데 이런 불만을 가진 홍길동에게 아버지가 해준 말은 너무도 가혹하다. 재상 집에 천한 노비 소생이 너뿐이 아닌데 왜 그리 방자하게 구느냐며 오히려 야단을 친다. 바로 이 대목이 〈홍길동전〉 전체를 이끄는 원동력이 된다. 아버지의 말대로 세상이 다 그러하니 체념하고 살 것인가, 아니면 그런 불의에 항거해 현실을 박차고 뛰쳐나갈 것인가의 갈림길에서 홍길동은 후

자를 택한 것이다.

실제 작품에서 홍길동이 갖고 있는 그 숙명적인 불행은 나중에 모두 극복된다. 아버지를 아버지라고 부를 수 있게 되었음은 물론, 나중에는 형을 제쳐두고 아버지 장사 치르는 일을 맡아 정통성을 인정받는다. 또 임금은 홍길동에게 병조판서를 제수하여, 홍길동은 대장부의 큰 뜻을 드디어 이루게 된다. 결국 홍길동의 불만은 모두 풀린 셈이며 이로써 소설이 종결되면 그만이다. 그래서 부귀영화를 누리고 잘 살았다는 식으로 말이다. 그러나 이 작품은 그런 모범답안을 과감히 거부하고 다시 길을 떠난다. 문제가 끝난 곳에서 문제가 시작되고, 길이 끝난 곳에서 다시 길이 시작된다.

그는 우선 그의 출생에 담긴 불운을 벗기 위해 집을 떠난다. 집을 떠나서는 도적의 우두머리가 되고, 국가를 뒤흔들어 병조판서가 되고, 끝내 조선을 떠나 '율도국'이라는 이상국을 세우기에 이른다. 이것은 이 작품의 무대가 개인에서 사회로, 사회에서 국가로, 국가에서 이상 세계로 끊임없이 확장됨을 뜻한다. 그가 행복한 영웅이었다면 자신이 처한 가정, 사회, 국가에 만족했겠지만, 불행한 영웅 홍길동은 어느 한 곳에도 안주할 수 없었다. 가정을 박차고, 사회를 박차고, 국가를 박차고 그가 궁극적으로 도달한 곳은 '율도국'이라는 유토피아였다.

이러한 점에서 〈홍길동전〉은 홍길동이라는 한 개인의 일대기를 그리고는 있지만, 그 스케일은 개인의 작은 삶에 국한되지 않고 일정한 비전을 제시하는 웅장한 작품이다. 여기에서 그를 지탱하는 근간(根幹)이 한 개인에게 주어진 현실을 끊임없이 부인하고 극복해나가려는 의지임은 두말할 필요도 없다. 그러나 이 작품은 스케일을 키우고 유기적인 질서를 갖추어나가는 가운데, 한편으로는 좌충우돌하면서 계속 다른 문제로 뻗어나가는 산만한 구성을 가진 작품이기도 하다.

〈홍길동전〉이 남긴 것

〈홍길동전〉은 분명 명작이다. 그러다 보니 많은 교과서에서는 이 작품의 뛰어난 점을 늘어놓기에만 열을 올릴 뿐, 그 문제점에는 별로 관심을 주지 않은 것 같다. 그 이유는 아마도 이 작품을 조선조의 대문장가 허균(許筠)이 지었다고 확신하는 데에서 나온 게 아닌가 한다. 즉 〈홍길동전〉은 지배 체제에 불만을 품고 혁명을 일으키려 했던 작가 허균의 혁명가적 기질을 토대로 한 이야기란 뜻이다. 그러나 실제 우리가 읽고 있는 소설 〈홍길동전〉이 정말 허균이 지은 것인지는 그리 분명하지 않다. 설사 허균이 〈홍길동전〉을 지었다는 것이 사실이라 하더라도, 그 작품이 지금 우리가 읽는 바로 그 작품일 가능성은 별로 없다.

다시 한 발 물러서서 보자. 이 작품이 봉건 사회가 갖고 있는 문제를 직시하고, 그 문제를 해결하려 한다는 점에서 일구어낸 성취는 분명히 인정할 만하다. 하지만 소설 문학으로 본다면 그 결함 또한 만만치 않다. 우선 작품 전체가 대체로 어수선하다. 개인 문제를 이야기하다가, 별 설명 없이 도적 소굴로 가는가 하면, 아무 이유 없이 해인사를 털기도 한다. 우리 속담 "홍길동이 합천 해인사 털어먹듯 한다."는 것이 바로 이 점을 단적으로 드러내준다. 죄의 크기를 따지기보다 그저 만만한 상대를 골라 못살게 굴 때 쓰는 말이 바로 이것이다. 홍길동은 정승의 아들임을 내세워서, 그것도 밥에 모래를 넣었다는 생트집을 잡아가면서 해인사를 유린한다. 사회 정의를 내세우며 출발한 홍길동의 행동으로는 석연치 않다.

그뿐 아니다. 사회의 불의에 불만을 갖고 있다는 그가 병조판서를 제수받는 것으로 더 이상 문제 제기를 하지 않고 조선을 떠난다든지, 적서차별에 불만을 갖고 있다는 그가 도적에게 잡혀 있던 여자를 둘이나 아내로 맞아들여 첩을 삼는 등 앞뒤가 모순되는 대목이 한둘이 아니다. 이것은 아마도 이 작품이 국문 소설의 형성기에 만들어진 작품이기 때문에 생긴 한계가 아닌가 한다. 여기저기 떠돌던 설화들을 모아 한 작품을 만드는 과정에서 아직 매끄럽게 정리되지 않은 대목이 작품 곳곳에서 튀어나와 서로 충돌하는 것이다. 물론 〈홍길동전〉이 이전에 나왔던 '전기 소설(傳奇小說, 공상적이고 기이한 일을 주제로 하여 흥미 위주로 쓴 소설로 대표적인 작품에는 김시습의 《금오신화》가 있음)' 등에 비추어 비교적 사실적인 묘사를 통해 상당한 진전을 이룬 것은 사실이다. 하지만 도술 같은 환상적인 부분이 지나치게 많다거나 작품 전체의 유기적인 짜임새에 결함이 있는 것 등은 〈홍길동전〉이 극복하지 못한 한계라 하겠다.

작품 읽기

〈홍길동전〉의 홍길동에 대한 인상은 흔히 반항아적인 것이 아닐까 한다. 그러나 다음 부분에서, 반항은 하되 집안과 국가라는 큰 틀 안에서 제약을 받고 있는 홍길동을 만나게 될 것이다.

차설. 길동이 초인(草人, 풀로 만든 허수아비. 길동이 도술로 초인을 만들어

서 사람들을 혼동시켰음)을 없이 하고 두루 다니더니 사대문에 방을 붙였으되,

'요신 홍길동은 아무리 하여도 잡지 못하리니 병조판서를 내린다는 교지를 내리시면 잡히리다.'

하였거늘, 임금이 그 방문을 보시고 조정 신하를 모아 의논하시니, 신하들이 왈,

"이제 그 도적을 잡으려 하다가 잡지 못하옵고 도리어 병조판서를 제수하심은 불가하나이다."

임금이 옳게 여기사 다만 경상감사(경상도를 총괄하는 감사로, 길동의 형 인형임)에게 길동 잡기를 재촉하시더라.

이때 경상감사가 엄한 교지를 보고 황공하여 부들부들 떨며 어찌할 줄 모르더니, 일일은 길동이 공중에서 내려와 절하고 왈,

"소제(小弟, 동생이 자신을 낮추어 부르는 말) 지금은 정작 길동이오니 형님께서는 아무 염려 마시고 소제를 결박하여 경성으로 보내소서."

감사가 이 말을 듣고 손을 잡고 눈물을 흘리며 왈,

"이 못되먹은 아이야, 너도 나와 동기이거늘 부형의 교훈을 듣지 아니하고 일국이 소동케 하니 어찌 애닯지 아니리오. 네 이제 정작 몸이 와 나를 보고 잡혀 가기를 자원하니 도리어 기특한 애로다."

하고 급히 길동의 왼편 다리를 보니 과연 붉은 점이 있거늘, 즉시 사지를 결박하고 죄인을 호송하는 수레에 넣어 건장한 장교 수십 명을 가려 뽑아 철통같이 에워싸고 풍우같이 몰아가되, 길동의 안색이 조금도 변치 아니하더라.

여러 날 만에 경성에 다다르니, 대궐문에 이르러는 길동이 한번 몸을 요동하매 철줄이 끊어지고 함께 깨어져 공중으로 오르며 표연히

운무에 묻혀가니, 장교와 군사들이 어이없어 공중만 바라보고 다만 넋을 잃을 따름이라. 할 수 없어 이연유로 위로 아뢴대 임금이 들으시고 왈,

"천고에 이런 일이 어디 있으리오."

하시고 크게 근심하시니, 신하들 중 일인이 아뢰어 왈,

"길동의 소원이 병조판서를 한 번 하고 나면 조선을 떠나리라 하오니, 한번 제 원을 풀면 제 스스로 사은하오리니, 이때를 타 잡음이 좋을까 하나이다."

임금이 옳게 여기사 즉시 홍길동으로 병조판서를 제수하시고, 사문에 방을 붙이니라.

이때 길동이 이 말을 듣고 즉시 사모관대에 서띠(물소뿔로 만든 높은 관원들이 띠던 띠)를 띠고 높은 초헌(軺軒, 높은 벼슬아치가 타던 외바퀴 수레)을 타고 대로상에 완연히 드러오며 이르되,

"이제 홍판서 사은하러 온다."

하니, 병조의 하인배들이 맞아 호위하여 궐내에 들어갈새, 백관이 의논하되,

"길동이 오늘 사은하고 나올 것이니 칼과 도끼로 무장한 사람을 매복하였다가 나오거든 일시에 쳐죽이라."

하고 약속을 정하였더니, 길동이 궐내에 들어가 숙배하고 아뢰어 왈,

"소신이 죄악이 지중하옵거늘 도리어 천은을 입사와 평생 한을 풀고 돌아가오니, 영영 전하를 이별하오니 엎드려 바라건대 성상께서는 만수무강하소서."

하고 말을 마치며 몸을 공중에 솟아올려 구름에 싸이어 가니, 그 가는 바를 알지 못할러라. 임금이 보시고 도리어 탄식하여 왈,

"길동의 신기한 재주는 고금에 희한하도다. 제가 지금 조선을 떠나도록 하였으니 다시는 작폐할 길이 없을 것이요, 비록 수상하나 일단 장부의 마음이라. 족히 염려 없으리라."

하시고, 팔도에 사면하는 글을 내려 길동 잡는 공사를 거두니라.

〈홍길동전〉(경판) 중에서

구운몽

작은 꿈을 넘어 큰 꿈으로

작품 및 작가 소개

〈구운몽〉은 조선 숙종 연간에 활동했던 김만중(金萬重, 1637
~1692)의 소설로 한국문학사에서 최고의 고전으로 꼽힌다. 한
문본과 한글본이 공존하며 50여 종이 넘는 많은 이본이 존재할
만큼 대중적인 인기도 누렸다. 이규경의 증언에 의하면 작가가
귀양살이를 하면서 어머니의 한가함과 근심을 덜어주기 위하
여 하룻밤 사이에 지었다고 한다. 작품은 주인공이 현실에서
꿈으로 꿈에서 현실로 순환하면서 두 세상을 두루 경험하는 것
으로, 이는 그 이전의 설화나 김시습의 《금오신화》 등에서도
보이던 수법이지만, 그 구성이나 사상적인 측면에 있어서 그
이전 작품들과는 차원이 다른 성취를 이루어낸 것으로 파악된
다. 또 큰 줄거리에서는 불교적 깨달음을 강조하면서도, 세부
내용에서는 세속적 욕망이 여과 없이 드러나는 등 이질적인 요

소들의 상호작용 역시 주목할 만한 점이다.

　김만중은 조선 후기의 문인으로 호가 서포(西浦)이며 아명이 선생(船生)이다. '선생'이라는 아명은 병자호란으로 피난 가던 배에서 태어났기 때문에 지어진 것으로 그의 남다른 이력을 말해준다. 아버지가 병자호란 때 강화도에서 순절(殉節)하여 유복자로 태어났던 것인데, 그럼에도 불구하고 엄격한 어머니의 교육 아래 1665년 문과에 장원급제했고, 암행어사, 동부승지 등등의 벼슬을 역임했다. 그러나 당쟁에 휩쓸리면서 삭탈관직, 유배, 복직의 과정을 거듭하는 어려움을 겪다가 남해의 유배지에서 56세의 나이에 생을 마감한다. 그의 문학 역시 독특한 삶의 이력만큼 특이하다. 정철(鄭澈)이 지은 〈사미인곡〉 등의 한글가사를 우리 문학으로서의 가치를 들어 칭송했으며, 〈구운몽〉·〈사씨남정기〉 같은 국문 소설의 창작은 당대의 집권층으로서는 파격적인 행보였다.

꿈의 양면성

'꿈이 무엇입니까?' 이런 질문을 받으면 대개 사람들은 장래의 포부를 떠올리며 희망에 부푼다. 또 현실이 절망적이고 초라하고 무의미하게 느껴질 때, 사람들은 곧잘 그 꿈을 꺼내보며 힘을 얻는다. 이때의 꿈이란 미로 같은 현실을 헤쳐나가는 나침반이고 지도이다. 그런데 다른 한편으로 보면 꿈은 가짜이다. 꿈속에서 백만장자가 되었더라도 꿈에서 깨고 나면 여전히 빈털터리이며, 사랑하는 임을 만나도 깨고 보면 혼자이다. 이 점에서 꿈은 꾸며진 것이고, 거짓이다. 이렇게 꿈은 양면적이다. 현실의 곤경을 헤쳐나가는 등불이 되는가 하면, 한편으로는 진짜가 못 되는 허상이요 가상일 뿐이다. 어떻게 똑같은 말이 이렇게 모순되게 쓰일 수 있을까?

우리의 대표적 고전 〈구운몽〉이야말로 그 모순을 가장 첨예하게 보여주는 소설이라 할 수 있다. 그러나 모순을 모순으로만 두어서는 명작이 될 수 없다. 꿈을 소재로 한 다른 문학들이 꿈의 두 가지 속성 중 어느 한쪽만을 잡고 허둥댈 때, 〈구운몽〉은 그 둘을 절묘하게 취하면서, 그것을 넘어서는 데까지 나아간다. 그래서 〈구운몽〉은 우리의 고전이 되었고, 이제 우리의 고전을 넘어 세계의 고전이 되었다. 실제로 이 작품은 1920년대에 이미 영어로 번역이 되었으며, 중국에서 출간한 세계 문학 전집에 당당히 자리를 잡았고, 유럽의 작은 나라인 체코에서 1만 5,000부나 팔려나갔다고 한다. 그러니 〈구운몽〉에는 확실히 무언가가 있다.

쾌락과 욕망

〈구운몽〉의 시작은 웅장하기 그지없다.

천하에 명산(名山) 다섯이 있으니 동에 태산, 서에 화산, 남에 형산, 북에 항산이요, 그 가운데 숭산이니 이른바 오악(五嶽)이라. 오악 중에 형산이 중토(中土)에 가장 머니 구의산이 그 남편에 있고, 동정호가 그 북편을 지나고, 소상강이 둘렸는데, 마치 조상을 모시고 벌려선 자손들같이 늘어선 칠십이 봉이 혹은 곤두서서 하늘을 떠받치고 혹은 깎아 세

운 묏부리가 이상한 기치와도 같게 구름을 자르니 모두가 수려하고 청
상하며(맑고 시원하며) 기운이 뭉친 바 아님이 없도다.

　그 중에서도 가장 높은 봉우리는 축융, 자개, 천주, 석름, 연화의 다섯
인데, 그 형세가 자못 치솟고 가파르므로 구름이 그 낯을 가리고 안개가
그 허리를 덮어, 날씨가 청명치 못한즉 사람들이 그 참모습을 보지 못할
러라.

〈구운몽〉을 읽지 않은 사람이라면 대체 시작이 뭐 이러냐고 할 정
도로 엉뚱하기조차 한 대목이다. 여기서 오악은 오방(五方)을 대표하
는 큰 산인데, 오방은 사방(四方)과 중앙을 합친 개념이므로, 사실상
대지 전체를 상징하는 것이라 할 수 있다. 그런데 이 중 형산에 옛날
진(晉)나라 때부터 위부인(魏夫人)이라는 여자 신선이 선동(仙童, 선계
에 산다는 아이 신선)과 선녀를 데리고 하늘에서 내려와 살고 있었다. 그
리고 당(唐)나라 시절에는 육관 대사(六觀大師)라는 고승이 인도에서
와, 제자 오륙백 명을 거느리고 법당을 짓고 불도 수행에 매진하고 있
었다. 이 고승은 얼마나 신통했던지 동정호의 용왕이 노인으로 변신
하여 설법을 들을 정도였다고 한다. 가히 땅·하늘·물의 정수(精髓)
들이 모두 한곳에 집결되어 있는 셈이다.

　그러니 이런 산에 터를 잡고 생불(生佛)의 칭호를 받는 고승 아래서
공부한다는 것이 얼마나 큰 영광이었을까. 더욱이 〈구운몽〉의 주인공
성진(性眞)은 육관 대사의 의발(衣鉢, 가사와 바리때를 뜻하는 말로, 중은 죽
을 때 자신의 후계자에게 의발을 전해주는데, 단순히 한 벌의 옷과 그릇을 주고받는
것이 아니라 불법을 전하고 전해 받는다는 의미를 지님)을 전해 받기로 예정되
어 있는 수제자였으니 더 이상 말할 필요가 없다. 그러나 바로 여기에

서 문제가 발생한다. 성진이 비록 불도에 정진하는 훌륭한 승려라 할지라도 역시 혈기 왕성한 청년이었던 것이다. 모든 공부가 다 그렇지만 불도를 닦는 것은 처음부터 끝까지 먹고 자고 이성을 만나는 것과 같은 본능적 욕망을 억제하는 일이다. 그런데 이처럼 본능을 억제하는 불만은, 자그마한 계기만 있으면 언제든 폭발하는 법. 성진이 용왕의 방문에 대해 답례 인사차 용궁에 들르게 되면서 그런 조짐이 시작된다. 성진을 맞은 용왕은 잔치를 베풀며 성진에게 술을 권하고, 성진은 어쩔 수 없이 술을 석 잔이나 받아 마신 것이다. 그리고 돌아오는 길에 팔선녀를 만나 희롱한다. 희롱이라고 해봐야 가벼운 언어 수작과 꽃가지로 구슬을 만들어 건넨 정도였지만, 성진은 그 짧은 시간에 술과 여자를 경험하고 혼란에 빠져버린다.

그리고 성진은 생각한다. 남아 대장부로 태어났으면 세상에 나가 크게 쓰이고 이름을 떨치며 미색의 쾌감을 맛보는 것이 옳은데 산속에서 썩는 자신의 신세가 가련하다고 말이다. 이 때문에 성진은 곧 속세의 양소유로 다시 태어나는 벌(?)을 받는다. 게다가, 성진으로 있을 때는 그저 '선녀들'이었던 여덟 명의 여인들이 이제 신분도 성격도 제각각인 여덟 미인이 되어 양소유 앞에 나타난다. 그 중에는 명문가의 요조숙녀가 있는가 하면 관능미 물씬 풍기는 기생도 있고, 여종처럼 천한 신분의 여인이 있는가 하면 공주같이 귀한 여인도 있다. 게다가 이름만 들어도 무서운 자객도 있고, 심지어는 용왕의 딸까지 있으니 그런 호사가 어디 있을 것인가. 이 정도라면 단순히 여자를 많이 거느리고 산다는 말로는 설명하기 어렵다.

인간이 상상할 수 있는 모든 여인들을 섭렵하고, 그 당시 사람이 누릴 수 있는 모든 부귀를 누리는 것, 그것이 양소유에게 주어진 역할이었다. 성진으로 있을 때 억제되었던 욕망, 도달할 수 없었던 쾌락을 단번에 맛본 셈이다. 욕망 때문에 생긴 문제를 욕망으로 풀어내는 수법이 예사롭지 않다. 일반인의 상식으로는, 억제해야 하는 욕망을 억제하지 못해서 죄를 지었다면 그 벌은 응당 욕망을 더 강하게 억제하는 것이어야 마땅하다. 그러나 〈구운몽〉은 완전히 거꾸로 가는 수법을 구사한다. 그리고 거기에 이 작품의 참뜻이 숨어 있다.

고통과 깨달음

자기를 내치려는 육관 대사에게 성진은 애걸하지만, "네 가고자 하는 대로 나가게 함이니 어찌 머무르리오."라는 말만 들을 뿐이다. 하고자 하는 바, 곧 욕망대로 가면 된다는 말이고 작품에서 실제로 또 그렇게 된다. 성진이 욕망대로 못 해서 불행하다 여겼으니 한번 욕망대로 마음껏 해보라는 뜻일 것이다. 그러나 욕망대로 한다고 행복을 얻을 수 있는 것은 아니었다. 과거에 급제하고 국가의 위난을 막고 이러저러한 여인들과 인연을 맺지만, 부귀의 극에 이르렀을 때 허무함이 밀려온다. 황제에게 인정받고 여덟 아내의 호사를 누리면서도 끝내 거기에 대단한 가치를 두지 않는다.

잠깐, 이 대목에서 양소유의 삶을 되새겨볼 필요가 있다. 여느 영웅 소설이라면 아이 때 버려지는 고통을 겪고 커서는 정적(政敵)을 만나서 갖은 고생을 다하는 게 일반적이다. 그러나 양소유의 삶은 달랐다. 아버지가 없기는 했지만 죽은 것이 아니라 신선으로 올라갔으니 그 자부심이 없을 수 없고, 숱한 여인들을 만나는 과정 역시 우여곡절은 있어도 험한 시련은 그다지 발견되지 않는다. 시련이라고 한다면 양소유와 인연을 맺으려고 여인들이 너무 적극적으로 나서서 생기는 정도이다. 또 전쟁에 나가서도 이렇다 할 전투 장면 한 번 없이 아주 싱겁게 승리한다. 무엇보다도 다른 군담 소설들의 주인공처럼 가문의 원수이자 임금의 원수인 악인을 응징한다는 생각이 없으니 그럴 수밖에 없을 것이다. 양소유가 벼슬길에 오르는 것은 그저 가문을 좀 빛내고 늙은 어머니를 봉양해볼까 하는 지극히 소박한 생각 때문이다.

양소유는 거침없이 원하는 일을 이룬다. 정말 ‘가고자 하는 대로’ 가는 순탄한 삶이며, 세상 사람들이 모두 부러워할 만한 부귀공명을 얻었으니 쾌락 그 자체를 누렸다고 해야 마땅한 일이다. 바로 여기에서 주제가 선명히 살아난다. 만일 현실에서의 삶이 너무 고통스러워 초월을 꿈꾼다면, 초월이기에 앞서 도피에 지나지 않는다. 성진이 불제자(佛弟子)로서 조금도 부족함 없이 살다가 세속적 삶에 눈을 돌렸듯이, 양소유의 삶에서도 똑같은 논리가 적용된다. 세속적인 안락함이나 유복함이 극에 이르렀을 때, 그 삶이 덧없는 것임을 깨닫는 것이다.

이렇게 본다면, 이 작품 속의 진짜 영웅은 양소유가 아니라 성진이다. 성진은 열두 살에 부모를 떠나 고승에게 의탁되지만 고승에게서 일시적으로 버림받으며 세속 세계를 경험하는 시련을 겪는다. 그리고 그 세속의 안락함이 사실은 고통스러운 것임을 깨닫고, 자신이 나아갈 바를 다시 정하게 된다.

작은 꿈을 넘어서

성진의 편에서는 양소유가 꿈이고 양소유의 편에서는 성진이 꿈이다. 성진이나 양소유나 그가 속한 세상에서는 뛰어난 능력을 발휘하여 잘 사는 사람들이지만 거기에 만족할 수 없었다. 아닌 게 아니라 '가 보지 않은 길'은 늘 아쉬움으로 남는다. 그래서 불도를 닦던 성진은 사내대장부로서의 멋진 삶을 꿈꾸었고, 멋진 삶을 살던 대장부 양소유는 불도에 정진하여 깨달음을 얻기를 바랐다. 그렇다면 이 이야기는 여기서 끝나야 마땅하다. 양소유처럼 사는 것이 한바탕 꿈이니까 이제 꿈 깨고 잘 살면 된다는 식으로 말이다. 그러나 그 정도의 이야기라면 〈조신의 꿈〉▪ 같은 웬만한 꿈 이야기에서 볼 수 있는 흔한 것이니 〈구운몽〉의 본색을 드러내기에는 영 부족하다.

맨 마지막 부분에 나오는 육관 대사와 성진이 재회하는 장면을 살짝 엿보자.

대사 소리하여 묻되,

"성진아, 성진아. 인간 재미 과연 좋더냐?"

성진이 눈을 번쩍 떠서 쳐다보니 육관 대사 엄연하게 서 있는지라. 성진이 머리를 두드리며 눈물을 흘려 이르되,

"제자 행실이 부정하오니 스스로 저지른 죄오라 수원수구(誰怨誰咎, 누구를 원망하고 누구를 허물할까)하리오. 마땅히 만족함이 없는 세계에 있으면서 길이 윤회하는 재앙을 받을 것이어늘 스승이 하룻밤의 허망한 꿈을 불러 깨우사 성진의 맘을 깨닫게 하시니 스승의 은혜는 천만 겁을

▪ 〈삼국 유사〉에 나오는 설화로, 조신은 불도를 닦다가 불공을 드리러 온 태수의 딸에 반해 그 여자와 인연을 맺기를 바란다. 그때 그는 꿈을 꾸고, 꿈속에서 태수의 딸과 인연을 맺는다. 그러나 세속의 삶에서 온갖 고초를 다 겪게 되면서 자신이 그렇게도 원했던 일이 결코 진정한 행복이 아니라는 것을 깨닫는다. 이러한 깨달음 끝에 조신은 꿈에서 깨어나고 다시 불도에 정진한다.

지나도 가히 갚지 못할 줄로 아나이다.”

대사 이르되,

“네 흥(興)을 타고 갔다고 흥이 다하여 돌아왔으니 내 무슨 관여할 바 있으리오. 또 네 이르되 ‘꿈과 세상을 나누어 둘이라.’ 하니 이는 아직도 네가 꿈을 깨지 못하였도다. 장주(莊周, 장자)가 꿈에 나비 되었다가 다시 나비가 장주 되니 어느 것이 거짓이요 어느 것이 참인 줄 분별치 못하였다 하니, 어제 성진과 소유에 있어 어느 것이 참이며, 어느 것이 허망한 꿈이뇨?”

더 이상 무슨 말이 필요하랴. 성진은 양소유로 산 삶이 거짓이라는 것을 깨달았다고 말하는데, 이때 육관 대사는 도리어 묻는다. 어떤 것이 참이고 어떤 것이 거짓인가? 그는 여전히 성진이 ‘작은 깨달음’ 밖에 얻지 못했기 때문에 그렇게 나누는 것이라고 질타한다. 어느 한쪽을 참으로 다른 한쪽을 거짓으로 규정하는 한, 사람의 마음은 평화로울 수가 없다. 이쪽에 있으면 저쪽이 참 같고 저쪽에 있으면 이쪽이 참 같아서 불안하기 때문이다.

참과 거짓을 분별하고 그 분별로 세상의 깨달음을 얻었다고 생각하는 한, 그 깨달음은 이미 진리가 아니라 오만과 착각일 뿐이다. 요컨대, 지(智)를 얻었다고 자만하면서 마음의 청정(淸淨)을 얻는 데는 실패한 것이다. 그러므로 양소유와 성진이 몸소 살아 보인 그 두 삶이야말로 어느 한쪽에 서서 다른 쪽을 배척해야 하는 것이 아니라, 모두를 온전히 받아들여야만 하는 것이 아닐까 한다. 이것이 바로 배부른 돼지와 배고픈 철인(哲人)의 양극단을 뛰어넘어 참된 인간의 삶과 행복을 거머쥐는 지름길이다.

허망한 꿈을 통해 희망의 꿈이 현실화되고 희망의 꿈을 통해 허망한 꿈이 극복될 수 있다. 육관 대사식으로 말하자면 꿈과 세상이 하나임을 깨닫고 근본적인 사유에 대한 각성을 이루었기에, 성진과 팔선녀는 극락왕생의 기쁨을 맛볼 수 있었던 것이다. 큰 꿈의 큰 기쁨, 그것이 바로 '큰 깨달음'이다.

작품 읽기

다음은 〈구운몽〉에서 성진과 팔선녀가 만나는 대목이다. 사실상 이 만남 때문에 성진과 팔선녀는 속세로 귀양을 가는 셈인데, 이를 통해 주인공의 인간적인 고뇌를 확인해보자.

용왕이 지성으로 권하니 성진 감히 사양치 못하여 삼배(三盃) 술을 먹은 후에 용왕께 하직하고 수궁에서 발행(發行)하여 연화봉으로 행하였다. 연화산 하(下)에 당도하니 취기가 대발(大發)하여 홀연 생각하여 왈,

"사부(師傅) 만일 나의 취면(醉面, 취한 얼굴)을 보면 일정(一定, 반드시) 중죄(重罪)하리라."

하고, 가사(袈裟, 승려가 입는 옷)를 벗어 모래 위에 놓고 손으로 청강수(淸江水)를 쥐어 낯 씻더니, 문득 기이한 향내 바람결에 진동하니 마음이 자연 호탕하니라.

성진이 고히여(괴상히 여겨) 왈,

"이 향내는 예사 초목의 향내 아니로다. 이 산 중에 무슨 기이한 것

이 있도다!"

하고, 다시 의관(衣冠, 옷과 갓)을 정제(整齊, 가지런히 함)하고 길을 찾아 올라가더니, 이때 팔선녀 석교(石橋, 돌다리) 상(上)에 앉았는지라, 성진이 육환장(六環杖, 고리가 여섯 개 달린 지팡이로 주로 고승 등이 씀) 놓고 합장 재배(再拜) 왈,

"모든 보살(菩薩, 여기에서는 절에서 여자 신도를 높여 부르는 말)님은 잠깐 소승의 말씀을 들으소서. 천승(賤僧)은 연화 주장 육관 대사의 제자로서 사부의 명을 받자와 용궁에 갔삽더니, 이 좁은 다리 위에 모든 보살님이 앉아 계시니 천승이 갈 길 없어 비나이다. 잠깐 옮아 앉아서 길을 빌리소서."

팔선녀 답배(答拜, 답으로 절함) 왈,

"첩(妾, 여자가 자기를 낮추는 말) 등은 남악 위부인의 시녀옵더니 부인의 명을 받아 연화 주장 육관 대사께 문안하옵고 돌아오는 길에 이 다리 위에 잠깐 쉬었삽더니, 예문(禮文, 禮記)에 하였으되 '남자는 왼편으로 가고, 여자는 오른편으로 간다.' 하오니 첩 등은 먼저 와 앉았사오니, 원컨대 화상(和尙)은 다른 길을 구하옵소서."

성진이 답 왈,

"물은 깊삽고 다른 길이 없사오니 어디로 가라 하시니까?"

선녀 답 왈,

"옛날 달마존자(達磨尊者)라 하는 대사는 역고잎을 타고도 대해(大海)를 육지같이 왕래하였으니, 화상이 진실로 육관 대사의 제자실진대 반드시 신통한 도술이 있을 것이니, 어찌 이 같은 조그마한 물을 건너기를 염려하시며 아녀자로 더불어 길을 다투시리까?"

성진이 대소(大笑, 크게 웃음) 왈,

“모든 낭자의 뜻을 보오니 이는 반드시 값을 받고 길을 빌리고자 하시니, 본디 가난한 중이라 다른 보화는 없삽고 다만 행장에 지닌 백팔 염주가 있삽더니, 빌건대 일로써 값을 드리나니다.”

하고, 목의 염주를 벗어 손으로 만지더니 도화(桃花, 복숭아꽃) 한 가지를 던지거늘, 팔선녀 꽃을 구경터니 꽃이 변하여 네 쌍 구슬이 되어 생광(生光, 빛이 남)은 만지(滿地, 땅에 가득 참)하고 서기(瑞氣, 상서로운 기운)는 반공(半空, 공중)에 사무치니 향내는 천지에 진동하니라.

팔선녀 그제야 기동하며 대강 말하여 왈,

“과연 육관 대사의 제자로다.”

하며, 각각 하나씩 손에 쥐고 성진을 서로 돌아보고 웃으며 바람을 타고 공중을 향하여 가더라. 성진이 홀로 석교 상에서 눈을 들어보니 팔선녀 간 데 없는지라. 이윽하여 채운(彩雲, 채색 구름)이 흩어지고 향내 끊어지니 성진이 마음을 진정치 못하여 어린 듯 취한 듯 돌아와 용왕의 말씀을 대사께 아뢰되, 대사가 왈,

“어찌 저무뇨?”

성진이 대왈(對曰, 대답하여 말함),

“용왕이 심히 만류하옵기에 차마 떨치지 못하여 지체하여이다.”

대사가 대답하지 아니하고,

“네 방으로 가라.”

하신대, 성진이 돌아와 밤에 혼자 빈방에 누었으니 팔선녀의 말소리 귀에 쟁쟁하고 얼굴빛은 눈에 암암하여 앞에 앉은 듯 옆에 당기는 듯 마음이 황홀하여 진정치 못하는지라. 문득 생각하되,

‘남아로 생겨나서 어려서는 공맹(孔孟)의 글을 읽고, 자라서는 요순(堯舜, 요임금과 순임금) 같은 임금을 섬겨, 나가면 백만 대군을 거느려

적진에 횡행하고, 들어서는 백규(百揆, 百官, 곧 모든 벼슬아치)의 재상이 되어 몸에는 금포(錦袍, 비단 두루마기)를 입고, 허리에는 금인(金印, 황금 도장)을 차고, 인주(人主, 임금)를 읍양(揖讓, 예절을 다해 사양함)하고, 백성을 진무(賑撫, 어루만지고 달램)하고, 눈에는 아리따운 미색을 희롱하며, 귀에는 좋은 풍류 소리를 듣고, 영화를 당대에 자랑하고 공명을 후세에 전하면, 진실로 대장부의 일이어늘 슬프다, 우리 불가는 다만 한 바리때 밥과 한 잔 정화수요, 수삼 권 경문과 백팔염주일 따름이요, 그 도가 허무하고 그 덕이 적멸(寂滅)하니, 가령 도통을 얻은들 삼혼구백(三魂九魄)이 한 번 불꽃 속에 흩어지면 뉘 한낱 성진이 세상에 났던 줄을 알리오.'

　이러구러 잠을 이루지 못하여 밤이 이미 깊었는데, 눈을 감으면 팔선녀가 앞에 앉았고 눈을 떠보면 문득 간 데가 없었는지라, 성진이 크게 뉘우쳐 왈,

　"불법(佛法)공부는 마음을 정(淨, 깨끗이 함)하는 것이 제일이거늘 사심(邪心, 사악한 마음)이 이렇듯 하니 어찌 전정(前程, 앞날)이 있으리오?"

〈구운몽〉(완판) 중에서

심청전

'눈 띄우기' 그 구원의 문제

〈심청전〉은 조선 후기에 나온 국문 소설로 우리 민족의 대표적인 고전이다. 효녀가 몸을 팔아 부모를 봉양했다는 설화에서 출발하여 판소리 〈심청가〉 등을 두루 거치면서 지금과 같은 소설 형태로 정착한 것으로 보인다. 물론 판소리 〈심청가〉와 소설 〈심청전〉은 꼭 선후관계를 이루는 것이 아니고 상호 영향을 주면서 발전했다고 보는 편이 옳다. 이처럼 판소리와의 연관성에서 '판소리계 소설'이면서 심청이라는 한 영웅의 일대기를 다룬다는 점에서 '영웅 소설'이다.

일반적으로 영웅담은 '분리－시련－귀환'의 3단계 과정을 거치는데 〈심청전〉 역시 그렇다. 심청은 어렵게 살다가 집을 떠나 인당수로 팔려간다. 그러나 인당수에 빠지는 순간, 가장 고통스러운 그 순간을 지나면서 새로운 존재로 환생한다. 평범한 사람에서 황후로 변신할 힘을 갖게 된 것이다. 그리고 그 힘을 획득한 다음, 아버지가 겪는 고난이 문제로 되돌아온다. 그러나 이때의 귀환은 단순한 되돌아옴이 아니라 질적인 비약이 있는 것이기 때문에 아버지라는 한 맹인의 문제가 아닌 모든 맹인의 문제로 확대된 것이다. 즉, 진정한 영웅의 탄생인 것이다.

〈심청전〉을 둘러싼 의문 몇 가지

〈심청전〉은 〈춘향전〉 못지않은 인기를 누린 소설이다. 당연히 그 줄거리를 모르는 사람이 없을 만큼 널리 알려져 있으나, 꼼꼼하게 보면 의문투성이다. 필자가 느꼈던 몇 가지 의문점을 들어보면 이렇다. 첫째, 심청의 아버지 심학규가 왜 하필이면 맹인인가 하는 점이다. 그냥 가난한 사람이나 불쌍한 사람으로 설정하지 않고, 맹인으로 설정한 것에 무슨 필연적인 곡절이라도 있지 않을까? 둘째, 심청이가 죽자 심봉사는 뺑덕어미와 함께 살게 되는데 영 앞뒤가 맞지 않는다. 심청의 어머니 곽씨 부인처럼 어진 아내를 잃고, 또 딸의 몸값으로 받은 돈을 가지고 그렇게 놀아날 수 있었을까? 셋째, 죽어서 황후가 된 심청이가 맹인잔치를 연 점이다. 자기가 죽어서 아버지의 눈을 뜨게 할 수 있다고 믿었다면, 아버지를 보기 위해 맹인을 찾아서는 안 된다. 그리고 맹인을 위해 잔치를 연다 해도 그 넓은 중국 땅에서 황성으로 불러 모으는 일이 대체 잘하는 것인가 말이다. 밥 한 끼 먹자고 맹인이 그 먼 길을 무슨 이유로 갈까?

그러나 그 모든 의문이 사실은 그 '눈 띄우기[開眼]'에 있음을 안 것은 그리 오래지 않은 일이다. 나로서는 공부하겠다고 엎어진 보람이라면 보람일 터, 그 현장으로 함께 떠나보자.

늙은 봉사와 어린 딸

첫 번째 의문, "하필이면 봉사인가?" 궁금한 독자들은 그저 눈을 한 번 감아보면 금세 알 수 있다. 눈을 감으면 세상은 온통 어둠으로 변한다. 어떤 사물도 제대로 인식할 수 없다. 그렇게 한참 있다가 눈을 떠보라. 갑자기 밝은 세상이 온다. 눈을 뜨는 행위는 그저 사물을 볼 수 있느냐 없느냐의 문제가 아니라, 사물의 진정한 실체를 깨닫는 문제이자 인간다운 삶을 누릴 수 있느냐 없느냐의 문제이다.

송나라 말년에 황주 도화동에 한 사람이 있으되, 성은 심이요 이름은 학규라. 여러 대에 걸쳐 벼슬한 집안으로 명성이 자자했으나 집안 운세가 기울어 스무 살 안쪽에 눈이 머니 벼슬길이 끊어지고 높은 벼슬을 할 희망이 사라졌으니, 시골의 곤한 신세 원근 친척 없고 겸하여 눈까지 머니…….

완판본 〈심청전〉의 초두 부분을 쉽게 풀어본 것이다. 심봉사가 눈이 먼 것은 모든 것의 상실을 의미한다. 대대로 높은 벼슬을 한 집안 출신이었지만 도저히 벼슬길에 나설 수 없는 무력한 인간이 되고 만 것이다. 그 결과, 그를 돌볼 수 있는 사람은 오직 하나, 그의 아내 곽씨 뿐이었다. 그러나 불행히도 곽씨 부인은 일찍 세상을 뜨고 그 모든 짐은 심청이가 떠맡게 된다. 그런데 심청이는, 심봉사가 나이 40이 되도록 애가 없자 명산대찰(名山大刹, 이름난 산과 큰 절)에 빌어서 얻은 딸이므로 당연히 애비는 늙고 아이는 어린, 최악의 지경을 맞이한다.

이는 한마디로 불행을 극대화하는 장치이다. 맹인만 해도 불행한데, 아내가 없는 홀아비 맹인이며, 아내의 역할을 대신할 자식조차 아들이 아닌 딸이며, 또 그 딸마저 어리다. 어떻게 이 이상 더 불쌍할 수가 있는가. 이제는 누구든 나서서 구하지 않으면 되지 않을 상황이 오고 만 것이다.

구제불능(?) 심학규

그렇다면 심학규는 누군가가 나서서 애써 구제할 만한 인간인가? 물론, 소설의 처음은 "양반의 후예로 행실이 청렴하고 지조가 강개하니 사람마다 군자라 칭하더라."라고 해서 제법 그럴듯한 인격자로 그려놓고 있다. 그러나 심청이가 죽은 뒤로는 영 딴판이다.

> 마을 사람들이 심맹인의 전곡(錢穀)을 늘려서 성세가 해마다 늘어가니, 본촌에 서방질 일쑤 잘하여 밤낮없이 흘레하는 개같이 눈이 벌게서 다니는 뺑덕어미가 심봉사 전곡이 많이 있는 줄을 알고 자원하여 첩이 되어 살더니, 이년의 입버르장이가 또한 ○○ 버릇과 같아서 …(중략)… 온갖 악증(惡症)을 다 겸하였으되, 심봉사는 여러 해 주린 판이라 그 중에 동침하는 즐거움은 있어 아무런 줄 모르고 집안살림이 점점 줄어드니……

다 보여주고 싶지만 어린 학생들을 상대로 부득이하게 감출 수밖에 없음을 이해해주기 바란다. 도무지 앞에서 말한 군자 심학규가 아니다. 그저 여러 해 주렸다는 이유만으로 인간말종 뺑덕어미를 가까이해서 자식 판 돈을 다 날리는 일이, '군자'에게 어찌 있을까. 참으로 난감한 대목이다. 그뿐인가? 황성 가는 길에 황봉사와 눈이 맞아 뺑덕어미가 달아나자, 이번에는 몸소 여염집 여자들에게 추근대는 타락상을 여지없이 보여준다. '방아찧기'를 빌미로 온갖 추잡한 언행을 내보이는데, 방아 찧는 행위가 사실은 성행위를 연상시킨다.

고소설에서 심학규처럼 작품 전후로 그 성격이 어긋나는 경우를 찾기란 매우 어려울 것이 다. 초반에는 대단한 양반집안의 군자라고 하다가, 뒤에 가서는 천해도 그렇게 천할 수 없는 타락한 인간으로 만들어 놓는다. 곽씨 부인이 살아서는 용해터진 맹인 가장으로 나오지만 곽씨가 죽고 심청이가 없어진 뒤로는, 고을 관장에게까지 떼를 써서 물건을 얻어낼 정도의 수완을 보이기도 한다. 읽다 보면 과연 어떤 것이 진짜 심학규인지 아리송하다. 그러나 가만 생각하면, 그런 변화가 마냥 억지스러운 것만도 아니다. 사실 그가 젊어서는 아내 덕에 생계 걱정이 없었고 동네에서 인심도 잃지 않았으니 눈이 멀긴 했어도 삶이 그다지 곤궁하지는 않았던 것이다. 그런데 그런 바람막이가 사라지자 금세 무능한 속물로 전락하고 마는데, 이 점에서 연민을 느끼지 않을 수 없다.

사실 아무 이유 없이 악행을 일삼는 사람도 제법 있지만, 속내를 들여다보면 다 그럴 법한 이유를 가지고 있지 않던가. 〈심청전〉의 후반에서 벌이는 심학규의 행실은 정말 구제불능처럼 보이지만, 그 구제불능의 이유를 캐고 보면 역설적으로 정말 구원이 필요한 인간임이 분명해진다. 이것이 바로 두 번째 의문의 핵심으로, 그런 변화를 통해 좀더 현실적인 장치를 단 것이라 할 수 있다. 다 아는 대로 맹인은 우선 먹고살 방법이 거의 없는 불쌍한 인간이다. 그래서 신재효본 〈심청가〉 같은 경우는 봉사들이 모인 자리에서 그들이 살아가는 방법이 쭉 열거되기도 한다. 뺑덕어미를 만나야 했던 것, 뺑덕어미에게 놀아나야 했던 것, 목욕하다 옷을 잃어버린 것 등등이 모두 심봉사가 치러야 했던 삶의 곤궁함을 대변해준다.

황후와 '눈 띄우기'

자, 이제 세 번째 의문, 곧 심청이가 황후로 거듭나는 문제로 들어가 보자. 심청이가 물에 빠져 죽지만 다시 살아난다는 설정은 영웅 소설에서 위험에 빠진 영웅이 구원되면서 큰일을 이룬다는 도식을 그대로 따른 것으로 그리 특이한 일은 못된다. 따라서 단순한 구원이 아니라 황후가 된다는 부분을 짚고 넘어갈 필요가 있다. 황후가 된 심청이가 아버지 걱정 끝에 내놓는 계책을 들어보면 그 의미가 잘 드러난다.

"과연 한 계책이 있사오니 그리하옵소서. 이 땅의 모든 백성이 다 임금의 신하 아닌 사람이 없사오니 백성 중에 불쌍한 바는 환과고독(鰥寡孤獨, 홀아비, 과부, 고아, 자식 없는 늙은이) 사궁(四窮)이요, 그 중에 불쌍한 게 병신이오나 병신 중에 더욱 맹인이오니 천하 맹인을 모두 모와 잔치를 하옵소서. 저들이 천지일월성신이며 흑백장단과 부모 처자를 보아도 보지 못하여 원한 둠을 풀어주옵소서. 그러하오면 그 가운데 혹 신첩(臣妾)의 부친을 만나겠사오니 신첩의 원일 뿐 아니오라 또한 국가의 화평한 일도 되올 듯하오니 처분이 어떠하옵시니까?"

심청이의 목표는 물론 아버지를 찾는 것이다. 그러나 보다시피 이 말 속에는 단지 아버지를 찾겠다는 생각만 들어 있는 것이 아니다. 온 백성들이 모두 황제의 신하이며, 그 중 불쌍한 사람을 구제하는 일이야말로 '국가의 화평'을 이루는 근간임을 설파하고 있다. 이런 발언은 황후가 되지 않았더라면 할 수 없는 것이니, 바로 이때가 심청의 효(孝)가 온 세상으로 넓어지는 감격의 순간이다. 이는 한갓 맹인의 딸로서가 아니라, 온 나라 백성들의 어머니, 곧 국모(國母)로서의 발언이며, 작품의 주제는 그만큼 확대되었다고 할 수 있다.

하긴, 그런 이야기야 외국의 허다한 전래동화에서도 숱하게 보아온 바여서 새삼스럽지 않을 수 있다. 신데렐라가 그랬듯이 평범한 여성이 왕자나 왕을 만나 신분이 높아지는 이야기가 많지 않던가 말이다. 그러나 그런 이야기에서는 신분상승에서 이야기가 끝나버리기 때문에 '한 불행한 인간의 행복 찾기' 정도의 의미에 그치게 되는 데 비해서 〈심청전〉은 그 이상을 노리고 있다. 한 인간의 행복이 아니라 '모든 인간'의 행복을 추구하는 것이다. 뿐만 아니라 단순히 잘 먹고 잘 살았다는 소박한 행복관이 아닌, '진정한 인간'으로 거듭나는 데까지 초점을 두고 있다. 심봉사가 땅에 엎드려 제 잘못을 비는 대목을 보자.

"……신(臣)도 모르게 남경 선인들께 삼백 석에 몸을 팔리어서 인당수에 제물로 빠져죽었사오니 그때에 십오세라. 눈도 뜨지 못하고 자식만 잃었사오니 자식 팔아먹은 놈이 세상에 살아 쓸데없사오니 죽여주옵소서."

드디어 심봉사가 참회의 눈물을 흘리고 있다. 자신의 죄과를 뉘우치고 회한의 눈물을 흘릴 때 어떤 일이 일어나는가? 심청이가 살아 있다는 말에 깜짝 놀라면서 눈을 뜨게 된다. 그러니 이때의 '눈 뜸'은 단순히 장애를 극복하는 문제에 그치지 않고 세상을 제대로 보는 깨달음의 순간이 된다. 신재효본 〈심청가〉 같은 데에서는 아버지 눈이 아직 그대로인 줄 알고 죽겠다고 나서는 딸을 막아서면서 자기가 대신 죽겠으니 죽지 말라고 소리치는 과정에서 눈을 뜨는 것으로 되어 있다. 즉, 그냥 "놀라서 눈을 떴다."가 아니라, 무언가 절박한 반성 내지는 깨우침 뒤에 새로운 세상이 열리는 점을 강조하는 것이다.

이어서 온 맹인들이 눈을 뜬다. 작품에 있는 그대로 "맹인에게는 천지개벽"이라는 표현이 정말 적절하다 하겠다. 천지가 새로 열리는 듯이, 모든 맹인들이 눈을 뜬다. 심청이가 황후가 되었기 때문에 그 효가 온 세상으로 확대되고, 심봉사의 깨우침을 기회로 모든 사람들이 눈을 뜨는 감격을 맛본다.

그래도 남는 아쉬움

앞서 살핀 대로, 〈심청전〉은 확실히 깊이가 있는 소설이다. 흔히 아는 대로 효녀가 죽어서 아비를 구했다는 간단한 도식을 거부하고 인간의 구원 문제를 다룬 문제작이다. 구원받는 심봉사와 구원해주는 심청, 개인으로서의 심봉사 부녀와 고통을 받는 온 백성의 상징인 맹인들이 얽히면서 심각한 주제를 이끌어낸다. 가난한 심청이는 황후가 되고, 맹인 심봉사는 안맹인과의 재혼으로 후사를 못 이었던(예전에는 아들이 없으면 후사를 잇지 못한 것으로 여겼음) 한까지 말끔히 씻는다. 정말 모든 문제가 남김없이 씻겨져서 물에 풀리듯 사라져버린 것이다.

　그러나 다 읽고 나면 여전히 개운치 않은 구석이 남는다. 심청이의 외형은 가난한 맹인 집의 불쌍하기 그지없는 딸이지만 그 내면은 그와는 전혀 다른 고귀한 인간이기 때문이다. 심청을 가질 때의 태몽대로, 그녀는 애초에 천상인(天上人)이었는데 아주 사소한 죄를 짓고 지상으로 귀양살이를 온 것이다. 결국, 그녀의 모든 행실은 하늘나라에서의 죄값을 치르는 정도로 이해될 뿐이다. 물에 빠져 죽는 것도 죽음에서 구해지는 것도 따지고 보면 모두 예정된 수순이다.

　　일일은 옥황상제께서 사해용왕에게 전교(傳敎)하시사, "심 소저가 월로방연(月老芳緣, 월하노인이 맺어준다는 남녀 간의 아름다운 인연)의 기한이 가까우니 인당수로 환송하여 어진 때를 잃지 말게 하라."

　이처럼, 〈심청전〉에서 벌어지는 모든 일들은 사사건건 천상의 힘이 지상에 내려앉은 꼴이 된다. 문제의 발생은 지극히 세속적인 데서 생겼지만 그 해결만큼은 지극히 신성한 데에서 풀리는 이중성을 보이는 것이다. 〈심청전〉이 인간의 구원이라는 자못 심각한 주제에 근접하면서도 그리 치열하게 느껴지지 않는 것은 아마도 그런 데에 큰 이유가 있지 않을까 한다. 이는 심청이 지상의 잣대로는 미천한 소녀에 불과하지만 태생적으로 천상의 귀인으로 설정된 데서 오는 필연적 귀결로, 〈심청전〉을 포함한 고소설 일반이 갖고 있는 한계이기도 하다.

다음은 심봉사가 눈뜨는 대목이다. 자신의 잘못을 회개하고 눈을 뜨는 것은 물론, 그것을 계기로 모든 맹인들도 함께 눈을 뜨게 되는 데에서 이 소설의 메시지가 강하게 다가온다. 눈뜬 심봉사, 아니 정상인으로 돌아온 심학규의 흥겨운 노랫가락이나 뒤를 이은 봉사들의 합창은 판소리의 걸쭉한 흥을 그대로 담고 있다.

　황후 반기시사,

　"가까이 입시하라."

하시니 상궁이 명을 받자와 심봉사의 손을 끌어 별전으로 들어갈새 심봉사 아무런 줄 모르고 겁을 내어 걸음을 못 이기어 별전에 들어가 계단 아래 섰으니 심맹인의 얼굴은 몰라볼러라.

　백발은 듬성듬성하고 황후는 삼 년 용궁에서 지냈으니 부친의 얼굴이 가물가물하여 물으시되,

　"처자 있느냐?"

　심봉사 땅에 엎드려 눈물을 흘리면서 여짜오되,

　"아무 해에 상처하옵고 초칠일이 못 다가서 어미 잃은 딸 하나 있삽더니 눈 어두운 중의 어린 자식을 품에 품고 동냥젖을 얻어먹여 근근 길러내어 점점 자라나니 효행이 출천(出天, 하늘에서 냄)하여 옛사람보다 더 낫더니 요망한 중이 와서 '공양미 삼백석을 시주하오면 눈을 떠서 보리라.' 하니 신의 여식이 듣고, '어찌 아비 눈 뜨리란 말을 듣고 그저 있으랴.' 하고 달리는 마련할 길이 전혀 없어 신도 모르게 남경 선인들게 삼백 석에 몸이 팔리어서 인당수에 제물로 빠져죽었사오니 그때에 십오세라, 눈도 뜨지 못하고 자식만 잃었사오니 자식 팔아먹

은 놈이 세상에 살아 쓸데없사오니 죽여주옵소서.”

황후 들으시고 눈물 흘리시며 그 말씀을 자세히 들으시매 정녕 부친인 줄은 알으시되, 부자간 천륜에 어찌 그 말씀이 끝나기를 기다리랴마는 자연 말을 만들자 하니 그런 것이었다.

그 말씀은 마치듯 못 마치듯 황후 버선발로 뛰어내려와서 부친을 안고,

“아부지, 내가 과연 인당수에 빠져 죽었던 심청이오.”

심봉사 깜짝 놀래어,

“이게 웬말이냐?”

하더니 어찌 하 반갑던지 뜻밖에 두 눈이 갈모(갓 위에 쓰는 기름종이로 비 올 때 썼음) 떨어지는 소리가 나면서 두 눈이 활딱 밝았으니, 자리에 가득한 맹인들이 심봉사 눈 뜨는 소리에 일시에 눈들이 ‘희번덕 짝짝’ 까치새끼 밥먹이는 소리 같더니, 뭇 소경이 천지 명랑하고 집 안에 있는 소경, 계집 소경도 눈이 다 밝고, 배 안의 맹인, 배 밖의 맹인, 반소경, 청맹과니까지 모조리 다 눈이 밝았으니 맹인에게는 천지개벽하였더라.

심봉사 반갑기는 반가우나 눈을 뜨고 보니 도리어 처음 보는 얼굴이라. 딸이라 하니 딸인 줄 알건마는 근본 보지 못한 얼굴이라 할 수 있나. 하 좋아서 죽을동말동 춤추며 노래하되,

얼씨구 절씨구 지화자자 좋을씨고.
홍문연 높은 잔치에 항우가 아무리 춤 잘 춘들 내 춤을 어찌 당하며
한고조가 말 위에서 천하를 얻을 제, 칼춤 잘 춘다 할지라도 어허 내 춤 당할쏘냐.
어화, 창생들아 아들 낳기 중하게 여기지 말고 딸 낳기를 중하게 여

기소.

　죽은 딸 심청이를 다시 보니

　양귀비가 죽어 환생했는가,

　우미인이 도로 환생하여 왔는가.

　아무리 보아도 내 딸 심청이제.

　딸의 덕으로 어두운 눈을 뜨니 일월이 밝아 다시 좋도다.

　별 뜨고 구름 이니 온갖 만물 즐거하다.

　요순 천지 다시 보오니 얼씨구 좋을로다.

　아들 낳기 중히 여기지 말고 딸 낳기 중히 여기란 말은 나를 두고 이름이라.

　무수한 소경들도 철도 모르고 춤을 출 제,

　지화자 지화자 좋을씨고 어화 좋구나.

　세월아 세월아 가지 마라.

　돌아간 봄 또다시 돌아오건마는,

　우리 인생 한번 늙어지면 다시 젊기 어려워라.

　옛글에 일렀으되, ‘좋은 때는 얻기 어렵다.’ 하는 것은

　만고 명현 공자 맹자 말씀이요

　우리 인생 무슨 일 있으랴.

　다시 노래하되, ‘산호 산호만세(山呼萬歲, 축하의 뜻으로 임금께 부르는 만세)!’를 부르더라.

〈심청전〉(완판본) 중에서

한중록
한恨풀이로서의 글쓰기

〈한중록〉은 혜경궁 홍씨(惠慶宮洪氏)가 지은 책으로 모두 4편으로 구성되어 있다. 제1편은 작가가 회갑이 되던 1795년에 쓰였고, 나머지 세 편은 1801(순조 1)~1805년(순조 5) 사이에 쓰였다. 여러 종류의 필사본이 전하는데, 그 표제 역시 '한등록', '한등만록', '읍혈록' 등 여럿이다. 제1편은 작가의 출생부터 성장 과정, 세자빈으로 간택된 이야기, 궁궐 생활 등을 회고하고 있으며, 뒷부분에 친정식구들이 화를 입는 과정 등이 비교적 소상히 그려진다. 나머지 세 편은 주로 친정과 관련된 이야기들인데, 특히 제3편에서는 순조 임금에게 자신의 한을 풀어 줄 것을 간청하는 내용이 나온다. 제4편에서는 사도 세자가 뒤주에 갇혀 죽게 되는 상황이 그려진다. 이처럼 〈한중록〉은 본질적으로 회고록임에도 불구하고 서사적인 대결이 극명히 보이고, 세부묘사 등이 치밀한 점 등에 비추어 실화를 바탕으로 한 소설에 육박한다. 이 작품이 구사하고 있는 궁궐 여성의 품위 있는 문체는 여타의 고소설이 따르기 어려운 부분이다.

작가 혜경궁 홍씨(1735~1815)는 영조의 아들인 사도 세자의 비(妃)로, 본관은 풍산(豊山)이며 영의정 홍봉한(洪鳳漢)의 딸로 정조의 어머니이며 순조의 할머니이다. 1744년에 세자빈에 책봉되었다. 당대 최고의 세력가 집안에서 태어나 세자빈까지 되었으면서도, 정작 자신의 남편이 참담하게 죽어가는 과정을 목격함으로써 절절한 한이 표출된 〈한중록〉을 쓰게 되었다.

여자가 한을 품으면

여자가 한을 품으면 어떻게 될까? 속담을 참고하면 정답은 '오뉴월에도 서리가 내린다.' 일 것이다. 요즘은 이런 속담이 잘 먹히지 않을 만큼 성 차별이 많이 없어지기는 했지만, 예전에는 정말 여자들의 한이 대단했을 듯하다. 당연히 고전 문학에도 여성의 한이 담겨 있는 작품들이 제법 있는데, 〈한중록〉이 그 대표적인 예이다.

이 작품의 한자 표기는 '閑中錄'이라 하는 게 일반적이지만, '恨中錄'이라 하는 경우도 있다. 그런데 이 한가하다는 '한(閑)' 과 한스럽다는 '한(恨)' 의 의미 사이에 놓여 있는 거리가, 사실은 이 작품의 성격을 단적으로 보여준다. 즉 모든 일이 다 지나가고 한가해진 틈[閑]에 지난날의 그 처절한 한(恨)을 되새겨보는 작품인 셈이다. 요컨대 그 무게 중심을 한가함에 둘 것이냐 한스러움에 둘 것이냐에 따라서 대단히 복잡한 성격이 엇갈리게 된다.

이 작품의 작가 혜경궁 홍씨는 명문가 태생으로 영조의 며느리이다. 표면상으로 보아서야 무슨 특별한 한이 있을까 싶지마는, 실제 그녀가 겪은 삶만큼 한스러운 경우도 다시 찾기 어렵다. 대개의 비극이 그렇듯이 대단한 인물이 시련을 만날 때는 그 강도가 높아지는 법. 열 살의 나이에 세자빈이 되어 궁궐에 들어올 때부터 그녀에게는 탄탄대로가 보장되었어야 이치에 맞는데 그 모든 것이 뒤틀려버리면서 비극이 시작된다. 즉, 자기가 세자빈이 되었기 때문에 청상과부가 되고 또 어이없게도 그 때문에 친정이 몰락하고 만다. 다 아는 대로 그녀의 남편 사도 세자(1735~1762)는 뒤주 속에 갇혀서 목숨을 잃었으며, 아버지는 벼슬에서 쫓겨났고, 삼촌과 동생이 사약을 받고 죽었던 것이다. 그 과정에서 쌓인 한을 노년기에 접어들면서 담담히 서술해놓은 것이 바로 〈한중록〉이다.

영광, 그 비극의 시작

흔히 〈한중록〉이 하나의 작품인 것으로 알고 있는데 실제로는 여러 작품들이 한데 모아진 것이다. 작가가 처음부터 의도하고 쓴 것이 아니라, 여러 가지 필요와 요구에 따라 몇 차례에 걸쳐 쓴 것이 나중에 한데 모아져 지금 우리가 알고 있는 〈한중록〉이 되었다. 어떤 부분에서는 친정의 억울한 사연을 털어놓고 있으며, 또 어떤 부분에서는 어린 임금(순조)에게 지난 역사를 일깨워주고 있고, 또 다른 곳에서는 남편 사도 세자의 비참한 죽음을 그리고 있다. 그러다 보니 이 작품은 특이하게도 자기 고백적 성격이 강한 회고담이기도 하고, 역사책에

버금가는 담담한 서술이기도 하며, 여느 소설을 능가하는 서사물이기도 하다.

작품의 처음에서는 자신이 어떻게 궁궐에 들어가게 되었는가를 설명하고 있는데, 거의 집안 자랑에 가까운 홍씨 가문에 대한 세세한 소개가 끝나고 나면 심상치 않은 출발을 보인다.

조조(早朝)에 선인(先人, 죽은 아버지)이 들어오셔서 선비(先妣, 죽은 어머니)께 "이 아이 수망(首望, 으뜸으로 물망에 오름)에 들었으니 이 어쩐 일인고." 하오시고 근심하시니 선비(先妣) 하시되 "한미한 선비의 자식이니 들이지 말았더면." 하시고, 양위(兩位, 두 분) 근심하는 말씀을 잠결에 듣고 자다가 깨어 마음이 동하여 자리에서 많이 울고 궁중에서 사랑하던 일이 생각이 나 놀라와 즐기지 아니하니 부모 도리어 위로하시고 "아이가 무슨 일을 알리." 하시나, 내 초간택(初揀擇, 세 차례의 간택 중 처음) 후로 심히 슬퍼하기를 과히 하였으니 궁중에 들어와 억만창상(億萬滄桑, 억만 번이나 되는 상전벽해(桑田碧海), 곧 무수한 변화)을 겪으려 마음이 스스로 그러하던가 일변 고이하고(괴이하고) 일변 인사(人事)가 흐리지 아니한 듯하더라.

자신의 딸이 세자빈이 될 가능성이 있다면 기분이 어떨까? 기대와 흥분으로 밤잠을 이루지 못하는 것이 정상일 것이다. 그러나 보다시피 정반대의 상황이 연출되고 있다. 가문의 영광이 기실은 가문의 고난이 되었는데, 그런 조짐을 궁궐에 들어가기 훨씬 전에 이미 읽어내고 있다는 말이다. 그래서 그런지 혜경궁 홍씨는 입궐 이전의 상황에 대한 서술을 환희나 설렘이 아닌 비애와 서러움으로 일관한다. 아버지 어머니가 자신을 경대(敬待, 공경하여 대함)하고 사촌들도 거리를 두는 등 열 살 소녀로서는 감당하기 힘든 변화를 겪었을 뿐 아니라, 그 비범한 혼사로 인해 사실상 평범한 여인으로서의 행복을 모두 반납해 버린 것이 은연중에 강조된다.

이처럼 〈한중록〉에는 가장 영광스러운 지위에 올라서, 역설적이게도 지극히 평범한 행복마저 박탈당한 한 여인의 한이 담겨 있다. 행복은커녕 평범한 여인이라면 절대로 겪지 않았을 비운만 맛본 그 한스러운 세월이 고스란히 담겨 있다.

사도 세자의 참변

혜경궁 홍씨의 남편은 사도 세자인데 혹시 '사도(思悼)'를 그의 이름으로 알고 신기하게 생각하는 사람들이 있을지 모르겠다. '도(悼)'의 뜻이 '슬퍼하다'이니 '사도'라는 이름에 그의 슬픈 운명이 담겨 있다는 제법 그럴 법한 추리를 하면서 말이다. 그러나 '사도'는 그가 죽은 뒤 영조가 내린 시호(諡號, 죽은 뒤 공덕을 칭송해 임금이 내리는 이름)이다. 아들을 죽이기는 했지만 그런 시호를 내린 데에서 영조의 심리를 엿볼 수 있다. 거기에는 아들을 죽였다는 죄책감과 회한이 서려 있음이 분명하다. 그렇다면 왜 아들을 죽였을까?

정말 사도 세자가 정신병자였고 인간 말종이기만 했다면, 사실상 '사도'라는 시호가 그리 잘 어울리지 않을는지 모른다. 이 점에서 혜경궁 홍씨는 〈한중록〉을 통해 비교적 소상하게 그 전말을 일러준다.

기록하여 전하는 말을 보니 나신 지 백일 안에 기이한 일이 많사오시

고 4삭(朔, 달)에 걸으시고 6삭에 영묘(英廟, 영조 임금) 부르심을 응대
하오시고 7삭에 동서남북을 가리키오시고, 2세에 글자를 배우셔 60여
자를 성자(成字)하시고, 3세에 다식(茶食)을 드리니 수복(壽福) 자(字)
박은 것은 잡사오시고……

믿기 어려운 기록이다. 이 말이 사실이기만 하다면 사도 세자는 가
히 비범한 인물이다. 대체 어떤 사람이 태어난 지 4개월 만에 걷고 6
개월 되었을 때 응대를 하며, 7개월쯤 되어서 동서남북을 알 것인가?
혜경궁 홍씨가 이런 기록을 그대로 옮겨놓은 의도는 너무도 뻔하다.
작가는 자신의 남편 사도 세자는 ‘본래’ 총명하기 그지없는 인물이었
는데, 불행하게도 죽었다는 말을 하고 싶었으리라. 작품 안에는 그 죽
게 되기까지의 과정이 아주 소상하게 기록되어 있는데, 작품을 통해
그런 비극이 일어난 가장 중요한 요인을 추출해보면 아마도 아버지
영조와의 성격상의 갈등이 아닐까 한다.

영조는 널리 알려진 대로 아주 호방한 성격의 인물이었다. 그는 아
들이 태어난 지 100일 만에 아들의 거처를 따로 만들어서 ‘세자’ 만들
기에 주력하고, 어린 아들에게 언제든지 민첩하게 행동할 것을 요구
했던 듯하다. 이처럼 양육 과정에서 부모의 정을 제대로 받지 못한 데
다 너무 엄하기만 한 아버지 밑에서 기가 죽어 지내다 보니, 타고난
재질을 제대로 발휘하기 어려웠을 뿐 아니라, 사람들에게는 오히려
보통도 못 되는 저열한 인간처럼 비추어졌음을 〈한중록〉은 힘주어 말
하고 있다. 다음 대목을 보자.

부자(父子) 분 성품이 다르오셔 영묘께서는 영명인효(英明仁孝, 영

)하오시고 상찰민숙(詳察敏熟,)하신 성품이시고 경모궁(景慕宮,)께서는 언어 침묵하셔 행동지간(行動之間)에 날래지 못하오시고 민첩치 못하시니 덕기(德器)는 거룩하오시나 범사(凡事)에 부왕의 성품과는 다르온지라. 상시(常時)에 물으오시는 말씀이라도 즉시 응대치 못하오셔 머뭇거려 대답하오시고, 문의하실 즈음이라도 당신 소견이 없아오신 것이 아니로되 이리 대답하여 어떠할고 저리 대답하여 어떠할고 하오셔 즉시 대답치 못하셔 매양 영묘께오서 갑갑하게 하시니 이 일이 또 큰 마디가 되었는지라.

아내가 본 남편()과 시아버지() 사이는 그렇다. 똑똑한 남편이지만 소심했고, 그래서 잠시만 지체해도 시아버지는 그것을 참지 못했다. 이것이 발단이 되어 결국 큰 변이 일어났던 것이다. 신임을 얻지 못한 아들은 계속 불안해했고 급기야 정신병적인 증상들을 보이기 시작한다. 가장 대표적인 것이 '의대증(衣襨症)'으로, 옷을 입으려면 십여 벌 이상씩을 찢어놓고서야 간신히 입는 증세이다. 그뿐 아니라 점을 친다고 해괴한 일을 하며 여승을 희롱하는가 하면 몰래 궁궐 밖에서 놀다 오는 등, 차마 입에 담기 어려운 여러 가지 음란한 일들을 행했다고 한다.

결국 더 이상 그런 행실들을 참을 수 없어서 죽였다는 것이 영조의 논리라면, 그런 행실의 빌미를 제공한 인물이 바로 영조라는 것이 혜경궁 홍씨의 논리이다. 이처럼 〈한중록〉은 사도 세자의 비극이 어디에서 기인한 것인지를 세월이 흐른 뒤 해명하고 폭로하는 성격이 짙다. 이 점에서 남편의 죽음에 대한 한풀이, 글로 쓰는 한풀이 성격이 농후하다.

친정의 원통함을 누가 풀어줄까?

세자가 죽는 일은 세자빈을 배출한 집에 어떤 영향을 미칠까? 당연히 좋지 않을 것이다. 그것도 평범한 병사(病死)가 아닌 죄를 쓰고 죽는다면, 그 집안의 쇠퇴는 불을 보듯 뻔하다. 그러나 혜경궁 홍씨의 친정이 겪은 일은 그 정도의 평상적인 쇠퇴가 아니었다. 아버지, 삼촌, 동생이 차례로 화를 입고 집안은 그야말로 쑥대밭이 되었다. 비록 그녀의 남편이 죽었다고는 해도 그녀가 낳은 아들과 손자가 차례로 왕이 되었는데 어찌 그런 일이 있을 수 있었을까? 그녀는 그녀의 손자이면서 새로 즉위한 순조에게 자기 집안의 원통함을 직접 호소하기로 작정하고 붓을 든다.

내 임오화변(壬午禍變, 사도 세자가 죽은 변)에 죽지 아니함은 선왕(先王, 돌아가신 왕. 여기에서는 정조 임금) 보호하기를 위함이요, 무술(戊戌, 1779년)에 선친이 흉무(兇誣, 흉한 무고, 무고란 죄 없는 사람을 죄 있는 것처럼 꾸미는 일을 말함)를 만나오셔 지원(至冤, 지극히 원통함)을 폭백(暴白, 분한 사정을 들어 함부로 성을 내어 말로 변명함)치 못하시고 한을 품어 촉수(促壽, 명을 재촉함)하시니 내 결단하여 따르오려 하더니, 선왕의 효성에 감동하여 처음 마음을 이루지 못하고 이제 선왕을 잃고 또 이어 천만무죄한 동생을 참화를 입게 하니 내 불열(不烈), 부자(不慈), 불효(不孝), 불우(不友)한 사람이 되니……

지금도 흔히 '출가외인'이라는 말을 쓰면서 여자가 시집을 가면 그것으로 친정과의 일은 끝난 듯이 말하곤 한다. 그러나 그것은 결혼한 여자가 친정 일에 간섭하기를 꺼릴 때나 쓰는 말일 뿐, 사실은 친정이 든든하지 못하면 늘 불안하고 시집에서의 위상도 떨어지게 마련이다. 더욱이 친정의 몰락이 자신의 문제와 연관된 것일 때, 그 비통한 심정은 충분히 짐작이 간다. 그러나 그런 심정을 옮겨 적고 다른 사람에게 돌려보게 하는 것만으로는 실질적인 문제의 해결에는 별 도움을 주지 못한다. 그래서 혜경궁 홍씨는 현재의 임금에게 그런 사실을 직접 호소하기로 한다. 내용은 아주 간단한 편이다. 세부 내용은 번잡스러울 만큼 길지만 간단하게 줄이면, '우리 친정은 아무 죄가 없다, 굽어 살펴주시라.'로 요약할 수 있다.

〈한중록〉의 성과와 한계

〈한중록〉은 확실히 독특한 작품이다. 일단 단일한 성격의 장르로 보기 어렵다는 점부터가 그렇다. 대체로 수필로 보는 편이지만 부분적으로는 소설로 볼 수도 있을 만큼 서사성이 강하기도 하다. 특히 사도 세자와 영조와의 갈등을 다룬 대목 등은 일반 소설에서도 보기 힘들 정도의 서사적인 대결이 강하게 드러난다. 이미 앞서 말한 대로 이 작품은 여러 차례에 걸쳐서 다른 목적에 의해 쓰인 것인 만큼 각 부분의 문학적 성향도 다른 것이다. 궁궐에 들어가기까지의 과정을 담담한 고백투의 문체로 서술했다면, 궁궐에 들어와서 겪은 일은 흡사 소설의 한 장면처럼 그 내면 심리와 부자간의 갈등을 섬세하게 그려냈고, 임금에게 호소하는 대목에서는 한 많은 삶을 산 한 여성의 하소연이 들리는 듯하게 썼다.

이처럼 한 작가가 다양한 독자층을 염두에 두고, 기대한 목적을 달성하기 위해 여러 방식의 글쓰기를 동원했다는 사실 자체가 이 작품의 큰 성과이다. 더욱이 특유의 한글체, 그것도 궁궐에서 쓰는 전아(典雅)한 말투를 사용해서 우리말의 멋과 기품을 최대한 살린 점이 이 작품의 강점이다. 그리고 무엇보다도 여성의 필치가 느껴지도록 썼다는 사실 역시 이 문학 작품이 보여줄 수 있는 독특한 매력이자 미덕이다.

하지만 바로 그 때문에 어쩔 수 없는 한계를 갖기도 한다. 문장 끝에 상투적으로 등장하다시피 하는 '어이 섧지 아니하리요', '애통뿐이로다', '안타깝더니라', '어찌 다 형용하리요' 등이 그런 예이다. 여성답게 모든 문제를 정서적, 애상적인 데로 몰고 가서 작가의 그 슬픈 속내를 독자가 공감하기 쉽도록 꾸미기는 했지만, 한편으로 독자는 그 때문에 객관적인 사태 파악에 많은 장애를 겪게 되는 것이다. 더군다나 사도 세자의 참변과 홍씨 가문의 몰락에는 현실 정치에서의 붕당 등이 문제가 되었는데도 그런 것에 대한 접근은 아예 시도하지도 못하고 말아서 아쉬움이 크다.

● 〈한중록〉 중 제1편은 회갑의 나이(1796년)에 친정 조카에게 주기 위해, 나머지 세 편은 순조 1년(1801년)~5년(1805년) 사이에 친정의 억울한 죄명을 벗겨주기 위해 썼다.

〈한중록〉의 역사적 배경

영조는 탕평책을 써서 노론과 소론의 첨예한 대립을 조절했지만, 노론의 힘을 등에 엎고 왕위에 올랐기 때문에 공공연히 노론을 지지했고, 그 덕분에 노론의 득세는 계속되었다. 그런 가운데 사도 세자가 태어나자 노론은 소론을 완전히 물리치기 위해 세자를 중심으로 세력을 구축하려 하나 세자는 여기에 동조하지 않았다. 게다가 이때 영조는 노론파인 홍봉한(혜경궁 홍씨의 아버지)을 중심으로 정국을 운영하기 시작했다. 이러한 세자와 영조의 태도를 못마땅하게 여긴 세력이 생겨났는데, 그들이 바로 노론에서 또 다른 커다란 세력을 형성하고 있던 계비 김씨의 외척들이었다. 그들은 사도 세자의 약점을 잡아 비판하기 시작했고, 이러한 계략은 사도 세자의 비행과 맞아떨어졌다. 그러다 마침내 1762년(영조 38년) 5월 김씨 일파는 나경언(당시 형조 판서 윤급의 집에서 잡일을 맡아보던 하인)을 시켜 세자가 내시들과 결탁하여 역모를 꾸미고 있다고 형조에 고발하게 했다. 그 뒤 영조는 세자를 모함했다 하여 나경언을 사형에 처하고, 고심 끝에 세자를 손수 뒤주에 가두어 굶겨 죽였다. 그러나 사도 세자가 죽은 뒤 승승장구하던 혜경궁 홍씨의 친정 세력은 영조가 승하하고 정조가 즉위하자 멸문지화(滅門之禍, 한 집안이 다 죽임을 당해 없어지는 화)를 당했다. 그 이유는 홍봉한이 사도 세자가 죽을 때 방관만 하고 있었으며, 거기에서 더 나아가 영조에게 뒤주를 바쳤다는 것, 사도 세자의 아들이자 세손인 정조를 폐하고 은전군을 추대하려 했다는 것 등이었다. 그러나 혜경궁 홍씨는 〈한중록〉에서 이것을 모두 모함이라 말하고 있다.

작품 읽기

다음은 〈한중록〉 가운데에서 사도 세자가 죽던 순간에 대한 서술이다. 남편이 죽기 직전의 불길한 느낌이며, 죽는 순간의 비참한 정경들이 여성스러운 필치로 세밀하게 그려져 있다.

거동령을 들으시고 공구(恐懼, 두려워함)하여 아무 소리도 없이 "기계와 말을 다 감추어 경영한 대로 하라." 하시고, 교자(轎子, 가마) 타시고 경춘전 뒤로 가시며 나를 오라 하시니, 근래 눈에 사람 곧 뵈이면 일이 나니 교자에 가마두에(가마 뚜껑) 하고 사면장(四面帳, 사면에 치는 휘장)을 치고 다니시고, 춘방관과 밖엔 또 학질이 있다 하여 계시더니, 그날 나를 덕성합(德成閤)으로 오라 하오시니, 그때 오정 즈음이나 되는데, 홀연(忽然) 까치가 수(數)를 모르게 경춘전을 에워싸고 우니, 그는 어인 징조런고? 괴이하여, 그 때 세손이 환경전(歡慶殿)에 겨오신지라, 내 마음이 황황한 중, 세손 몸이 어찌 될 줄 몰라 그리 나려가, 세손다려 "아무 일이 있어도 놀라지 말고 마음 단단히 먹으라." 천만 당부하고 아무리 할 줄을 모르더니, 거동이 지체하야 미시(未時) 후나 휘령전(徽寧殿)으로 오신다는 말이 있더니,

그리할 제, 소조(小朝, 사도 세자를 가리킴)께서 나를 덕성합으로 오라 재촉하오시기 가 뵈오니, 그 장하신 기운과 부호(不好)하신 언사도 아니 겨오시고, 고개를 숙여 침사상량(沈思商量, 깊이 헤아려 생각함)하야 벽에 의지하야 앉아 겨오신데, 안색이 놀라오서 혈기 감하오시고 나를 보오시니, 응당 화증(火症)을 내오서 오죽하지 아니하실 듯, 내 명(命)이 그날 마치일 줄 스스로 염려하야 세손을 경계 부탁하고 왔더니. 사기(辭氣) 생각과 다르오서 날다려 하시되, "아마도 괴이하니, 자네는 좋이 살게 하였네. 그 뜻들이 무서워." 하시기 내 눈물을 드리워 말없이 허황하야 손을 비비이고 앉았더니,

휘령전으로 오시고 소조를 부르오시다 하니, 이상할손 어이 "피(避)차." 말도, "달아나자." 말도 아니 하시고, 좌우를 치도 아니 하시고, 조금도 화증 내신 기색 없이 썩 용포(龍袍, 임금이 입던 정복)를 달라 하

야 입으시며 하시되, "내가 학질을 앓는다 하려 하니, 세손의 휘항(揮項, 머리에 쓰는 방한구)을 가져오라." 하시거늘, 내가 그 휘항은 작으니 당신 휘항을 쓰시고저 하야, 내인다려 당신 휘황을 가져오라 하니, 몽매(夢寐)밖에 썩 하시기를, "자네가 아롷거나 무섭고 흉한 사람이로세. 자네는 세손 다리고 오래 살려 하기, 내사 오늘 나가 죽겠기 사외로와(꺼려서), 세손의 휘황을 아니 쓰이려 하는 심술(心術)을 알게 하였다네." 하시니, 내 마음은 당신이 그 날 그 지경에 이르실 줄 모르고 이 끝이 어찌 될꼬! 사람이 다 죽을 일이요, 우리의 모자의 목숨이 어떠할런고! 아무렇다 없었기 천만 의외에 말씀을 하시니, 내 더욱 설워 다시 세손 휘항을 갖다 드리며, "그 말씀이 하 마음의 없는 말이시니, 이를 쓰소서." 하니, "싫어. 사외하는 것을 써 무엇할꼬?" 하시니, 이런 말씀이 어이 병환(病患)이 든 이 같으시며, 어이 공순히 나가랴 하시던고! 다 하늘이니, 원통 원통이요!

다 그리할 제 날이 늦고 재촉하야 나가시니, 대조(大朝, 영조 임금을 가리킴)께서 휘령전에 좌하시고, 칼을 안으시고 두드리오시며 그 처분을 하시게 되니, 차마 차마 망극하니, 이 경상(景狀)을 내 차마 기록하리오! 섧고 섧도다!

나가시며, 즉시 대조께서 엄노(嚴怒)하신 성음(聲音)이 들리오니, 휘령전이 덕성합과 머지 아니하니, 담 밑에 사람을 보내어 보니, 벌써 용포를 벗고 엎드려 겨오시더라 하니, 대처분(大處分)이 오신 줄 알고, 천지 망극하야 흉장(胸腸, 가슴과 창자)이 붕렬(崩裂, 무너지고 찢어짐)하는지라.

게 있어 부질없어, 세손 겨신 데로 와 서로 붙들고 아무리 할 줄을 모르더니, 신시(申時) 전후 즈음에 내관(內官)이 들어와 밧소주방(外

所廚房, 외소주방)에 쌀 담는 궤를 내라 한다 하니, 어찐 말인고? 황황하야 내지 못하고, 세손궁이 망극한 거조(擧措, 일을 처리하거나 꾸미기 위한 조치)가 있는 줄 알고 문정전에 들어가, "아비를 살려 주옵소서." 하니, 대조께서 나가라 엄히 하오시니, 나와 왕자 재실(齋室)에 앉아 겨시니, 내 그때 정경이야 고금천지 간에 없으니, 세손을 내어 보내고 천지 합벽(天地闔闢, 하늘과 땅이 열리고 닫힘)일월이 회색(晦塞, 깜깜하고 막힘)하니, 내 일시나 세상에 머물 마음이 있으리요!

칼을 들어 명을 결단하려 하더니, 방인(傍人, 곁의 사람)의 앗음을 인하야 뜻같지 못하고, 다시 죽고자 하되 촌철(寸鐵, 조그마한 쇠붙이)이 없으니 못하고, 숭문당(崇文堂)으로 말미암아 휘령전 나가는 건복문(建福門)이라 하는 문 밑에를 가니, 아무것도 뵈지 않고, 다만 대조께서 칼 두드리오시는 소리와, 소조께서 "아바님 아바님, 잘못하얐사오니, 이제는 하라 하옵시는 대로 하고, 글도 읽고 말씀도 다 들을 것이니, 이리 마오소서." 하시는 소리가 들리니, 간장이 촌촌(寸寸)이 끊어지고 앞이 막히니, 가슴을 두드려 아무리 한들 어찌하리요! 당신 용력(勇力)과 장기(壯氣)로 게를 들라 하신들 아무쪼록 아니 드오시지, 어이 필경에 들어 겨시던고! 처음은 뛰어 나가랴 하시옵다가, 이기지 못하야 그 지경에 미쳤사오시니, 하늘이 어찌 이대도록 하신고!

만고에 없는 설움뿐이며, 내 문 밑에서 호곡하되, 응하오심이 아니 겨신지라, 소조 벌써 폐위(廢位)하야 겨시니, 그 처자가 안연(晏然, 마음 편안히)히 대궐에 있지 못할 것이요, 세손을 밖에 두어시니 어쩌할꼬!

〈한중록〉 중에서

박씨전
억압과 굴종을 넘어서

작품 및 작가 소개

〈박씨전〉은 조선 후기의 소설로 대개의 국문 소설이 그렇듯 작가와 연대를 알 수 없다. 추하다는 이유로 남편에게조차 박대를 받던 여성이 미인으로 탈바꿈하면서 신비한 술법으로 외적을 욕보이는 이야기이다. 병자호란이라는 역사적 배경을 바탕에 깔고 있다는 점에서 역사 소설이며, 군사적 싸움이 드러난다는 점에서 군담 소설이고, 근본적으로 주인공의 변신 등을 문제 삼는다는 점에서 도술 소설이다. 그러나 정말 중요한 점은 군담, 도술, 변신 등의 문제가 아니라 그 주체가 여성이라는 점에 있을 것이다. 흔히 '박씨부인전'으로 표제가 달린 것처럼 여성이 강조되는 점을 간과할 수 없다.

조선조의 여성들은 지금보다 훨씬 더 심한 질곡 속에 있었다. '삼종지도(三從之道)'라는 말대로 어려서는 아버지를, 어른이 되어서는 남편을, 늙어서는 아들을 좇는 것이 당연하게 여겨졌다. 이런 상황에서 소설로 나아갈 길은 무엇일까? 그 서글픈 사정을 구구절절이 털어놓는 방법도 있겠고 소설 속에서나마 남성들을 호령해보는 방법이 있겠는데, 이 작품은 후자를 택했다. 작품 속의 여성 주인공이 느끼는 억압과 굴종이, 사실은 그 책을 읽는 모든 여성 독자들의 그것이면서 다른 한편으로 그 처지처럼 딱한 약소국 조선의 백성들이 느껴야 하는 것이었다는 점에서 그 의미를 되새겨봄 직하다.

여자가 변신할 때

어느 날, 잘 아는 여자 선배가 갑자기 요란스럽게 머리를 볶고 나타났다. 모두들 의아한 눈초리로 쳐다보는 가운데 그 선배의 대답이 걸작이었다.

"마음대로 할 수 있는 게 이것밖에 없어서."

이럴 때는 웃어야 할까 울어야 할까? 상황 자체는 퍽이나 우습지만, 할 수 있는 게 아무것도 없다고 실토하는 현실은 분명 슬프지 않은가? '여자의 변신은 무죄'라는 광고 문구도 있듯이, 요란스레 퍼머넌트를 하고 염색하고 화장하는 것에 시비를 걸 마음은 없다. 가만 살펴보면 다 이유가 있다는 말이다. 누구나 수긍하듯이, 억압이 심할수록 지금의 내가 아닌 '또 다른 나'를 꿈꾸는 법이다.

우리 고전 문학에서 가장 화려하게 변신한 인물을 꼽으라면, 나는 두말없이 〈박씨전〉의 박씨를 꼽을 것이다. 물론 〈단군 신화〉의 곰이 더 놀랄 만한 변신을 했지만, 변신의 뒷이야기가 박씨의 그것에 훨씬 미치지 못한다. 우선, 얼굴에 자신 없는 여성이 들으면 눈이 번쩍 뜨일 일로, 박씨는 천하의 박색에서 최고의 미인으로 탈바꿈한다. 그뿐 아니라 왜소한 남편을 출세시키며, 심지어는 외적의 침입까지 막아낸다. 그렇다면 그 변신의 근거와 의미는 대체 무엇일까?

추녀에서 미녀로

이 작품의 시대 배경은 조선 인조(仁祖, 1595~1649, 조선 16대 왕. 재위 기간 1623~1649) 때이다. 퉁소를 잘 불고 바둑을 잘 두는 어떤 재상이 신선 같은 사람을 만나 사돈을 맺기로 하면서 이야기가 시작된다. 명문가라면 당연히 명문가의 규수를 맞이해야 할 텐데 의외로 생면부지의 사람을 만나 선뜻 혼약을 한 것이다. 그리하여 금강산에 찾아가 문제의 신붓감을 데려왔는데 그 용모가 정말 말이 아니었다.

신부의 용모를 본즉, 얽은 중에 추비(麤鄙, 거칠고 촌스러움)한 때는 줄줄이 맺혀 얽은 구멍에 가득하며, 눈은 달팽이 구멍 같고, 코는 심산궁곡(深山窮谷, 깊은 산속의 험한 골짜기)의 험한 바위 같고, 이마는 너무 벗어져 태상 노군(太上老君, ‘老子’의 존칭) 이마 같고, 키는 팔척 장신이요, 팔은 늘어지고, 한 다리는 저는 모양 같고, 그 용모 차마 보지 못할러라.

고소설 주인공 중에서 이렇게 못생긴 인물이 또 있던가? 주인공이 아닌 악인의 경우에는 흔한 일이지만 선한 주인공이 이렇게 박색이라는 것은 파격 중에서도 파격이다. 이 때문에 신랑 이시백은 신부를 거들떠보지도 않는데, 그것이 소설의 초반부를 이끌어가는 주요 갈등이다. 그렇게 박대 속에 보내길 3년, 박씨가 친정아버지를 뵙기 위해 금강산에 다녀오고 난 뒤 드디어 문제의 허물을 벗어 던진다. 그러고는 둘도 없는 절세미인으로 탈바꿈한다.

비할 데 없는 추녀가 다시없는 미녀로 변했다는 것은 무엇을 뜻하는가? 일단은 여성들에게 잠재해 있는 미적 욕망을 실현해주는, 일종의 대리만족 같은 의미를 지닌다고 할 수 있다. 못생긴 여자가 잘생긴 여자로 바뀐다는 설정은 많은 여성들에게 통쾌함을 안겨주기 때문이다. 그러나 그 통쾌함은 거기에서 그치지 않는다. 남성들이 여성들의 미모만 탐하는 것에 대한 응징의 성격이 강하게 드러난다. 시아버지 되는 사람은 박씨가 외모는 괴상하나 재주가 기이하고 덕을 겸비하여 가문을 빛낼 인물이라 칭찬하며 미색을 탐하는 아들을 꾸짖는다. 또 박씨는 자신이 본 얼굴을 감춘 이유는 남편이 미색에 혹해서 학업을 망치는 일이 없도록 하기 위해서였다고 말한다. 즉 일시적으로 추한 여성을 내세워서 '진정한 가치'가 무엇인가를 되묻는 것이다.

여성도 힘이 세다

〈박씨전〉 같은 소설은 고소설을 연구하는 분야에서 흔히 '여성 영웅 소설'로 분류된다. 글자 그대로 여성이 영웅이라는 말이다. 그러면 〈박씨전〉에서 박씨가 그 영웅적인 힘을 발휘하는 부분을 몇 가지 짚어보자. 우선, 오륙 인이 해도 못할 만한 일을 혼자 한다. 박씨는 시아버지가 내일 당장 입어야 할 관복을 하룻밤 새에 지어놓는 괴력을 발휘한다. 시아버지는 그 관복을 입고 임금을 배알하는데, 임금은 관복에 그려진 굶주린 학의 그 생생한 모습에 놀라 박씨에게 매일 세 말씩의 쌀을 내리도록 한다. 이런 신기한 일은 한둘이 아니다. 보잘것없어 보이는 망아지가 천리마라는 것을 한눈에 알아보고, 과거 보러 가는 남편에게 신기한 연적을 주어 장원 급제시키며, 전쟁이 날 것을 미리 알고 예방한다.

여성이 그렇게 영웅적인 면모를 갖추면 갖출수록 남성은 어쩔 수 없이 더욱 왜소해 보이게 마련이다. 남편 이시백은 몇 차례에 걸쳐서 아내의 재주와 역량을 직접 확인했으면서도 아내가 추하다는 이유로 가까이 하지 않는다. 그러나 막상 박씨가 허물을 벗고 미인이 되자 태도를 180도 바꿔서 사죄를 하고 나선다. 그런데 그 사죄라는 것이 가관이다. 자식을 못 낳고 죽으면 불효가 되니까 거듭 생각해달라는 식이다. 참으로 얄밉고도 안쓰러운 대목이 아닐 수 없다. 그러자 박씨가 점잖게, 그러나 아주 엄중하게 훈계를 한다.

"조선은 예의지방(禮義之邦)이라 하였는데, 사람이 오륜을 모르면 어찌 예의를 알리오. 그대는 아내가 박색이라 하여 삼사 년을 천대하였으니 부부유별은 어디 있으며, 고인이 이른 말이 '조강지처(糟糠之妻, 가난할 때 함께 고생한 본처)는 불하당(不下堂, 마루 아래로 내려가게 하지 않음. 곧 내쫓지 않음)'이라 하였는데 그대는 다만 미색만 생각하고 부부간 오륜을 생각지 아니하고 어찌 덕을 알며, 처자의 심천(深淺, 깊음과 얕음)을 모르고 입신양명(立身揚名)하여 보국안민(輔國安民)할 재주가 있사오리오. 지식이 저다지 없을진대 효와 충심을 어찌 알며 안민지도(安民之道)를 알으시리오. 이후는 효도를 다하여 수신제가(修身齊家)

를 명심하소서. 첩은 비록 아녀자이나 낭군 같은 남자는 부러워 아니하나이다.”

이 대목처럼 선명하게 남성 대 여성을 의식한 발언이 또 있을까. 그 당시 남성에게 억압받던 여성들로서는 이 박씨 부인의 훈계에 십 년 묵은 체증이 확 뚫리는 느낌을 받았을 것이다. ‘낭군 같은 남자는 부러워 아니한다.’ 라는 그 한마디에 여성보다 훨씬 못하면서도 남성이라는 이유로 군림하는 졸장부들에 대한 질책이 숨어 있다.

졌지만 이긴 전쟁

이처럼 박씨와 남편 이시백 사이에 얽히고설킨 이야기가 작품의 반이라면, 나머지 반은 청나라의 침입을 둘러싼 박씨의 대활약으로 채워진다. 사실 괜찮다는 문학치고 개인 문제만으로 점철된 경우는 찾기 어렵다. 어떤 개인이든 시대와 사회라는 씨줄과 날줄에 얽혀 있게 마련이며, 문학 역시 그런 상황을 잘 포착하는 것은 당연하다. 이 작품의 배경이 된 조선 인조 때는 병자호란이 일어났던 때이므로, 전쟁 문제는 아주 자연스럽게 수면 위로 떠오른다. 그렇다면 작품 속에서는 병자호란이 어떻게 진행되는가?

각설, 북방 호적이 강성하여 북변을 침범하매 임경업이 백전백승하여 물리치고 북방을 살피니, 무지한 호제(胡帝, 북방 오랑캐의 황제) 조선을 치려 하고 만조백관(滿朝百官, 조정을 가득 메운 벼슬아치들)으로 의논 왈, “우리나라는 지방이 광활하되 조선 장수 임경업을 제어할 사람이 없으니 이 어찌 가련치 아니리오. 어쩌면 조선을 도모하리오." 제신(諸臣, 여러 신하들)이 묵묵부답이더라.

차시(此時), 호(胡) 귀비(貴妃)는 비록 여자나 쌍(雙)이 없는 영웅이라. 상통천문(上通天文, 위로는 천문에 통달함)하고 하달지리(下達地理, 아래로는 지리에 통달함)하여 앉아서 천리 일을 헤아리고 서면 만리 밖 일을 아는지라. 호제께 주왈, "조선에 큰 신기한 사람이 있사오니, 경업을 제어하여도 조선은 도모치 못할까 하나이다."

오랑캐의 왕이 조선을 침략하려 하지만 임경업과 신인(神人, 박씨 부인)이 무서워서 오지 못한다는 것이다. 이런 문제를 풀기 위해 미인계를 동원하여 이시백을 교란시켜 보지만 모두 허사였다. 또 오랑캐 장수 용홀대는 죽임을 당하고 그 형 용골대는 모욕을 당하는데 모두 박씨 부인의 힘 때문이었다. 변장하고 들어온 사람을 미리 알아채고, 적의 칼은 피화당(避禍堂)에 심어놓은 나무들이 막아주었다. 나무가 용과 범이 되고 그 가지가 새와 뱀이 되며, 무수한 수목이 병사가 되고 가지와 잎은 창과 검이 되었다. 사세가 그리 되자 적의 장수는 어쩌지 못하고 무릎을 꿇고 사죄하기에 이른다.

그런데 우리가 아는 역사 속의 병자호란은 완전한 패배였음에 유념하자. 임진왜란은 어렵기는 해도 승리를 거둔 전쟁이지만 병자호란은 임금이 직접 나와서 항복을 해야 했던 치욕의 역사이지 않던가. 하지만 이 소설에서는 진 전쟁을 그리면서도 박씨의 활약으로 부분적인 승리를 이끌어낸다. 그래서 이런 문학을 '정신적 승리'의 문학이라고도 한다. 청나라에 대한 현실적 패배를 허구 공간인 소설에서나마 승리하도록 꾸몄다는 뜻이다. 여성이 남성에게 받는 억압을 넘어섰던

것처럼 청나라에 대한 조선의 굴종 역시 그런 방법으로 넘어서려 했
던 것이다.

역사와 도술 사이에서

이렇게 읽어 내려가면 소설의 결말은 뻔하다. 박씨가 남편 이시백
의 잘못을 깨우쳐주는 동시에 침입한 외적을 임경업 장군과 더불어
혼내주는 것이다. 한마디로 '여성'과 '조선'의 승리인 셈이다. 그러
나 생각 있는 독자라면 이 점에 대해 심한 회의를 품을 수밖에 없다.
그 당시 상황을 보자면 여성은 남성에 종속되고, 조선은 청나라에 굴
복했는데 대체 이런 작품이 무슨 의미를 갖는가 말이다. 그래서 이 소
설을 보는 시각은 사실상 상반되어 있다. 이런 작품을 '역사 군담 소
설'이라고 해서 '역사 소설'의 의미를 부여하는 것이 하나의 시각이
고, 변신과 도술을 중심으로 해서 '도술 소설'로 설명하는 것이 또다
른 시각이다.

분명 이 작품에는 역사적인 맥락이 깔려 있다. 병자호란이 나오고,
실존 인물 이시백과 임경업이 등장하며, 임금이 항복하고 왕자가 인
질로 끌려가는 모습이 생생하게 드러난다. 또 박씨가 전쟁에서 승리
를 거두지만 적군을 완전히 물리쳐 조선의 승리를 이끌어냈다는 식으
로 몰고 가지는 않는다. 왕명을 어길 수 없다고 하면서 적군을 놓아준
다든지, 여성이어서 완전한 승리를 거두지 못했다고 하여 분함을 삭
인다든지 하는 데서 역사적 사실성을 미약하나마 엿볼 수 있는 것이
다. 특히 청나라로 끌려가는 부인들이 박씨 부인을 보면서 "우리는
무슨 죄로 만리타국에 잡히어 가는고, 이제 가면 하일 하시에 고국 산

천을 다시 볼꼬?”라며 탄식하는 부분은 비통한 민족사 그 자체이다. 이 점에서 〈박씨전〉을 역사 소설이라고 하는 데는 별 무리가 없다.

그러나 박씨의 도술로 적군을 제압하고 임경업이 분풀이를 하는 대목은 완전한 허구여서 역사 소설로 보기에는 무리가 있다. 즉 이 작품은 시종일관 도술담의 연속인 것이다. 처음부터 추한 모습으로 액운을 감추며, 피화당이라는 집을 짓고 나무를 심어서 전란을 예방한 것, 수삼 일 만에 금강산을 다녀온 것, 신기한 술법으로 적병을 물리친 것 등이 다 그렇다. 더욱이 주요 이야기 흐름과 관계없이 아예 도술을 보여주기 위한 장면까지 등장한다. 여러 부인들이 모인 자리에서 치마에 불을 붙여 세탁한다든지 술잔에 비녀를 꽂아 술을 반으로 가른다든지 하는 도술이 빈번하다. 이 점에서 〈박씨전〉은 역사적 맥락 등을 십분 고려한 현실성이 강한 소설이라기보다 오히려 신화적인 속성을 강하게 담고 있는 환상성이 강한 소설이다.

그런데 신기하게도 이렇게 자체 모순으로만 보이는 이야기 구성이 오히려 대중적 인기를 누릴 수 있는 근거이기도 했다. 주제의 무거움과, 그것을 풀어가는 가벼움이 다양한 욕구의 독자들을 끌어들였다 하겠는데, 이런 작품을 읽으면서 독자들은 자신들이 실제 생활에서 겪어야 하는 억압과 굴종에서 잠시나마 해방되지 않았을까 한다.

작품 읽기

〈박씨전〉의 볼거리는 역시 변신 대목이다. 추녀에서 미녀로 탈바꿈하는 그 순간, 대체 어떤 일이 벌어지는지 함께 살펴보자. 박씨가 예쁘게 변하는 순간도 볼 만

차설, 일일은 박씨 목욕재계하고 둔갑술을 행하여 변화하여 허물이 벗는지라. 날이 밝으매 계화(박씨의 여종)를 불러 들어오라 하니 계화가 대답하고 들어가니 홀연 없던 절대가인이 방중에 앉았거늘 계화가 눈을 씻고 자세히 보니 아리따운 얼굴과 기이한 태도는 월궁의 항아가 아니면 무산의 선녀라도 미치지 못할지라. 한 번 보고 정신이 아득하여 숨도 못 쉬고 멀리 앉았더니 박씨 꽃 같고 달 같은 얼굴을 들고 붉은 입술을 반쯤 열어 계화더러 말하되,

"내가 지금 탈갑(脫甲, 껍질을 벗음)하였으니 밖에 나가도 번거롭게 말하지 말고 대감께 고하여 옥함(玉函, 옥으로 만든 함)을 만들어주소서 하라."

계화가 명을 받들고 급히 사랑채로 나오며 희색이 만면한지라. 공이 반겨 물어 왈,

"너는 무슨 좋은 일을 보았관대 희색이 얼굴에 가득하뇨?"

계화가 고하여 왈,

"피화당에 신기한 일이 있으니 급히 들어가 보옵소서."

공이 괴이하게 여겨 계화를 따라 급히 들어가 방문을 열어보니 향취가 코를 찌르며 한 어린 여아가 방중에 앉았으니 아리땁고 그윽함이 요조숙녀요 짐짓 일색가인이라. 그 여자가 부끄러움을 머금어 일어나 맞거늘 공이 또한 속으로 이상함을 이기지 못하여 도리어 묵묵히 말이 없으니, 계화가 상공께 고하여 왈,

"부인이 어젯밤에 탈갑하시고, 대감께 청하와 옥함을 구하여 쓸곳

이 있다 하시니이다.”

공이 그제야 가까이 나아가 가로되,

“네 어찌 오늘 절대가인이 되었느냐? 천고의 희한한 일이로다.”

박씨가 고개를 숙이고 고하여 왈,

“제가 이제야 액운이 다하였삽기로 추루한 허물을 어젯밤에 벗었사오니, 옥함 하나를 만들어주옵시면 그 허물을 넣겠삽나이다.”

공이 그 신기함을 탄복하고, 즉시 나와 옥으로 물건을 만드는 장인을 불러 옥함을 지어 수일 만에 들여보내고 아들 시백을 불러 왈,

“바삐 들어가 네 아내를 보라.”

시백이 명령에 응하여 들어갈새 안색을 찡그리고 생각하되,

‘그런 추비한 인물을 무슨 연고로 들어가 보라시는고?’

하며 무수히 주저하거늘, 계화가 바삐 나와 난간 밖에서 맞거늘, 시백이 계화더러 물어 왈,

“피화당에 무슨 연고가 있건대 네 희색이 외모에 나타나느냐?”

계화가 대답하여 왈,

“방에 들어가면 자연히 아옵시리이다.”

시백이 듣고 더욱 의혹하여 급히 들어가 문을 열고 본즉 한 부인이 단정히 앉았으니, 월궁의 항아요 짐짓 요조숙녀라. 한 번 보매 정신이 아득하고 마음이 취한 듯 미친 듯하여 바삐 들어가 말씀하고 싶으나 박씨 용모를 잠깐 살피건대 추풍한설 같아서 말을 붙일 수 없는지라. 감히 들어가지 못하고 나오며 계화더러 물어 왈,

“그런 흉한 인물은 어디 가고 저런 월궁항아가 되었느냐?”

계화가 웃음을 머금고 고하여 왈,

“부인이 어젯밤에 둔갑변화를 하사 항아가 되시니이다.”

시백이 듣고 크게 놀라 탄식하여 왈,

"내가 사람 보는 안목이 없음을 한탄하며 삼사 년 박대함을 생각한즉 도리어 부끄럽도다."

사랑채에 나가 부친께 뵈온대, 공이 물어 왈,

"지금 들어가 보니 네 아내 얼굴이 어떠하더냐?"

시백이 황송하여 대답하지 못하는지라. 공이 다시 일러 왈,

"사람의 길흉화복은 임의로 못하는지라. 네게 의탁한 사람을 삼사 년 박대하였으니 무슨 면목으로 아내를 대하려 하느냐? 사람 보는 안목이 저렇듯하고서야 공명을 어찌 바라리오. 매사를 이와 같이 말라!"

시백이 땅에 엎드려 명을 듣고 더욱 황감하여 묵묵부답하고 나가더니, 날이 저물매 시백이 피화당에 들어가니, 박씨가 촛불을 밝히고 안색을 엄정히 하고 앉았으니, 기운이 서리 같으매 감히 언어를 통하지 못하고 박씨 먼저 말하기만 기다리고 있으되 종시 일구무언이거늘, 시백이 잘못을 뉘우치며 자책하여 왈,

"부인이 이같이 하심은 나의 수삼 년 박대한 탓이로다."

자탄하기를 마지 아니하되, 부인은 가부간 일언을 대답이 없는지라. 시백이 하릴없어 촛불 아래 앉았더니 어느덧 새벽 닭울음소리가 먼 마을에서 '꼬끼요' 들려오는지라. 사랑채에 나와 세수하고 모친께 문안하고 물러나와 서당에서 지내고 종일토록 마음을 정하지 못하고 저물기를 기다리다가 밤을 당하여 피화당에 들어가니, 박씨 또 엄숙함이 수일보다 더하여 점점 더 심해갔다. 시백이 죄지은 사람같이 있어 박씨의 말할 때만 기다리고 앉았더니 밤이 또한 새매 묵묵히 나와 양친께 문안하고 물러 서당에 나와 생각한즉 후회막급이라.

〈박씨부인전〉(구활자본) 중에서

장끼전

장끼와 까투리로 읽는 남녀 문제

작품 및 작가 소개

　〈장끼전〉은 조선 후기의 소설로 작자와 연대 모두 정확하게 알려진 바 없으며, 동물을 의인화한 것이어서 우화 소설로 분류된다. 그리고 비록 중간에 전승이 끊기긴 했지만 이 작품은 한때 '장끼타령'이라는 제목의 판소리 작품이기도 했다. 실제로 지금까지 전해지는 작품에는 아직도 판소리 특유의 율문투가 그대로 남아 있다. 엄동설한에 먹을 것을 찾던 장끼가 아내 까투리의 말을 듣지 않고 콩을 먹고 죽는데 남편이 죽은 후 까투리가 재혼하는 내용이다. 엄동설한에 먹을 것이 없다는 설정은 그대로 서민들의 궁핍한 삶을 보여주는 것이며, 여성의 개가를 금지하는 당시의 규율을 깨고 문상 온 장끼와 재가하는 파격을 보이면서 심각한 주제를 전달한다.

　이 작품에서 얻을 수 있는 최대의 미덕은 남성과 여성에게

서로 다르게 적용되던 이중적 잣대를 벗어던진 데 있을 것이다. 즉, 남자는 여자에게 요구사항을 말할 수 있지만 여자는 어떤 불만이 있어도 안 된다든가, 상처한 남자는 재혼이 가능하지만 상부한 여자는 재혼을 하면 안 된다든가, 남자가 여색을 밝히면 영웅호걸은 다 그렇다고 얼버무리면서도 여자는 어떤 경우에도 성적 욕망을 드러내서는 안 된다고 치부하는 등의, 남성 중심의 폭압에 대해 강한 비판의 목소리를 보내준다.

암탉이 울면 집안이 망한다?

여자들에게 가장 싫어하는 속담이 뭐냐고 물으면 아마도 십중팔구는 '암탉이 울면 집안이 망한다.'라고 대답할 것이다. 물론 여성을 비하하는 속담 중에는 이보다 더한 것도 수없이 많다. 하지만 이 속담처럼 널리 알려진 것도 드물기 때문에 그 영향력은 의외로 크다. 남성들이 하는 일에 여성이 나설 때 으레 입에 오르내리는 속담이 이것이 될 정도이니 말이다.

요사이는 그런 말을 공공연히 입에 올렸다가는 뼈도 못 추릴 만큼 세상이 변하기는 했다. 그러나 말을 조심하는 것과 의식이 바뀌는 것은 별개의 문제이며, 의식이 바뀌는 것과 행동이 바뀌는 것은 또다른 문제이다. "암탉이 울어야 알을 낳는다."라는 식으로 바꾸어서 말하는 사람도 있지만 어쩐지 공허해보이는 것이 현실이다.

고소설 중에서 여성 문제를 전면에 내세운 작품이 거의 없는 가운데 〈장끼전〉은 독특한 자리를 차지한다. '장끼'라는 말이 곧 수꿩을 의미하는 데에서 엿볼 수 있듯이, 이 작품은 그 제목에서부터 성을 구별하여 문제를 제기하려는 의도를 분명히 하고 있다. 이러한 의도는 다른 동물 의인 소설이 '토끼전', '서동지전', '까치전', '두껍전' 하는 식으로 표제를 건 것과 비교해볼 때 금세 분명해진다. 다른 소설에서는 의인화하여 등장하는 동물이 쥐인가 까치인가만을 문제 삼고 있는데 비해서, 유독 이 작품은 '암' 꿩인가, '수' 꿩인가를 문제 삼는 것이다. 실제 작품에서도 수꿩인 장끼와 암꿩인 까투리가 등장하여 우리에게 숱한 메시지를 전해주고 있다.

여자 말을 안 들으면

유교 사상이 골수에 박힌 이들은 남녀 구별을 천지 구별과 동일시하려는 경향이 짙었다. 중요한 일에 여성이 나서는 것을 두고 "아녀자가 어딜!" 하며 막아섰던 것인데, 이런 웃지 못할 풍경은 지금도 미개한(?) 일부 가정과 사회에서 벌어지고 있는 일이기도 하다. 〈장끼전〉에서 제일 먼저 벌어지는 사건은 바로 이 '아녀자가 나서는' 문제이다.

천생 만물 저마다 녹(祿, 본래 '국가에서 지급하는 봉급'의 뜻이나 여기에서는 일반적인 복을 의미)이 있으니 한 번 포식함도 재수라고 점점 주워 들어갈 제, 난데없는 붉은콩 한 날 덩그렇게 놓였거늘, 장끼란 놈 하는 말이,
"어화 그 콩 소담하다. 하늘이 주신 복을 내 어이 마다하리. 내 복이니 먹어 보자."
까투리 하는 말이,

“아직 그 콩 먹지 마소, 눈 위에 사람 흔적 있으니 수상한 자취로다. 다시금 살펴보니 입으로 훌훌 불고 비로 싹싹 쓴 자취 심히 괴이한 고로 제발 덕분 그 콩 먹지 마소.”

동지섣달 엄동설한에 먹이를 찾아나선 꿩 부부에게 마땅한 먹이거리가 있을 리 없는데, 갑자기 먹음직스러운 콩이 나타난 것이다. 남편은 먹으려 하고 아내는 말리고 있다. 말리는 이유도 사소한 것이 아니라 목숨이 오락가락하는 중대한 것이었는데, 장끼는 끝내 까투리의 말을 거절하고 만다. 작품에서는 이 거절 과정이 아주 장황하게 드러난다. 까투리가 여러 가지 흉몽을 빌미로 막고 나서자, 그때마다 장끼는 자신이 아는 중국의 옛 역사를 들이대며 오히려 자신에게 좋은 쪽으로 풀이하면서 묵살한다. 아내는 곧 들이닥칠 현실을 가지고 이야기하는데 남편은 그 사실을 애써 무시하면서 옛 고사(故事)를 끌어들이는 것이 예사롭지 않다.

현실 감각이 떨어지는 장끼에게 남은 것이라고는 죽음밖에 없다. 머리가 모자라면 남의 지혜를 빌리기도 하련마는 장끼는 현명한 아내를 두고도 비명횡사하는 비운을 맞는 것이다.

정절과 개가(改嫁) 문제

〈장끼전〉은 우화 소설로 우화를 통해 인간 생활의 한 단면을 일깨워주면 그만이다. 이 작품의 경우에는 욕심 많은 꿩이 저 죽을 줄도 모르고 미끼를 덥석 먹었다는 사실을 통해서 헛된 욕심의 폐해를 일러주고 있고, 여자의 말이라고 무시하다가 겪게 되는 비극적 상황에 대한 경계를 이야기하고 있다. 그런데 이 소설은 여기에서 끝나도 무방할 텐데 소설의 상당 부분을 그 뒷이야기에 할애하고 있다.

> 장끼란 놈 반 눈 뜨고,
> "자네 너무 설워 마소. 상부(喪夫, 남편 상(喪)을 당함) 잦은 네 가문에 장가가기 내 실수라. 이 말 저 말 말 마라. 사자(死者)는 불가부생(不可復生, 다시 살아날 수 없음)이라 다시 보기 어려우니 나를 굳이 보려거든 … (중략) … 내 얼굴 못 봐 설워 말고 자네 몸 수절하여 정렬 부인(貞烈夫人, 정조가 굳은 부인) 되압소서. 불쌍하다 이내 신세 우지 마라. 우지 마라, 내 까투리 우지 마라. 장부 간장 다 녹는다. 네 아무리 설워하나 죽는 나만 불쌍하다."

일종의 유언인데 그 핵심은 밑줄 친 두 군데에서 명확히 드러난다. 하나는 자신의 잘못을 반성하지 않고 마치 여성에게 상부살(喪夫煞, 남편을 여의고 과부가 될 살)이 끼어서 그리 된 것처럼 설명하는 것이다. 이것은 죽는 마당에서까지 문제를 여자 쪽으로 떠넘기는 파렴치함을 드러내준다. 또 하나는 자신이 죽으면서까지 아내의 개가를 막는 횡포를 부리는 것이다. 애정이 지극해서도 아니요, 여성의 뒷일을 걱정해서도 아니다. 오직 '정렬(貞烈)'을 강요하는 억압으로 여성에 대한 남성의 압제가 얼마나 심한지 폭로해주는 구실을 한다.

그러나 여성에 대한 횡포가 이 정도에서 그치지 않는다. 까투리의 남편이 죽은 것을 안 수컷 날짐승들이 조문(弔問)을 빙자하여 날아들지만 조문은 허울뿐이고 어떻게 해서든 까투리를 제 아내로 맞을 궁리만 한다. 삼년상도 안 치르고 그럴 수 없다고 버티는 까투리에게 너

같은 미물이 수절이 웬말이냐며 조롱하는가 하면 서로들 자신이 더 윗어른이라는 둥 더 적합한 짝이라는 둥 한바탕 소동을 벌인다. 단순한 욕정 때문에 초상도 못 치른 여자에게 접근하는 것이다. 〈장끼전〉에서는 이러한 소동을 통해 남성들의 방탕한 욕정을 슬쩍 비판하고 있다. 어찌 되었거나 까투리는 까마귀나 부엉이 등의 숱한 구혼자들을 다 물리치고 역시 저와 같은 종족인 다른 장끼를 만나 개가한다.

이로써 전남편의 유언은 완전히 묵살되었지만 적어도 개가 문제에 관해서라면 장끼의 죽음으로 불거진 것이 아님을 이해할 필요가 있다. 첫째 남편은 보라매가 채가고 둘째 남편은 사냥개가 물어가고 셋째 남편은 포수에게 총 맞아 죽은, 슬픈 전력을 지닌 것이 작중의 까투리이다. 그리고 이번에 죽은 장끼는 네 번째 남편이고 이번의 개가는 다섯 번째 결혼인 것이다. 이처럼 여성이 네 번씩이나 개가한다는 설정만으로도 조선 후기 유교 윤리에 상당한 타격을 준다. 물론 동물 우화 형식을 빌려서 충격을 완화하기는 했지만 좀처럼 표면화하기 어려운 주제를 끄집어낸 것만으로도 상당한 가치를 부여할 수 있다.

생활고와 색욕(色慾)

개가 문제가 이 작품의 주요 주제임에는 분명하지만 작품을 그렇게만 보고 마는 것은 참으로 어리석은 일이다. 비유하자면 마치 고성능 컴퓨터를 사다가 오락기 전용으로 쓰면서 희희낙락하는 것과 다르지 않다. 이 작품에는 사실 다른 작품에서 보기 어려운 여러 가지 현실적인 문제들이 도사리고 있다. 작품 서두에 등장하는 장끼의 삶은 고단하기 그지없는 처참함 그 자체이다. 멋스럽게 생긴 외양과는 달리, 또

는 그 외양 때문에, 꿩은 늘 포수와 사냥개의 목표물이 되고 여기저기
서 쏟아지는 보라매의 매서운 눈길을 피해야만 했다. 게다가 엄동설
한이고, 아들 아홉 딸 열둘을 거느린 대식구였다. 스물세 식구라면 그
냥 두어도 굶어 죽기 십상인데 사방 천지에 적들뿐이고 눈마저 쌓였
으니 먹고살 길이 막막하다고 했다.

　따라서 장끼가 콩을 주워 먹는 일을 단지 어리석은 일로만 치부하
기 어렵다. 스물세 식구를 먹여 살려야 하는 가장 장끼로서는 죽기 살
기로 먹을 것을 찾을 수밖에 없겠고, 굶어 죽으나 약 먹고 죽으나 마
찬가지라는 생각이 들었을 법도 하다. 그뿐 아니다. 까투리가 남편을
잃고 겨우 장사를 치르고 제사를 마칠 무렵, 어디선가 나타난 솔개란
녀석이 꿩 새끼를 툭 채 가는 일까지 생기고 만다. "어느 놈이 맏상제
냐, 내 한 놈 데려가리라." 하며 하늘에서 내려오는 솔개, 그 솔개의 발
톱에 어린 새끼를 내주어야 하는 까투리의 처지는 참으로 처참한 것
이다. 애비가 죽어서 장사를 지내는데 맏상제를 요구하며 달려드는
현실에서는 꿩의 고달픈 처지가 여지없이 드러난다.

　허나 현실이 어디 먹고사는 문제뿐이랴. 인간이 살아가는 데 필요
한 모든 것이 다 현실이라고 한다면 이 작품에 드러나는 또 다른 현실
이 바로 색욕이다. 성에 대한 욕망은 살아 있는 모든 개체라면 어느 것
이나 가지고 있는 것이어서 피할 수 없는데, 이 작품에는 그런 욕망이
상세하게 그려진다. 다섯 번 결혼하는 까투리, 꽃 본 나비 불을 두려워
하겠느냐며 덤벼드는 갈가마귀, 일곱 번 상처하고도 후처를 구하는
물오리 등 등장하는 인물마다 색욕을 감추지 않고 당당하게 내세우고
있다. 그리고 이 색욕의 정점에 까투리의 다음과 같은 발언이 있다.

죽은 낭군 생각하면 개가하기 박절하나, 내 나이를 꼽아보면 불로불소(不老不少) 중늙은이라. 숫맛 알고 살림할 나이로다. 오늘 그대 풍신 보아하니 수절할 마음 전혀 없고 음란지심 발동하네.

마지막으로 청혼한 장끼에게 승낙하는 대목인데 보다시피 어떠한 명분도 내세우고 있지 않다. 물론 꿩은 꿩끼리 유유상종한다는 것이 최대의 명분이기는 하겠으나 '숫맛'을 알고 상대의 풍채를 보아하니 '음란지심'이 발동한 것이 가장 큰 이유라면 이유인 셈이다. 까투리는 자신의 의지로 남성을 고를 뿐만 아니라, 그런 선택에서 성적 매력을 제1순위로 꼽고 있는 것이다. 물론 당시 현실을 생각할 때 이런 색욕을 비판하거나 풍자하자는 의도를 담고 있다고 할 수도 있고, 또 실제로 그런 이본(異本, 같은 작품으로 내용·글자가 다소 다른 책)이 없는 것도 아니다. 하지만 가능한 한 있는 그대로의 인간적 욕망을 인정해주고 거기에 작품의 흐름을 내맡긴 데에 이 작품의 큰 미덕이 있다.

〈장끼전〉, 〈자치가〉, 〈장끼타령〉

〈장끼전〉은 유난히 이본이 많은 작품이다. 그래 봤자 작품의 숫자로는 〈춘향전〉 같은 인기 소설을 당해낼 수 없겠지만, 여러 갈래에 걸쳐 있다는 점에서는 타의 추종을 불허한다. 즉 소설로는 〈장끼전〉이요, 가사로는 〈자치가(雌雉歌)〉요, 판소리로는 〈장끼타령〉인 것이다. 그뿐 아니라 소설의 경우에도 〈화충선생전(華蟲先生傳)〉이나 〈꿩전〉 같은 다른 제목으로 각양각색의 모습을 띠며 전해지는 작품이다. 이처럼 가사와 소설, 판소리 등의 다양한 형태로 공존했다는 사실은 작품의 인기가 어느 정도 높았다는 이야기이면서, 또 한편으로는 어느 한쪽으로 집약되지 못한 채 흩어졌다는 이야기이기도 하다. 실제로 소설로 일컬어지는 많은 작품이 가사체의 율문 형태를 크게 벗어나지 못한 것은 바로 그런 상황을 이야기해준다.

따라서 다른 적층 문학(積層文學, 구비 문학과 같은 뜻으로, 여러 사람의 입을 거치면서 변화가 누적되어 이루어진 문학을 말함)이나 우화 소설이 그렇듯이, 이 작품 역시 오랜 변전(變轉, 이리저리 변하여 달라짐)을 거치면서 독특한 시대적 의미가 가미되기도 했다. 가령 겉모양은 화려하지만 속내를 뜯어보면 전혀 실속이 없는 꿩을 통해서 몰락한 양반층의 면모를 보여준다든지, 장끼에게 청혼하러 몰려든 뭇새들의 나이 다툼을 통해서 서열화와 권위 의식에 사로잡힌 당시 사회의 치부를 드러낸다든지 하는 것이 그렇다. 콩 한 톨을 주워 먹으러 온 가족을 이끌고 유리걸식하는 모습에서는 하층민의 곤궁한 삶을 드러내면서도, 일단 모였다 하면 집안 자랑이나 식자(識者)인 양 떠벌리는 모습을 통해서는 상류 양반층의 허위의식을 통렬하게 비판하기도 하는 것이다.

그런데도 이 작품은 다른 작품들과 달리 여전히 다듬어지지 못한 상태로 남아 있다. 긴밀한 서사적 전개가 부족하다든가 사건의 반전 등이 별로 없어서 읽는 재미가 떨어지는 점은 한계로 지적될 만하다.

작품 읽기

다음은 장끼가 콩을 주워 먹으려고 하는 것을 까투리가 말리면서 서로 말다툼을 하는 부분이다. 까투리가 지성으로 말려도 장끼가 전혀 듣지 않는 데에서부터

까투리 하는 말이,

"아직 그 콩 먹지 마소. 눈 위에 인적 있으니 수상한 자취로다. 다시금 살펴보니 입으로 훌훌 불고 비로 싹싹 쓴 자취 심히 괴이하니 제발 덕분 그 콩 먹지 마소."

장끼란 놈 하는 말이,

"네 말이 미련하다. 이때를 의론컨대 동지섣달 설한이라. 첩첩이 쌓인 눈이 곳곳에 덮였으니 이야말로 '천 산에 나는 새 그치고 만 길에 사람 발자취 다했도다.'이라 사람의 자취 있을쏘냐?"

까투리 하는 말이,

"사리로야 그러할 듯하나 간밤에 꿈을 꾸니 크게 불길하온지라 스스로 헤아려 일을 처리하시오."

장끼 웃으며 왈,

"내 어젯밤 한 꿈을 얻으니 누런 학을 빗기 타고 하늘에 올라가 옥황께 문안하니 나를 '산림처사'에 봉하시고 만석창고에서 콩 한 섬을 상으로 내리셨으니, 오늘 이 콩 하나 그 아니 반가울까. 옛책에 이르기를 '주린 자는 달게 먹고 목마른 자는 쉽게 마신다.' 하였으니 주린 양을 채워보자."

까투리 이른 말이,

"그대 꿈 그러하나 이 내 꿈 해몽하면 모두 다 흉몽 아닌 게 없다. 어젯밤 이경(二更, 밤 9~11시) 초에 첫잠 들어 꿈을 꾸니 북망산 음지 쪽에 궂은 비 흩뿌리며 푸른 하늘에 쌍무지개 갑작스레 칼이 되어 자네 머리 뎅겅 베어 내리치니 자네 죽을 흉몽이라. 제발 그 콩 먹지 마소."

장끼란 놈 하는 말이,

"그 꿈 염려 마라. 창경궁 춘당대에 알성과 과거에 문과 장원을 하고 임금님 내려주시는 어사화 두 가지를 머리 위에 숙여 꽂고 장안 큰 길 위에 왕래할 꿈이로다. 과거나 힘써보세."

까투리 또 하는 말이,

"자정 무렵 꿈을 꾸니 천근들이 무쇠 가마 자네 머리 흠뻑 쓰고 만경창파 깊은 물에 아주 풍덩 빠졌거늘, 나 혼자 그 물가에서 대성통곡하여 보니 자제 죽을 흉몽이라. 부디 그 콩 먹지 마라."

장끼란 놈 이른 말이,

"그 꿈은 더욱 좋다. 명나라가 중흥할 제, 구원병 청하거든 이내 몸이 대장 되어 머리 위에 투구 쓰고 압록강 건너가서 중원을 평정하고 승전대장 되올 꿈이로다."

까투리 하는 말이,

"그는 그렇다 하려니와 새벽 두 시경에 꿈을 꾸니 노인에게 내리는 노인당상하고 소년이 잔치할 제 스물두 폭 구름 차일을 받쳤던 서 발 장대가 우직끈 뚝딱 부러지며 우리 둘의 머리에 아주 흠뻑 덮여 뵈이니, 답답한 일 볼 꿈이요, 새벽 세 시 무렵 꿈을 꾸니 낙낙장송이 뜰에 가득한데 삼태성과 태을성이 은하수를 둘렀는데 그 중 별 하나가 뚝 떨어져 자네 앞에 내려져 보니 자네 장성이 그리된 듯, 삼국시대 제갈 공명이 오장원에서 운명할 제, 장성이 떨어졌다 하더이다."

장끼란 놈 하는 말이,

"그 꿈 염려 마라. 차일 덮여 보인 것은 해 저문 청산 오늘밤에 화초 병풍 잔디장판에 등걸로 베개 삼고 칡잎으로 요를 깔고 갈잎으로 이

불 삼아 너와 나와 추커 덮고 이리저리 궁글 꿈이요, 별 떨어져 보인 것은 옛날 헌원씨 대부인이 북두칠성 정기 타서 제일 생남하여 있고, 견우 직녀성은 칠월칠석 상봉이라. 네 몸에 태기 있어 귀한 아들 낳을 꿈이로다. 그런 꿈 많이 꾸어라."

하니, 까투리 하는 말이,

"닭 울 무렵 꿈을 꾸니 색저고리 색치마를 이내 몸이 단장하고 청산 록수 노니다가 난데없는 청삽살이 입술을 악물고 와락 뛰어 달려들어 발톱으로 몸부림치니, 당황하여 낯빛이 변하여 갈데 없어 삼밭으로 달아날 제, 잔 삼대 쓰러지고 굵은 삼대 춤을 추며 자른 허리 가는 몸에 휘휘친친 감겨 뵈니, 이내 몸 과부되어 상복 입을 꿈이오니 제발 덕분 먹지 마소. 부디 그 콩 먹지 마소."

장끼란 놈 크게 노하여 두 발로 이리 차고 저리 차며 하는 말이,

"꽃 같고 달 같은 저 간사스런 계집년이 기둥서방 마다하고 타인 남자 즐기다가 굵은 끈으로 뒷죽지 결박하여 이 거리 저 거리 종로 네거리로 북치며 조리돌리고(죄 지은 사람을 이리저리 끌고 다니며 망신을 시키고) 삼모장과 치도곤으로 마구 맞을 꿈이로다. 그런 꿈 말 다시 마라. 앞정갱이를 꺾어놓을라."

〈쟝씩젼〉(구활자본) 중에서

숙영낭자전
욕망과 윤리 사이에서

〈숙영낭자전〉은 작가와 연대가 알려져 있지 않은 국문 고소설로, 목판본, 활자본, 필사본 등이 있는데, 필사본의 경우는 '수경낭자전', '숙항낭자전' 등으로 제목이 붙여져 있기도 하다. 기록에 의하면 판소리로 불리기도 한 것 같은데 현재는 전승이 끊긴 상태이다. 백선군과 숙영의 애정이 주축을 이룬다는 점에서 애정 소설로 볼 수도 있겠으나, 작품은 주로 유교윤리를 강조하는 부모와 애정에 중심을 두는 자신 간의 갈등으로 그려지며 도교적인 사상까지 스며 있는 독특한 소설이다.

도교적인 분위기 등에 휩싸여 비현실적인 측면이 강조된다는 점에서 고소설의 한계를 벗어날 수는 없지만, 당대의 윤리적인 문제에 반하는 행동을 하는 사대부 남성과 그 남성의 사랑으로 인한 문제에 정면으로 맞서는 양반가의 여성이 등장한

다는 점에서 조선 후기의 사회상을 여실히 보여주는 작품이기
도 하다. 통속적인 측면이 두드러져서 작품성에 대해 후한 점
수를 주지 않는 분위기가 있기는 해도 적어도 여성적 시각에서
상당한 수준의 문제 제기가 이루어져 있다.

욕망과 윤리 – 인간의 숙명

사람들은 흔히 '인간(人間)'을 글자 그대로 '사람 사이'라 풀어 설
명하곤 한다. 즉 인간이라는 말에는 '사람' 뿐 아니라 '사람과 사람 사
이'라는 뜻이 강하게 들어 있는 셈이다. 사실 옛날에는 '인간'이라고
하면 그것만으로도 '사람이 사는 세상'을 뜻했다. 사람과 사람이 어
우러져 살다 보면 하고 싶은 것만큼이나 지켜야 할 것도 많은 법이다.
시대에 따라 다소 넘나듦은 있겠지만 욕망과 윤리가 서로 통제하며
조절하는 세상살이의 기본 틀만은 변함이 없다. 때로는 욕망이 윤리
를 넘어서는가 하면 때로는 윤리가 욕망을 강하게 억제하면서 문화
발전을 이루어온 것이다.

윤리만을 내세워서 욕망을 마냥 억제하기만 한다면 도무지 발전이
라고는 없는 무력한 문화가 되겠고, 반대로 욕망만을 앞세워 윤리를
팽개친다면 오로지 힘이 지배하는 야만 세계가 되고 말 것이다. 간단
하게 연애 이야기로 설명해보자. 당사자들이 좋건 싫건 부모님이 정
해준, 가장 이상적이라는 짝과 만나서 평생을 함께 살아야 한다면 어
떨까? 또 당사자들만 좋으면 무조건 함께 살고, 또 싫증이 났다고 그
대로 헤어진다면 세상은 어찌 될까? '애인을 따르자니 부모가 울고,

부모를 따르자니 애인이 우는' 이야기가 연애담으로 계속 이어지는 이유도 바로 우리가 욕망과 윤리의 통제와 조절 속에 살고 있기 때문이다. 이 점에서 세기의 명화라는 영화 〈러브 스토리〉와 이제 다룰 소설 〈숙영낭자전〉은 한 궤에 서 있다고 말할 수 있다.

하늘의 운명과 인간의 의지

〈숙영낭자전〉의 주인공은 백선군(白仙君)과 숙영(淑英)이다. 남녀가 나란히 주인공으로 등장하니 애정 소설임에 틀림없는데, 이들의 만남부터가 범상치 않다. 대개의 고소설이 그렇듯이 남자 주인공 백선군 역시 부모가 명산대천(名山大川)에서 기도하여 어렵사리 얻은 자식이다. 그러니 당시의 풍습대로라면 백선군은 부모가 정해준 상대와 혼례를 올리는 것이 순리이다. 그런데 이 소설은 그런 순리와 정반대 방향으로 발걸음을 옮겨놓고 있다. 선군의 나이 열여섯 살 때, 선녀(仙女) 숙영이 꿈속에 나타난 것이다.

봄날을 당하여 서당에서 글을 읽더니 자연히 몸이 피곤하여 책상에 기대어 졸다가 깜빡 잠이 들었더라. 문득 녹의홍상(綠衣紅裳, 연두 저고리에 다홍 치마. 곧 젊은 여자의 곱게 치장한 복색)을 입은 낭자가 방문을 열고 들어와서 두 번 절하고 곁에 앉으며 가로되,
"그대는 나를 몰라보시나이까? 내 이제 온 것은 다름 아니라 천상연분(天上緣分)이 있기로 이렇게 찾아왔나이다."

하늘에서 맺어진 연분이 지상으로 이어진다는 것은 고소설에서 흔

히 보는 수법일 뿐만 아니라 결혼식 주례사에 종종 등장하는 '천생연
분'이다. 그러나 이 소설은 이 정도에 그치지 않는다. 대개의 고소설
에서는 그런 연분을 등에 업고 양가 집안 사이에 혼담이 오가는 것이
상례지만, 이 소설은 파격에 파격을 더한다. 선군은 상사병을 앓고,
끝내 숙영이 있는 신선 세계를 찾아가, 3년만 더 기다려 달라는 숙영
의 청을 거절하고 육체적 관계를 맺고 만다. 이로써 몸이 더럽혀진 숙
영은 신선 세계에 머물 수 없게 되고, 둘은 부부가 되어 돌아온다.

　이렇게 되면 사랑은 성취되었고 더 이상 진행될 이야기가 없을 듯
하지만, 본격적인 이야기는 이제부터이다. 숙영에게 푹 빠진 선군은
공부를 내팽개치기에 이르며, 부모는 집을 떠나 과거 시험 공부를 하
도록 명한다. 그러나 우리의 주인공 선군이 말을 들을 리 없다. 갔다
가는 되돌아오기를 두 번이나 반복하여 숙영과 동침하는 것이다. 아
들이 떠난 방에서 남자의 음성을 들은 식구들은 숙영을 의심하게 되
고, 이 기회를 틈타 질투심에 불타는 시녀 매월이 간계(奸計)를 꾸며
숙영은 궁지에 몰린다. 결국 억울한 숙영은 가슴에 칼을 꽂고 자살을
한다. 그런데 어찌된 일인지 시체가 꼼짝도 않고 썩지도 않는 기이한
일이 발생하고, 선군의 부모는 이 일을 무마하려 백선군이 돌아오기
전에 임 소저와 약혼을 해둔다.

　선군은 장원 급제를 하고, 자신의 꿈에 나타난 숙영을 통해 원통한
죽음을 알게 된다. 그가 집에 돌아와 숙영의 가슴에 꽂혀 있던 칼을
뽑으니 청조(青鳥, 파랑새) 두 마리가 나타나 '매월이'를 세 번씩 부르
며 날아간다. 그리하여 매월이 범인인 것이 밝혀지고, 매월은 처형을
당한다. 숙영은 옥황상제의 배려로 다시 인간 세계로 내려와 선군과
의 못다 한 인연을 잇고, 선군은 임 소저와도 혼인하여 자식들을 낳고

행복하게 산다. 선군이 80세 되던 어느 날, 세 사람은 함께 하늘나라로 올라가고, 이렇게 이야기는 끝이 난다.

그런데 눈치 빠른 독자들은 벌써 알아차렸겠지만, 선군(仙君)이라는 이름부터가 벌써 신선이라는 뜻이니, 이 이야기는 신선 세계의 두 남녀가 지상에서 만나 살다가 다시 신선 세계로 올라간다는 줄거리를 지니고 있다. 이렇게 보면 이들이 만나고 헤어지는 것은 철저하게 '하늘의 뜻'이며, 이 소설은 매우 비현실적인 관념 세계를 다룬 이야기일 뿐이다.

그러나 이들이 만나고 헤어지는 과정을 좀더 유심히 보면 그와 정반대의 결과를 얻을 수 있다. 선군은 욕정을 참지 못하고 혼례도 올리기 전에 육체적 관계를 맺고, 역시 욕정을 참지 못하여 과거 공부를 떠나서도 번번이 집으로 되돌아오며, 숙영은 선군을 사모하는 매월이의 질투심 때문에 죽음으로 내몰린다. 이 이야기가 흘러가는 방향은 한편으로는 하늘이 정해준 대로이지만, 또 한편으로는 살아 숨쉬는 인간의 욕망대로이기도 한 것이다. 요컨대 이 작품의 만남과 헤어짐에는 하늘이 정한 운명이냐, 인간의 자유에 따른 의지이냐 하는 복잡한 문제가 개입되어 있음을 우선 명심해두자.

효도를 할 것인가, 사랑을 따를 것인가?

아직 결혼을 깊이 생각해보지 못한 청소년층 독자라면 이런 질문이 매우 이상해보일 것이다. 대체 효도를 하는 것과 사랑을 하는 것이 함께할 수 없는 난제(難題)라도 된다는 말인가 하고 말이다. 그런데 실제 그런 일이 벌어지는 데서 대개의 애정물은 성립한다. 전문 용어로는 '혼사 장애(婚事障碍)'라고 하는 것으로, 작품 속의 남녀가 혼사를 맺으려고 하는데 누군가의 방해로 장애를 겪는 일을 말한다. 당사자들 간에는 죽고 못 살아도 힘이나 지위를 가진 사람이 막는다면 그 사랑은 바로 불행의 씨앗이 된다.

선군은 꿈에서 만난 여자를 좇아 신선 세계로 들어간다. 선군은 인간 세계가 아닌 곳에서 육체적 관계를 가짐으로 해서 이미 큰 부정(不淨)을 저지른 셈인데, 인간 세계에 돌아와서도 마찬가지의 죄를 짓게 된다. 부모가 맺어준 혼인이 아닌 결합을 '야합(野合)'이라고 하는데, 작품의 주인공들은 그 만남에서부터 큰 불효를 저지른 것이다. 거기에다 공부를 했으면 하는 부모님의 소망을 저버리고 아내에게 푹 빠져서 헤어나지 못하는 것 역시 불효이며, 공부하러 갔다가 부모님 몰래 집으로 되돌아오는 행위 역시 부모님을 속이는 일이므로 불효이다.

> 잠을 깬 낭자가 깜짝 놀라서 말하기를,
> "이 일이 어찌된 일입니까? 오늘 길을 떠나지 않으셨습니까?"
> 선군이 말하기를,
> "종일 가다가 겨우 삼십 리를 가 숙소를 정하고 다만 생각나니 그대뿐이라. 첩첩 쌓인 비감한 마음을 금하지 못하여 음식을 전폐하매 길에서 병이 될까 염려되어 그대와 더불어 심회(心懷, 마음속의 회포)를 풀고자 왔노라."

뿐만 아니라 부모가 정해준 임 소저를 거절하는 것 또한 부모의 뜻을 저버리는 일로 불효가 된다. 이 네 가지 행위가 모두 불효임에는 틀림없는데, 여기에서 중요한 사실은 그 불효가 모두 아내 숙영을 사랑해서라는 점이다. 숙영 역시 마찬가지이다. 찾아오는 남편을 거절하지 못하고, 자신의 억울함을 내세워 시부모의 처사에 불만을 품고 자살하는 행위 역시 불효임에 틀림없다. 부모님의 뜻을 저버리고 자신의 배필을 택한 주인공 남녀의 행위는 당시 사회 현실에 비추어볼 때 매우 충격적인 일탈이다.

여성 인물을 중심으로 다시 읽기

작품에 등장하는 주요 여성은 셋이다. 주인공 숙영, 시녀 매월, 후실 임 소저가 바로 그들로, 이들을 통해 작품을 읽으면 또 새로운 의미를 찾아볼 수 있다. 실제 작품에서는 오로지 선군과 숙영의 관계에만 집중하느라 매월과 임 소저에게는 별 관심을 두지 않는 듯하지만 사실 이들이 처한 입장이야말로 이 소설의 세계관을 단적으로 드러낸다. 매월은 시녀로 악인형의 인물이다. 주인공 숙영을 모함하고 그 때문에 끝내 처형당하는 인물인 것이다. 그런데 왜 매월이가 그런 일을 했는가를 살핀다면 문제는 심각해진다.

선군은 꿈속에서 숙영을 만난 뒤로 상사병 때문에 고생하게 된다. 이때 숙영은 꿈속에 다시 나타나 매월을 시첩(侍妾, 귀인의 시중을 드는 첩)으로 삼아 갑갑함을 풀라고 일러준다. 매월은 한마디로 숙영의 대타로 기용된 셈이어서 사랑 없는 노리개로 전락하고 만다. 그러므로 매월의 시기와 질투는 '이유 있는 항변'이다. 욕망이라는 점을 놓고 본다면, 선군이 숙영을 사랑하는 것이나 매월이 선군을 사랑하는 것이 매한가지이다. 그러나 선군과 매월은 주종(主從) 관계에 놓여 있어서 거기에 따른 특수한 윤리가 매월을 구속한다. 매월은 숙영에 대한 가해자이면서 또 한편으로는 선군과 숙영의 사랑 놀음에 의한 피해자이기도 한 셈이다.

이 점은 임 소저 역시 마찬가지이다. 아무 영문도 모르고 그저 숙영의 죽음을 무마하기 위하여 선군의 배필로 발탁되고 나중에 무슨 큰 선심이라도 쓰는 듯 그 후실이 된다. 임 소저의 이야기를 들어보자.

"여자 되어 약혼하매 시댁의 납채(納采, 신랑 집에서 신부 집으로 혼인을 청하는 의례)를 받았으면 그 집 사람이 분명한지라. 백생(白生, 생(生)은 성 뒤에 붙는 말로, '젊은 사람'이라는 뜻을 가짐)이 상처한 줄 알고 부모께서 허락하였더니 그 여자가 다시 살아난즉 국법에 두 처를 두지 못하매 결혼할 의사는 두지 못하려니와 소녀의 정리로는 맹세코 다른 가문에는 아니 갈 터이오니 그런 말씀은 다시 마옵소서."

이 이야기를 듣고 임 소저의 마음씨가 착하다고 해서 임금이 특별히 혼인을 허락하게 된다. 물론 이렇게 되는 데에는 작품에 있는 그대로 '하늘이 정한 뜻'이 작용한 것이지만 어딘지 석연치 않은 점이 있다. 임 소저는 그저 선군과 숙영의 결연을 좀더 돋보이게 하는 수단으로 등장하기 때문이다. 매월이 대타였다면 임 소저는 액세서리인 점이 다를 뿐이다. 즉 숙영의 욕망이 긍정되면서 현실화되는 뒷면에는 다른 두 여자의 욕망이 완전히 부정되면서 당시의 현실 윤리에 그대로 굴복하는 이중적 면모를 지니고 있다고 할 수 있다.

애정 소설, 적강 소설, 판소리계 소설

사실 이 작품처럼 여러 가지 수식어를 몰고 다니는 작품도 흔치 않을 것이다. 남녀의 애정을 중심 주제로 한다는 점에서 애정 소설임에 분명하지만, 천상 사람이 지상으로 귀양살이를 왔다가 다시 승천하는 이야기라는 점에서 적강(謫降, 신선이 죄를 짓고 그 벌로 인간 세상에 내려오거나 사람으로 태어남) 소설이며, 또 판소리로 불린 기록이 남아 있다는 점으로 볼 때, 넓은 의미에서 판소리계 소설이기도 하다.

우선 애정 소설이라는 점에서 보면, 애정이 전면에 부각되고, '인간적' 욕망을 내세우기 때문에 근대적 속성을 강하게 드러내보인다고 할 수 있다. 하늘에서 맺어준 연분을 강조하는 부분만 빼고 본다면, 이 작품은 자유연애를 그리고 있는, 고소설로서는 매우 특별한 경우이다. 그러나 적강 소설이기 때문에 주인공들의 모든 행위가 사실은 천상에서 예정된 것들로 비추어진다는 데 큰 한계가 있다. 선군이 숙영을 만나는 것도, 숙영이 죗값으로 죽는 것도, 죽었다가 다시 살아서 만나고, 급기야 임 소저가 선군과 결합하고 나중에 셋이 함께 승천하는 것까지가 모두 하늘의 뜻인 것이다.

끝으로 이 작품은 여느 판소리계 소설과는 달리 소설이 먼저 이루어지고 거기에 판소리가 얹어진 탓에, 판소리에서 소설로 이행하면서 생긴 특성들을 찾아낼 수는 없다. 굳이 판소리적 특성을 찾자면 작품의 전후반이 고난 – 행복, 현실 – 꿈으로 짝을 이룬다는 점 정도를 들 수 있지 않을까 한다. 가령 춘향이 옥중에서 고초를 겪고 심청이 물에 빠지며 흥보가 다시 쫓겨나는 데까지가 고통스러운 현실의 반영이며, 그 이후의 내용은 모두 이상적인 꿈이다. 이 〈숙영낭자전〉 역시 주인공 숙영이 억울하게 죽는 대목까지가 고통스러운 현실이며, 그 이후에 장원 급제한 선군이 나타나서 원통함을 풀고 다시 살아나서 함께 사는 부분이 이상적인 꿈이다. 〈춘향전〉의 암행어사 출도, 〈심청전〉의 환생, 〈흥부전〉의 박 타는 장면도 모두 이상적인 꿈을 보여주는 부분이라 할 수 있다.

○ 원래 판소리계 소설은 '설화 문학 → 판소리 → 판소리계 소설'이라는 발달 과정을 거쳐 형성된 소설을 말한다. 따라서 판소리계 소설은 판소리가 지닌 여러 가지 특징을 그대로 보여주고 있다. 즉 판소리계 소설에는 초인적 능력을 지닌 영웅이 존재하지 않으며, 사건 전개에 있어서도 경험적인 인과 관계가 보다 중시된다. 그리고 어떤 부분은 가사체처럼 3·4조 내지 4·4조의 4음보가 쭉 이어지기도 하고 어떤 부분은 규칙적 율격에서 벗어나 일상 대화가 그대로 사용되는, 판소리 사설에 쓰이는 문체가 그대로 나타나고 있다.

작품 읽기

다음은 백선군이 과거 길에 나섰다가 숙영 낭자를 잊지 못하고 다시 집으로 돌아오는 장면이다. 한밤중에 선군과 숙영이 함께 방에 있는 동안, 공교롭게도 시아버지가 이를 며느리가 외간 남자와 통정하는 것으로 오인하면서 일이 복잡해진다.

　숙소를 정하고 석반을 받으매 오직 낭자를 생각하여 음식이 달지 아니하니 부득이 상을 물리거늘 하인이 민망하여 가로되,
　"식사를 저렇듯 영락(零落, 보잘것없이 쇠함)하시고 천리원정(千里遠程, 천리 먼 길)을 득달하시려 하나이까?"
　선군 왈,

“자연 그러하여라.”

하고 적막한 객관(客館, 여관)에 홀로 앉아 심신이 수란(愁亂, 시름이 많아서 정신이 어지러움)하여 낭자의 일신이 곁에 앉았는 듯 여견불견(如見不見, 보이는 듯하나 보이지 않음)이요, 소리 들리는 듯 사청불청(似聽不聽, 들리는 듯하나 들리지 않음)이라. 여좌침전(如坐針田, 바늘밭에 앉은 것 같음)하여 마음이 정치 못하는지라. 이경(二更, 밤 9~11시) 말 삼경(三更, 밤 11~1시) 초에 신발을 들메고 집에 돌아와 담장을 넘어 낭자의 방에 들어가니 낭자 대경(大驚, 크게 놀람) 왈,

“이 일이 어찌한 일이니이까? 오늘 길을 행치 아니하니이까?”

선군 왈,

“종일 행하여 겨우 삼십 리를 가 숙소를 정하고 다만 생각느니 그대뿐이라. 첩첩 비회(悲懷, 비감한 생각)를 금치 못하여 음식을 전폐하매 행여 노중(路中, 길 가운데)에서 병이 될까 염려되어 그대와 더불어 심회를 풀고자 하여 왔노라.”

하고 낭자의 손을 이끌어 원앙금리(鴛鴦衾裏, 원앙금침 속)에 나아가 밤이 마치도록 정회를 푸는지라.

이적에 백공이 선군을 경성에 보내고 집 안의 도적을 살피려 하고 청려장(靑藜杖, 명아줏대로 만든 지팡이)을 짚고 담장 안으로 두루 다녀 동별당에 다다라서는 낭자의 방에서 남자의 소리가 은은히 들리거늘 백공이 이슥히 듣다가 가만히 혜오되,

“낭자의 빙옥지심(氷玉之心, 얼음과 옥처럼 깨끗한 마음)과 송백지절(松柏之節, 소나무와 잣나무 같은 절개)로 어찌 외간 남자를 사통하여 음행지사(淫行之事)를 감심하리오. 그리하나 세상사를 이로 측량치 못하리라.”

하고 가만히 사창 앞에 나아가 귀를 기울여 들은즉 낭자가 이윽히 말하다가 가로되,

"시부(媤父)께서 밖에 와 계신가 싶으니 낭군은 몸을 침금(寢衾, 이부자리)에 감추소서."

하며, 다시 아이를 달래어 왈,

"너희 아버지는 장원 급제하여 영화로이 돌아오느니라."

하고 아이를 어루만지거늘 백공이 크게 의심하고 급히 침소로 돌아오니라.

이때 낭자가 백공의 엿듣는 양을 벌써 알았는지라 선군더러 이르되,

"시아버님께서 창밖에 와 엿보고 가 계시니 낭군 온 줄 알아계실지라 낭군은 첩을 유념치 말으시고 바삐 경성에 올라가 성불성(成不成, 이룸과 이루지 못함)은 불계(不計, 헤아리지 않음)하고 과거를 보아 부모의 바라시는 마음을 저버리지 마시고 또 첩으로 하여금 불미한 시비를 면케 하소서. 생각건대 낭군이 첩을 사념하여 여러 번 왕래할 제 죄 많으니 만일 그러할진대 장부의 도리 아니요, 또 부모께서 아시면 결단코 첩이 죄를 당할 듯하오니 낭군은 전후 사리를 헤아리사 속히 상경하소서."

하고 길을 재촉하니 선군이 들으매 말이 다 합당한지라. 이에 작별하고 그 숙소로 돌아오니 하인이 아직 잠을 깨지 아니하였더라.

이튿날 길에 올라 겨우 오십 리를 가 숙소를 정하고 월명객창(月明客窓, 달 밝은 객창)에 적막히 앉았으매 낭자의 형용이 안전(眼前, 눈앞)에 삼삼하여 잠을 이루지 못하고 천만 가지로 생각하여도 울결(鬱結, 답답하여 맺힘)한 마음을 걷잡지 못하여 이에 표연(飄然, 바람처럼 빨리)히

집에 돌아와 낭자의 방에 들어가니 낭자가 놀라 가로되,

"낭군이 첩의 간(諫)함을 듣지 아니하시고 이렇듯 왕래하시다가 천금귀체(千金貴體, 천금같이 귀한 몸) 객중에서 병을 얻으면 어찌하려 하시나이까? 낭군이 만일 첩을 잊지 못하시거든 후일은 첩이 낭군 숙소를 찾아가리이다."

선군 왈,

"그대는 규중의 여자라. 어찌 도로 행역을 임의로 하리오."

하고 또 화상(畵像)을 주며 왈,

"이 화상은 첩의 용모이오니 행중에 두었다가 만일 빛이 변하거든 첩이 편치 못한 줄 아옵소서."

하며 새로이 이별할새 이때 백공이 마음에 괴이히 여겨 다시 동별당에 가 귀를 기울여 들은즉 또 남자의 수작하는 소리가 분명한지라 백공이 헤아리되,

"괴이하고 괴이하도다. 내 집의 장원(牆垣, 담장)이 높고 상하 이목이 번다하매 외인이 간대로 출입을 못하거늘 어찌 수일을 두고 낭자의 방에서 소리 나니 이 반드시 흉악한 놈이 있어 낭자와 통간(通姦, 간통)함이로다."

하고 처소로 돌아가 자탄 왈,

"낭자의 정절로 이런 행사를 하니 이로 볼진대 옥석을 분간하기 어렵도다."

〈숙영낭자전〉(경판) 중에서

운영전

궁궐을 뛰어넘은 사랑

작품 및 작가 소개

〈운영전〉은 작자와 창작연대를 알 수 없는 작품으로, 한문본과 한글본이 있는데 한글본은 한문본을 대본으로 하여 번역한 것으로 보인다. 이 작품을 흔히 '수성궁몽유록(壽城宮夢遊錄)'이라고도 하듯이 그 구성에 있어서 몽유록 형식을 취하고 있다. 몽유록은 어떤 인물이 꿈속에서 겪은 사건을 적는 식으로 서술하는 것인데, 이 작품에서는 유영이라는 사람이 꿈속에서 운영과 김진사를 만나는 것으로 설정했다.

이 작품은 궁녀 운영과 어린 선비 김 진사와의 사랑 이야기를 주된 줄거리로 한다는 점에서 여느 애정 소설과 흡사하지만, 고소설로서는 보기 드물게 비극적인 끝맺음을 보인다는 점이 주목을 받아왔다. 궁녀는 궁에 갇혀 지내면서 능동적으로 살아갈 수 없는 처지임에도 불구하고 이 소설의 주인공 운영은 적극적인 사랑을 이루기 위해 노력한다는 점이 돋보이는데, 참된 애정을 갈망하는 개인의 소망과 그 소망을 무참히 짓뭉개는 외부의 횡포가 선명하게 드러나면서 결과적으로 사회의 부조리에 대한 비판의 메시지를 전한다.

금지된 사랑

인간의 심리란 참으로 묘해서 금지된 일에 더 많은 흥미를 느낀다. 고등학생이 숨어서 피우는 담배나, 제대를 앞둔 병장의 삐뚜름한 모자가 다 그런 것인데, 사랑 역시 '금지된 사랑'이 재미있다. 사실 연애 이야기는 어딘가 금지된 요소가 많을수록 더욱 절실하고 아름답게 느껴진다. 유부남과 처녀, 신분이 낮은 남자와 높은 여자, 당사자들은 좋아하지만 집안끼리는 원수인 경우 등등. 얼른 생각나는 것들만 쭉 떠올려보아도 거의 틀림이 없다.

고소설 속의 사랑 이야기도 여기서 그리 멀지 않은데, 이 '금지된 사랑'의 가장 선두에 설 만한 작품이 바로 〈운영전〉이다. 혹 '구중궁궐(九重宮闕)'이란 말을 들어 보았는지? 글자 그대로 아홉 겹의 궁궐이란 뜻이다. 즉 담으로 겹겹이 둘러싸인 궁궐을 말하는데, 요즈음은 궁궐을 가리키기보다 무언가 호화스러우면서도 외부인의 접근이 차단된 장소를 빗대어 말할 때 주로 사용된다.

그런데 그런 비유나 수사의 차원이 아닌 실제로 궁궐 담장을 뛰어넘어 사랑을 이루는 이야기가 바로 〈운영전〉이다. 이 작품이 '수성궁몽유록(壽聖宮夢遊錄)'이라 불리는 데에서도 알 수 있듯이, 이 이야기

궁궐 안의 여자, 궁궐 밖의 남자

궁궐이란 데는 본시 왕과 왕자가 아니고는 온전한 남성이 있기 어려운 곳이다. 그곳은 여자가 한눈팔 만한 남자도 없는 고립무원(孤立無援, 고립되어 구원받을 데가 없음)한 곳이어서, 삼각관계는 고사하고 짝사랑이나 상사병 한 번 겪기도 어려운 곳이다. 물론 수성궁은 경복궁이나 창경궁처럼 임금이 거처하는 정식 궁궐이 아니고, 세종의 셋째 아들 안평 대군(安平大君, 1418~1453)이 따로 거처하는 사궁(私宮)이라 좀 경우가 다르기는 하다. 하지만 그래도 궁녀들은 궁궐 주인인 안평 대군만을 바라보고 살아야 한다는 점에서는 여느 궁궐과 크게 다르지 않다. 이 궁 안에는 여자 주인공인 운영을 포함해 궁녀가 모두 10명이나 있었는데, 출입이 통제되었음은 물론 마음속으로 다른 남자를 그리는 기색이라도 비치면 혼쭐이 날 정도였다. 어찌 그런 일이 있겠냐고 반문하겠지만, 궁녀들이 지은 시에 그리움이 내비친다 싶으면 트집거리가 되었던 것이다. 그런데 어떻게 궁궐 안팎의 남녀가 만날 수 있었을까?

안평 대군은 특히 문학에 조예가 깊은 사람이어서 많은 문인들과 교유했는데 그 중 한 사람이 이 소설의 남자 주인공 김 진사였다. 미남자인 그는 열넷에 과거에 급제하여 진사가 된 수재인데, 어느 날 수성궁에서 안평 대군을 만나게 된다. 김 진사가 지은 시 한 수로 그의 수준을 단번에 간파한 안평 대군은 그를 특별히 융숭하게 대접하고, 이 자리에서 김 진사와 운영의 운명적인 만남이 이루어진다.

여느 연애 소설의 주인공처럼 이들 역시 첫눈에 반했음은 말하나마나이리라. 그러나 어쩌랴. 궁궐의 담이 갈라놓아, 그 뒤로 그들은 전혀 만날 수 없었다. 첫날 이후로는 김 진사가 궁궐에 들어와도 안평 대군은 어찌된 일인지 궁녀들과의 만남을 허락하지 않았던 것이다. 그러자 운영은 먼발치에서 바라만 보다가 시를 한 수 지어 심회(心懷, 마음속에 품은 생각)를 풀어낸다.

베옷 입고 가죽띠 띤 선비가
옥 같은 얼굴이 신선 같도다.
매번 발 사이로 엿보지만
어찌하여 달 아래 인연이 없을까.
얼굴을 씻으니 눈물이 물이 되고
거문고를 타니 줄이 한스러이 운다.
가슴속 쌓인 한없는 원통함을
머리 들어 홀로 하늘에 호소하리라.

내용은 아주 쉽게 파악된다. 다만 '달 아래 인연'이 무슨 말인지 모르는 사람이 있을 텐데, '달 아래'란 부부의 인연을 맺어준다는 전설의 노인인 '월하노인(月下老人)'을 가리키는 말로, 예전에는 중매쟁이를 이렇게 불렀다. 그러니까 이 시에는 김 진사와 결혼하여 살 수 없는 상황을 원통해하는 내용이 담겨 있는 것이다.

운영은 이 시를 적은 종이와 자신의 금비녀를 함께 싸서 김 진사에게 보내려 하지만 쉽지가 않았다. 기회를 엿보던 그녀는 어느 날 저녁 안평 대군이 선비들과 시회(詩會)를 가질 때 몰래 벽을 헐어 구멍을 내어 김 진사에게 봉투를 전한다. 집에 돌아와 이 편지를 읽어본 김 진사는 애가 타 죽을 지경이었다. 이제 상대의 속마음은 훤히 알았지만, 자신의 뜻을 전할 방법이 전혀 없기 때문이었다.

그러나 뜻이 있으면 길이 있는 법. 그는 수성궁을 드나드는 무당 편에 자신의 답장을 보내는 기지를 발휘한다. 기지라고는 하지만 이런 일은 목숨을 건 위험천만한 일이었다. 하지만 위험한 장사가 많이 남는다지 않는가. 대군의 여자와 외간 남자 사이의 이 위험한 왕래야말로 고소설의 스릴 넘치는 장면 가운데 단연 최고이다. 연애에서의 방해자는 연애의 강도를 높여주는 감초일 뿐이다.

편지를 주고받았다면 다음은 당연히 몸이 오갈 차례. 하늘이 무너져도 솟아날 구멍이 있다고 운영에게 드디어 기회가 온다. 궁궐 밖 연회에 참석할 수 있게 된 것이다. 그녀는 이 절호의 기회를 놓치지 않고 궁궐 밖으로 나가 몰래 무당 집에 가서 김 진사와 상봉한다. 운영은 잠깐의 상면을 뒤로 하고 편지를 한 통 건네고는 밤을 타서 만날 것을 기약하며 떠난다. 구구절절한 편지를 읽은 김 진사는 그 날 저녁 무당의 집에서 운영을 다시 만나고, 운영은 금가락지를 선물로 주면서 밤에 궁궐 담을 넘어와 줄 것을 요청한다.

여기까지가 이들이 사랑에 이르게 된 전말이지만, 여기에서 사랑이 완성되었고 그것으로 이야기가 끝났다면 그 역시 싱거운 이야기이다. 정말 본격적인 이야기, 눈물 없이 볼 수 없는 이야기는 이 다음부터이다.

사랑으로는 못할 게 없다

아무튼 이들의 행위는 참으로 대담한 모험이다. 어엿한 사대부로서 여염집(일반 백성의 살림집) 담장을 넘는 것도 못할 짓인데, 더구나 궁궐 담장을, 그것도 대군의 여자와 간통하려는 목적으로 넘는다는 것은 도저히 생각도 못할 일인 것이다. 그러나 사랑의 힘은 그 모든 불가능을 금세 날려버린다.

그런데 그 날 밤, 김 진사는 끝내 담을 넘지 못하고 만다. 새가 아닌 다음에야 그 높은 궁궐 담장을 넘을 수 없다는, 지극히 물리적인 이유 때문이었다. 책상물림(글만 읽다가 사회에 처음 나서서 모든 물정에 어두운 사람)은 뭐가 달라도 다르다. 넘을 수 없으면 못 넘는다는 상식에 따르는 태도가 참 순진하기는 하지만 애인으로서는 낙제점이 아닐 수 없다. 결국, 보다 못한 집안 하인 하나가 나서서 사다리를 만들어주고 털로 만든 두툼한 버선을 마련해준다. 사다리를 타고 올라가서 다시 안쪽으로 옮겨놓은 뒤, 소리가 나지 않게 살금살금 걸으라는 의도에서였다. 과연 이 점에서는 진사보다 하인이 낫다.

그러나 이 하인은 퍽이나 음흉한 사람이어서 이 기회에 한몫 잡으려는 생각뿐이다. 그는 김 진사더러 운영을 업고 도망하라고 가르치고, 김 진사는 운영에게 그 뜻을 전한다. 운영은 김 진사에게 가지고 있는 보화가 너무 많아서 말 열 필에 나누어 실어도 남을 것이라고 걱정하고, 이 말을 전해 들은 하인은 희희낙락하여 제 친구들을 믿으라며 큰소리친다.

이런 계교를 꾸미던 중, 안평 대군은 마침 비해당(匪懈堂)이라는 집을 짓고 멋진 상량문(上樑文, 상량을 축복하는 글. 상량이란 기둥에 보를 얹고 그 위에 마룻대를 올리는 것을 말함)을 구하나 마땅치 않자 김 진사를 불러들인다. 그런데 그만 거기서 사단(事端, 사건이나 사고)이 나고 만다. 글은 곧 사람이라고, 김 진사는 그 상량문 중에 '담을 따라 들어가 어둠을 타서 풍류를 도둑질한다.'라는 구절을 담고 말았던 것이다.

이로써 안평 대군의 의심에도 아랑곳하지 않고 밤의 밀회를 즐기던 연인에게도 어느덧 피할 수 없는 위기가 닥친다. 안평 대군이 운영을 지목하여 김 진사와의 관계를 추궁하기 시작한 것이다. 그녀는 즉시 결백을 주장했지만, 이때부터 이들의 연애는 벼랑 끝에 몰리고 만다. 흑심을 품은 하인이 궁에서 내어온 보화를 독식하려 일을 꾸미던 중 소문이 나는 바람에 안평 대군의 귀에까지 흘러들었던 것이다. 결국 운영의 보화가 없어진 것을 알아낸 안평 대군은 궁녀들을 문초하여 그간의 일들을 소상히 알게 된다. 그리고 운영은 처형당하기 직전 스스로 목을 매 자살한다. 이 사실을 안 김 진사는 하인이 가지고 있던 남은 재화를 털어 절에 가서 재를 올린다. 그리고 김 진사 역시 목욕 재계하고 단식한 지 나흘 만에 세상을 떠난다. 김 진사와 운영의 슬픈 사랑 이야기는 이렇게 끝난다.

운영과 김 진사의 사랑이 지닌 여러 의미들

계속 사랑타령만 하다가 남녀 주인공이 모두 죽는 것으로 끝나니 좀 이상하다고 생각하는 사람도 있을 것이다. 실제 작품에서는 절절한 사랑 시가 오가고, 애타는 그리움이 있으며, 목숨을 건 긴박감이 있지만 줄거리만으로는 영 맥이 빠진다. 그러나 분명한 사실은 이 작품이 사랑을 이야기하기는 했지만 사랑만 이야기하는 통속적인 멜로물이 아니라는 점이다. 사랑으로는 못할 게 없다는, 그 위대한 힘을 보여주는 한편에서는, 그런 사랑이 있어도 서로 그 사랑을 온전하게 지킬 수 없게 만드는 폭압을 보여준다.

여담 같지만, 지금 이 시간에 원귀가 가장 많이 있는 곳은 어딜까 따져본다면 아마도 궁궐 근처가 아닐까 한다. 사실 궁궐 안에 사는 사람들은 외형과는 달리 퍽이나 뒤틀린 삶을 살았다. 남성 구실을 못하도록 만들어진 채 궁 안으로 들어간 내시들이나 꽃 같은 나이에 들어가서 죽을 때나 나오는 궁녀들, 거기에 궁녀도 못 된 무수리 등까지 헤아린다면 궁궐은 온통 원통한 사람들투성이가 아니었을까? 왕과 그 일족이 아닌 한, 궁궐에 사는 모든 사람들은 왕과 그 가족을 위해 봉사하는 소모품이었으며 그들 개인의 인권은 철저하게 무시되었던 것이다. 물론, 궁궐 바깥의 천민 생활도 그리 좋았다고는 볼 수 없겠지만 특수한 목적을 위해 남녀의 정욕을 억제하는 문제만큼은 궁궐 안보다 사정이 훨씬 더 나았다.

운영과 또다른 궁녀 자란의 하소연은 그런 부당한 문제를 제기한다.

"우리들이 도 닦는 사람이 아니요, 또 여승이 아니면서 이 깊은 궁에 갇히었으니, 정말로 이른바 장신궁(長信宮, 중국 한(漢)나라 태후(太后)의 궁으로 이곳에서 반첩여(班婕妤)가 황제에게 버림을 받고 홀로 살다 죽었음)이로다." (운영)

"오래 깊은 궁에 갇히어 길이 외로운 그림자를 위로하여 다만 대하는 바가 등불이요 일하는 바가 노래와 거문고라. 온갖 꽃이 고움을 머금어 웃고 제비가 쌍으로 날개를 나란히 하여 희롱하되, 우리들은 한가지로 한 궁에 잠겨 있어 물색(物色, 물건의 빛깔)을 보매 춘정에 마음속을 썩힐 뿐이니 부명(賦命, 타고난 운명)의 박(薄, 복이 없음)함이 어찌 이다지도 심한고." (자란)

지극히 개인적인 감정에서 출발한 사랑이지만, 그 사랑을 왜 이룰 수 없는지를 고민할 때 이 사랑의 의미는 좀더 부연되고 확장된다. 거기에는 결코 감정의 문제만도 개인적인 문제만도 아닌, 그보다 더 복잡한 층위의 문제가 도사리고 있는 것이다. 부인도 있는 안평 대군이 젊은 여자를 열 명이나 데리고 놀면서 바깥 세상과의 교류를 막고 독점하는 데서 왜곡된 성 의식의 단면이 드러난다. 사실은 김 진사와 운영에게 죄가 있는 것이 아니라 그들을 불륜으로 몰고 가는 그 답답한 제도에 죄가 있음을 말했다고 하겠다.

고소설 같지 않은 고소설

이 이야기는 이들이 혼령으로 다시 나타나서 자신들의 억울한 사연을 전해주는 방식으로 구성되어 있다. 형식상으로 본다면 주인공이 화자가 되고 유영이라는 선비가 청자가 되어, 주인공이 청자에게 이야기를 들려주는 식으로 바깥 액자가 꾸며지고 그 안에는 운영과 김 진사의 이야기가 그림으로 들어앉아 있는 것이다. 소설에서 이런 구성을 '액자형 구성'이라고 하는데, 이는 고소설에서는 보기 드문 기법이어서 그 자체로도 큰 의미를 갖는다. 게다가 고소설이 대체로 행복한 결말을 보이는 데 비해서 이 작품은 가슴 아픈 불행으로 끝난다는 점 역시 당대의 작품 관행에 비추어 매우 특이한 점이다.

물론 작품의 끝 부분에 이들은 모두 원래 신선이었고 다시 신선 세계로 돌아갔다는 말을 전해준다. 이처럼 본래 천상계의 인물이었다든가 죽은 사람이 다시 나타난다든가 하는 점에 있어서 이 소설은 고소설 특유의 비현실적 면을 보여준다고 할 수 있다. 그러나 남녀 간의 자유로운 교유를 막는 당시 현실을 비판하고 있다는 점에서는 다른 소설이 따르기 어려운 현실적인 면을 보인다. 액자의 틀을 떼어내고 본다면, 사실 현대 소설을 읽는 독자에게 가장 친숙하게 다가설 만한 그런 작품인 것이다. 더욱이 여느 고소설에서는 보기 힘든 심리 묘사 등도 고소설의 상투성을 많이 벗어나고 있다.

일단, 인간이라면 누구에게나 당연히 있는 애욕(愛慾)의 문제를 정면으로 들고 나선 것, 애욕과 질투 때문에 벌어지는 인간 군상의 복잡다단한 모습들을 잘 드러낸 것이 이 작품의 강점이다. 그리고 사랑하지만 사랑하지 못하게 하는 외부의 압제에 대해 비판의 서슬을 날카롭게 세우고 있는 것 역시 이 작품을 돋보이게 한다. 행여 지금은 궁궐도 궁녀도 없으니 그런 문제가 무슨 대수냐고 코웃음 치지 말기를 바란다. 제 욕심을 채우느라 남의 사랑을 짓밟는 사람, 사랑하지도 않는 사람에 매여서 옴짝달싹 못하는 사람, 이해할 수 없는 장벽에 가로막혀 사랑을 잃은 사람, 남들의 곤경을 악용하여 한몫 챙기려는 사람……. 지금도 우리 주위에 이런 사람이 즐비하지 않은가.

작품 읽기

다음은 운영을 만나지 못해 상사병이 난 김 진사가 하인의 주선으로 궁궐 담장을 넘어 재회하는 장면이다. 이는 당시의 소설로서는 감히 상상도 못할 파격적인 내용이며, 두 남녀의 사랑과 그 사랑을 기회로 제 잇속을 찾아보려는 사람들의 모습이 생생하게 보인다. 이 대목 역시 운영이 옛일을 회고하여 서술하는 부분이어서 경어체로 옮겨보았다.

진사는 몰래 그곳(수성궁)을 살펴보았더니 담장이 높고 험해서 몸에 날개가 있지 않고서야 들어갈 수 없었습니다. 집으로 돌아와서는 맥을 놓고는 말없이 있으니 얼굴에 근심스러운 기색이 드러났습니다. 노비 가운데 특(特)이라는 자가 있었는데, 평소에 재주가 많다는 소문이 나 있었고 이런저런 술책에도 능한 인물이었습니다. 그가 진사의 안색을 보더니 앞으로 나와서는 무릎을 꿇고 말했습니다.

"진사님! 반드시 이 세상에 오래 머무시질 못할 것 같습니다."

특이 뜰에 엎드려 울어대자 진사는 속내를 다 털어놓았습니다. 특이 말했습니다.

"이 말씀을 왜 일찍 하지 않으셨습니까? 제가 응당 처리하도록 하겠습니다."

특은 즉시 사다리를 만들었는데 아주 가볍고 날렵한 데다가 접고 펼 수 있게 되어 있었습니다. 둘둘 말면 병풍 접은 것 같고 펼치면 대여섯 길 정도나 되는 것으로, 손으로 들어서 옮길 만했습니다. 특이 사용법을 가르쳐주었습니다.

"이 사다리를 가지고 궁궐 담에 오르신 후, 안에서도 다시 접었다 폈다 하시면 됩니다. 내려올 때도 똑같이 하십시오."

진사가 특에게 뜰에서 시험해 보게 하니, 그 말대로여서 진사는 매우 기뻤습니다. 그날 저녁 진사가 가려고 할 때, 특이 또 품속에서 짐승의 털로 만든 버선을 꺼내주었습니다.

"이것이 아니면 가시기 어려울 것입니다."

진사가 그것을 신고 걸어가니, 새처럼 가뿐하여 땅을 밟아도 발자국 소리가 나질 않았습니다. 진사는 이러한 계책을 사용하여 궁궐 담을 넘어 들어와서 대나무 숲속에 엎드려 있었습니다. 마침 달빛은 대낮처럼 환하고 궁궐 안은 고요하기만 했습니다. 잠시 후, 어떤 사람이 안에서 나와 산보를 하면서 낮은 소리로 시를 읊조렸습니다. 진사는 대나무를 헤치고 머리를 내밀며 말했습니다.

"누가 여길 오셨습니까?"

그 사람이 웃으면서 대답했습니다.

"낭군, 나오십시오! 낭군, 나오십시오!"

진사가 걸어 나와 절하였습니다.

"나이 어린 사람이 풍류의 홍을 이기지 못하여 만 번 죽어 마땅할 죄를 무릅쓰고 여기에 왔습니다. 낭자는 저를 가엾게 여겨주십시오."

자란(운영의 친구인 궁녀)이 말했습니다.

"진사께서 오시는 걸 고대하기를 마치 큰 가뭄에 비 오기를 바라듯 하였습니다. 이제 다행히 뵙게 되니 첩(妾, 여자가 자기를 낮추는 말)들은 살았습니다. 낭군께서는 의심치 마십시오."

자란은 즉시 진사를 인도하여 안으로 들어왔는데, 진사는 충계에서 부터 굽은 난간을 따라 구부정한 자세로 들어왔습니다. 저는 그때 비단창을 열어둔 채 옥등(玉燈)을 밝히고 앉아 있었는데, 짐승 모양을 한 금화로에 울금향(鬱金香, 튤립 향)을 피웠으며 유리로 된 책상 위에《태평광기(太平廣記, 중국 설화 등을 수집하여 엮은 책)》한 권을 펼쳐놓고 있었습니다. 저는 진사께서 들어오시는 것을 보고 자리에서 일어나 맞이하여 절을 했습니다. 낭군께서도 그에 화답하는 절을 하셨고, 우리는 손님과 주인의 예절에 따라 동쪽과 서쪽으로 나누어 앉았습니다.

저는 자란에게 진수성찬을 준비토록 하여서는 자하주(紫霞酒)를 따라 마셨습니다. 술이 세 차례 정도 돌자, 진사는 취한 척하면서 말했습니다.

“밤이 얼마나 되었는지요?”

자란이 진사의 말뜻을 알아채고는 휘장을 드리우며 문을 닫고 나갔습니다. 첩은 등불을 끄고 진사와 함께 잠자리에 들었는데, 그때의 기쁨이란 이루 말로 다 표현할 수 없는 것이었습니다. 밤이 이미 새벽으로 향하고 뭇닭들이 새 아침을 알려주자, 진사는 일어나 궁궐 밖으로 나갔습니다. 그 뒤로 진사께서는 어두워지면 들어오고 밝아지면 나가곤 하기를 하룻저녁도 빼지 않았습니다. 이리하여 우리 둘 사이는 정은 갈수록 깊어지고 마음은 갈수록 친밀해져서 절로 멈출 줄을 몰랐습니다. 그러나 담장 안의 눈 위에는 진사의 발자국이 제법 남아 있었기에 궁궐 사람들 중에 위태롭지 않게 여기는 사람들이 없었습니다.

하루는 진사께서 갑자기 이런 생각이 났습니다. 좋은 일이 끝나면 화를 만들어낼 것이라고 말입니다. 그런 생각에 마음속으로 크게 두려워하면서 종일 즐거워하지 않고 계셨더랍니다. 이때 노비 특이 밖에서 들어왔습니다.

“제 공이 매우 큽니다. 그런데도 여태껏 상을 주지 않으시니, 이래도 됩니까?”

진사가 말했습니다.

“마음속에 새겨두어 잊지 않고 있다. 조만간 꼭 큰 상을 내리겠다.”

특이 말했습니다.

“지금 안색을 보니 또 근심이 있는 듯합니다. 대체 무슨 까닭인지 모르겠습니다.”

진사가 말했습니다.

“보지 않으면 병이 심장과 뼈에 이르고, 보면 그 죄가 헤아리기 어려울 정도로 크구나. 어떻게 근심스럽지 않겠느냐?”

특이 말했습니다.

"그렇다면 어찌하여 훔쳐 짊어지고 달아나지 않습니까?"

진사도 그렇다고 생각하였습니다. 그날 밤 진사께서 특이 낸 계략을 저에게 일러주었습니다.

"특은 노비이지만 평소에 꾀가 많은 사람이라오. 특이 이러한 꾀를 가지고 일을 지휘하는데 낭자의 생각은 어떠하오?"

저는 허락하였습니다.

"첩의 부모님은 재산이 아주 넉넉해서 제가 궁에 들어올 때 의복과 보화를 많이 실어 보내주셨고, 게다가 또 주군(主君, 안평 대군을 가리킴)께서 내려주신 것도 매우 많습니다. 이것들을 모두 버려두고 갈 수는 없는 일입니다. 만일 이것을 운반하려 든다면 말이 10필이라도 다 옮기질 못할 겁니다."

진사께서 집으로 돌아가서는 이러한 사실을 특에게 말해주었습니다. 특은 매우 기뻐하며 말했습니다.

"제 친구 중에 역사(力士, 힘이 센 사람)가 17명이나 되는데, 매일 강탈을 일삼아도 나라 사람들이 감당하질 못합니다. 그렇지만 저와는 아주 각별한 사이여서 제 명이라면 따를 것입니다. 이들에게 운반하게 하면 태산이라도 옮길 수 있을 것입니다."

진사께서 돌아오셔서 첩에게 그 말을 전했습니다. 첩 역시 그렇다고 생각하고 밤마다 제 물건들을 거두어 모아서 7일째 되는 날 밤에는 궁궐 밖으로 다 옮겼습니다. 특이 말했습니다.

"이처럼 귀중한 보물을 본댁에 쌓아두면 큰 나리께서 필히 의심하시겠고, 그렇다고 제 집에 쌓아두면 남들이 반드시 의심할 것입니다. 그렇게 하지 않는다면, 산속에 구덩이를 파서 묻고 단단히 지키는 것이 좋겠습니다.”

진사께서 말씀하셨습니다.

“만약 혹시라도 잃어버리게 된다면 나와 너는 도적의 누명을 면하기 어려울 것이다. 너는 삼가 잘 지키도록 하여라.”

특이 말했습니다.

“제 꾀가 이처럼 깊고 제 벗들이 이처럼 많으니 세상에 어려울 일이 없습니다. 더구나 긴 칼을 빼들고 밤낮으로 떠나지 않고 지킨다면 제 눈은 도려낼망정 이 보물은 취할 수 없을 것입니다. 염려 마십시오.”

특은 이 귀중한 보물을 얻은 후에 첩과 진사를 산골짜기로 유인하여 진사를 죽이고 저와 재물을 자기가 차지할 계획을 품고 있었던 것입니다. 그러나 진사는 세상 물정에 어두운 선비여서 그것을 몰랐습니다.

<유영전즉운영전(柳泳傳卽雲英傳)>(국립도서관본) 중에서

수성지

근심의 성城, 인간의 마음

〈수성지(愁城誌)〉는 조선 중기의 임제(林悌, 1549~1587)가 지은 한문 소설이다. 창작 시기는 명확히 밝혀져 있지 않지만, 작가가 북평사(北評事)에서 서평사(西評事)로 이직해 갈 때 어사의 앞길을 침범했다는 이유로 탄핵을 받고 나서 지었다고 하는 기록에 따라본다면 그의 나이 32세를 전후한 1578년(선조 11) 경으로 추정된다. 〈수성지〉는 심성을 의인화한 소설로 주인공 천군(天君)이나 그의 신하인 인(仁)·의(義)·예(禮)·지(智) 등 등 역시 추상적인 인간의 마음을 구체적인 인물로 그려낸 것이다. 작품 속에서 국가가 위태롭게 묘사되는 것은 한편으로는 인간의 마음 상태를 말하는 것이면서 또 한편으로는 당대의 국가가 처한 어려운 상황을 간접화한 것으로도 볼 수 있다.

임제는 조선 중기의 시인으로 호는 백호(白湖)이다. 어려서부터 호방한 성격으로 유명했으며, 당시 세상을 부패한 것으로 여기고 젊은 시절을 술과 여자에 빠져 방탕하게 지냈다. 20세가 넘어서 학문에 뜻을 두고 정진하여 29세에 과거에 급제하여 벼슬길에 올랐다. 그러나 벼슬생활이 그의 호방한 성격과 잘 맞지 않아서 다른 사람들과 곧잘 마찰을 일으키곤 했다. 서도 병마사로 부임하는 길에 황진이의 무덤을 찾아가 시조 한 수를 짓고 제사 지냈던 일이 문제가 되어 파직당한 사건에서 보듯이 어디에도 매이길 싫어했다. 〈원생몽유록〉, 〈수성지〉, 〈화사(花史)〉 등의 소설을 남겼으며, 문집인 《백호집》이 전한다.

마음을 찾아서

'마음' 처럼 표현하기 어려운 게 또 있을까. 마음을 잡았다는 사람, 마음을 비웠다는 사람, 마음먹기 달렸다는 사람들은 많지만, 정말 그 마음이 어디 있느냐고 물으면 누구도 시원스레 대답하질 못한다. 그렇다고 마음이 없다고 하는 사람은 없다. 마음은 분명히 있지만 물리적인 형체를 갖고 있지 않을 뿐이다. 따라서 마음을 표현하려면 아주 추상적인 용어를 사용하거나 적당한 비유를 쓰는 수밖에 없다. 그런데 추상적인 용어로 설명하면 정확하지만 이해하기가 어렵고, 비유를 써서 설명하면 이해하기는 쉽지만 빗나갈 위험이 있다.

그렇다면 그 둘의 조화를 꾀할 수는 없을까? 만일 인간의 마음을 깊이 있게 다루면서도 그것들을 재미있게 표현해낼 수 있다면 정말 이보다 좋을 수는 없을 것이다. 그 좋은 예가 바로 흔히 '천군 소설'이라고 하는 작품들이다. 천군(天君)은 마음[心]의 다른 이름으로, 천군 소설이란 곧 마음을 의인화한 소설을 말한다. 〈수성지〉를 비롯해 〈천군연의(天君演義)〉, 〈의승기(義勝記)〉, 〈천군본기(天君本紀)〉▪ 등이 대표적인 예로, 대체로 감정이나 마음의 여러 작용들을 의인화하여, 각 인물이 서로 대결을 벌여 나가는 내용으로 꾸며져 있다.

작가 임제가 활동하던 때는 학문적으로는 조선 성리학(性理學)이 서경덕(1489~1546), 이황(1501~1570), 이이(1536~1584) 등을 거쳐서 본궤도에 오른 시기였으며, 정치적으로는 당파의 다툼 속에 혼란이 심해지던 시기였다. 이상하게도, 인간의 마음을 잘 이해하려는 학문 연구가 활발해질수록 오히려 정쟁(政爭)이 심해지고 말았던 것이다. 작품의 제목에 나오는 '근심의 성[愁城]'은 어쩌면 그런 모순의 한복판에서 생겨난 것인지도 모르겠다. 그러나 사람이라면 누구나 어느 시대나 근심을 벗을 틈이 없고, 근심은 자연스레 도망가질 않는다. 그것이 또한 마음의 실체인 것이다.

근심은 어디에서 오는가?

근심 없는 사람이 어디 있을까만, 이 작품의 첫머리에서는 그 근심

▪ ① 〈천군연의〉: 조선 인조 · 효종 때 문신인 정태제가 쓴 작품으로, 주색을 경계하고 군자로서 올바른 마음을 지닐 것을 권하고 있다. ② 〈의승기〉: 조선 숙종 때 문신인 임영이 쓴 작품으로, 그 내용은, 아무리 사리사욕이 마음을 어지럽혀도 삼가고 조심하여 안을 바르게 하고, 의로움으로 언행을 바르게 하면 마음을 올바르게 할 수 있다는 유교의 심신 수양법을 바탕으로 하고 있다. ③ 〈천군본기〉: 조선 순조 때 학자인 정기화가 지은 것으로, 사람이 태어났을 때부터 30세까지 마음의 변화 과정을 왕이 나라를 다스리는 과정에 비유해 설명하고 있는 작품이다.

의 뿌리가 어디인가를 분명히 드러내고 있다.

천군이 왕위에 오른 첫해는 곧 강충(降衷, '한쪽으로 치우치지 않는 바른 덕(德)을 하늘로부터 받는 것'으로, 여기서는 연호로 쓰였음) 원년이다. 인(仁)·의(義)·예(禮)·지(智) 등의 관리들이 각각 그 일을 맡아서 오직 직무에 충실하고, 희(喜)·노(怒)·애(哀)·락(樂) 등의 관리들이 모두 다 일의 중심을 맡아서 절도 있게 집행하며, 시(視)·청(聽)·언(言)·동(動)의 관리들이 예(禮)에 어긋남이 없도록 모든 행동과 예의 범절을 통제하였다. 그때에 천군은 영대(靈臺)에 드높이 앉아 정사를 돌보시니 모든 관리들이 그 명령에 복종하였다.

여기서 인의예지는 '사단(四端, 사람의 본성에서 우러나는 네 가지 마음씨)'이라 하는 것으로 인간의 이성 작용을 말하고, 희로애락은 '칠정(七情, 사람의 일곱 가지 감정. 희로애락 외에 애(愛)·오(惡)·욕(欲)이 있음)'에 속하는 것으로 감정 작용을 가리키는 말이다. 이 사단칠정이 제자리에 앉아 제 할 일을 다한다 함은 곧 이성과 감정의 환상적인 조화, 정말 아무 걱정이 없는 모습이다. 이는 사람이라면 누구나 바라는 이상적인 상태이다. 그런데 가만히 보면 서로 부딪칠 만한 것들이 무언가의 통제에 의하여 아무 문제도 일으키지 않고 있음을 알 수 있다. 뒤집어 보면, 이 같은 이상적인 균형이 깨어진다면 곧바로 근심(수심)이 생기게 된다고 할 수 있다.

마음의 평안은 언제까지나 지속되는 것이 아니며, 그러기 위해서 비상한 노력이 필요함은 말하나마나이다. 이 인용 대목이 끝나면, '주인옹(主人翁)'이라는 인물이 나타나서 임금인 천군에게 충성스러운 상소문을 올린다. 주인옹은 '경(敬, 삼가고 공경하는 마음)'을 의인화한 인물로, 임금에게 지금의 평화에 만족하지 말고 더욱 정치에 힘쓸 것을 촉구한다. 그는 상소문을 통해 위태로움은 안일한 데서 생기고 어지러움은 평안함에서 잇달아 일어남을 역설한다. 천군은 처음에는 그 상소를 무시하나, 주인옹이 재차 간(諫)하자 마음을 고쳐먹고 연호(年號)를 '복초(復初)'로 고친다. 글자 그대로 다시 처음으로 돌아간다는 뜻이다.

그러나 세상만사가 마음먹기에 달린 일이라고는 해도 그 정도만으로 마음의 평안이 유지된다면 좀 싱겁지 않은가. 현실은 온통 걱정투성이인데 작품 속의 세상이 마냥 꿈나라일 수만은 없다. 그 뒤 애공(哀公, '애(哀)', 곧 슬픔의 의인화) 등이 등장하여 수심(愁心)이 들이닥쳤음을 보고하고, 이어서 갑자기 굴원(屈原)과 송옥(宋玉)이 함께 와 성을 쌓고 살 것을 청한다. 굴원과 송옥은 모두 중국 초(楚)나라 사람으로 한 임금만을 충성스럽게 섬겼던 인물들이다. 이로써 '수성(愁城)'이 만들어지고 천군이 다스리는 나라는 온갖 근심에 휩싸이게 된다.

수성(愁城)에 비친 역사와 현실

사실 사람의 마음속을 그려낸다는 것은 여간 어려운 일이 아니다. 그런데도 임제는 〈수성지〉를 통해 과감하게 그 마음속을 그려냈는데, 그것은 마음을 '수성'이라는 구체적인 사물에 비유했기 때문에 가능한 일이었다. 그렇다면 그 수성이 어떻게 생겼는지 알 수 있다면 작가가 그려내려는 사람의 마음속, 특히 근심의 본바탕을 헤아릴 수 있을 것이다.

성 가운데는 조고대(弔古臺)가 있고, 성에는 네 개의 문이 있으니, 하나는 충의문(忠義門)이라 일컫고, 하나는 장렬문(壯烈門)이라 일컫고, 하나는 무고문(無辜門)이라 일컫고, 하나는 별리문(別離門)이라 하였다. 이에 천군이 단전(丹田, 배꼽 아래로 한 치 다섯 푼 되는 곳)으로부터 흉해(胸海, 가슴)를 건너 사문(四門)을 활짝 열고 조고대에 납시니, 그 때에 스산한 바람이 쌀쌀하고 쓰라린 달빛이 쓸쓸한데, 각 문에 사람들이 원통함을 머금고 분기(憤氣, 원통해 일어나는 분한 기운)를 안고 한꺼번에 떼지어 들어오니, 천군이 슬프고 참혹한 모습으로 앉아서 관성자(管城子, 붓)에게 명하여, 그 만분의 일이라도 기록하게 하였다.

조고대는 옛일을 애도하는 대(臺, 높이 쌓아 사방을 바라볼 수 있게 만든 곳)이다. 충의문 안에는 충의를 다하다가 죽은 사람들이 있으며, 장렬문에는 뜻을 이루지 못하고 장렬하게 죽은 영웅들이 있다. 또 무고문에는 무고하게 희생된 사람들, 별리문에는 여러 가지 이유로 이별의 고통을 겪어야 했던 사람들이 있다. 한 문에 10여 명씩을 열거하며 그들의 간단한 사적을 적어놓고 있어서, 이야기가 상당히 장황하게 이어진다. 그런데 어느 소설에서나 그렇지만, 분량이 늘어난다는 것은 단순히 양의 문제만이 아니라 그렇게 길게 늘어놓을 만큼 중요한 내용이라는 것을 뜻한다. 당연히 작가 임제 역시 이 부분을 몹시 강조하고 싶었던 듯하다. 더구나 심성을 의인화한 다른 소설과는 달리, 의인화된 인물이 아닌 실제 '인간'이 그대로 등장하여 매우 독특한 느낌을 준다.

작가는 실제 인간들의 사정을 돌아보는 체하면서 사실은 지나간 역사를 말하고 있다. 가령, 충의를 다했으면 당연히 큰 복을 받아야 마땅하지만 충의문 안에는 복은커녕 그 때문에 졸지에 죽어야 했던 사람들이 즐비하다. 한마디로 그들 모두는 '사생취의(捨生取義, 삶을 버리고 의로움을 취함)'와 '살신성인(殺身成仁, 제 몸을 죽여 인(仁)을 이룸)'의 표상이다. 결국 역사란 충성스럽고 의로운 사람들의 끊임없는 희생으로 이루어진 것이라 할 수 있다. 그런데 이 경우 표면상으로는 의로움을 취하거나(취의) 인(仁)을 이루는 데(성인) 중점이 두어져 있지만, 그 뒷면에는 어쩔 수 없이 삶을 버리고(사생) 스스로 목숨을 끊을 수밖에 (살신) 없었던 역사의 아픔이 짙게 깔려 있다.

여기에서 〈수성지〉의 근심이 갖는 스케일을 확인할 수 있다. 수성의 근심은 세상살이에서 흔히 생길 수 있는 소소한 근심이 아니다. 적어도 역사적 맥락에서 큰 뜻을 실천하려 하나 현실적 여건이 따라주지 않는다거나, 인간이라면 당연히 누려야 할 행복조차도 사회적 환경 때문에 제대로 누릴 수 없어서 생기는, 좀더 심각한 근심을 말하고 있다. 이것은 아마도 평생 어디에 매이길 싫어하여 분방하게 살다 간 작가 임제의 울분과 연결될 수 있지 않을까 한다. 그는 30대 초반의 젊은 혈기에 힘입어, 끊임없이 충의문, 장렬문, 무고문, 별리문에 들어갈 사람들을 만들어내고 있던 조선의 '역사를 애도[弔古]' 하면서 현실을 강하게 비판했던 것이다.

하지만 작가가 작품 속에서 제시한 해결책은 올바른 방법이 아니었다. 주인옹은 '수성'이 깊숙이 뿌리를 내려 갑자기 뽑아내기 어려우므로 '명장을 내세워 그것을 격파해야 한다.'라고 말한다. 그런데 이 명장의 이름이 '국양(麴醸, 술의 의인화)'으로, 주인옹은 이런 심각한 문제를 해결하는 방안으로 술을 마시라고 권하고 있다. 중간에 모영(毛穎, 붓의 의인화)과 공방(孔方, 돈의 의인화)이 등장하기는 하지만 국양에 비하면 보조 인물에 불과하다. 이처럼 술로 문제를 해결한다는 설정은 문제의 심각성을 일깨우는 것일 수도 있지만, 기껏 키워놓은 주제의식조차 흐트러뜨릴 소지가 있을 만큼 매우 안이한 결말이라 할 수있다. 그뿐 아니라 국양 장군의 공격 앞에 모두 무릎을 꿇었는데도, 굴원만은 도망하여 자취를 알 수 없다고 하여, 앞으로도 계속 충신의 억울함이 계속될 것을 암시하고 있다.

역사, 철학, 소설

국양이 자기의 소임을 다하여 근심이 풀어지면서 이 소설은 끝난다. 천군이 국양의 공로를 치하하여 포상하고, 다시 온 나라에 평화가 찾아든다. 애초의 평화가 불화를 거쳐 평화로 돌아왔으니 이 이상 멋진 결말은 없을 것이다. 그러나 그 간단한 줄거리만 따라가서는 이 작품만의 독특한 매력을 제대로 맛볼 수 없다. 이 작품의 의미를 조선조의 현실에 비추어 곧잘 설명하곤 하지만, 사실 이 작품에는 그런 역사적 의미 이상의 깊은 의미가 숨어 있다.

앞서 말한 대로, 이 작품에서는 성리학적 심성론의 냄새가 물씬 난다. 작품에 나오는 등장인물은 모두 성리학에서 말하는 마음의 특정 상태 또는 영역을 가리킨다. 너무 복잡해 쉽게 설명하기는 어렵지만, 이성의 영역인 사단(四端)과 감정의 영역인 칠정(七情)이 맞서고 끝내 감정을 잠재우고 이성을 회복하는 과정은, 바로 성리학의 마음 수양법과 상통하는 면이 있다. 이렇게 본다면 〈수성지〉는 성리학적 기본 지식을 토대로 마음을 어떻게 다스려야 하는지를 보여준 작품이라할 수 있다. 즉 임제가 살았던 조선 중기의 어수선한 현실 문제뿐 아니라, 그것을 넘어서 형이상학적 고민까지 담아낸 작품으로 볼 수 있다는 것이다.

그러나 이처럼 역사나 철학이 녹아 있다고 해서 곧 좋은 소설은 아니다. 깊이 있는 주제를 다루고 있다는 점에서 '고품격의 소설'이 될 수는 있지만, 반대로 거기서 오는 난해함은 '재미있는 소설'이 되는 데 장애가 되기 때문이다. 의인화를 한다고 했지만 사실상 추상적 개념이 또 다른 이름으로 드러난 것에 불과하며, 난삽한 고사를 남발하는 바람에 여느 소설처럼 쉽게 읽어내리기도 어렵다. 이것은 가전체의 전통을 이은 결과로, 이 작품 역시 한 편의 가전체 작품으로 보아도 무방할 정도이다. 가전체 문학의 저자들은 일반적으로 엄청나게 많은 고사를 사용하여 자신의 지식을 뽐내는데, 〈수성지〉의 저자인 임제도 마찬가지이다. 게다가 작품 앞부분에 제기한 문제의 심각성에 비해 뒷부분의 해결 과정도 안이한 편이어서 작품의 긴밀도도 많이 떨어지는 편이다.

그럼에도 불구하고, 표현하기조차 어려운 심성(心性)을 대상으로 마치 여러 인물들이 대결을 펼치고 있는 듯이 사람의 마음속을 그려냈다는 점은 허구적인 서사 문학만이 가질 수 있는 미덕이다. 덧붙여서, 이성에 의한 감정의 제압에 중점을 두기보다 국양, 곧 술로써 어지러운 마음을 누그러뜨려 평정을 되찾는 것 역시 문학자다운 발상이다.

작품 읽기

다음은 〈수성지〉의 시작 대목이다. 본래 추상적인 심성을 의인화한 것이라 어렵게 서술되어 있지만, '마음'의 속내를 들여다본다는 생각으로 읽어보면 의외로 재미있는 구석이 많다.

천군(天君)이 즉위한 첫해는 강충(降衷) 원년이었다. '인(仁)', '의(義)', '예(禮)', '지(智)'라고 불리는 관리들이 각기 그 단서(端緖)를 채워서 그 맡은 직무를 부지런히 수행했으며, '희(喜)', '노(怒)', '애(哀)', '락(樂)'으로 불리는 관리들이 그 중심을 잘 잡아서 모두 절도 있게 드러났으며, '시(視)'와 '청(聽)'과 '언(言)'과 '동(動)'으로 불리는 관리들이 다 예법에 맞게 통괄되어 사물(四勿, 예(禮)가 아니면 보지도 듣지도 말하지도 행동하지도 말라는 준칙)로써 잘 조절되었다.

그때에 천군(天君)은 영대(靈臺)에 높이 있으면서 정사를 보니 온갖 관리들이 모두 그 명령에 복종하여, 솔개가 나는 하늘이나 물고기가 뛰노는 연못들이 그의 소유가 아닌 것이 없었으며, 오동나무에 걸린 달과 버드나무에 스치는 바람도 그의 풍경이 아닌 것이 없었다. 그래서 옛날 순(舜)임금이 탔던 다섯 현의 거문고를 수고롭게 하지 않아도 되었으며, 요(堯)임금의 뜰에 있던 석 자 되는 흙으로 된 단이 필요 없을 정도였다. 호랑이도 잡으려 애쓰지 않아도 절로 잡히며 큰 산이라도 별 힘 들이지 않고도 쉽사리 무너뜨릴 만하니, 온 세상에서 그 누가 그를 임금이라고 말하지 않을 것인가.

즉위한 지 2년이 되던 해에, 신수가 흰하고 맑으며 고결한 풍모를 갖춘 한 늙은이가 스스로를 '주인옹(主人翁)'이라고 일컬으며 글을 올렸는데 이러한 내용이었다.

"삼가 조용히 생각건대, 위태로운 일은 안일한 데서 생기며 난리는 그릇된 정치에서 일어나는 법인 까닭에, 생각지 않은 변고와 뜻밖의 재난을 현명한 임금은 마땅히 삼가는 바입니다. 《역경(易經)》에 이르기를 '서리를 밟으면 곧 굳은 얼음 어는 겨울이 오는 것을 알아야 한다.'라고 하였습니다. 대체로 미세한 데서부터 미리 방비하여야 하니 그것이 점차 커지고 점진하는 것을 막지 않아서는 안 될 것입니다. 아직 일어나지 않은 데서부터 밝게 보는 것은 명철한 사람이 크게 보는 법이요, 이미 일어난 뒤에도 예사로이 여기는 것은 보통 사람의 고루한 소견입니다. 그런데 명철한 사람의 높은 식견을 무시하고는 보통 사람의 소견을 따른다면 어찌 나라가 위태롭지 않을 것입니까.

　이제 천군께서 스스로 일컫기를, '이미 나라가 잘 다스려졌고, 이미 백성들이 편안하여졌다.'라고 하신다면 이는 한 치만큼 돋아난 햇순이 곧 천 길의 큰 나무가 되고, 잔에 넘칠 만큼의 작은 물이 곧 큰 바다를 이루는 이치를 모르는 것과 같습니다. 더구나 지금 나라의 기초가 튼튼히 닦이질 않았는데도 종이와 먹과 씨름하며 글짓기에만 골몰하고 문학과 역사로써 성을 쌓고 밤낮으로 친하게 지내는 사람이라고는 도홍(陶泓, 벼루) 모영(毛穎, 붓) 등 네 사람뿐입니다. 또 고금(古今)의 영웅들을 탄식하며 상상하시어 마음속에는 그들만을 담아 두시는데, 그런 무리들은 자칫하면 환란을 일으키기 쉽습니다. 원컨대, 전하께서는 마음속에서 우러나는 충정에 힘을 쓰셔서 화평(和平)으로 다스리신다면, 이는 형체가 없는 데서도 볼 수 있고 소리가 없는 데서도 들을 수 있을 것이어서, 엎어지고 자빠져서야 나를 생각한다는 조롱은 면할 수 있을 것입니다. 모쪼록 저의 이 간절한 심정을 헤아려 주십시오."

천군은 이 글을 보고는 선뜻 받아들이는 듯하였으나 끝내 문장을 짓는 데 노닐고 옛 일을 읊조리는 행동을 그치지 않았다. 그러자 주인 옹이 다시 와서 간(諫)하였다.

"제가 정의(情誼)는 혈육보다 깊고 의리는 기쁨과 슬픔을 같이하는 터인데, 어찌 위험한 환란을 앉아서 보아 넘길 수 있겠습니까? 일반적으로 현시대를 논하며 옛일을 탄식하는 것은 마음을 다스리는 데 도움이 될 수 없으며, 먹을 갈고 붓을 휘두르는 것이 심성을 기르는 데 안타까워하는 것은 마음을 기르는 데 무슨 이익이 있겠습니까? 인의예지(仁義禮智) 넷의 단서 가운데 수오(羞惡, 부끄럽고 미워함, 곧 義의 단서)가 일을 맡고 시비(是非, 옳고 그름, 곧 智의 단서)가 논리를 펴서, 밖으로는 감찰관(監察官)과 내왕하여 도에 지나치게 비분강개하며 의기가 치솟은 나머지 다른 사람의 의견을 받아들이지 못하는 것은 나라를 안정되게 하는 길이 아닙니다. 물론 이것이 아주 없어서도 안 될 것이지만, 그렇다고 그쪽으로만 너무 치우쳐서도 안됩니다. 비유컨대, 추위와 더위, 바람과 비가 모두 천지의 기운 아닌 것이 없지만, 만일 그 차례를 어기면 변고가 되고 때를 놓치면 재앙이 되는 것과 같습니다. 그러므로 양(陽)의 기운이 밖으로 펴지고 음(陰)의 기운이 안으로 모이며 바람이 고르고 비가 순해지는 것은 바로 그 이치에 합당한가의 여부에 달려 있을 따름입니다.

원컨대, 전하께서는 온 나라에 두루 참여하는 큰 자리에 계심을 생각하시며 만물의 운명이 전하의 손에 달렸다는 것을 헤아리시어, 중화(中和)를 이루어 천지의 조화에 참여하신다면 어찌 좋지 않고 또한 아름답지 않겠습니까? 《서경(書經)》에 이르기를, '편벽되지 않고 기울어지지 않으면, 왕도(王道)는 공평하다.'라고 하였으니, 모쪼록 생각하고 실행하여, 게을리 하지 않고 버려두지 않는다면 더할 수 없는 다행, 또 다행이겠습니다."

천군이 듣기를 다하고서는 침통한 태도로 주인옹과 함께 반묘당(半畝塘) 가에 앉아서 조서를 내렸다.

'그대들 춘관(春官) 인(仁)과, 하관(夏官) 례와, 추관(秋官) 의(義)와, 동관(冬官) 지(智) 및 오관(五官, 귀, 눈, 코, 입, 마음)과 칠정(七情, 기쁨(喜), 분노(怒), 슬픔(哀), 즐거움(樂), 사랑(愛), 미움(惡), 욕심(慾))은 모두 모여 나의 말을 들어라. 내가 막중한 천명(天命)을 받고서도 일을 잘 처리하지 못한 탓에 그대들로 하여금 오랫동안 제자리를 떠나게 하였으며, 간혹 예법에 맞지 않는 것이 있어도 그저 옳다고만 하여 두고, 뜻만 원대하게 가져서 호탕한 기분에 싸여서 잔치 놀음에만 빠져 있었거늘, 그대들은 어찌 바른 말로 간하지 않았느냐. 아, 나 한 사람이 잘못할 때는 그대들에게 허물이 없을 것이나 그대들에게 허물이 있으면 나 한 사람에게 책임이 돌아올 것이다. 그러나 바른 이치는 꺼지는 법이 없으니 머지않아 다시 옳은 데로 돌아올 것이다. 그대들은 나와 함께 부지런히 힘써서 다시금 처음의 정치를 계승하여 하늘이 나에게 준 중요한 직분을 더럽히지 말라.'

그러자 모든 신하들이 그에 따랐으며, 연호를 고쳐서 '복초(復初, 처음을 회복함)'라 하였다.

《백호집(白湖集)》 중에서

춘향전

춘향의 선택, 우리의 미래

작품 및 작가 소개

〈춘향전〉은 작가와 창작연대가 알려져 있지 않은 작품으로, 그 인기만큼이나 이본도 많아서 100여 종이 넘는 것으로 알려져 있다. 다른 판소리계 소설처럼 설화에서 판소리를 거쳐 소설로 정착하였으며, 고소설의 명맥이 끊긴 뒤에도 창극이나 신소설, 현대 소설, 현대 시, 영화 등등으로 개작되면서 여전히 향유되는 진정한 의미에서의 '고전'이다. 이 작품은 열녀설화, 암행어사설화, 신원설화 등등이 어우러져 작품의 얼개가 만들어지면서 판소리화 과정을 거쳐 풍부한 내용을 생성해갔을 것으로 파악된다.

가장 널리 알려진 이본은 완판 〈열녀춘향수절가(烈女春香守節歌)〉로, 전주 지역에서 목판으로 간행되어 판소리의 영향을 많이 받은 것으로 보인다. 반면 서울 지역에서 간행된 경판본

(京板本)은 내용이 훨씬 소략하고 판소리 문체 등이 덜하다. 이 밖에 10만 자가량이나 되는 〈남원고사(南原古詞)〉처럼 장형으로 변모한 경우도 있다. 이본에 따라 춘향의 신분이 다르기도 하고 작품의 강조점이 다양하여, '춘향전학'과 같은 통합된 학문으로 연구가 될 만한 가치를 지닌다.

만일 내가 춘향이라면

소설을 읽다 보면 가끔씩 소설 속의 등장인물이 되는 수가 있다. 자기도 모르게 빠져 들기도 하고 의도적으로 그 인물이라는 가정 아래 생각해보기도 한다. 〈춘향전〉의 경우, 워낙 잘 알려진 고전이기는 해도 주인공 춘향과 우리의 처지가 너무도 달라서 쉽게 동일시하기는 어려울 것이다. 또 막상 가정하여 상상해본다 하더라도 생각지 못했던 막다른 벽에 부딪치게 된다. 과연 내가 춘향이라면 그 모진 매를 견뎌내면서 이몽룡을 기다렸을까? 변학도의 회유를 물리치고 〈옥중가〉를 부를 수 있었을까? 남자 주인공 이몽룡으로 바꿔서 생각해도 사정은 크게 다르지 않다. 집안에서 반대하는 사람과 인연을 맺고, 또 그 맺은 인연을 지키기 위해 노력할 수 있었을까? 그리고 무엇보다도 단시일 내에 과거에 급제할 수 있었을까? 어느 것 하나 확실하게 그렇다고 대답할 수 없다.

오히려 좀더 현실에 맞게 생각해본다면 대답은 의외로 간단하다. 옥에 갇힌 춘향이가 변 부사와 눈이 맞아 변절한다든지, 자신 없는 이몽룡이 춘향이와 야반도주를 한다든지 하는 게 그나마 현실적인 대답일 것이다. 혹 이런 발상 자체가 고전에 대한 모독이 아니냐며 항변하고픈 독자가 있다면, 최인훈이나 임철우가 쓴 현대판 춘향전을 읽어 보기 바란다.

그렇다면 고전 〈춘향전〉에서는 어째서 그런 결말 대신 해피엔딩을 택했으며, 그 속에는 어떤 의미가 담겨 있는 것일까? 또 이 작품을 우리나라 최고의 고전이라고 하는 이유는 무엇일까? 나아가 임권택 감독이 만든 영화 〈춘향뎐〉이 국제 영화제에서 호평을 받는 이유는 무엇일까?

기생이면서 기생이 아니길 바라는 춘향

〈춘향전〉을 둘러싼 해묵은 논쟁 가운데 하나가 바로 춘향의 신분 문제이다. 춘향이 기생인가, 여염집 여자인가 하는 것이다. 그러나 실제 '춘향전'이라 불리는 작품은 무척 많은데, 어떤 데에는 기생이라고 하기도 하고 또 어떤 데에는 어미가 기생일 뿐 아비는 어엿한 양반이라고 못 박기도 하는 등 차이가 크다. 다만, 명확한 사실 하나는 춘향의 모계 혈통이 기생인 이상 정상적인 사대부가의 규수처럼 대접받을 수는 없었다는 점이다. 그러므로 작품 속에는 기생이면서 기생이 아닌, 이상한 신분의 춘향이가 자기 정체성을 찾는 문제가 등장한다. 기생으로 처신할 수도 있고, 기생이 아닌 여염집 규수로 처신할 수도 있는 갈림길에서 춘향의 선택만 남은 것인데 사실 〈춘향전〉의 묘미는 바로 거기에 있다.

방자 다시 여짜오되,

"이 고을 기생 월매 딸 춘향이란 기생 아이 낮이면 그네 뛰고 밤이면 풍월 공부하여 도도하기로 일읍에 낭자하여이다."

이 도령이 크게 기뻐하고 이른 말이,

"그러할 시 분명하면 잔말 말고 불러오라!"

이처럼 이 도령은 '기생의 딸'이라는 말만으로도 충분히 불러올 수 있다고 믿으며, 그것이 바로 둘의 결연을 가능하게 하는 한 요인이다. 만일 춘향이가 철저하게 기생으로 처신했다고 하자. 그러면 어떻게 되었을까? 보나마나 수절하고 그 대가로 신분이 상승하는 일은 기대하기 어려웠을 것이다. 반대로 춘향이 철저하게 여염집 여자로 처신했다고 하자. 그러면 또 어찌 되었을까? 당연히 광한루에서의 수작부터가 성립될 수 없다. 유교 이념으로 무장한 사회에서 양반가의 남녀가 만나서 대뜸 수작을 하고, 그날 밤에 몸을 섞는 일은 원천적으로 불가능하다.

결국 묘한 신분이 아니었더라면 춘향은 그 전후반의 모순되는 역할을 원활히 수행할 수가 없었을 것이다. 기생이면서 기생이 아니길 바라는, 지금은 기생 대접을 받지만 끝내는 그 굴레를 벗고 싶은 욕망을 가진 춘향만이 할 수 있는 과업이었다.

우리가 〈춘향전〉에 쉽게 공감할 수 있는 이유 중의 하나도 바로 이것이다. '지금의 나'에 불만을 품고 '내일의 나'를 꿈꾸는 일, 그 모순되는 난제를 풀어내는 일, 바로 거기에 있지 않을까. '나는 지금 이렇게 산다. 그러나 보라. 내일의 나는 오늘의 나가 아닐 것이다!' 그런 춘향의 절규와 오기가 사실은 욕망을 가진 모든 인간의 절규와 오기인 셈이다.

혼자이면서 함께 가는 춘향

〈춘향전〉에서 가장 흥미로운 대목 가운데 하나가 바로 이 어사와 춘향의 상봉 장면이다. 거지꼴로 나타나 실망을 준 이몽룡이, 이제 어사로 돌변하여 관아의 뜰에서 춘향을 만난다. 여기에서 대체 무엇을 풀 것인가? 그리움, 서러움, 환희, 한(恨)……. 온갖 복잡한 감정들이 뒤엉켜서 종잡을 수 없을 것이다.

그러나 이 작품이 그런 감정의 소용돌이에만 휘말려 있었다면 한 편의 애정 소설로서는 성공하였을지 몰라도 사회 소설이 되기에는 턱없이 부족했을 것이다. 이몽룡이 어사의 신분이 되어서까지 사사로운 애정에만 좌지우지된다면 그만큼 맥 빠지는 일도 없겠기 때문이다. 물론 다짜고짜 춘향의 얼굴을 들게 하여 감격을 맛보는 이본(異本)도 없는 것이 아니지만, 이 대목의 핵심은 여러 '죄수들'의 죄목을 훑어 내리는 데 있다.

어사도 반만 웃고 우두머리 형리(刑吏)를 불러 고을 수령의 전후 죄목 낱낱이 적어 내어 나라에 장계(狀啓, 감사 또는 왕명으로 지방에 나간 관원이 글로 써서 올리던 보고)하고 유죄 무죄 간 옥중의 죄수들을 일병 방송(放送, 풀어내어 보냄)하니 갇혔던 죄인들이 춤을 추며 어사를 송덕(頌德)하여 만세를 부르더라.

전하께옵서 남원 부사 죄목 보옵시고 어사를 칭찬하시어, 춘향이는 정렬부인(貞烈夫人, 절개를 지킨 부인에게 내리던 품계)을 내리시고 어사는 병조 판서를 제수하시니, 어사 성은을 축사하시고 춘향과 그 모를 서울로 올려 태평으로 지내더라.

바로 이 대목에서 춘향과 이몽룡의 다 끊어져 가던 사랑의 끈이 다시 이어짐은 물론, 무고한 모든 죄인들이 방면되기에 이른다. 이때의 춘향이는 이 어사의 정인(情人) 춘향이일 뿐만 아니라, 다른 죄수들처럼 '억울하게 잡혀 와 있는' 구제 대상인 죄인이다. 단순한 애정담이었다면 간단한 재회에 그쳤을 이 어사와 춘향의 재회 속에는 많은 사회적 의미가 담겨 있다. 물론 작품을 이렇게 흘러가도록 하는 데에는 여러 가지 부수 장치가 필요했다. 가령, 여러 기생들이 나서서 춘향이를 동정한다든지, 평범한 농부들도 변 부사의 학정을 비난한다든지 하는 세세한 장치를 끌어들여서 민심의 향방을 일러주는 것 등이다.

이리하여 표면상으로는 춘향이 혼자서 이몽룡을 사랑하고 혼자서 고통받고 혼자서 구출된 듯하지만, 사실 그 대상은 춘향이로 대표되는 뭇 백성들이었다. 이몽룡이 변 부사의 생일 잔치에서 읊어댄 시구, '금동이의 좋은 술은 천 백성의 피요, 옥쟁반의 좋은 안주는 만백성의 기름이라. 촛불 눈물 떨어질 때 백성 눈물 떨어지고, 노랫소리 높은 곳에 원망 소리 높도다.' 야말로 그런 연대 의식의 표출이다.

살아 있는 인간 군상들

〈춘향전〉을 이렇게 설명하고 끝내면 어딘가 허전한 느낌을 지울 수 없다. 그도 그럴 것이 텔레비전 드라마든 영화든, 우리가 흔히 볼 수 있는 〈춘향전〉에서는 춘향이와 이몽룡 이야기만 계속 나올 뿐 좀처럼 여느 사람들의 모습이 설명되고 있지 않기 때문이다. 하지만 실제의 〈춘향전〉 속에는 아주 많은 사람들이 등장하며 그 사람들이 만들어내는 이야기 역시 작품의 성과를 설명하는 데 큰 도움을 준다. 즉 월매,

방자, 이 부사(이몽룡의 아버지) 등은 그저 춘향이와 이몽룡을 떠받쳐주는 역할에 머무르는 것이 아니라 그들 모두 나름대로의 개성을 가진 생동감 있는 인물로 우리에게 다가온다.

월매는 귀한 사위를 맞을 욕심에 이몽룡을 극진히 대접하지만 똑같은 사람이 몰락한 꼴을 하고 나타나자 갑자기 안면을 바꾼다. 방자는 처음에는 이 도령을 적당히 놀려먹는 등 파격적인 모습을 보이다가 나중에는 한양으로 편지를 전하러 갈 만큼 충직한 모습을 보여준다. 이 부사는 고귀한 양반으로서의 체통을 잃지 않으려 애쓰면서도 아들 자랑을 할 때는 팔불출의 모습을 연출한다. 어느 인물이나 전후 모순이 심한 편으로, 이러한 내용으로 본다면 작품에 파탄이 일어난 것이 아닐까 하는 의구심이 들 수도 있다.

그러나 실제 삶을 생각해본다면 사실은 그런 인간의 모습이 훨씬 더 현실적이다. 사위가 잘되든 못되든 후대하는 장모보다 잘된 사위는 후대하고 못된 사위는 박대하는 장모가 훨씬 더 그럴듯하다(?)는 말이다. 아들이 잘되라고 엄하게 가르치다가도 남들 앞에서는 그만 자식 자랑을 하느라 푼수 소리를 들어야 하는 아버지의 모습 역시 우리가 보는 현실 그대로이다. 마찬가지로 상전에게 무조건 충성을 다하는 하인보다 가끔씩 상전을 놀려먹는 하인이 더욱 그럴듯하다.

그뿐 아니라 "암행어사 출두!" 소리에 숨을 곳을 찾아 혼비백산하는 여러 원님들의 모습 역시 명장면 중의 명장면이다. 얼마나 정신이 없던지 "문 들어온다 바람 닫아라. 물 마른다 목 들여라."라고 말할 정도이다. 다소의 과장이 있다고는 해도 '사람들이 모두 정신이 없었다.'라는 정도의 맥 빠진 서술과는 크게 다르다. 고소설에서는 으레 사람들이 선/악, 시/비, 의/불의로 나누어지고 거기에 따라 평면적으로 기술되는 것이 관례처럼 되어 있다. 하지만 〈춘향전〉의 경우, 그것들이 한데 어우러져 있는 생동하는 인간을 그려냈다. 사회를 그리더라도 이념적인 당위성을 내세우는 여느 윤리 소설과는 다를 소지를 만들어냈던 것이다. 선한 인간이 악한 인간을 제압하는 것으로 문제를 해결했다고 믿던 그런 소설과는 달리, 누가 선하고 누가 악한가 하는 근본적인 물음을 던지고 있는 것이다.

결국, 이로써 춘향이가 선하기 때문에 복을 받았다는 식의 매우 단순한 도식에서 벗어날 수 있게 된다. 춘향은 춘향대로 무언가를 추구하고, 월매는 월매대로 무언가를 추구한다. 때로는 합심하여 함께 추구하다가도 또 때로는 동상이몽의 아픔을 겪기도 한다. 이처럼 춘향의 욕망과 월매의 욕망은 정확하게 일치하지는 않지만 이 도령과의 혼인이라는 공통 목표로 모아질 수밖에 없다. 또, 춘향의 한(恨)과 다른 사람들의 그것 역시 결코 같을 수 없지만 탐관오리의 격퇴라는 쪽으로 모아질 수밖에 없다. 즉 〈춘향전〉은 여러 인간 군상들의 모습을 폭넓게 수용하면서 여러 계층의 다양한 욕구를 가능한 한 많이 아울렀던 것이다.

춘향이는 살아 있는가?

이제 마무리를 겸하여 한번 물어 보자. '〈춘향전〉은 살아 있는가?', '춘향이는 아직 죽지 않았는가?' 이 질문에 답하기 위해 다시 지금까지의 논의를 되짚어볼 필요가 있다. 간단히, 현재 우리가 알고 있는, 또는 우리가 즐기고 있는 〈춘향전〉이나 춘향이가 어떠한가 따져보면 되는 것이다. 첫째, 현재의 열악한 처지를 인정하면서 새로운 도약을 꿈꾸는가? 둘째, 문제의 해결을 개인의 영달에서 끝내지 않고 집단의 성장으로 이끄는가? 셋째, 모든 인간들이 제대로 기능하면서 생생하게 드러나는가? 만약 자신 있게 모두 '그렇다.'라는 답이 나온다면 확실히 살아 있는 것이다. 그러나 어느 하나라도 다소의 의구심이 남는다면 〈춘향전〉이 전승되는 과정에서 변질되었거나 수용하는 우리에게 문제가 있는 것이리라.

이쯤에서 눈치 빠른 독자들은 알아차렸을 테지만, 사실 이런 물음들이 꼭 〈춘향전〉에 국한된 것만은 아니다. 지금의 자기 자신을 확인하고 자아 성장을 위해 혼신의 힘을 기울이는 것, 자신의 문제 해결이 남들의 문제 해결에까지 미치도록 노력하는 것, 모든 인간들이 생동감 있게 살아가는 살맛 나는 세상을 만드는 것, 그것이 바로 행복한 삶의 요체요, 우리 모두의 성공적인 미래를 가늠하는 잣대이다. 그것은 사실 현대 소설가들도 포기할 정도의 지난(至難, 지극히 어려움)한 일이지만, 우리가 우리의 미래를 포기하지 않는 한 쉽사리 내던질 수 없는 그런 것이다. 춘향이가 살아 있는 한 우리의 미래는 밝을 것이요, 미래가 밝은 한 춘향이는 죽지 않으리라 믿는다.

작품 읽기

다음은 〈춘향전〉 중에서 춘향이가 곤장을 맞는 대목이다. 곤장을 맞으면서 준엄하게 사또를 꾸짖는 데서 춘향의 굳센 마음을 헤아릴 수 있고, 형을 집행하는 형리나 남원 기생들의 반응을 통해 주인공뿐만 아니라 주변 인물들까지 생동감 있게 그려내는 솜씨를 엿볼 수 있다.

좌우 통인(通引, 관아에서 잔심부름을 하던 아전)이 춘향을 차 내리치니 뜰 아래 급창(及唱, 관아에서 부리던 남자 종)이며 사령(使令, 관아에서 심부름하는 사람) 등이 벌떼같이 달려들어 춘향의 감태(甘苔, 김) 같은 채머리를 상전시정(床廛市井, 시장 가게의 상인들)에 연실 감듯, 사월 파일 등대 감듯 휘휘친친 감아 잡고 넓은 대뜰 아래 동댕이쳐 내리니 김 번수(番手, 관가 등에서 교대로 호위하는 기수) 이 번수며 오른 어깨를 빼어 들고, 일분 사정 두는 동관(同官)이 있으면 박살시키리라 약속을 하고 춘향을 동틀(형틀)에 빗겨 매고, 사정('鎖匠' 이 잘못 전해진 것. 죄수를 지키는 사령)의 거동 보라. 태장(笞杖)이며 곤장(棍杖)이며 능장(稜杖, 순찰 돌 때 쓰던 몽둥이로 끝에 쇳조각 등이 달려 있었음)이며, 형장(刑杖) 한 아름을 동틀 밑에 좌르륵 펼쳐놓고 팔을 빼어 형장을 고른다. 이놈도 잡고 능청능청, 저놈도 잡고 능청능청. 그 중에 등심 좋고 잘 부러지는 놈 골라잡고 저만큼 물러갔다가 도로 왈칵 달려들어, 사또 보는 데는 윗령(令)이 지엄키로,

"이년 꼼짝 말라!"

사또 아니 보는 데는 속말로 말하기를,

"여봐라 춘향아, 어쩔 수가 없구나. 요 다리는 요리 틀고, 저 다리는 저리 틀어라."

"매우 때려!"

"잇! 때리요."

첫째 낱을 딱 붙이니 부러진 형장 가지는 공중에 빙빙 솟아 상방(上房) 대뜰 밑에 떨어지고 춘향이는 아무쪼록 아픈 것을 참으려고 고개만 빙빙 두르면서,

"애고, 이 지경이 웬일이요."

개개(箇箇)이 고찰하는 게 〈십장가(十杖歌)〉가 되었구나.

"일부종사(一夫從事, 한 남편을 받들어 섬김) 하올 년이 일심(一心)으로 굳었으니 일력[人力]으로 하오리까?"

둘째 낱을 딱 붙이니,

"불경이부(不更二夫, 남편을 바꾸지 않음) 이 내 심사, 이 매 맞고 죽인데도, 이도령은 못 잊겠소!"

셋째 낱을 딱 붙이니,

"삼종지도(三從之道, 예전에 여자가 따라야 하는 세 가지 도리. 즉 결혼 전에는 아버지를 따르고, 결혼 후에는 남편을 따르며, 남편이 죽은 후에는 아들을 따름) 지중한 법 삼강오륜(三綱五倫) 알았으니 삼치형문(三致刑問, 세 차례의 형문. 형문은 예전에 죄인을 때리면서 죄를 묻는 일) 정배(定配, 귀양)하여도 분부시행 못하겠소!"

넷째 낱을 딱 붙이니,

"사대부 사또님은 사기사(事其事, 있는 그대로 일을 올바로 처리함)를 모르시오? 사지를 잘라내오 사대문에 회시(回示, 여기저기 끌고 다니며 여러 사람에게 보임)하여도 사부집 도련님은 못 잊겠소!"

다섯째 낱 딱 붙이니,

"오매불망(寤寐不忘, 자나 깨나 못 잊음) 우리 사랑 오늘이나 소식 올까 내일이나 기별 올까?"

여섯 일곱 딱 붙이니,

"육시(戮屍, 죽은 뒤에 또 벰)하여 쓸데 있소. 칠척검(七尺劍, 일곱 척이나 되는 큰 칼) 드는 칼로 동동 장그르지 형장으로 칠 것 있소?"

여덟째 낱 딱 붙이니,

"팔도방백(八道方伯, 팔도의 관찰사) 수령님께 치민(治民, 백성을 다스림)하러 내려왔지 학정(虐政, 포학한 정치)하러 내려왔소?"

아홉째 낱 딱 붙이니,

"구곡간장(九曲肝腸, 여러 굽이의 복잡한 속마음)이 흐르는 눈물 구천(九泉, 황천)에 사무치니 죽인대도 쓸데없소!"

열째 낱 딱 붙이니,

"십실(十室, 열 집)부로도 충렬(忠烈)이 있삽거든 고금 허다(許多) 창기(娼妓) 중에 열녀 하나 없으리까?"

열 치고 짐작할까 열다섯 딱 붙이니,

"십오야 달 밝은 떼구름에 묻혔는 듯."

스물 치고 짐작할까 스물다섯 딱 붙이니,

"이십오현타야월(二十五絃彈夜月, 25현을 달밤에 탐)에 불승청원각비래(不勝淸怨却飛來, 맑은 원망을 이기지 못하여 날아옴)라."

삼십도(三十度, 서른 차례) 맹장(猛杖, 사납게 때림)하니 옥 같은 두 다리에서 유수(流水, 흐르는 물)같이 나는 피는 두 다리에 어리었네.

춘향이 점점 포악하되,

"소녀를 이리 말고 살지능지(殺之陵遲, 머리와 사지, 몸통을 토막 내어 죽이는 극형)하여 아주 박살시켜 주면 초혼조(楚魂鳥, 초나라의 회왕이 다른 나라에 억류되어 고국으로 못 가고 그 원통함 때문에 새가 되었다고 함) 넋이 되어 적막공산 달 밝은 밤에 도련님 계신 곳에 나가 파몽(破夢, 꿈을 깸)이나 하여이다."

말 못하고 기절하니 엎드렸던 형방도 눈물지고, 매질하던 집장사령(執杖使令)도 혀를 끌끌.

"사람의 자식은 못 보겠다. 모질도다, 모질도다, 우리 모질도다! 저것을 때리면 땅이나 치지, 저것 몸에 매질하다니! 모질도다, 모질도다,

우리 사또 모질도다! 가세, 가세, 어서 가세. 사람은 차마 못 보겠네!"

사또 그저 분이 남아,

"네 그년 항쇄(項鎖, 죄수의 목에 씌우는 칼)·족쇄(足鎖, 발에 채우는 차꼬)하고 칼머리에 인봉(印封, 도장을 찍어 봉하여 함부로 못 떼게 함)하여 엄수옥중(嚴囚獄中, 옥에 엄히 가둠)하라!"

하니, 사령이 분부 모셔 춘향을 등에 업고 삼문(三門, 대궐이나 관청의 문, 정문과 동쪽문, 서쪽문 등 셋이 있었음) 밖 나올 때, 춘향이 통곡하여 이른 말이,

"국곡투식(國穀偸食, 나라의 곡식을 도둑질해 먹음)하였던가 엄형중장(嚴刑重杖, 엄하고 무서운 형장) 무슨 일이며, 살인죄인 아니거든 항쇄 족쇄 엄수옥중 무슨 일고?"

통곡할 제,

이때 남원 기생들이 춘향이 매 맞고 죽게 되었단 말을 듣고 끼리끼리 동무 지어 이름 불러 나오는데,

"애고 형님!"

"애고 동생!"

"춘향아!"

조그마한 동기(童妓, 어린 기생)는,

"애고 선생님! 청가묘무(淸歌妙舞, 맑은 노래와 묘한 춤)를 뉘한테 배우리까?"

한참 이리할 제, 어떤 기생 하나 춤추며 나오는데,

"얼씨구절씨구 좋을씨구!"

여러 기생들이 듣더니,

"저년 미쳤구나! 춘향은 매를 맞고 죽게 되었는데 너는 무슨 혐의

있어 춤을 추고 즐기느냐?"

"형님네 들어보소. 해서(海西) 기생 농선이는 동선령에 죽어 있고, 평양 기생 월선이는 소섭의 목을 베어 김 장군께 드리고 천추(千秋, 천년)에 행사하였으니, 우리 남원도 현판(懸板, 글자 등을 새겨서 다는 판)감이 생겼구나!"

한참 이리하더니 와락 달려들어 춘향의 목을 안고,

"애고 서울집아! 불쌍하여라!"

〈열녀츈향슈졀가라〉(완판33장본) 중에서

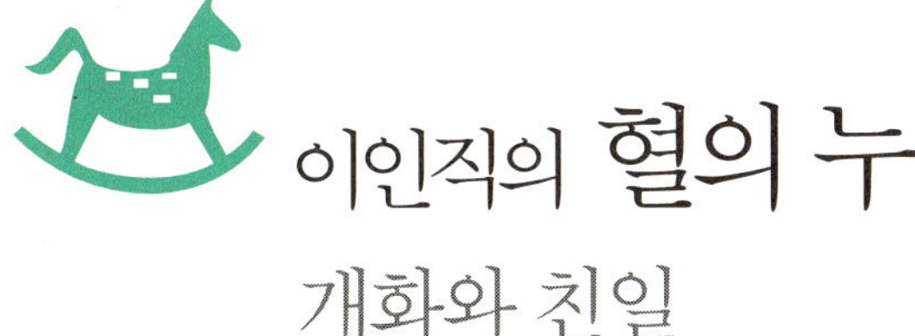

이인직의 **혈의 누**
개화와 친일

작품 및 작가 소개

〈혈(血)의 누(淚)〉는 국초(菊初) 이인직(李人稙, 1862~1916)이 쓴 처녀 장편 소설로서 우리나라 신소설의 효시로 평가된다. 〈혈의 누〉는 1906년 7월 22일부터 10월 11일까지 50회에 걸쳐 《만세보》에 연재되었다. 청일 전쟁의 현장인 평양에서 이산가족이 된 옥련과 그의 가족의 10년간에 걸친 시련을 그린 이 작품은 묘사의 사실성, 언문일치의 실현, 해부적 구성에 자주독립, 신교육, 신결혼관, 반인습 등의 새로운 주제를 제시하여 전대 소설과는 다른 특징을 보인 것으로 일컬어진다. 그러나 이 소설은 여전히 고소설의 기법을 답습하고 있을 뿐 아니라 외세의 침입으로 혼란한 1900년대에 작가의 친일적인 면모가 그대로 드러나고 있다. 또한 개화의 의지 역시 막연하고 추상적이어서, 구체적인 현실 인식의 결여를 한계로 지적할 수밖에 없다.

이인직은 경기도 이천 출생이다. 1900년 관비 유학생으로 동경정치학교 청강생으로 수학했으며, 노일전쟁 중 일본군 통역으로 종군했다. 1906년 《국민신보》, 《만세보》의 주필로 활동했고, 1907년에는 《대한신문》의 사장으로 취임했다. 그 뒤 이완용의 비서로 그의 정치 노선에 동조하여 일제강점에 협력했다. 합방 후 1915년까지 경학원 사성을 맡아 전국 유림을 관장하는 한편, 선능 참봉과 중추원 부참의를 역임했다. 이인직은 신속한 사건 전개와 묘사의 잔혹성, 신분적 갈등 등이 나타난 〈귀의 성〉으로 많은 독자를 확보했고, 그 외 가정 소설의 구성을 가진 〈치악산〉, 탐관오리의 학정을 비판하고 신교육의 필요성을 주장한 〈은세계〉를 발표했다. 특히, 〈은세계〉는 1908년에 이인직이 세운 원각사에서 공연되기도 했다. 1912년에 단편 소설 〈빈선랑(貧鮮郞)의 일미인(日美人)〉을 발표한 이인직은 1913년 〈혈의 누〉 하편에 해당하는 〈모란봉〉을 《매일신보》에 연재했는데, 이 작품은 옥련을 아내로 맞고자 하는 서일순의 음모를 중심으로 한 이야기로서 통속적인 모습을 보였다. 이인직은 1916년 11월 총독부 병원에 입원 치료 중 사망했다. 우리나라 최초의 본격적 근대 소설인 〈무정〉이 발표되기 불과 1개월 전이었다.

100년 전에

살아가면서 불행한 사건과 마주치는 것을 두려워해서는 안 된다.

인생 곳곳에 잠자고 있는 불행이라는 이름의 복병들을 깨우지 않고 살아가기란 쉬운 일이 아니기 때문이다. 하지만 살면서 만나는 이러저러한 사건들은 우리를 고난에 빠뜨리는 동시에 살아가는 지혜와 용기를 주기도 한다. 중요한 것은 문제를 만났을 때 어떻게 '잘' 해결해 나가는가 하는 것이다.

상상해보자. 전쟁이 일어났고, 사람들은 너도나도 살기 위해 피난을 간다. 피난 중에 나는 나 아닌 사람의 목숨을 구하기 위해 희생할 수 있을까? 일본의 핍박과 착취가 더욱 거세지던 일제치하라면 어떤가. 창씨개명을 하고 일본어를 쓰지 않으면 당장 먹고살 길이 막막해진다. 나는 죽음을 각오하고 우리 민족과 우리말 수호에 앞장설 수 있을까? 조금 더 시간을 거슬러 올라가 생각해보자. 지금부터 한 100년 전쯤, 일본이 우리나라를 식민지로 만들기 위해 혈안이 되어 있던 때이다. 한미한(구차하고 지체가 변변하지 못한) 집안 출신인 나는 이렇다 하게 배우지도 못하고 세월만 보내다가 마흔 살이 다 되어 일본 정부로부터 유학할 수 있는 기회를 얻었다. 나는 어떻게 해야 할까?

개인의 행복과 사회의 행복이 잘 맞아떨어진다면 그 이상 좋을 수는 없다. 그러나 운명은 종종 우리를 함정에 빠뜨린다. 한 개인의 행복이 나라와 민족의 갈 길과 완전히 엇갈리는 경우가 종종 생기는 것이다. 그런 운명에 놓여 있던 이가 바로 이인직이다. 늦은 나이에 유학이라는 미끼 때문에 그는 친일의 길로 접어들었고, 이완용의 비서 일까지 맡아야 했다. 하지만 한편으로는 우리 문학사에 길이 남을 〈혈의 누〉라는 신소설을 창작하기도 했다. 이 당황스러운 사실이 바로 우리의 부정할 수 없는 역사이다.

고통의 시작, 우연한 행복

〈혈의 누〉는 우리나라 최초의 신소설로 평가받고 있다. 이전의 소설과는 달리 순 국문으로 쓰여 언문일치를 실현한 점, 사실적인 묘사체 문장을 시도한 점, 개화기의 가치 변화를 서술하고 있다는 점에서 현대 소설적인 면모를 보여주기 때문이다. 또 위기의 순간에서 이야기를 시작하여 과거로 역전 서술하며 독자의 흥미를 끌어들이는 방식도 그 당시로서는 새로운 것이었다.

〈혈의 누〉의 주인공은 옥련이라는 소녀이다. 청일 전쟁으로 아수라장이 된 평양에서 가족을 잃고 총상을 당한 옥련은 일본 군의(군대에서 의료 근무에 종사하는 장교) 정상(井上, 이노우에)의 수양딸이 되어 일본 대판(大阪, 오사카)에서 자란다. 그러나 이노우에의 부인은 남편이 죽자 옥련을 귀찮게만 여긴다. 무작정 집을 나온 옥련은 기차에서 우연히 만난 청년 구완서와 미국으로 유학을 떠난다. 미국에서 공부를 하고 있던 옥련의 아버지 김관일은 우연히 신문에서 옥련의 기사를 읽고, 부녀는 극적인 상봉을 한다. 딸이 죽은 줄로만 알고, 유학 떠난 남편을 기다리며 살아가던 김관일의 부인은 어느 날 옥련에게서 편지를 받는다.

이 작품은 이처럼 불행과 우연한 행복의 연속으로 되어 있다. 작품은 전쟁, 그 환란 속에서 한 가족이 각기 흩어져 불행한 생활을 하는 모습에서 시작된다. 부인은 가족을 잃고 자살을 시도할 만큼 상심하고, 딸은 일곱 살의 나이에 부모를 잃고 총상을 입는다. 이처럼 불행한 상황이 작품 서두에 제시되는 것은 그 당시가 행복을 잃은 시대, 모두가 고난을 겪어야만 했던 불행한 시대라는 것을 말해주는 것이다.

문제는 그런 고난이 주인공 스스로의 힘으로 해결되는 것이 아니라, 우연한 만남과 같이 불가사의한 힘에 의해 해결된다는 데 있다. 옥련이 병원에서 '우연히' 좋은 군의를 만나 수양딸이 되는 것이나, 기차에서 유학 가던 청년을 '우연히' 만나 구원되는 것, 미국에 와 있던 아버지를 '우연히' 만나 가족의 행복을 되찾게 된다는 것이 그렇다. 세상일이 이렇게 쉽게, 우연히 해결된다면 얼마나 좋을까? 그러나 현실은 결코 그렇지 않다. 집 잃은 외국 아이를 수양딸로 삼을 사람도, 우연히 만난 사람과 먼 유학 길을 동행하며 학비까지 대줄 사람도 없다. 더욱이 그 큰 미국에서 우연히 신문 기사를 보고 사람을 찾는다는 것이 가능하기나 한 일인가?

〈혈의 누〉 앞부분에서 옥련이 겪는 고난은 이전의 어느 소설보다도 더 그럴듯하게 그려졌지만 해결은 너무나 안이하고 차라리 황당하기까지 하다. 한 세기 전까지만 해도, 소설 속 세상은 이렇게 추상적이고 우연적이었다. 이 점에서 〈혈의 누〉는 근대를 연 작품이 아니라, 고소설의 제약에서 벗어나지 못한 과도기적인 작품이라 할 수 있다.

관습의 변화와 새 시대의 가치

이 작품이 과도기적 작품인 이유를 더 찾아보자. 〈혈의 누〉의 배경은 '옛날 옛적 어느' 곳이 아니라 '청일 전쟁 이후 평양성 근처'라는 현실적인 시간과 장소이다. 따라서 작품의 흐름은 당연히 그 당시 현실적 변화를 따라가고 있다. 그 중 하나가 신분제에 관한 것이다. 다음을 보자.

나라는 양반님네가 다 망하여 놓으셨지요. 상놈들은 양반이 죽이면 죽었고, 때리면 맞았고, 재물이 있으면 양반에게 빼앗겼고, 계집이 어여쁘면 양반에게 빼앗겼으니, 소인 같은 상놈들은 제 재물 제 계집 제 목숨 하나를 위할 수가 없이 양반에게 매였으니, 나라 위할 힘이 있습니까. 입 한 번을 잘못 벌려도 죽일 놈이니 살릴 놈이니, 오금(무릎이 구부러지는 안쪽)을 끊어라 귀양을 보내라 하는 양반님 서슬에 상놈이 무슨 사람 값에 갔습니까. 난리가 나도 양반의 탓이올시다.

막동이라는 하인이 하는 말이다. 모든 것이 나라가 약한 탓이니 자손을 보존하려면 나라를 위하라는 주인의 충고에, 그동안 자기 같은 하인들은 제 목숨조차 양반에게 내놓고 살아야 했으니 이 모든 것은 양반의 탓이라고 호되게 비판하고 있다. 1894년에 이미 노비제는 폐지되었으나, 관습상 양반들은 그때까지도 노비를 거느리고 살았다. 그러나 현실에서는 이미 계급의 위계가 뿌리째 흔들리고 있었다는 것을 인용된 부분에서 알 수 있다. 이것은 또한 피지배층의 자아 각성과 그 당시의 자유로운 토론 분위기를 보여주는 것이기도 하다.

이뿐 아니라 〈혈의 누〉는 그 당시 관습의 변화도 보여주고 있다. 그중 하나는 속신(俗信, 민간에서 행하는 미신적인 신앙관습)의 세계에 대한 부정이다. 옥련이 외로움에 지쳐 자살을 결심했을 때, 옥련은 부모가 죽는 불길한 꿈을 꾼다. 꿈이 예시적 기능을 한다면 옥련에게 나쁜 일이 생겨야 마땅하다. 하지만 반대로 옥련은 그 불길한 꿈을 꾸고 난 뒤에 꿈에도 그리던 아버지를 만난다. 그런가 하면 불길한 소식을 전한다는 까마귀가 나타난 뒤에 옥련의 어머니는 옥련이 살아 있다는 반가운 소식을 듣는다. 이것은 우리의 삶에 뿌리박힌 비과학적이고 전근대적인 속신의 세계를 분명하게 거부하는 태도라고 볼 수 있다.

자유연애 문제도 이 작품에서 눈여겨보아야 할 부분이다. 부모가 정해준 사람과 혼인하는 것이 여전히 관습으로 남아 있던 이 시기에, 구완서는 옥련에게 부모님의 뜻과 상관없이 자유의사에 의해 혼인을 결정하자고 말한다. 그리고 옥련의 아버지 김관일도 이들의 의사를 존중한다. 그 당시 수많은 지식인들이 관습상의 결혼을 거부하지 못해서 갈등하고, 또 이중 결혼으로 고민하던 것을 생각하면 상당히 급진적인 내용이다. 이 점에서 〈혈의 누〉는 현실의 변화를 앞서서 포착하고 있다고 할 수 있다.

개화와 친일

일이 잘 안 되어갈 때 그것을 남의 탓으로만 돌려도 문제지만 지나치게 제 못난 탓으로만 여겨도 문제이다. 1900년대 초 우리 민족이 위기에 빠졌을 때 개화를 외쳤던 많은 사람들은 모든 일을 우리가 못난 탓으로만 여겨 우리의 관습과 문화와 제도 등을 부정했다. 그들은 정신적으로나 물질적으로 훌륭한 외래문물을 한시 바삐 받아들여야 한다는 조급증에 시달렸다. 그것이 우리를 지키는 일이고 세계 강국이 되는 길이라 여겼던 것이다.

신소설 〈혈의 누〉에도 새로운 시대의 가치관을 수용하려는 태도가 적극적으로 드러나 있다. 전쟁으로 가족을 잃은 김관일이 서둘러 유학을 떠나는 것이나, 집을 나온 구완서가 기차에서 만난 옥련과 미국 유학을 떠나는 행동은 모두 밖에서 배워야 한다는 성급한 생각을 드러내는 것이다. 그런데 행동이 성급한 만큼 이들의 꿈은 다소 허황된 구석이 있다. 구완서는 귀국한 뒤 만주와 일본을 한데 합쳐 문명한 강국을 만들겠다는 포부를 밝히며, 옥련은 조선 부인을 교육하여 남자와 동등한 권리를 갖게 하겠다는 꿈을 지니는 것이다.

우리 것을 버리고 남의 것을 배운다고 모든 일이 해결되는 것은 아니다. 그것은 제 나라의 현실을 객관적으로 파악하지 못한 데서 생긴, 그저 의기(정의로운 마음에서 일어나는 기개)에서 나온 것일 뿐이다. 이렇게 남의 것을 따라 하면 그들처럼 되리라는 근거 없는 낙천주의는 지식인들로 하여금 너도나도 유학 길에 오르게 했다. 그 결과 남의 가치관으로 우리 것을 재단하는 얼토당토않은 일이 일어났다. 그것이 우리의 개화기 시대가 지닌 부정적인 모습이었고, 〈혈의 누〉는 그 모습을 보여준 첫 작품이었다.

그러나 더 문제가 되는 것은 그 개화의 뒤에 있었던 일본과 관련된 것이다. 〈혈의 누〉에서 한 가족이 불행하게 된 근본 원인은 청일 전쟁이지만, 아무리 작품을 뒤져 봐도 전쟁을 일으킨 장본인인 일본을 원망하는 내용은 없다. 그저 우리가 못났다고 탓하거나, 청나라 잘못으로 돌리고, 청나라 사람들 때문에 피난 중에 피해를 입었다고 표현한다. 또한 옥련이 총상 입은 사건에 대해서도 독이 든 청나라 사람의 총을 맞았으면 목숨을 부지하기 어려웠을 텐데 일본군이 쏜 총을 맞아서 다행히 목숨을 건졌다고 쓰여 있다. 더욱이 옥련을 수양딸로 삼는 것도 일본인이며, 김씨 부인을 무뢰한에게서 구해준 것도 일본인의 총소리이다. 즉 청나라는 우리를 불행으로 몰아넣은 원수요, 청나라 사람은 죄 없는 백성을 겁탈하고 물건을 빼앗는 나쁜 인간으로, 반대로 일본은 우리를 돕는 나라요, 일본인은 매우 인격적이며 시혜(施惠, 은혜를 베풂)적인 인간으로 표현되었다는 것을 알 수 있다.

여기에서 다시 처음으로 돌아가보자. 〈혈의 누〉는 일본 관비 유학생이었던 이인직이 쓴 소설이다. 그는 유학을 마치고 통역관을 거쳐, 《만세보》(1906년 손병희가 창간한 국·한문 혼용의 일간 신문)를 맡아 경영하기도 했다. 모두 일본 정부가 마련해준 일이었다. 그러니 자신을 출세시켜준 일본에 대해 그가 긍정적인 태도를 가지는 것은 어쩌면 당연한 일이었는지도 모른다. 그리고 그것은 이인직 개인의 한계이면서 동시에 시대적 한계이기도 했다. 이 땅을 식민지로 만들었고, 우리나라 근대화의 걸림돌이 되었던 일본이지만, 20세기 전반 우리 역사의 어느 부분을 보아도 그 영향권 안에서 자유로웠던 부분은 많지 않다. 신문학의 시작도 결코 예외가 아니었음을 〈혈의 누〉는 분명히 보여주고 있다.

작품 읽기

다음은 〈혈의 누〉의 전개 부분이다. 청일 전쟁으로 부모를 잃은 옥련은 일본 군의에게 총상 치료를 받은 후, 갈 곳을 찾지 못해 정상 소좌의 집인 대판(大阪, 오사카)으로 향하게 된다. 이 부분에서는 청인의 총알과 일본군의 총알이 비교되어 일본군의 인간적인 면이 강조된다. 또한 집 잃은 옥련을 따뜻하게 돌보는 일본 군의를 통해 작품의 친일적인 면모가 부각된다. 서술자는 일본을 향해 떠나는 옥련에 대해 낯선 곳으로 향하는 두려움을 그리는 한편, 제 나이보다 훨씬 어른스럽고 영리한 것으로 그리고 있어, 앞으로의 전개가 옥련을 중심으로 전개될 것임을 알 수 있게 한다. 본문에서 알 수 있듯, 순 국문을 사용하고 있으며, 묘사적인 부분이 곳곳에 눈에 띄는데 이는 이전의 소설과 확연히 구분되는 특징이다.

당초에 옥련이가 피란 갈 때에 모란봉 아래서 부모의 간 곳 모르고 어머니를 부르면서 발을 동동 구르다가 난데없는 철환 한 개가 넘어오더니 옥련의 왼편 다리에 박혀 넘어져서 그날 밤을 그 산에서 목숨이 붙어 있었더니, 그 이튿날 일본 적십자 간호수가 보고 야전병원으로 실어 보내니 군의(軍醫)가 본즉 중상은 아니라. 철환이 다리를 뚫고 나갔는데 군의 말이, 만일 청인의 철환을 맞았으면 철환에 독한 약이 섞인지라 맞은 후에 하룻밤을 지냈으면 독기가 몸에 많이 퍼졌을 터이나, 옥련이가 맞은 철환은 일인의 철환이라 치료하기 대단히 쉽다 하더니, 과연 삼 주일이 못 되어서 완연히 평일과 같은지라. 그러나 옥련이는 갈 곳이 없는 아이라, 병원에서 옥련의 집을 물은즉, 평양 북문 안이라 하니 병원에서 옥련이가 나이 어리고 또한 정경은 불쌍케 여겨서 도로 데리고 야전병원으로 가니, 군의 정상 소좌(井上少佐)가 옥련의 정경을 불쌍히 여기고 옥련의 자품을 기이하게 여겨 통변을 세우고 옥련의 뜻을 묻는다.

(군의) "이애, 너의 아버지와 어머니가 어디로 간지 모르냐?"

(옥) "……."

(군의) "그러면 네가 내 집에 가서 있으면 내가 너를 학교에 보내어 공부하도록 하여줄 것이니, 네가 공부를 잘 하고 있으면 내가 아무쪼록 너의 나라에 탐지하여 너의 부모가 살았거든 너의 집으로 곧 보내주마."

(옥) "우리 아버지 어머니가 살아 있는 줄을 알고 나를 도로 우리집에 보내줄 것 같으면 아무 데라도 가고, 아무것을 시키더라도 하겠소."

(군의) "그러면 오늘이라도 인천으로 보내서 어용선을 타고 일본으

로 가게 할 것이니, 내 집은 일본 대판이라. 내 집에 가면 우리 마누라가 있는데, 아들도 없고 딸도 없으니 너를 보면 대단히 귀애할 것이니 너의 어머니로 알고 가서 있거라.”

하면서 귀국하는 병상병(病傷兵)에게 부탁하여 일본 대판으로 보내니, 옥련이가 교군 바탕을 타고 인천까지 가서 인천서 유선을 타니, 등 뒤에는 부모 소식이 묘연하고 눈앞에는 타국 산천이 생소하다.

만일 용렬한 아이가 일곱 살에 난리 피란을 가다가 부모를 잃었으면 어미 아비만 생각하고 낯선 사람이 무슨 말을 물으면 눈물이 비죽비죽하고 주접이 덕적덕적하고 묻는 말을 대답도 시원히 못할 터이나, 옥련이는 그러한 영리하고 숙성한 아이가 있었던지 혼자 있을 때는 부모를 보고 싶은 마음에 죽을 듯하나 사람을 대할 때는 어찌 그리 천연하던지, 부모 생각하는 기색이 조금도 없더라. 옥련의 얼굴은 옥을 깎아서 연지분으로 단장한 것 같다.

(중략)

그러하던 옥련이가 부모를 잃고 만리타국으로 혼자 가니, 배 안에 들어 있는 사람들은 소일조로 옥련의 곁에 모여들어서 말 묻는 사람도 있고, 조선말을 하지 못하는 사람들은 행중에서 과자를 내어주니, 어린아이가 너무 괴롭고 성이 가실 만하련마는 옥련이는 천연할 뿐이라.

만리창해에 살같이 빠른 배가 인천서 떠난 지 나흘 만에 대판에 다다르니, 대판에서 내릴 선객들은 각기 제 행장을 수습하여 삼판에 내려가느라고 분요하나 옥련이는 행장도 없고 몸 하나뿐이라 혼자 가만히 앉았으니, 어린 소견에도 별 생각이 다 난다.

“남은 제 집 찾아 가련마는 나는 뉘 집으로 가는 길인고. 남들은 일이 있어서 대판에 오는 길이거니와 나 혼자 일 없이 타국에 가는 사람이라. 편지 한 장을 품에 끼고 가는 집이 뉘 집인고. 이 편지 볼 사람은 어떠한 사람이며, 이내 몸 위하여줄 사람은 어떠한 사람인가. 딸을 삼거든 딸 노릇하고, 종을 삼거든 종 노릇하고, 고생을 시키거든 고생도 참을 것이요, 공부를 시키거든 일시라도 놀지 않고 공부만 하여 볼까."

이인직, 〈혈의 누〉(을유문화사, 1969, 32~35쪽) 중에서

이광수의 무정
과도기의 꿈과 사랑

작품 및 작가 소개

　이광수(李光洙, 1892~1950)의 〈무정〉은 우리나라 최초의 근대적인 장편 소설로 1917년 새해 첫날부터 《매일신보》에 연재되었다. 〈무정〉은 1910년대의 사회상을 반영하는 일상적인 개인과 구체적인 배경의 결합, 인물의 내면 심리 묘사를 통한 성격 창조, 사실적인 산문체와 구어체의 사용, 구성의 새로움 등에서 우리 소설 문학사에 새로운 전환점을 마련한 작품으로 평가된다. 그러나 근대 문명에 대한 이상주의와 피상적 계몽주의, 여전히 남아 있는 우연적인 구조, 통속적인 사랑의 구도는 이 작품이 해결하지 못한 문제로 남아 있다.

　1892년 평북 정주에서 출생한 춘원 이광수는 최남선과 더불어 신문학 초기를 화려하게 장식했던 대표적인 문인이며, 일제 말기의 친일 행각으로 한국 근대문학사에 지울 수 없는 오점을 남긴 인물이다. 춘원은 11세에 고아가 되어, 이듬해에 동학당 대령 박찬명의 집에 기숙하며 서기일을 맡아보았는데, 이때의 경험이 〈무정〉에 드러나고 있다. 13세에는 일진회 장학생으로 도일하여 명치학원에서 수학했으며, 이후 홍명희·최남선 등과 교유하며 문필활동을 시작했다. 이때 발표된 〈무정〉을 비롯한 〈개척자〉, 〈윤광호〉, 〈방황〉과 같은 초기 작품들에는 봉건적 제도의 비판과 근대적 가치관의 역설이 두드러진다. 〈2.8독립선언서〉를 기초하고 상해로 탈출한 후에는 도산 안창호의 사상에 큰 영향을 받고 돌아와 30년대 초반까지 윤리 중심적 색채를 띤 〈재생〉, 〈마의 태자〉, 〈흙〉과 같은 장편을 집필했으며, 중반 이후에는 불교에 귀의하여 〈이차돈의 사〉, 〈원효대사〉, 〈무명〉 등 불교적인 색채가 짙은 작품을 창작했다. 1937년 수양동우회 사건으로 투옥되어 영어생활을 한 후 창씨개명하고 학병 권유 연설을 하는 등 친일 활동에 본격적으로 참여했다. 해방 이후 반민법으로 수감되었고, 1950년 납북되어 사망했다.

근대의 시작, 근대 소설의 시작

자연 조명에 의지해서 살던 사람들이 밤에도 일을 할 수 있게 되었고, 여분의 시간도 얻게 되었다. 조명 기술의 발달 덕분이었다. 기회만 닿는다면 신분에 얽매이지 않고 교육을 받는 것도 어렵지 않게 되었다. 모든 사람에게 평등한 교육 기관이 기독교를 중심으로 속속 생겨나고 있었기 때문이다. 또 어려운 한자로만 쓰여 특별한 신분의 사람들만 읽을 수 있던 문서와 책들이 한글로 쓰이기 시작했다. 누구나 쉽게 배울 수 있는 한글이 널리 보급되었기 때문이다. 사람들은 이제 스스로의 힘으로 글을 읽고 세상을 파악할 수 있게 되었다. 그뿐 아니라 자신의 생각을 글로 써서 발표하는 것이 자연스럽게 되었으며, 전문적으로 글을 쓰는 사람도 생겨났다. 근대적인 소설은 바로 이런 시대 변화 속에서 탄생했다. 1900년대 초반의 일이었다.

최초의 신소설 작가 이인직이 죽은 지 1년도 채 안 되어 발표된 〈무정〉은 근대의 시작을 알리는 작품이다. 1917년 새해 첫날부터 6월 14일까지 《매일신보》에 연재된 이 작품은 매우 인기가 있어서, 다음 해 단행본으로 출간되었다. 1924년까지 판을 거듭하면서 1만 부나 팔려 나갔으며, 1930년대에 들어서는 판매 부수가 더욱 늘어났다. 이렇게 대중의 사랑을 받은 만큼 그 영향력도 커서 주인공에 대한 모방 행동을 불러일으키기도 했다. 이광수 특유의 소설 전개 솜씨가 주는 재미와 시대를 선도하는 근대적인 특성들이 그 당시 많은 젊은이들에게 공감을 주었던 것이다.

우리 문학사는 〈무정〉을 본격적인 의미에서 최초의 근대적 소설이라 기록하고 있다. 어느 모로 보아도 근대적인 의미를 드러내는 데 있어 획기적인 작품이기 때문이다. 신문이라는 대중 매체의 특성에 맞게, 말하듯이 쉽게 쓰인 한글 구어체 문장이 가장 확실한 예이다. 또한 기생이라든가 교사, 학생, 기자와 같은 보통 인물의 일상적인 삶을 매우 구체적이고 사실적으로 그리고 있는 점, 봉건적인 구습의 모순을 깨닫고 스스로 택한 길을 찾아 자아를 실현해나가는 점 등은 분명 비합리적인 권위에서의 해방이라는 근대적 삶의 양상을 보여준다고 할 수 있다.

그러나 〈무정〉이 연재된 《매일신보》는 유감스럽게도 일본 총독부의 기관지였다. 신문은 변화하는 현실을 수용하고 전달하는 데 도움을 주었지만 그만큼 대중을 조작하기도 쉬웠다. 이광수는 〈무정〉을 연재하기 전에 이미 전체의 반 정도를 완성한 상태에서 철저한 사상 검증을 받았다고 하니, 그 당시 일제가 지식인에 대해 얼마나 철저한 감시를 했는지 알 수 있다. 어쨌든 우리나라 최초의 근대적 장편 소설 〈무정〉도 일제의 기관지에 몸을 실었다는 것, 그것은 부인할 수 없는 우리 근대의 모순이었다.

과도기 청년의 사랑

사랑은 자연스러운 것이다. 본능에서 우러나오는 인간의 아름다운 감정이다. 그리고 결혼은 사랑하는 사람과의 관계를 생활로 정착시키는 제도이다. 그러나 여전히 봉건적인 사고에 사로잡혀 있던 20세기 초만 해도 부모의 결정에 따라 결혼이 이루어지는 것이 예사였다. 자유로운 의지와 주체적인 선택의 중요성이 부각되면서 결혼 제도가 지니는 문제점이 대두된 것은 당연한 일이었다. 일본 유학생을 포함한 지식인층 사이에서 강제 결혼에 대한 강한 반발이 일어났고, 봉건적인 결혼 제도에서 벗어나 자유연애를 실천하는 지식인들도 많이 생겨났다. 이광수도 그 중 하나였으며, 〈무정〉의 이형식은 그런 이광수의 모습을 연상시킨다.

〈무정〉의 전반부 줄거리는 영채와 선형 사이에서 고민하는 형식의 갈등이 차지한다. 평범한 영어 교사인 이형식은 김 장로의 딸 선형에게 영어를 가르치며 미묘한 감정을 느낀다. 그러나 시대의 선각자요, 자신의 스승이었던 박 진사의 딸 영채가 나타나면서 갈등에 시달린다. 그녀는 억울하게 감옥에 간 아버지를 구하기 위해 기생이 되었지만 형식을 생각하며 정절을 지켜온 여인이기 때문이다. 형식은 스승의 은혜를 생각하여 영채를 받아들여야 한다는 의무감과 기생이 된 여인과는 결혼할 수 없다는 생각, 선형에 대한 미련 사이에서 고민하지만 쉽게 무언가를 결정하지 못한다.

이러한 형식의 고민에는 시대의 변화가 그대로 반영되어 있다. 영채와 선형은 각각 형식의 과거와 미래를 의미하는 인물이기 때문이다. 영채는 '과거' 자신을 교육시켜준 은사의 딸이니, 그녀와의 결혼이란 은혜 갚음이요, 구시대적인 여성과의 의무적인 혼인을 의미하는 것이다. 반면 선형은 '미래'에 자신을 유학시켜줄 김 장로의 딸이며, 그녀와의 결혼은 자유로운 의지에 따른 새로운 삶을 의미하는 것이다. 그러니 형식은 두 여자 사이에서 줏대 없는 사랑 게임을 한 것이 아니라, 자신의 과거와 미래를 두고 치열한 내면 투쟁을 한 것이다.

결국 영채가 배 학감에게 정절을 잃고 유서를 남긴 채 사라져버리고, 공교롭게도 '자기의 힘이 미치지 못하는 달 속의 계수나무'로 생각했던 선형과의 혼담이 들어오자, 형식은 갈등을 던져버리고 선형과 약혼하여 미국 유학을 떠난다.

사실, 형식의 내면적 갈등과 고민의 양에 비한다면 그 내용은 가볍고 유치하기까지 하며, 그 결과는 경솔하게만 보인다. 그가 영채를 두고 고민하는 내용은 그저 그녀가 정절을 지켰느냐 하는 것이었고, 선형을 선택하는 이유도 단지 그녀의 순결함과 외모에 대한 끌림이 전부였다. 직접 만나 사랑을 느꼈다고는 하나, 성격도 모르고 기호도 모르는 그저 맹목적인 껍데기 사랑이었고, 약혼은 전적으로 김 장로의 주선에 의해 하게 된다. 그렇다면 형식의 선택은 진정한 의미의 자유연애의 결과가 아니라 과도기 청년의 미성숙한 사랑의 결과임이 분명하다. 작가의 지적대로 형식은 '자각 없는 시대에서 새 시대, 자각 있는 시대로 옮아가려는 과도기의 청년이 흔히 가지는 사랑'을 한 것이다.

정절은 잃었으나

〈무정〉의 주인공은 표면상 이형식이지만 실제로 이 작품의 의미를 주도하는 인물은 박영채라는 여성이다. 형식은 두 여성 사이에서 갈등하다가 정해진 대로 유학을 떠나는 인물이지만, 영채는 과도기 현실 속에서 온갖 고통을 겪은 뒤 자아를 각성하는 매우 입체적인 인물이기 때문이다. 또한 이 작품의 제목, '무정(無情)'에 초점을 두더라도 무정하게 형식에게 외면당한 여성은 바로 영채이며, 그녀에 대한 이야기가 작품의 거의 절반을 차지하고 있다.

영채의 삶은 고난과 극복의 연속이다. 영채는 시대를 앞서가는 교육자 박 진사의 딸로, 행복한 유년기를 보낸다. 하지만 박 진사는 그 급진성 때문에 감옥에 가게 되며, 영채는 아버지를 구해내기 위해 기생이 된다. 영채의 희생에도 불구하고 박 진사가 죽자 영채는 아버지가 정해준 배필인 형식을 만나기 위해 정절을 지키며 살아간다. 수소문 끝에 형식과 상봉하지만, 배 학감에게 정절을 빼앗기자 자살을 결심한다.

영채의 삶은 그 시대 여성의 열악한 삶을 대변하는 것이다. 여성이 가질 변변한 직업도 없던 그 당시, 많은 여성들이 경제적인 문제 때문에 기생이 되거나 매춘을 했다. 그러니 가문의 몰락을 지켜본 영채가 기생이 된 것은 어쩌면 자연스러운 선택이었을 것이다. 하지만 이 사

실 때문에 형식은 영채를 받아들이길 주저하고 영채 역시 형식에게
다가가지 못한다. 이 와중에 정절까지 잃었으니, 구도덕에 매여 살아
온 영채가 자신의 존재 의미를 찾지 못하고 자살을 결심한 것은 당연
한 일인지도 모른다.

자살을 하기 위해 평양행 기차를 탄 영채는 여기에서 병욱이라는 신
여성을 만난다. 영채의 이야기를 듣고 병욱은 삼종지도(三從之道)라
는 윤리 규범을 비판하면서, 여성이 제 삶의 주체가 되지 못하고 남성
에게 종속되어 살아가는 것이 얼마나 비합리적인 것인가에 대해 설명
한다.

> "여자도 사람이지요. 사람일진대 사람의 직분이 많겠지요. 딸이 되
> 고, 아내가 되고, 어머니가 되는 것도 여자의 직분이지요. 또 혹은 종교
> 로, 혹은 과학으로, 혹은 예술로, 혹은 사회나 국가에 대한 일로 인생의
> 직분을 다할 길이 많겠지요. 그런데 고래로 우리나라에서는 남의 아내
> 되는 것만으로 여자의 직분을 삼았고, 남의 아내가 되는 것도 남의 뜻대
> 로, 남의 말대로 되어 왔어요. 지금까지 여자는 남자의 한 부속품, 한 소
> 유물에 지나지 못하였어요. 영채 씨는 부친의 소유물이다가 이 씨의 소
> 유물이 되려 하였어요. 마치 어떤 물품이 이 사람의 손에서 저 사람의
> 손으로 옮아가는 모양으로……. 우리도 사람이 되어야 합니다. 여자도
> 되려니와 우선 사람이 되어야 합니다. 영채 씨께서 할 일이 많지요. 영
> 채 씨는 결코 부친과 이 씨만을 위하여 난 사람이 아니외다. ……"

그동안 누군가의 뜻에 따라 살아야만 한다고 생각했던 영채는 병욱
의 이 같은 설득에 마치 알을 깨고 나오듯 분명한 깨달음을 얻는다.

사실상 영채는 형식을 사랑하지도 않으면서 아버지의 말씀대로 형식을 찾았으니, 그것은 그저 보호자를 찾는 것과 다를 것이 없었다. 그러니 비록 자신이 순결을 빼앗겨 그와 결혼할 수 없다 해도 삶을 포기할 이유는 없다. 그녀에게는 당당한 한 인간으로서 할 일이 매우 많은 것이다. 병욱과의 만남을 계기로 영채는 자신의 주체성을 깨닫고 새로운 배움의 길로 나선다. 비록 병욱이라는 선각자를 우연하게 만난다는 구조상의 결점은 있지만, 어쨌든 영채는 여성에게 무정한 구도덕 때문에 고통받다가, 새로운 시대를 맞아 주체적인 삶을 자각하여 실천에 옮긴다는 점에서 이 작품의 의미를 지탱하는 주인공이라고 할 수 있다.

신식은 그렇단다. 대답을 해라

김 장로는 일찍 개화한 사람으로, 신분에 대한 편견을 버리고 기생 출신의 여성을 후처로 맞았으며, 여자에 대한 차별적인 윤리를 무시하고 딸을 외국에 유학시킬 생각을 한다. 가정교사로 형식을 들인 것은 그를 사윗감으로 점찍어놓았기 때문이다. 선형은 형식에게서 그저 영어를 몇 번 배웠을 뿐 얼굴도 제대로 쳐다보지 않은 상태였고, 형식 역시 선형의 외모만 보았을 뿐 성격도 기호도 모르는 상황이었다. 그러나 김 장로는 모두 모인 자리에서 혼담을 꺼내놓고 비로소 선형에게 결혼 의사를 묻는다. ‘네 뜻은 어떠냐.’ ‘신식은 그렇단다. 대답을 해라.’

‘네 뜻은 어떠냐.’ 이 질문은 결혼을 결정할 때 본인의 자유의사를 우선해야 한다는 생각에서 비롯된 것이 아니다. 단지 근대의 겉모습만을 흉내 낸, 우스꽝스럽기 이를 데 없는 형식적인 행위에 불과하다. 형식은 미국 유학을 시켜주는 후원자를 얻고 교육 잘 받은 어여쁜 여성을 아내로 맞이한다는 기쁨에, 영채의 불행은 잊고 쉽사리 약혼에 동의한다. 영채가 구시대의 유습 때문에 고통을 받고, 그 모순을 충분히 깨달은 다음에 행동에 옮기는 것에 비하면 형식과 선형의 결정은 가볍고 경솔하게만 보인다. 이처럼 내용은 없이 신식의 형식만 성급하게 빌려온 행동을 우리는 〈무정〉에서 자주 발견할 수 있다. 이 소설이 근대적인 내용을 담고 있으면서도 다소 작위적이고 이상적이며 추상적이라는 비판을 받는 것은 이 때문이다.

작품의 마지막에 영채는 병욱과 일본 유학 길에 오르고, 형식은 선형과 약혼하여 미국 유학을 떠난다. 그런데 우연히도 이들은 기차 안에서 상봉한다. 그리고 삼랑진의 수재를 목격, 함께 자선 음악회를 열고 모두 교육과 실행으로 나라를 구하겠다는 결심을 한다. 이 자리에서 형식은 다음과 같은 포부를 밝힌다.

"나는 교육가가 되렵니다. 그리고 전문으로는 생물학(生物學)을 연구할랍니다."

그러나 듣는 사람 중에는 생물학의 뜻을 아는 자가 없었다. 이렇게 말하는 형식도 물론 생물학이란 참뜻은 알지 못하였다.

다만 자연 과학(自然科學)을 중히 여기는 사상과 생물학이 가장 자기의 성미에 맞을 듯하여 그렇게 작정한 것이다. 생물학이 무엇인지도 모르면서 새 문명을 건설하겠다고 장담하는 그녀의 신세도 불쌍하고 그녀를 믿는 시대도 불쌍하다.

민족 개조의 꿈을 가졌던 이광수, 우리 민족은 문명하지 못했기 때문에 설움을 받는다고 믿었던 그는 무조건 서양의 것, 특히 과학을 배워야 한다고 강조했다. 이 부분에서 우리는 춘원의 생각을 분명히 들을 수 있지만 이상하게도 그 어조는 매우 냉소적이다. 자기의 분신인 형식이 현실에 대해 얼마나 무지하며, 그가 찾은 해결 방식이라는 것이 또한 얼마나 피상적인지를 작가는 화자의 목소리를 빌려 고백하고 있는 것이다. 시대는 달라지고 있었지만 무엇을 취하고 무엇을 버려야 하는지, 또 어떻게 취하고 버려야 하는지 암담했던 그 시절, 춘원의 〈무정〉은 시대에 대한 솔직한 표현이자 고백이 아닐 수 없다.

작품 읽기

다음은 〈무정〉의 연재 원고 89회분이다. 영채는 삼종지도(三從之道)를 좇아, 아버지가 죽은 뒤 사랑도 없는 형식을 찾았고, 그의 아내가 될 자격을 상실하자 자살을 결심한다. 그러나 자살을 하기 위해 탄 평양행 기차에서 그녀의 구원자 병욱을 만난다. 깨인 신여성인 병욱은 영채의 이야기를 듣고, 영채의 희생은 여성에게만 차별적으로 적용된 가부장제 이데올로기에 따른 것임을 이해시킨다. 또한 영채가 형식을 진정 사랑한 것이 아니라는 것을 스스로 깨닫게 하고, 그간의 피동적이고 희생적인 삶에서 벗어나도록 돕는다. 다음의 대화는 그간의 구습에 얽매여 피동적으로 살아온 영채가 자신의 주체성을 발견해나가는 과정을 잘 보여주고 있다. 결국 영채는 병욱의 설득에 따라 비주체적인 사고에서 벗어나 한 인간으로서의 가치와 의미를 분명히 자각하고 배움의 길로 나아간다.

[89] 여학생은 영채의 신세타령을 듣고

"그러면 지금도 그 형식을 사랑하시오?"

사랑하느냐 하는 말에 영채는 가슴이 뜨끔하였다. 과연 자기가 형식을 사랑하였는가, 알 수가 없다. 자기는 다만, 형식이란 사람은 자기가 찾아야 할 사람, 섬겨야 할 사람으로 알았을 뿐이요, 칠팔 년래로 일찍 형식을 사랑하는지 생각해 본 적도 없었다. 다만 어서 형식을 찾고 싶다, 어서 만나면 자기의 소원을 이루겠다, 만나면 기쁘겠다, 하였을 뿐이다. 그러므로 영채는 멀거니 여학생을 보다가,

"그런 생각은 해 본 적도 없어요. 어려서 서로 떠났으니까 얼굴도 잘 기억하지 못하였는데……."

"그러면 부친께서, 너는 아무의 아내가 되어라 하신 말씀이 있으니까 지금껏 찾으셨습니다그려. 별로 사모하는 생각도 없었는데……."

"네, 그러나 어렸을 때에 정들었던 것이 아직도 기억이 되어요. 그때 일을 생각하면 어째 그리운 생각이 나요."

"그것이야 그렇겠지요. 누구나 아이 적 생각은 안 잊히는 것이니깐. 그이뿐 아니라 다른 아이들 생각도 나시지요?"

영채는 가만히 생각해 보더니,

"네, 여러 동무들의 생각도 나요. 그러나 그의 생각이 제일 정답게 나요. 그랬더니 일전에 정작 얼굴을 대하니깐 생각던 바와 다릅데다. 어째 이전에 정답던 것까지 모두 깨어지는 것 같애요. 왜 그런지 모르겠어요. 그래서 그날 저녁에 집에 돌아와서는 어떻게 마음이 섭섭한지 울었습니다."

잘 알아들은 듯이 고개를 끄덕끄덕하더니 말하기 어려운 듯이,

"그러면 지금은 그에게 대해서는 별로 사랑이 없습니다그려."

영채는 저도 제 생각을 모르는 모양으로 한참이나 생각하더니,

"글쎄요, 만나니깐 반갑기는 반가운데 어쩐지 기다리고 바라던 그 사람이 아닌 것 같애요. 내 마음 속에 그려 오던 사람과는 딴 사람 같애요. 저도 웬일일가 했어요. 또 그이도 그다지 저를 반가워하는 것 같지도 아니하고……"

"알았습니다."

하고 여학생은 눈을 감는다. 무엇을 알았단 말인고 하고 영채도 눈을 감는다. 여학생이,

"그런데 왜 죽을 결심을 하셨어요?"

"아니 죽고 어떻게 합니까. 그 사람 하나를 바라고 지금껏 살아오던 것인데 일조에 정절을 더럽히고……"

"다시 그 사람을 섬기지도 못하겠고……이제야 무엇을 바라고 사나요."

하고 절망하는 듯이 고개를 푹 숙인다.

"나는 그것이 죽을 이유라고는 생각하지 아니합니다."

"그러면 어찌하고요?"

"살지요! 왜 죽어요!"

영채는 깜짝 놀라 여학생을 본다. 여학생은 힘 있는 목소리로,

"첫째 영채 씨는 속아 살아왔어요. 이형식이란 사람을 사랑하지도 아니하면서 공연히 정절을 지켜왔어요. 부친께서 일시 농담 삼아 하신 말씀 한마디 때문에 영채 씨는 칠팔 년 헛된 절을 지킨 것이외다. 사랑하지 않는 사람을 위해서, 피차에 허락도 아니한 사람을 위해서 절을 지키는 것이 헛된 일이 아니야요? 마치 죽은 사람, 세상에 없는 사람을 위해서 절을 지키는 것이나 다름이 있어요? 영채 씨의 마음은

아름답지요, 절은 굳지요. 그러나 그뿐이외다. 그 아름다운 마음과 그 굳은 절을 바칠 사람이 따로 있지 아니할까요. 하니까 지금 영채 씨가 그이를 사랑하시거든 지금부터 그에게 몸과 마음을 바치실 것이요, 만일 그렇지 않거든 다른 남자 중에 구하실 것이오, 그런데……."

"그러나 지금토록 마음을 허하여 오던 것을 어떡합니까. 고성(古聖)의 교훈도 있는데."
한다.

"아니요. 영채 씨는 지금까지 꿈을 꾸고 지내셨지요. 얼굴도 잘 모르고 마음도 모르는 사람에게 어떻게 마음을 허합니까. 그것은 다만 그릇된 낡은 사상의 속박이지요. 사람은 제 목숨으로 삽니다. 제가 사랑하지 않는 지아비가 어디 있겠어요. 하니깐 영채 씨의 과거사는 꿈입니다. 이제부터 참 생활이 열리지요."

영채는 이 말을 듣고 놀랐다. 열녀라는 생각과 틀리는 것 같다. 그러나 그 말이 옳은 것 같다. 과연 지금토록 형식을 사랑한 적은 없었고, 다만 허깨비로 제 마음에 드는 사람을 만들어 놓고, 그 사람의 이름을 형식이라고 짓고, 그러고는 생각하고 그 사람을 찾는 대신 이형식을 찾다가, 이형식을 보매 그 사람이 아닌 줄을 깨닫고 실망하고 나서는, 아아, 이제는 영원히 형식을 보지 못하겠구나 하고 실망한 것이다.

이렇게 생각하매 영채는 잘못 생각하였던 것을 깨닫는 생각과 또 아주 절망하였던 중에 새로운 광명이 발하는 듯하였다. 그래서 영채는,

"참생활이 열릴까요? 다시 살 수가 있을까요?"
하고 여학생을 보았다.

이광수, 〈무정〉(우신사, 1979, 262~265쪽) 중에서

김동인의 대수양
사실史實과 진실眞實

김동인(金東仁, 1900~1951)은 1930년대부터 생활고를 해결하기 위해 장편 소설을 신문에 연재하기 시작했으며, 이 시기 많은 역사 소설을 발표했다. 역사 소설은 역사상의 소재를 바탕으로 작가에 의해 창조된 허구로서, 혼란기의 역사를 우회적으로 비판하는 의미도 지니고 있다. 1930년대에 쓰인 많은 역사 소설 가운데, 김동인의 역사 소설은 역사에 대한 독특한 재해석으로 주목받고 있다. 〈대수양〉은 1453년, 숙부인 수양 대군이 조카 단종의 세력을 몰아내고 정치적 실권을 장악한 '계유정난'을 수양을 중심으로 바라본 소설이다. 즉, 수양을 영웅으로 보고, 그의 행위를 긍정하고 있는 것이다. 이 점은 숙부에게 왕위를 찬탈당한 어린 단종의 일대기를 연민을 가지고 서술한 이광수의 〈단종 애사〉와 대립되고 있어, 그의 역사의식과 문학적 관점을 춘원과 비교하며 읽을 수 있게 한다.

김동인은 평남의 대지주이며 그리스도교 장로의 차남으로 출생했다. 1914년 도일을 시작으로 일본을 여러 차례 왕래하면서 1919년 2월 주요한, 전영택 등과 한국 최초의 순 문예지《창조》를 창간하고, 여기에 처녀작 〈약한 자의 슬픔〉을 발표했다. 1919년 3월에는 3·1운동 격문을 써준 혐의로 4개월간 투옥되었다. 1920년 이후 〈마음이 옅은 자여〉, 〈배따라기〉, 〈목숨〉 등과 같은 작품에서 이광수의 계몽주의 문학에 맞서 예술지상주의적 경향을 표방했으며, 1930년대에 쓴 〈광화사〉와 〈광염소나타〉는 탐미성의 극치에 이르고 있다. 동맥경화로 피난하지 못한 채 1951년 자택에서 사망했다.

그는 신문학사상 가장 선구적인 소설가 중 한 사람으로, 이 땅에 진정한 서구적 자연주의 경향의 문학을 확립했으며, 본격적인 단편 소설의 기반을 세웠고, 구어체 문장의 구사, 3인칭 대명사 사용 등 문장의 혁신에 기여했으며, 사재를 털어 순수 문예지《창조》와《영대》를 발간하여 문학 활동의 가교를 마련했다. 1955년에 사상계사에서 그의 문학적 업적을 기려 동인문학상을 제정했는데, 현재 조선일보사가 이를 운영하고 있다.

영원한 라이벌, 이광수와 김동인

김동인의 사진을 한번 살펴보면, 스무 살의 김동인은 귀공자 타입의 미끈한 얼굴에 날카로운 눈매를 가졌다. 안경은 그의 명석함을 나타내는 듯하고, 굳게 다문 입술은 그가 예사롭지 않은 성격의 소유자임을 보여준다. 대지주의 아들로 태어나 세상에 부러울 것 하나 없었던 김동인은 열다섯 살에 일본 유학을 떠났으며, 스무 살에 이미 《창조》를 창간하고 작품 활동을 시작했다. 부유한 환경과 타고난 재능, 예술에 대한 남다른 생각을 가졌던 김동인은 문학의 사회적 의미를 중시했던, 춘원 이광수(李光洙, 1892~1950)의 계몽적 문학을 부정하고 철저히 예술로서의 문학을 강조했으며 이러한 생각을 작품 창작뿐 아니라 동인지 창간 등의 문학 활동으로 풀어나갔다.

이광수에 대한 김동인의 생각은 《춘원연구》에 잘 나타나 있는데, 그는 이 글에서 이광수의 작품에 대해 냉정한 분석과 비판으로 일관하고 있다. 이 저서는 우리나라 최초의 본격적인 작가론이며, 그 당시 계몽 문학에 가장 반대하던 입장에서 이루어진 비판이라는 점에서 중요한 문학적 의미를 갖는다. 김동인은 이광수의 〈무정〉과 〈재생〉, 〈흙〉 등 여러 작품을 분석했는데, 특히 〈단종 애사〉는 역사적인 사실의 ‘재생’에 지나지 않는다고 신랄하게 비판했다. 나아가 〈단종 애사〉에 대해서는 〈대수양〉을, 이광수의 또 다른 역사 소설 〈마의 태자〉에 대해서는 〈견훤〉을 창작하여 자신의 비판 의식을 작품으로 표현했다. 그는 같은 역사적 사실을 소재로 삼더라도 역사와 문학적 상상력의 결합에 따라 작품이 어떻게 달라질 수 있는지를 보여주려 했으며, 이 점에서 〈대수양〉은 매우 중요한 작품이라 할 수 있다.

〈대수양〉과 〈단종 애사〉

지금도 많은 사람들이 조선 시대의 왕들을 차례로 ‘태-정-태-세

－문－단－세－예－성－연－중······’ 하고 외워댄다. 첫 글자만 따서 간명하게 순서를 외우지만, 사실 그 속에는 왕권 다툼으로 얼룩진 비극적인 역사가 숨어 있다. 〈대수양〉과 〈단종 애사〉의 배경은 바로 한글 창제와 같은 훌륭한 업적을 남긴 조선의 제4대 임금 세종 대왕에서 출발한다. ‘세종－문종－단종－세조’에 이르는 비극적인 역사를 그 배경으로 하고 있는 것이다. 계보를 간단히 정리해 보자.

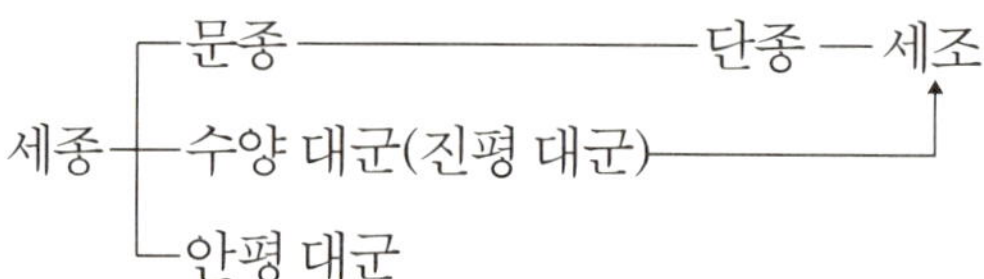

수양은 세종의 둘째 아들이었고, 문종은 맏아들로서 장차 왕위를 이어갈 동궁(東宮, 왕세자)이었다. 병약하고 섬세했던 문종은 즉위한 지 얼마 안 되어 죽었고, 뒤를 이어 단종이 열세 살의 어린 나이로 등극했다. 병약한 왕을 이어 어린 왕이 등극하자 조정은 시끄럽기만 했는데, 이때 단종의 숙부인 수양이 모든 혼란을 정리하고 왕이 되었으니 그가 바로 세조였다. 이 역사적 사건을 배경으로 하고 있는 두 소설은 제목만 보아도 내용을 쉽게 짐작할 수 있다. 이광수의 〈단종 애사〉는 단종의 슬픈 역사(哀史)를 연민을 가지고 그려낸 작품이고, 김동인의 〈대수양〉은 수양 대군의 영웅적인 면을 부각시켜 강자 지향의 의지를 보여주는 작품이다.

〈단종 애사〉는 세종 23년에서 세조 2년까지 15년에 걸친 이야기로, 단종의 탄생에서 죽음까지의 역사를 담고 있다. 곧 이광수는 역사 기록자의 입장을 철저히 따라 단종의 일대기를 소설화한 것이다. 이 소설은 한편 식민지 시대 우리 민족의 현실을 우회적으로 나타내고 있다. 수양을 일제에, 단종의 폐위를 국권 상실에 비유하여, 선하지만 강자에게 당할 수밖에 없는 현실을 표현하고 있다. 그러나 이 작품은 작가의 그런 의도보다는 불행한 왕에 대한 연민이 훨씬 강조되어 있다.

여기에 비해 〈대수양〉은 큰 사건의 전개에서는 비교적 충실히 사료를 따르고 있지만, 역사가들의 일반적인 역사 해석에 반박, 새로운 해석을 보여주고 있다. 예를 들어 계유정난이라는 역사적 사실을 바라보는 김동인의 시각이 어떠한지 줄거리를 통해 살펴보자.

세종은 항상 동궁(문종)이 나약하고 투기심이 많아 걸출한 아우 수양 대군을 꺼리고 싫어하는 것을 걱정하다가 죽었다. 뒤이어 문종이 왕위에 올랐으나 수양 대군을 부당하게 물리치기만 하다가 재위 2년 만에 죽고 어린 단종이 등극했다. 단종은 대범하고 충성스러우며 국가를 걱정하는 숙부 수양 대군을 점차 신임하게 된다. 그러나 김종서가 안평 대군을 떠받들어 왕으로 추대하려는 음모를 꾸미자, 이것을 알아차린 수양 대군이 김종서, 황보인 등 역신을 숙청하고 정치적 실권을 장악하여 국가의 안위에 힘쓴다. 정인지, 권람 등은 나라를 걱정하는 수양 대군의 참뜻을 모르고 그를 왕으로 추대하려 하고, 단종은 벅찬 정사에 지쳐 왕위를 수양 대군에게 맡기고 상왕(上王, 자리를 물려준, 생존하는 전왕)이 되기를 간청한다. 그리하여 수양이 왕위에 오르니 곧 세조였다.

이 작품은 세종 30년경에서 세조 원년까지 약 8년간의 이야기를 다루고 있는데, 〈단종 애사〉와는 정반대로 수양을 혼란스런 조정을 수습하기 위해 없어서는 안 되는 영웅적인 인물로 그려 왕위 찬탈을 합리화하고 있다. 이처럼 〈대수양〉은 이광수의 역사의식에 대한 비판에서 출발하고 있지만, 내용의 차이 말고는 소설적 기법상 그리 뛰어난 작품이 아니다. 자리만 바뀌었을 뿐 역사의 인물을 또 다른 선악 대비로만 그리고 있으며, 역사적 지식의 단편적 나열에만 그쳐 새로운 문학적 형상화로 보기에는 미흡한 점이 없지 않다. 그렇다면 김동인이 수양 대군을 영웅으로 그려 우리에게 보여주려고 한 것은 무엇이며, 그것은 과연 설득력이 있는 것인가?

역사의 뒤안길, 무엇이 진실인가

〈대수양〉은 전체 50장으로 짜여 있는데, 대부분이 수양의 영웅화로 일관하고 있다. 김동인은 제1장부터 수양의 왕자다움을 문종과 대비하여 보여주고 있다.

맏아드님 동궁은 그 마음으로든 몸으로든 약하고 부족하였다. 동궁이라면 장래의 이 나라의 주인이 될 귀한 몸임에도 불구하고, 너무도 약하고 부족한 점이 많았다.

둘째 아드님 진평(후의 수양)은 또 그 사람됨이 너무 과하였다. 나이가 들어가면서 더욱 그 성격이 억세고 커 가서, 그것은 재상감이 아니요, 오히려 왕자의 감이었다.

뒤이어 전개되는 내용은 세종 자신이 맏아들이 아닌데도 태조에게 발탁되어 왕위에 오른 사실에서 생겨난 번민이 중심을 이룬다. 세종은 자신이 아니었으면 자연스럽게 왕이 되었을 양녕 대군이 겪는 고초를 잘 알고 있었다. 그래서 이미 수양의 왕자다운 기상을 간파했으면서도 과거와 같은 역사를 되풀이하지 않으려 했다. 김동인은 바로 여기에서 현실을 무시하고 제도나 습관에 얽매이는 것이 얼마나 위험한 일인가를 지적하고 있다. 결국 세종의 잘못된 선택으로 인해 문종과 단종, 안평 대군에 이르는 불행한 역사가 시작되었다는 것이다.

세조는 분명 역사상 중요한 업적을 남긴 훌륭한 임금이었지만 그의 왕좌는 찬탈이라는 오명과 신하들의 피로 얼룩져 있다. 그는 강한 왕이었지만 선한 왕은 아니었고, 이 점에서 그를 둘러싼 역사적 기록은 결코 호의적이지만은 않았다. 그러나 김동인은 역사를 재해석하여 수양을 긍정적 인물로 탄생시켰다. 그는 혼란기의 역사 속에서 이미 영웅으로 평가받고 있는 인물이 아니라, 썩 훌륭한 평가를 받지 못했던 영웅들을 새롭게 찾아내어 이런 식으로 표현했다. 〈운현궁의 봄〉과 〈젊은 그들〉에서 보여준 흥선 대원군의 영웅화가 그렇고, 〈견훤〉에서 견훤을 영웅으로 우뚝 세운 사실이 또한 그렇다. 김동인은 역사 속의 새로운 강자들을 통해 강자 중심의 국권 회복 의식을 보여주려 한 것이다.

요컨대 이광수가 수양을 일제에 비유하여 우리의 역사를 비련의 역사로 보는 소극적인 시각을 가지고 있었다면, 김동인은 충분한 능력을 지녔는데도 잘못된 운명으로 시련을 겪고 왕위를 계승하게 되는 수양을 통해 우리의 잠재된 힘을 끌어내려는 적극적인 시각을 가지고 있었다고 할 수 있다. 그들은 전혀 다른 시각에서 역사를 현실로 끌어왔던 것이다.

문학에서 역사를 수용하는 것은 쉬운 일이 아니다. 이광수의 〈단종애사〉는 '역사의 재생'에 불과하다는 부끄러운 평가를 받았다. 문학적 상상력의 빈곤이 문제가 된 것이다. '역사'가 아닌 '소설'이 되기 위해서는 기록의 수용보다 작가가 능동적으로 역사에서 취하는 진실의 문제가 더 중요하기 때문이다. 이광수는 약자의 입장에서, 또 왕통의 올바른 계승이라는 측면에서 왕조의 기록에 동의하고 있었으니 안이한 역사의식을 가졌다고 할 수 있다. 김동인은 이광수와는 달리 역사적 기록 이면에 숨겨진 진실을 발견하려고 노력했다. 그러나 이것은 역사적 사실에 대한 왜곡의 위험을 감수해야만 하는 작업이다. 사실상 〈대수양〉은 세조가 등극하면서 작품이 끝나고 있어서 왕조의 정의를 위해 죽어간 사육신을 비롯한 여러 신하들에 대한 것은 외면하고 있다. 만일 김동인이 수양의 영웅화에 투철했고, 역사 해석에도 철저했다면 사육신에 대한 수양의 처사에 관해서도 합당한 해석을 내렸어야 했다.

이런 면에서 같은 사건을 주제로 한 박종화(朴鍾和, 1901~1981)의 단편 〈목 메이는 女子〉는 좋은 비교가 된다. 이 작품은 단종 폐위를 둘러싼 신숙주의 변절과 그 부인의 자살을 주요 내용으로 한 소설로서, 심리적인 갈등을 가족사를 중심으로 잘 서술하고 있다. 선악의 구분이나 역사에 대한 어떤 평가에서 벗어나 개인의 심리를 문학적 상상력으로 채워 개연성을 얻고 있는 점은 두 작품에 비해 분명 뛰어난 점이다.

역사는 사실(史實)의 기록이고 문학은 진실의 탐색이다

역사 학자 카(E. H. Carr, 1892~1982)는 "역사란 역사가와 사실 사이의 계속적인 상호 작용의 과정이며, 현재와 과거 사이의 끊임없는 대화"라고 말했다. 이 말은 우리가 역사를 공부하는 이유를 명쾌하게 지적한 것이다. 우리는 역사를 공부함으로써 또 다른 시행착오를 겪지 않고 오늘을 살아갈 수 있는 지혜를 얻고 미래를 예측할 수 있다. 그러나 우리가 정녕 알 수 없는 것은 미래가 아니라 과거라고 한다. 지나간 역사의 기록만으로는 무수한 사람의 삶을 고스란히 재현할 수 없기 때문이다. 따라서 지나간 역사는 쉽게 변형될 수 있지만 그 어떤 것도 정답이 될 수는 없다.

소설은 현실적인 인간의 삶에 바탕을 둔 개연성 있는 허구이다. 일찍이 아리스토텔레스는 개연성이 있는 문학이 역사보다도 철학적이라고 평가했다. 소설이 지닌 개연성이 역사보다도 철학적이라는 것은 보이지 않는 것에 대한 있음직한 재현이 기록에 대한 철저한 검증보다 오히려 인간의 삶에 대해 훨씬 더 많은 것을 설명해준다는 의미일 것이다. 역사를 상상력을 통해 재현하는 역사 소설은 아무리 과거의 역사적 기록에서 줄거리를 취한다 하더라도 어디까지나 인간 삶에 대한 탐색이고 진실의 구현이어야 한다. 현재와 상호 작용하는 살아 있는 역사가 되어야 한다는 것이다. 이 점에서 김동인의 〈대수양〉은 역사를 현재적 맥락에서 재구성한 의미 있는 작품으로, 역사 소설의 한 방향을 제시해주었다고 볼 수 있다.

작품 읽기

김동인의 〈대수양〉의 처음이다. 김동인 소설의 특징 중 하나는 다음처럼 "이리 오너라."로 시작하는 기습적이고 낯선 발단부이다. 독자의 흥미를 끄는 도입부는 세종 대왕의 부름에 동궁(문종) 대신 진평(수양)이 등대하는 상징적인 사건 서술로 이어진다. 이는 후에 진평이 왕이 될 것이라는 복선이라고 볼 수 있다. 또한 연약하고 인자하기만 한 동궁과 활달한 기상을 지닌 둘째 진평을 두고 왕과 신하(황희)가 대화를 나누는 부분 역시 수양의 등극을 예고하는 것이라 할 수 있다. 김동인은 이렇게 처음부터 수양의 기상을 강조하면서 이로 인한 갈등을 부각시키고 있다.

“이리 오너라.”

왕(세종 대왕)은 손에 들고 보던 물건을 고즈넉이 놓으며 고함쳤다. 그리고 영외(楹外)에 꿇어 앉아 있는 정승 황희를 건너다보았다. 황희를 보면서 혼잣말 비슷이 입을 열었다.

“나보다도 동궁이 더 쓸 데 있을걸…….”

“절도사도 혹은 그런 뜻으로 진상했는지도 모르겠사옵니다.”

황희의 복주.

황희 앞에는 함길도 절도사 김종서에게서 진상한 돈피 이불이 놓여 있었다. 건장한 왕은 이럴 것까지 쓸 필요가 없어서 약질인 세자(후일의 문종 대왕)에게 주려고 하는 것이었다.

왕의 부름에 내관이 툇마루 아래 국궁하고 대령하매 왕은 내관에게 동궁을 부르라 명하였다.

이윽고 쿵쿵쿵 땅이 울리는 소리가 사정전(思政殿) 앞으로 돌아와서 멎었다.

“동숭 대리 등대하왔습니다.”

우렁찬 이 소리에 굽어보니 거기 등대한 것은 왕이 부른 동궁이 아니요, 왕의 둘째 아드님 진평 대군 유(후에 수양 대군이라 고침)였다. 벌써 스무 살이 넘은 진평이었지만 한 개 소년 장난꾸러기다웠다.

눈에 미소를 띄고 손을 읍하고 허리를 굽히고 씨근거리며 뜰 아래

대령하고 있었다.

왕은 이 씩씩한 둘째 아드님을 굽어보았다. 굽어볼 동안 눈가에 미소가 나타났다.

"너를 부른 게 아니라 동궁을 불렀다."

"네이, 그러기에 신을 동궁 대리로 왔습니다."

"동궁은 어디 갔느냐?"

"모르겠습니다."

"모르면 왜 네가 왔느냐."

"승전빛(내시)이 동궁마마를 찾기에 신이 대리로 나온 따름이옵니다."

"너는 모를 일이로다. 동궁이래야지……."

왕은 미소하며 백발동안(白髮童顔)의 정승 황희를 돌아보았다. 황희도 이 부자지간의 대화를 미소하며 듣고 있다가 왕이 보는 바람에 좀더 허리를 굽혔다.

뜰에 읍하고 서 있던 진평이 발꿈치를 조금 높이고 머리를 좀 들고 전내를 들여다보았다. 돈피 이불을 종내 발견한 모양이었다.

"옳아, 상감마마 저 돈피 이불을 동궁마마께 하사합시려고 부르셨습니까?"

"그렇다, 부러우냐?"

"원 천만에! 신은 그런 걸 쓰면 몸이 썩어집니다. 그런 건 동궁께나 하사합시지 아예 신께는 생각도 마십시오. 신은 또 다른 무슨 분분가 하고 달려왔습더니…… 그러면 동궁마마를 찾아 보내오리다."

"아니, 네가 동궁께 갖다 드려라."

왕은 이불을 문 가까이로 밀어 놓았다. 그것을 진평은 끌어당겨 가지고 어깨에 걸치고 무슨 콧노래를 부르면서 내전으로 물러나갔다.

왕은 물끄러미 그 모양을 바라보다가 다시 황희에게로 향하였다.

"어떻게 보시오?"

"네?"

"유를 어떻게 보시오?"

"활발하신 기상이옵니다."

"동궁과 비겨서?"

"……."

황희는 대답하지 않았다. 손을 양 무릎에 놓고 머리를 좀더 숙였다. 대답할 바를 몰랐다.

왕이 잠시 뒤에 다시 한 번 채근하여 보았다.

"동궁과 유와 그 사람됨이 어느 편이 낫겠소?"

드디어 황희가 입을 열었다.

"전하, 전하께서는 단지 그 사람됨을 하문하셨는지?"

이번은 왕이 대답치 못하였다.

"그 사람됨으로 말씀하옵자면 동궁께서는 인자하시옵시고, 진평대군은 활발합시어서 일장일단이 있사옵니다."

왕은 이 만족치 못할 대답에 한순간 눈살을 찌푸렸다. 한편은 인자하고 한편은 활달하다는 이 간단하고 평범하고도 요령부득의 대답을 듣고자 함이 아니었다. 좀더 투철한 대답, 좀더 요령 있는 대답, 말하자면 좀더 세자와 제이 왕자(진평)의 사람됨을 적절히 지적하는 대답이 왕에게는 듣고 싶었다.

왕도 모르는 바는 아니었다. 자식을 알기는 어버이에게 지나는 자 없다. 번히 왕도 아는 바다. 아는지라 늘 마음에 걸렸다.

김동인, 〈대수양〉(한국문학전집, 삼성당) 중에서

염상섭의 삼대
조씨 일가의 사는 이야기

〈삼대〉는 1931년 1월 1일부터 《조선일보》에 연재된 작품이다. 이 작품은 명분과 형식에 얽매인 조의관과, 신문물을 받아들였으나 축첩과 노름에 빠져 이중생활을 하는 아버지 상훈, 민족의식과 사회의식을 가지고 있지만 현실도피적이고 우유부단한 아들 덕기, 이들 3대의 세대 간 갈등을 중심으로 3·1운동 전후 대지주의 생태와 몰락 과정을 매우 사실적으로 그리고 있다. 연재가 끝날 무렵 염상섭이 실제 자기 집 내력을 폭로했다고 항의하는 노인의 방문을 받아 곤욕을 치렀다는 일화가 전해지는데, 이는 이 작품이 당시 지주의 몰락상을 얼마나 실감나게 그려냈는가를 보여주는 부분이다. 3대의 수직적인 몰락과 변화의 서사 못지않게, 조덕기를 중심으로 이 집안과 얽히게 된 젊은 사회주의자들의 상호 불신과 반목, 그리고 그들 내부에서의 갈등과 테러 역시 〈삼대〉의 주요 서사가 되고 있다.
염상섭은 사회주의자인 병화 등을 다소 비뚤어진 인물로 그리
는 한편 조덕기의 우유부단함을 지적함으로써 계급 문제에서
중도적인 입장을 취하고 있다. 이것은 민족주의 진영의 문학이
론가로서 프로 문학 이론을 가장 논리적으로 공박하고, 프로
문학과 민족 문학의 상치점과 합의점에 관한 모색까지 시도한
중도주의적인 문학가 염상섭의 시각을 고스란히 드러낸다.

　염상섭은 1897년 서울 종로구 필운동에서 태어났다. 할아버
지로부터 한문을 배우다가 관립사범부속보통학교, 보성소·
중학교를 거쳐 일본으로 건너갔다. 게이오 대학 예과 재학 중
오사카[大阪]에서 시위를 주동하다 일경에게 체포되었으나
《동아일보》 창간 시 정치부 기자가 되어 1920년에 귀국했다.
오산학교 교사로 재직하기도 했으나 이후 신문·잡지 편집인
으로 주로 생활했다. 《폐허》에 〈표본실의 청개구리〉(1921)를
발표하면서 문단에 데뷔, 중편 〈만세전〉으로 리얼리즘 작가로
서의 위치를 확고히 했으며, 이후 〈삼대〉를 비롯한 〈무화과〉,
〈사랑과 죄〉, 〈이심〉, 〈모란꽃 필 때〉 등의 작품을 발표했다.
일제 말에는 만주 신경으로 이주하여 《만선일보》 편집국장을
맡았으며, 해방 후 귀국하여 언론인과 대학교수로서 창작에
정진하여 장편 29편, 단편 150편 외 300여 편의 글을 남기고
1963년 타계했다.

닮음과 다름의 세계, 가족

누구나 한 번 쯤은 집을 나가고 싶은 충동을 느낀다. 가출 충동을 사춘기 시절 한때의 반항쯤으로 생각하는 것은 오해이다. 미숙하거나 성숙하거나, 감정적이거나 이성적이거나, 사람들은 모두 가족으로부터 일탈을 꿈꾼다. 한시적이나마 말이다. 가족은 결혼과 혈연의 관계로 맺어진 사람들의 폐쇄집단이다. 인간이 탄생과 더불어 자신의 의지와 관계없이 속하게 되는 집단이 바로 가족인 것이다.

혈연을 통해 맺어진 까닭에 가족은 서로 닮았으며 동거를 통해 또한 경제와 문화, 관습을 공유하게 된다. 그러나 이 닮음 속에도 엄연한 차이가 존재하고 있다. 개인은 사회와 관계 맺고 성장해감에 따라 타고난 기질과는 또 다른 가치관과 신념을 받아들이게 되며 이에 따라 문화적, 세대적인 차이에도 직면하게 된다. 운명적으로 맺어진 이 혈연관계 속에서 느끼는 차이는 그러므로 더욱 크게 느껴질 수밖에 없고 당연히 벗어나고픈 욕망을 유발하게 된다. 그럼에도 불구하고 가족원 간의 대립은 공통된 관습과 혈연적 애정, 공동의 과거라는 화해 요소를 내포하고 있다. 그러나 사회적으로 드러나는 집단 간의 차이는 사실상 공동의 노력 없이는 메워내기 힘들다. 세대 간의 문화적 차이는 물론이고 빈부의 격차, 정치적 이념의 차이, 계층 간의 대립 등, 한 사회는 풀어야 할 무수한 대립과 갈등을 안고 있다. 우리가 느끼는 이 질서와 화해 이면에 끓고 있는 갈등은 곧잘 사회적 문제로 표면화되기도 하고, 혼돈과 변화의 시대에는 더욱 크게 부각되기도 한다. 과도기 역사를 배경으로 하는 작품에서 이런 갈등 양상이 주로 다루어지는 것은 바로 이 때문이다.

염상섭의 〈삼대〉는 삼대에 걸친 한 가족과 그 주변 인간의 갈등을 통해 식민지 시대의 사회적 변천과 정신사적 변화를 함께 보여주는 소설로서, 1930년대 문제작 중 하나이다. 대지주이며 재산가인 조의관은 구세대의 전형으로서 양반의 족보를 사들일 정도로 명분과 형식에 얽매인 인물이다. 그의 아들 상훈은 아버지의 재산으로 교육 사업에 힘쓰는 지식인이면서도 축첩과 애욕에 빠진 이중인격자이다. 조의관의 손자 덕기는 지식청년으로서 민족의식과 사회의식을 지니고 있지만 소극적이고 도피적인 면도 지닌 우유부단한 인물이다.

이들은 조의관이 죽고 재산상속 문제에 부딪치면서 도덕적 황폐화로 치닫는다. 덕기는 재산 분배를 둘러싼 음모에 의해 할아버지 독살 혐의로 감옥에 갇히게 되고, 상훈은 방탕한 생활 끝에 가짜 형사사건으로 검거된다. 한편 덕기의 친구인 병화는 독립운동가의 딸이자, 상훈으로부터 희생된 경애와 사회주의 운동에 간접적으로 가담하나, 기밀비를 독식했다는 이유로 테러당하고 이 일로 사회주의자인 필순 부친이 죽고 만다. 혐의를 벗고 나온 덕기는 유산 문제를 처리하고 필순 부친의 유가족을 돌보며 계급 문제에 대해 자각한다. 이처럼 〈삼대〉는 극심한 혼란과 가치 변전의 시기를 배경으로 세대 간의 갈등을 예리하게 부각시킬 뿐 아니라, 식민 현실 속에서 경제적·이념적인 문제까지를 폭넓게 다루고 있다.

아버지와 아들

출발점이 다른 경기에 출전하고 싶은 사람은 아무도 없을 것이다. 그러나 아직도 가문의 배경을 업고 사회 진출을 꾀하는 사람을 자주 발견하게 된다. 조상 몇 대 손이 무엇을 했다든가, 혹은 누구의 아버

지가 정계의 인사라거나 재계의 거부라면 그것은 내내 후대의 자랑이
요, 힘으로 남는다. 물질적 풍요와 정치적 힘 앞에서 가족이 이기적인
집단으로 행세하는 그런 관행이 부끄럽게도 아직 우리 사회에 깊숙이
뿌리박혀 있다. 그래서 아버지는 '가족을 위해' 명예와 부를 얻기에
골몰한다. 다행히도 당대에 그것을 거머쥘 수 있으면, 곧바로 조상과
후손의 치장에 힘을 쓰는 모습을 지금도 종종 찾아볼 수 있다. 그것은
가(家) 중심의 유교 사상이 만들어낸 극단적인 폐해이다.

〈삼대〉의 조의관은 바로 그런 사람이었다. 그는 1930년대 보수적인
중인 계층의 한 사람으로 부를 어느 정도 축적할 수 있었다. 그러나
그가 번 돈으로 한 일이란 양반가문을 사오고, 'ㅇㅇ조씨 대동보소'
간판을 내걸고, 중시조 산소를 치산(治山, 산소를 매만져서 다듬음)하고,
산소 옆에 서원을 만드는 것이었다. 그는 평생 동안 가문과 재산과 족
보를 위해 노예처럼 일한다. 그의 가치가 부정적인 의미에서 전통적
유교적인 세계관에서 비롯되고 있음을 알 수 있다.

그러나 그의 아들 조상훈은 아버지와 다른 가치관을 가진 인물이
다. 그는 새 시대가 요구하는 지식인으로 정치적 야심을 가지고 있었
으나, 그것이 봉쇄당하자 교역자(敎役者, 개신교에서 교역에 종사하는 목사
나 전도사들을 통틀어 일컫는 말)로서 또 사회사업가로서 타인을 위해 봉사
한다. 그러나 3·1운동이 실패로 돌아가고 식민지 지배 체제가 장기
화되면서 허무주의에 물들어, 동료의 딸을 취하고 축첩을 하는 등 퇴
폐적인 생활에 빠진다. 이런 조상훈과 '꾸어온 조상'이나 섬기는 조
의관이 심한 갈등관계에 선 것은 너무도 당연하다. 결국 조의관은 아
들을 인격파산자요, 금치산자로 몰아 상속권을 손자인 덕기에게 넘겨
버린다. 가문 지키기에만 몰두하는 아버지와, 현실의 무게를 감당하

지 못해 망가져버린 아들의 결별은 그렇게 이루어졌다.

가족 내에서 아버지는 아들에게 사회화의 모델이다. 아버지는 아들의 이상적인 어른의 상(像)이면서 동시에 극복해야 할 대상이기도 하다. 조상훈의 경우, 아버지 조의관은 이상적인 모델이 아니라, 자신의 생각에 정면으로 배치되는 인물이었다. 따라서 보수적이고 고루한 아버지의 사상에 대한 거부로부터 아들은 자신의 입지를 세웠던 것이다. 그러나 조상훈 역시 제자리를 찾는 데 실패했다. 한편 금치산자가 된 아버지와 가문과 재산에만 집착하는 할아버지를 둔 덕기는 어떠한가? 그는 아버지 대신 가문과 재산의 상속권자가 되었지만 그렇다고 할아버지를 따를 수도 없었고, 아버지를 이상형으로 삼을 수도 없었다. 하지만 손자에게 가문 지키기를 강요한 할아버지보다 자신의 도피적 행동을 인정하고 아들의 반감을 이해하는 아버지가 덕기에게는 더욱 가깝다고 말할 수 있다. 이 작품의 주인공이라 할 조덕기에게, 아버지 조상훈은 가치관 변동의 방어막이 되어주었던 것이다. 이와 같이 이 작품은 식민지 중간층 집안의 필연적 몰락 과정과 세대 간의 갈등을 통해 역사와 사회의 변화를 포착하여 보여주고 있다는 점에서 '가족사 소설'이라 불린다.

'가진 자'와 '못 가진 자'

조의관의 외동 손자인 덕기는 '자기비판과 반성에 날카로운' 지식인이며, 무산운동에 대해서도 관심을 가진 식민지 청년이다. 그러나 부유한 집안의 귀한 손으로서의 허약함과, 할아버지와 아버지로 이어지는 부끄러운 가문의 역사로 인해 소극성을 탈피하지 못한다. 그가 하는 일이라곤 고작 사회주의자가 된 친구 병화의 하숙비와 용돈을 대는 일이다. 친구한테 물질적인 도움을 줌으로써 어떻게든 '가진 자'로서의 정신적인 빚을 청산해보고자 하는 내면을 읽어낼 수 있다. 그러나 아무리 친한 친구라고는 하나, 도움을 받는 병화의 태도는 불량하기만 하다. 그는 사사건건 덕기를 비꼬고 야유하며, 재산을 가진 덕기의 우유부단한 면모에 대해 비아냥거린다. 물론 이것은 병화의 자격지심에서 나온 것이라고 할 수 있을 것이다.

사회주의자의 대선배 격이라 할 수 있는 필순 부친은 이보다 더하다. 그는 조직적 기반도 없는 당대 현실 속에서 적이 주는 군량이라고 해서 마다할 것도 없고, 그것에 대해 결백성까지 생각할 필요도 없다고 여긴다. 즉 '가진 자'의 도움을 받아 '가진 자'와 싸우겠다는 것이다. 덕기의 주변에 있는 병화와 필순 부친 그리고 홍경애 등은 이처럼 '가진 자'에 대한 투쟁의식으로 동지애를 느끼며 살아가지만, 정작 '가진 자'의 표본인 덕기에 대해서는 우호적이다. 그들의 투쟁에 경제적 도움을 주기 때문이다.

여기에서 염상섭의 남다른 점을 발견할 수 있다. 그는 일방적으로 사회적 약자인 '못 가진 자'에 대해 동조하는 것이 아니라, 중간적인 입장에서 관망하는 태도를 보이고 있다. 즉 '가진 자'인 조씨 일가의 도덕적 황폐화에 대해 간접적 비난을 하는 한편, 사회주의자인 병화를 고집 세고 다소 비뚤어진 성격의 소유자로 그리고 있다. 게다가 목적을 위해 양심도 저버리는 행동이나, 기밀비의 문제로 동지를 테러하는 일 같은 것을 사건화하여 보여줌으로써 사회주의에 대한 부정적 시각을 드러내고 있다. 주인공 조덕기는 바로 이러한 대립을 중도에서 그리기 위해 선택된 인물이다. 즉, '가진 자'의 입장에서 '못 가진 자'를 이해하고 화해를 모색해야 한다는 작가의 의지가 반영된 인물인 것이다.

덕기는 사실상 조부의 재산과 아버지의 일탈적 행위에 의해 깊이 상처받은 인물이다. 그는 재산 싸움으로 감옥에 가는 수모를 겪었으며, 아버지가 희생시킨 홍경애에 대해 죄의식을 느낀다. 게다가 작품의 말미에 이르면 단지 '가진 자'라는 이유로 필순 가족을 떠맡아야 할 입장에 처한다. 이 부분에서 덕기는 그저 소극적으로 이들을 돕는 것에 만족했던 자신의 태도가 위선이 아니었는가에 대해 심각한 의문을 던지게 된다. 그리고 비로소 다음과 같은 생각을 한다.

구차한 사람, 고생하는 사람은 그 구차, 그 고생만으로도 인생의 큰 노역(勞役)이니까, 그 노역에 대한 당연한 보수(報酬)를 받아야 할 것이 아닌가?……

이런 도의적 이념이 머리에 떠오르는 덕기는 필순이 모녀를 자기가 맡는 것이 당연한 의무나 책임이라는 생각도 드는 것이었다.

식민지 지식인에 대한 사실적 고발

인간의 무한한 욕망은 갈등을 낳고, 갈등은 삶의 입장을 만든다. 개인과 개인의 갈등, 집단과 개인의 갈등, 그리고 집단과 집단의 갈등, 여기에 시간과 공간이 교차하면서 그 갈등 양상은 무수한 관계망으로 확산된다. 그 무수한 갈등을 만날 때마다 인간은 도피하거나, 싸우거나, 혹은 화해한다. 하지만 그 갈등 속에서 자기반성과 이해에 이르지 못한다면 갈등의 골이 더욱 깊어질 수밖에 없다. 그러나 〈삼대〉의 조의관은 아들을 일방적으로 배제했고, 조상훈은 도피했으며, 병화와 필순 등은 싸움을 택했다. 이들이 만들어놓은 골은 절정에 이르면서 더욱 깊어질 수밖에 없었고, 작가 역시 이 대립을 해결할 대안을 가지지 못했던 모양이다. 〈삼대〉는 그래서 덕기의 미약하기만 한 '자각'으로 어설픈 마무리가 되고 말았다. 이것은 '식민지 현실에 대한 사실적 형상화'로서 〈삼대〉의 옥에 티로 종종 지적된다.(물론 작가는 이를 만회하기 위해 〈삼대〉의 연작으로 〈무화과〉와 〈백구〉를 발표했으나, 이미 종결된 작품으로서 〈삼대〉가 지니는 한계를 덮을 수는 없는 일이다.)

어쨌든 이 소설의 주인공인 조덕기는, 염상섭의 초기 단편인 〈표본실의 청개구리〉의 주인공 '나'와, 〈만세전〉의 주인공 이인화를 잇는 인물로서, 식민지 현실에 대한 문제의식을 끌어내고 지속적인 자기반성을 거듭하는 인물이다. 그러나 염상섭은 이들 작품에서 지식인의 나약성과 소극성, 그리고 이중적인 모습을 사실적으로 그려낼 뿐 이렇다 한 행동을 보여주지 않는다. 그러나 적어도 이것은 식민지 시대 지식인에 대한 사실적인 형상화라는 점에서, 또한 지식인으로서 염상섭 자신의 허위의식에 대한 용기 있는 고발이라는 점에서 의미가 있다. 그의 호[횡보(橫步)]가 지닌 의미대로 비뚤어진 걸음을 걸을 수밖에 없는 현실에 대한 슬픈 고백인 것이다.

작품 소개

다음은 〈삼대〉의 첫 부분으로 '두 친구'라는 제목이 붙어 있다. 이 작품은 각 절마다 제목이 붙어 있는 형식으로 되어 있다. 첫 부분의 두 친구는 조씨 집안의

손자로서 조의관의 재산을 결국 다 물려받는 조덕기와 그의 죽마고우 김병화이
다. 병화는 목사인 아버지와의 불화 때문에 집에서 나와 유랑하면서 좌익단체의
운동을 하고 있는 인물이다. 병화는 필순이라는 여직공의 집에서 살고 있는데
필순의 아버지 역시 젊어서 좌익운동을 했던 사람으로 설정되어 있다. 조의관이
병화의 방문을 달갑게 생각지 않는 것은 그 때문이다. 이 작품의 처음에서 이 두
사람의 만남을 보여주는 것은 앞으로 조의관 – 조상훈 – 조덕기 집안 3대의 세
대 간 갈등과 병화의 주변 인물인 필순, 필순 부, 홍경애 등과의 이념적인 갈등
이 서사의 초점이 될 것임을 암시하는 것이다.

❈ 두 친구 ❈

덕기는 안마루에서 내일 가지고 갈 새 금침을 아범을 시켜서 꾸리
게 하고 축대 위에 섰으려니까 사랑에서 조부가 뒷짐을 지고 들어오
며 보고,

"얘, 누가 찾어왔나 보다. 그 누구냐? 대가리 꼴하고 …… 친구를 잘
사괴야 하는 거야. 친구라고 찾어온다는 것이 왜 모두 그 따위뿐이
냐?"

하고 눈살을 찌푸리는 못마땅하는 잔소리를 하다가, 아범이 꾸리는
이불로 시선을 돌리며 놀란 듯이,

"얘, 얘, 그게 뭐냐? 그게 무슨 이불이냐?"

하며 가서 만져 보다가,

"당치 않은! 삼동주 이불이 다 뭐냐? 주속이란 내 낫새나 되어야 몸
에 걸치는 거야. 가외 저런 것을 공부하는 애가 외국으로 끌고 나가서
더럽혀 버릴 테란 말이냐? 사람이 지각머리가……."

하며 부엌 속에 쭉치고 섰는 손주며느리를 쏘아본다.

덕기는 조부의 꾸지람이 다른 데로 옮아간 틈을 타서 사랑으로 빠져나왔다.

머리가 덥수룩하고 꼴이 말 아니라는 조부의 말 눈치로 보아서 김병화가 온 것이 짐작되었다.

"야아 그러지 않아도 저녁 먹고 내가 가려 하였었네."

덕기는 이틀 만에 만나는 이 친구를 더욱이 내일이면 작별하고 말 터이니만큼 반갑게 맞았다.

"자네 같은 뿌르조아가 내게까지! 자네가 작별하러 다닐 데는 적어도 조선은행 총재나……."

병화는 부옇게 먼지가 앉은 외투 주머니에 두 손을 찌른 채 딱 버티고 서서 이렇게 비꼬는 수작을 하고서는 껄껄 웃어 버린다.

"만나는 족족 그렇게도 짓궂이 한 마디씩 비꼬아 보아야만 직성이 풀리겠나? 그 성미를 좀 버리게."

덕기는 병화에게 '뿌르조아 뿌르조아' 하는 소리가 듣기 싫었다. 먹을 게 있는 것은 다행하다고 속으로 생각지 않은 게 아니나 시대가 시대이니만큼 그런 소리가 ─ 더구나 비꼬는 소리는 듣고 싶지 않았다.

"들어가세."

"들어가선 무얼 하나. 출출한데 나가세그려. 수 좋아야 하루에 한 끼 걸리는 눈칫밥 먹으러 하숙에 기어들어가고도 싶지 않은데…… 군자금만 대게, 내 좋은 데 안내를 해줄게!"

"시원한 소리 한다. 내 안내할게 자네 좀 내보게."

하며 덕기는 임시 제 방으로 쓰는 아랫방으로 들어갔다.

"여보게 담배부터 하나 내게. 내 턱은 그저 무어나 들어오라는 턱

일세."

하며 병화는 방 안을 들여다보고 손을 내밀었다.

"나 없을 땐 도통 담배를 굶데 그려."

덕기는 책상 위에 놓인 피죤 갑을 들어 내던지며 웃다가,

"그저 담배 한 개라도 착취를 해야 시원하겠나? 자네와 나와는 착취 피착취의 계급적 의식을 전도시키세."

하며 조선옷을 훌훌 벗는다.

"담배 하나에 치를 떠는 ― 천생 그 할아버지의 그 손자다!"

병화는 담배를 천천히 피워서 맛이 나는 듯이 흠뻑 빨아 후우 뿜어 내면서,

"여보게, 난 먼저 나가서 기다림세. 영감님이 나와서 흰동자로 위아 랠 훑어보면 될 일도 안 될 테니까!"

하고 뚜벅뚜벅 사랑문 밖으로 나간다.

아닌 게 아니라 덕기도 조부가 나오기 전에 얼른 빠져나가려던 차이다. 덕기는 병화의 말에 혼자 픽 웃으며 벽에 걸린 학생복을 부리나케 떼어 입고 외투를 들쓰며 나왔다. 조부는 병화가 누구인지도 모르면서 다만 양복 꼴이나 머리를 덥수룩하게 하고 다니는 것으로 보아무어나 뜯으러 다니는 위인일 것이요, 그런 축과 얼려서 술을 배우고 돈을 쓰러 다닐까 보아서 걱정을 하는 것이었다.

"내일 몇 시에 떠나나?"

"글쎄, 대개 저녁이 되겠지."

덕기도 유한 계급인의 가정에서 자라나니만큼 몇 시 차에 갈지 분명히 작정도 안 하였거니와 내일 못 가면 모레 가고 모레 못 가면 글피 가지 하는 흐리멍텅한 예정이었다.

"언제 떠나든 상관 있나마는 상당히 탔겠네그려?"

"영감님 솜씨에 주판질 안 하시고 내놓시겠나?"

"우는 소리 말게. 누가 기대일까 봐 그러나?"

"기대면 줄 것은 있구……."

"앗! 그래두 한 달치는 해주어야 떠내 보낼 텐데. 있는 놈의 집 같으면 그대로 먹어주겠지만, 주인 딸이 공장에를 다녀서 요새 그 흔한 쌀값에 되되이 팔아먹네그려. 차마 볼 수가 있어야지……."

"흥……."

하고 덕기는 동정하는 눈치더니,

"자네 따위를 두기가 불찰이지."

하고 웃어버린다.

염상섭, 〈삼대〉(태극출판사, 1976, 19~20쪽) 중에서

박태원의 천변풍경

잃어버린 청계천을 찾아서

작품 및 작가 소개

　박태원(朴泰遠, 1909~1986)의 장편 소설 〈천변풍경(川邊風景)〉(《조광》에 연재, 1936.8.~1937.1.)은 1930년대 청계천변에 살던 서민들의 다양한 모습과 풍습을 생생하게 묘사하고 있다. '우리 문학의 새 단계를 표시한 작품'으로 극찬받았던 이 작품은 그 당시 새로 발전하기 시작한 도시 공간을 무대로, 도시의 물질적인 풍요와 화려함에서 소외된 서민들의 애환을 대립적으로 제시하고 있다. 또한 이 작품은 전형적인 주인공도, 일관된 플롯도 없이 도시의 일상, 세태를 마치 카메라처럼 객관적으로 담아내고 있어 세태 소설이라는 평가를 받기도 했다.

　구보 박태원은 서울에서 태어나, 1930년 일본 호세이 대학[法政大學]에서 수학했고, 일본 유학 시절 현대 예술 전반에 대한 폭넓은 경험을 쌓았다. 경성고보 3학년 때인 1926년 《조선

문단》에 시 〈누님〉이 당선되어 문단에 등장했고, 1929년《동아일보》에 소설 〈해하(垓下)의 일야(一夜)〉를 발표한 이후 단편 〈적멸(寂滅)〉, 〈수염〉, 〈꿈〉 등을 발표하면서 소설 창작에 주력했다. 1933년 구인회에 가입하면서부터 박태원은 〈소설가 구보씨의 일일〉과 같은 작품을 통해, 작품의 이데올로기보다는 문장 그 자체의 예술성에 대한 관심을 보여주었다. 또한 새로운 소설적 기법을 시도하는 한편, 인물의 내면 의식 묘사를 중시하는 등 강한 실험 정신을 보여주어, 이상과 함께 1930년대의 대표적인 모더니스트 작가로 꼽혔다. 이 모더니즘적인 실험 정신은 〈천변풍경〉을 전후로 변모하여, 1930년대 말경부터는 도시의 세태와 자신의 체험을 서술한 작품과 역사 소설을 주로 발표했다. 박태원은 해방 직후 조선문학가동맹의 중앙집행위원이 되었고, 6·25전쟁 중 서울에 온 이태준과 안회남 등을 따라 월북한 것으로 알려졌다. 북한에서 역사 소설 〈계명산천은 밝았느냐〉, 〈갑오농민전쟁〉을 집필했다. 1986년 7월 10일에 사망한 것으로 전해진다.

빡순이, 찍순이, 옥순이

'빡순이, 찍순이, 옥순이가 일요일에 창경원(창경궁)으로 소풍을 가려고 전차를 탔다. 그런데 전차에 얼마나 사람이 많았던지, 빡순이는 빠그라지고, 찍순이는 찌그러지고, 옥순이는 오그라졌다.'

이 이야기는 1960년대 초에 유행한 우스갯소리이다. 요즈음 유행하는 유머와는 달리, 유치하고 단순한 말장난에 지나지 않지만 이 이야기 속에는 그 당시 도시 풍경이 잘 나타나 있다. 내가 어렸을 때만 해도 전차가 다녔는데, 그 전차로 종로에 있던 화신 백화점 구경을 가는 것이 유일한 외출이었다. 지금처럼 무슨 '랜드'니 '몰'이니 하는 놀이와 휴식 시설이 없던 그때, 휴일에 부모님의 손을 잡고 간 곳은 바로 '창경원'이었다. 그곳은 서울에 있는, 아니 전국의 모든 사람들이 유일하게 알고 있는 놀이 공원이자 동물원이었다. 그러니 빡순이 일행이 창경원에 가는 일요일, 전차 안이 그토록 많은 사람으로 붐빈 것도 무리가 아니었을 것이다. 이 이야기 속의 도시는 내 기억의 가장 끄트머리에 있는 서울 풍경이다.

그 시절과 지금을 비교하면 서울은 엄청나게 팽창했고 눈부시게 변화했다. 창경원은 창경궁으로 복원되었고, 화신 백화점은 헐렸다. 개발되지도 않았던 강남이 새로운 도심으로 부각되면서 강남과 강북을 연결하는 다리가 20여 개나 생겨났다. 중앙청은 없어졌고, 전깃줄을 달고 도심을 오가던 전차도 사라진 지 오래이다. 1960년대에서 다시 30년을 훌쩍 거슬러 올라가보면 어떨까? 경제와 교육, 문화의 중심으로 막 자리 잡기 시작한 그 당시 도시에는 인력거와 자동차, 마차, 전차가 사이좋게 지나다녔다. 도시라는 말조차 낯설었던 그때, 도시는 모든 사람들에게 매력적인 공간이었고, 작가들에게는 흥미 있는 소설 재료가 되었다. 이런 도시 공간을 무대로, 도시 특유의 범죄, 폭력, 약물 중독과 같은 병리 현상과 삶의 양식 또는 도시적 생태를 제시하고 관찰한 소설을 '도시 소설'이라 한다. 도시가 현대성을 상징하듯, 도시를 배경으로 하는 소설의 등장은 우리 문학사에 현대성이 출현한 증거라고 할 수 있다.

누리는 자와 바라보는 자

지금은 우리나라 인구의 80% 이상이 도시에 모여 살기 때문에 현대
인의 일상 자체가 바로 도시의 삶이라 해도 지나친 말이 아니다. 그러
나 1935년 서울의 인구는 불과 40만 명 정도였다. 그러다가 6, 7년 만
에 100만 명에 이르게 되었으니, 1930년대에 얼마나 빠른 속도로 도시
가 팽창했는지 짐작할 수 있다. 그렇다면 그처럼 도시가 급속하게 팽
창했던 원인은 무엇일까? 아마도 그것은 도시가 가진 엄청난 경제적
잠재성 때문이었을 것이다. 그러니까 사람들은 돈을 벌기 위해, 먹고
살기 위해 도시로 갔던 것이다.

박태원의 〈천변풍경〉은 바로 이런 세태를 반영한 도시 소설이다.
도시화가 한창 시작될 무렵인 1936년에 발표된 이 작품은, 돈을 벌기
위해 도시에 온 사람들이 주로 모여 살던 청계천변, 지금의 광교 근처
를 배경으로 다양한 사람들의 삶을 그려내고 있다. 이 작품은 2월 초
부터 다음 해 정월 말까지 약 1년간 청계천변을 중심으로 일어나는 서
민의 생활 모습을 50개의 절로 나누어 서술하고 있다. 70여 명의 인물
이 등장하여 다양한 삶의 모습을 보여주기 때문에 특정한 주인공도
일정한 줄거리도 없다. 그렇다고 이야기가 없는 것은 아니다. 오히려
이야기는 너무 많다. 하지만 작가는 그 이야기들 중 한둘에 비중을 실
어주지 않고 그 많은 이야기들을 공평하게 다루고 있다.

젊은 첩 안성댁이 남자 대학생과 함께 있는 모습을 보고 속을 태우
는 사법 서사(법무사. 법원과 검찰청에 제출할 서류의 작성 등을 직업으로 하는 사
람) 민 주사는 경성 부회 의원(일제 시대 지금의 서울인 경성의 의결 기구 부회
의 의원. 지금의 서울시 의회 의원) 선거에 출마하지만 낙선한다. 자신을 짝
사랑하는 점룡이를 두고 결혼한 이쁜이는 남편의 외도와 시부모의 학

대에 못 이겨 결국 친정으로 돌아온다. 금순은 결혼 생활도 제대로 해 보지 못한 채 신랑이 죽고, 시아버지와의 사이를 의심한 시어머니가 학대하자 시집을 뛰쳐나온다. 갈 곳이 없는 금순은 인신매매범에게 속아 서울로 팔려 오지만 카페 동료들의 도움으로 생활의 안정을 찾는다. 남자 손님들에게 가장 인기가 좋은 카페 여급 하나코는 부잣집 맏며느리로 신분이 격상되었으나 남편의 변심과 시댁 식구들의 냉대로 불행한 결혼 생활을 한다.

그밖에 아내에게 손찌검하는 버릇이 있는 노름꾼 남편을 피해 서울로 올라온 만돌 어멈, 몰락해 강화로 떠나버린 신전(신을 파는 가게)집, 한약국집에서 안잠자는(여자가 남의 집에 살면서 그 집일을 도와주는) 귀돌 어멈, 청계천 다리 밑 움막에 사는 거지들, 서울에 와서 도시의 오락과 물질에 무섭게 적응해가는 한약국집 사환 창수와 이 모든 풍경을 관찰하는 이발소 사환 재봉의 이야기……. 이렇게 수많은 이야기들이 모자이크 식으로 이어진다.

도시는 물질적 풍요와 편리함, 세련된 문화를 누릴 수 있는 공간이지만, 그것이 도시에 사는 모든 사람의 것은 아니다. 그것을 누리는 자의 일상 곁엔 말없이 바라보기만 해야 하는 사람들의 비참한 일상이 자리하고 있다. 이렇듯 도시의 불균형에서 비롯되는 빈부의 극단적 대조는 도시의 병리 현상을 부채질하고, 타락과 폭력, 소외의 그늘을 만든다. 박태원의 〈천변풍경〉은 이런 현상을 분명히 포착하여 보여주고 있다. 즉 민 주사, 한약국집 가족, 포목전 주인 같은 부자와 재봉이, 창수, 금순이, 만돌이 가족, 이쁜이 가족, 점룡이 모자(母子) 등 가난한 사람들의 생활이 얽히면서 대조를 이룬다. 이렇게 '천변'이라는 공간은 불균등하게 발전하는 도시의 모습을 그대로 드러내고 있다.

사실 몇몇 인물을 제외하고 천변에서 살아가는 대부분 인물들은 생계를 유지하기에 급급하다. 도시로 들어와 생활의 터전을 잡기 위해 무진 애를 쓰지만 결국 성공하지 못한 인물들이다. 이들이 할 수 있는 일은 부유한 자들을 곁에서 바라보고 뒤에서 비난 섞인 소문을 전달하는 것밖에 없다. 이에 비해 누리는 자의 욕망은 끝없이 이어진다. 노름을 하고, 첩을 두고, 식민지 권력 구조 속에서 더 안정된 생활을 누리려고 선거에도 출마한다. 이들은 우월의식에 사로잡혀 천변을 당당하게 오고 간다. 그러나 작가는 이 대조적인 인물들의 삶이 갈등과 대립으로 나아가도록 이야기를 진행시키지 않는다. 그저 각자의 이야기를 천변이라는 동일한 공간에 풀어놓음으로써 누리는 자와 바라보는 자 사이의 결코 줄어들지 않는 거리를 담담하게 그리고 있다.

작가의 이런 담담한 태도는 1930년대라는 일제하 암울한 시기의 희망 없고 무기력한 서민의 모습만 세밀하게 묘사했을 뿐, 민족적·계급적 모순에 대한 자각을 엿볼 수 없다는 점에서 비판을 받기도 한다. 그러나 누리는 자와 바라보는 자 사이의, 누구도 메울 수 없는 그 거리감은 무력하기만 한 식민지 지식인 박태원에게도 어쩔 수 없는 현실이었던 것이다. 결국 그가 새롭게 탄생한 도시를 보며 느꼈던 그 거리는, 반세기가 훨씬 지난 지금도 여전히 우리의 슬픈 현실로 엄연히 존재하고 있다.

빨래터에서 듣는 세상, 이발소에서 내다본 세상

이 소설은 중심 플롯이나 주인공 없이 개별 삽화가 모자이크 방식으로 짜여진 독특한 작품이다. 이 작품에 통일성을 가져다주는 것은

‘천변’이라는 공간의 단일성뿐이다. 이런 이유로 이 작품의 진짜 주인공은 ‘천변’이라고 말하는 사람도 있다. 어쨌든 한 권의 소설에 70명이나 되는 인물들의 이야기를 엮어 넣은 것과, 시점의 다양한 이동을 통해 작가의 주관적인 개입을 최소화하고 객관적인 관찰의 방식을 유지했다는 사실은 주목할 만하다. ‘기법’의 작가라고 불리는 박태원의 소설 기법은 그래서 주의 깊게 분석해볼 필요가 있다.

일제 때부터 복개되었다가 다시 옛 모습이 복원된 청계천은 지금은 도심 속 나들이 장소가 되었지만, 1930년대에는 전혀 다른 모습을 하고 있었다. 아낙네들은 그곳 빨래터에서 돈을 내고 빨래를 했는데 작가가 인물에 대한 이야기를 풀어놓는 첫 번째 장소가 바로 이 빨래터이다. 빨래터에 나온 만돌 어멈, 이쁜이 엄마, 점룡이 엄마, 귀돌 어멈, 칠성 어멈 등은 제각기 자신이 알고 있는 이야기를 펼쳐놓는다. 이 소문의 장을 통해 사람들은 이쁜이 남편이 외도한 이야기며 민 주사의 첩 이야기, 기생이 된 언년이, 신전집의 처남 이야기 등을 전해 듣는다. 그들은 이야기를 주고받으며 가슴 아파하기도 하고 고소해하기도 하고 즐거워하기도 하는 등 감정의 변화를 겪는다. 이렇게 이들이 전달하는 이야기와 소문을 통해 독자는 각 이야기의 자초지종을 알게 된다.

빨래터에서 아낙들이 전하는 풍문이 여성 인물의 시각과 범위에서 포착된 이야기들이라면 이발소의 손님들이 나누는 술집 이야기, 신상에 관한 정보 등은 남성 인물들의 시각에서 포착된 것들이다. 특히 남다른 호기심을 가진 이발소 사환 재봉의 눈으로 천변 사람들의 일거수일투족이 상세히 관찰된다. 이발소에서 손님의 머리를 감겨주는 일과 심부름을 하는 재봉은 시간만 나면 이발소의 창문으로 천변의 풍경을 내다본다. 다음은 재봉의 시선이 전환되는 부분이다.

    ① 아이는 …… 유리창 너머로, 석양녘의 천변 길을 오고 가는 행인들에게 눈을 주었다. 소년은, 그곳에 앉아 바라볼 수 있는 바깥 풍경에 결코 권태를 느끼지 않는다. …… ② 소년은, 아까 한나절 아이를 보아주던 신전집 주인의 장구 대가리 처남이, 이번에는 또 언제나 한가지로 물지게를 지고 천변에 나오는 것을 보고, …… ③ 오늘도 소년은 신사의 뒷모양을, 그가 배다리를 건너 골목 안으로 사라질 때까지 헛되이 바라보고 나서, 고개를 돌려 천변 너머 맞은편 카페로 눈을 주었다. …… ④ 혼자 생각을 하며 고개를 조금 돌려, 저편 한약국집에서 젊은 내외가 같이 나오는 것을 보자, …… ⑤ 소년은, 잘 닦아놓은 유리 창문 너머로, 한약국 안 사랑방에 가, 손님과 대하여 앉았는 주인 영감을 바라보았다.

천변의 행인(①)에서 신전집 처남(②), 포목전 주인(신사)과 카페 안의 여급들(③), 한약국집 내외(④), 한약국집 주인(⑤)으로 재봉의 눈은 천천히 움직이며, 그들의 외양과 사는 모습을 보여준다. 모두 동일한 시간에 벌어지는 사건들이다. 소년의 순진무구한 눈에 포착되어 그려지는 까닭에 그 관찰은 간혹 장난기 섞인 웃음을 만들어낸다. 뚱뚱하고 우스꽝스러운 포목전 주인 머리에 사뿐 올려진 중산모(꼭대기가 둥글고 높은 서양 모자)가 바람에 날리기를 기대하는 동심이나, 나이 많은 어른의 처지를 딱하게 여기는 과장된 관심이 그렇다. 비록 소년의 눈을 통해서지만, 독자는 이 정보를 바탕으로 호기심을 갖고 소설을 읽어가게 된다. 여기에서 재봉의 눈은 바로 천변을 찍는 카메라의 렌즈와도 같은데, 이러한 서술 기법을 '카메라아이(camera-eye)' 기법이라 부른다. 작가는 이 기법을 통해 서로 다른 장소에서 동시에 일어나는 사건들을 보여줌으로써 시간성과 공간성을 극대화하고 있다.

이 소설을 비판적으로 바라보는 사람들은 이 같은 특징을 두고 '중심 플롯과 전형적 주인공의 실종, 세부 묘사만이 두드러진 세태 묘사'라는 부정적 평가를 내리기도 한다. 그러나 이 작품이 발표된 1930년대 말은 전쟁 준비로 광분한 일제에 의해 정신적으로 극심한 통제를 당하던 시기였다. 그러므로 세태에 대한 정밀한 묘사는 현실의 문제와 모순을 적극적으로 드러내고 비판할 수 없었던 작가들의 차선책이었다고 보아야 한다. 즉 '(도시) 세태 소설'이라는 장르는 본격적인 소설을 쓸 수 없게 통제당했던 일제 말기의 역사를 증명하는 소설 양식이었던 것이다.

천변, 사이에 있는 공간

이 소설에는 실재 거리와 지형, 건물, 동네 이름과 같은 도시의 물리적 사실들이 그대로 제시되어 있다. 이 소설의 공간인 청계천변은 사실 박태원의 생가가 있던 곳이다. 청계천변을 소설의 배경으로 선택하고 자세히 관찰한 데에는 그런 이유가 있다. 그러나 작가의 생활공간과의 근접성을 넘어 이 공간은 좀더 특별한 의미를 갖는다.

일제 강점기에 청계천은 분할과 차별의 상징이었다. 청계천은 조선인을 중심으로 한 상업 지대인 종로와 일본인을 중심으로 한 상업 지대인 본정통(本町通, 지금의 명동, 충무로 지역) '사이'에 있는 곳이었다. 따라서 이곳은 조선인과 일본인의 간격을 표현하는 공간이었다. 이처럼 지배자와 피지배자는 청계천을 '사이'에 두고 대립했다.

청계천변은 부자와 빈자, 근대와 전근대, 도시와 농촌이 만나는 공간이기도 했다. 말하자면 점이 지대(漸移地帶, 각기 다른 지리적 특성을 가진 지역과 지역 사이에서 중간적인 현상을 나타내는 지대)였던 것이다. 현란한 도시 문화의 영향으로 카페와 당구장 같은 유흥 시설이 들어서기는 했지만, 거기에는 아직 동네 아낙들이 모여드는 빨래터가 있고 이웃집 속내를 잘 아는 전통적 공동체가 살아 있었다. 기생과 카페 여급이 나란히 활보하는 이곳은 창수와 금순이, 만돌 어멈 등이 시골집을 떠나 서울에서 생활하는 첫 무대가 되기도 했다.

그러나 작가 박태원에게 '사이'는 또 다른 문제로 남아 있다. 박태원은 이태준, 정지용, 김기림, 이상, 이효석 등과 함께 1930년대 모더니스트의 대열에 끼어 있었고, 작품에서 확인할 수 있듯 그에게서는 계급의식을 찾아보기 어려웠다. 그런 박태원이 해방기에 좌익계인 조선문학가동맹 중앙집행위원을 맡았고, 한국전쟁 중에 친구인 이태준과 월북했다. 북에서 그는 숙청과 복권의 파란만장한 인생을 살며 북한 최고의 역사 소설로 평가받는 〈갑오농민전쟁〉을 집필했다. 특히 고혈압으로 반신불수가 되고 망막염으로 실명(失明)까지 한 상태에서 이 작품을 구술, 집필했다는 뒷이야기는 그가 지닌 문학적 정열을 엿볼 수 있게 한다. 그가 상반된 이데올로기 '사이'에서 어떤 고민을 했는지 알려져 있지 않지만, 어쨌든 박태원에게 붙여진 '1930년대 최고의 모더니스트'와 '북한 최고의 역사 소설가'라는 명칭 '사이'에는 영원히 메울 수 없는 분단의 아픔이 자리하고 있다.

다음은 〈천변풍경〉의 제1절 '청계천 빨래터' 중 일부이다. 이 절에서는 빨래를 하면서 천변 아낙들이 나누는 이야기를 통해서 천변 사람들의 대강의 모습이 스케치된다. 이처럼 이 작품은 사람들의 관찰과 풍문, 잡다한 대화를 통해 이야기를 이끌어가는 수법을 쓰고 있다. 다음 부분은 이쁜이의 혼사를 두고, 어려운 살림에는 그저 딸자식을 기생으로 만드는 것이 가장 현명한 일이라는 점룡이 어머니의 말에 초점이 가 있다. 가난으로 인해 자식조차 권번(기생학교)에 파는 세태를 박태원은 아주 냉정하게 그려내고 있음을 볼 수 있다. 아울러, 쉼표(,)를 이용하여 문장을 길게 이어가는 박태원 특유의 문체도 확인할 수 있다.

"참, 우리 이쁜이 혼인이 은제지? 날 택일했수?"

이 마누라쟁이의 타고 나온 수다로 이러한 말소리는 지극히 은근하고도 또 다정하다.

"정작 날 택일은 안 했지만서두 역시 삼월 안이지."

"에구, 그럼 한 달두 채 못 남었구료오. 오죽 바쁘겠수. 그끄저껜가? 문간에 잠깐 나온 걸 봤는데, 으떻게 그렇게두 이뻐졌수우? 채려 입기만 헌담야, 기생에두 개 따를 년 없겠습띠다."

이쁜이 어머니는, 그러나, 그 말에는 대답 없이, 빨래 광주리를 이고 저편으로 걸어갔다. 그 뒷모양을 잠깐 바라보다가 마침 개천 건너 남쪽 천변으로 기생탄 인력거가 호기 있게 달려가는 것이 눈에 띄자, 그는, 순간에, 일종 부러움 가득한 얼굴을 하여 가지고,

"뭐어니, 뭐어니 해두, 호강은 니가 지일이다."

거의 한숨조차 섞어서 하는 말을, 마악 빨래를 마치고 일어서서 아픈 허리를 펴고 있던 귀돌 어멈이 듣고,

"누구, 말예요?"

그의 얼굴을 쳐다보니까, 점룡이 어머니는 기다리고나 있었던 드키,

"언년이 말이요. 취옥이 말이야아. 걔 어머니가, 걔 기생으루 집어넣군 아주 막 호강허는데?…… 언년이가 바루 이쁜이허구 한동갑이지. 열네 살부터 소리를 배워 가지구, 작년 봄엔가, 열여덟에 머리를 얹었는데, 인젠 아주 잘 불러내니는데?……"

그리고 그는 또 소리를 낮추어,

"그래, 내가 이쁜이 어머니헌테두 여러 번이나 권했지. 이쁜이두 권반에다 너라구. 그럼 그년 팔짜두 해롭지 않거니와 마누라두 딸의 덕을 볼 께 아니냔 말야? 헌데, 딸 기생에 너라는 걸, 이건 무슨 큰 욕이나 되는 줄 아는군 그래, 이쁜이 어머니는. 내가 그 얘기만 끄내면 아주 딱 질색이지. 그게 내 딸이 아니니까 맘대루 뭇허지, 그저 내 조카딸쯤만 돼두 꼭 우거서 권반에 넣구 말지. 아아무럼 그렇다마다. 모두들 인물이 잘나지 뭇해 뭇 되는 게지. 아, 이쁜이만큼만 이쁘다면야 그걸 왜 그냥 둬?…… 그야, 양반으루, 부자루, 다 같은 집안에도 시집이래두 보낸다면, 그건 호옥 몰라두, 어려운 집 딸자식은 그저 파닥지나 추하지 않으면 별 수 없었어. 소리나 가르쳐서 기생으루 내놓은 것밖엔…… 그래, 그렇지 않수?"

입에 침이 마를 새 없이 늘어놓는 말을, 귀돌 어멈은 쓴웃음을 웃으며 듣고만 있다가,

"그래두, 기생이면 다 잘 버나요? 것두 기생 나름이죠."

"아아무럼, 그야 그렇지."

"뭐, 저어, 필안이네 안집 기생은, 지난달에 세 번 불려갔는데, 모두 열 시간두 뭇된다지 않어요? 그래 그걸 가주구 으떻게 살어요?"

"글쎄, 인물두 밉진 않은데, 이상허게두 그리 세월이 없다는군. 허지만 말야, 어디, 기생 수입이란, 놀음에 불려댕기는 그것뿐인가? 지금 말헌 명월이만 허두래두, 아아무렴, 한 달에 열 시간두 못 불려댕기구, 대체 맨밥은 먹게 되나? 그렇지만, 그 대신, 반해서 찾어내니는 작가가 있거든. 왜, 저어, 은방 주인말야. 그 사람이, 아, 겨우내, 양식허구, 나무허구, 대주지? 옷 해주지? 작년 동짓달엔 김장 당거줬지?⋯⋯ 다아 그런 숙이 있거든."

그리고 다음은 혼잣말같이,

"그저 딸자식이 잘 벌어들이기만 하면야, 사내자식 외딴 치지, 어디, 요새 사내 녀석들, 무슨 값이 나가나? 어림두 없지."

박태원, 〈川邊風景〉(깊은샘, 1989, 24~26쪽) 중에서

강경애의 소금

일제하 간도 이주민의 삶과 여성

작품 및 작가 소개

강경애(姜敬愛, 1906~1943)의 〈소금〉은 1934년 《신가정》에 발표된 중편 소설로서 작가의 간도 체험이 바탕을 이룬 작품이다. 주로 간도에서 작품 활동을 한 강경애는 간도를 배경으로 한 일련의 작품을 발표한 바 있는데, 〈소금〉은 그 중에서도 가장 사실적이고 문제적이다. 이 작품은 한 어머니의 가난과 파멸적 운명을 통해 일제하 우리 민족의 궁핍과 간도 이주 문제, 그리고 현실 변혁에 대한 암시를 드러내고 있다. 뿐만 아니라, 성적 능욕과 해산의 고통, 본능적인 모성애 등을 통해 식민지 궁핍 상황에서 여성이 겪게 된 이중의 고통을 한층 사실적으로 그리고 있는데, 이는 온전히 여성 작가의 섬세한 관찰과 경험에 의한 것이라 할 수 있다.

강경애는 황해도 송화에서 출생했고, 숭의여학교 시절 학생스트라이크 가담으로 퇴학, 낙향하여 야학운동과 신간회 등 여러 사회운동에 투신했다. 1931년경 간도를 여행하고 귀국한 후 작품을 창작하기 시작하여, 1931년 《조선일보》에 〈파금(破琴)〉을 발표함으로써 문단에 데뷔했다. 결혼 후 간도로 이주하여 활발한 작품활동을 했고, 건강이 나빠져 귀향했으나 38세의 나이로 세상을 떠났다. 강경애는 박화성(朴花城)과 더불어 당대에 프로문학 진영의 수준 있는 여성 작가라는 평을 받았다. 그는 카프 조직과 직접적인 관련을 맺지 않으면서도 식민지적 갈등과 모순에서 계급 문제를 자각하고 그것을 체험에 의지하여 사실적으로 형상화해낸 작가이다. 특히, 간도 체험을 기반으로 하여 많은 작품을 창작했는데, 〈파금〉을 비롯하여, 〈채전(菜田)〉, 〈축구전(蹴球戰)〉, 〈모자(母子)〉 등이 그러하며, 여성의 삶을 정면으로 문제 삼고 있는 장편 〈어머니와 딸〉, 계급 문제와 여성 문제를 총체적으로 제기하고 있는 장편 〈인간문제〉는 수준 높은 문제작으로 평가되고 있다.

간도로 떠난 사람들

우리가 흔히 '조선족'이라 부르는 사람들은 대부분 '연변 조선족 자치주', 우리가 흔히 '간도'라고 부르는 곳에서 온 사람들이다. 그들은 오랜 시간 중국에서 살았지만 어색하지 않을 만큼 한국어를 잘 구사하고, 우리와 유사한 생활 습관을 가지고 있다. 이것은 그들이 함께 모여 살며 조선족 특유의 생활 풍습과 민족 문화를 유지해왔기 때문이다. 그런데 그들은 언제부터 간도에서 살았던 것일까?

간도로의 이주는 조선 후기부터 간간이 이루어졌지만 국권을 빼앗긴 1910년을 전후하여 급증했다. 토지조사사업, 산미증식계획 등 일제의 수탈과 탄압은 농민의 몰락을 가져왔고, 농민들은 더 이상 폭압을 견뎌내지 못하여 고향을 등지고 쫓겨나듯 떠났던 것이다. 한 통계 자료에 따르면 1926년 당시 간도 지방에는 5만 호가 넘는 조선인이 있었다고 하니 얼마나 많은 사람들이 그곳으로 떠났는지 알 수 있다. 그러나 간도는 결코 유토피아가 아니었다. 이주민들은 이제 일본인 대신 중국인 지주에게 착취당하고 빚에 시달렸으며, 새로운 기후와 토지, 낯선 관습에 적응하지 못해 더 큰 어려움을 겪었다. 그뿐 아니라 일본의 침략주의와 중국 관헌의 대항 사이에 끼어 고난을 체험하기도 했다.

아, 가도다, 가도다, 쫓겨 가도다
잊음 속에 있는 간도(間島)와 요동(療東)벌로
주린 목숨 움켜쥐고, 쫓겨 가도다
진흙을 밥으로, 해채(더러운 뻘물)를 마셔도
마구(마구간)나 가졌으면, 단잠은 얽맬 것을
사람을 만든 검(神)아, 하루 일쩍
차라리 주린 목숨, 뺏어 가거라!

시인 이상화는 이 시절 간도 이주민의 삶을 〈가장 비통한 기욕(祈慾)〉이라는 시에서 이렇게 표현했다. 그들의 삶이 얼마나 참혹했던지 시인은 차라리 주린 목숨을 조물주가 하루라도 빨리 데려가 버리라고 쓰고 있다. 그 당시 상황이 살 수도 죽을 수도 없을 만큼 절망적이었음을 짐작할 수 있다.

이상화 외에도 많은 작가들이 간도의 사정을 작품화하였는데, 최서해의 〈탈출기〉와 〈홍염〉, 강경애의 소설 등을 비롯하여 안수길의 〈북간도〉를 예로 들 수 있다. 이 중 강경애가 1934년에 발표한 〈소금〉은 간도 이주민의 빈궁한 삶을, 한 여성의 비극적 삶을 중심으로, 절실하면서도 사실적으로 형상화한 중편 소설이다.

식민지 여성의 궁핍상 – 모성과 생명의 모진 힘

먼저 작품의 줄거리를 간단히 살펴보자. 봉염 일가는 "마치 끝도 없는 망망한 바다를 향하여 죽음의 길을 떠나는 듯" 아픈 가슴을 안고 간도로 찾아든다. 불행과 궁핍을 하늘의 무심함 때문이라 생각하는 봉염 어머니에게 남편의 죽음이라는 또 하나의 불행이 닥쳐오면서 수난은 시작된다. 남편은 중국인 지주 팡둥에게 불려갔다가 공산당의 유탄에 맞아 죽고, 남편의 장례가 끝나자 아들 봉식마저 집을 나가버린다. 살길이 막막해진 봉염 어머니는 딸을 데리고 팡둥의 집에 기거하게 되지만 팡둥에게 몸을 버리게 된다. 봉염 어머니는 집세라도 장만하리라 기대하고 살아가지만 봉식이 공산주의자로 처형되었다는 이유 때문에 쫓겨나고 만다. 그날 밤, 봉염 어머니는 비가 줄줄 새는 남의 집 헛간에서 홀로 팡둥의 아이(봉희)를 낳는다. 아이들을 돌보기 위해 남의 아이의 유모가 되어 근근이 살아가던 봉염 어머니는, 보살핌을 받지 못한 봉염과 봉희가 열병으로 죽고 혼자 남게 되자, 남자들도 하기 어렵다는 소금 밀수를 하다 관원에게 붙잡히고 만다.

이 소설은 생각만 해도 끔찍한 상황의 연속으로 짜여 있다. 그리운 고향을 두고 간도에 왔으나, 이주민들은 마적단(청나라 말기부터 중국 만주 지방에 있었던 기마 무장 집단. 1920년 일본군의 사주를 받아 간도 훈춘현을 습격, 일본군이 한인 교포와 독립운동가들을 대량 학살한 훈춘 사건의 빌미를 제공함)과 보위단(중국 군대), 자위단(3·1운동 뒤 북간도에서 활동하던 항일 독립운동 단체) 때문에 불안한 나날을 보내야 한다. 게다가 남편은 죽고, 봉염 어머니는 중국인 지주에게 농락당한다. 공산주의자인 아들 봉식도 처형당하고, 봉염과 봉희 두 아이마저 병으로 죽는다. 이런 상황에서도 죽지 못해 소금을 밀수해야만 했던 삶이란 얼마나 괴로운 것이었을까? 오히려 죽음은 너무나도 손쉬운 것이었을지 모른다. 죽고 나면 그 괴로움을 일시에 벗어버릴 수 있으니 말이다. 그러나 봉염 어머니에게 죽는 것은 결코 쉬운 일이 아니었다.

'여자는 약하나 어머니는 위대하다.' 라는 말이 있다. 여성은 신체적으로 남성보다 약하게 태어나지만, 어머니가 되면 누구보다도 강인하고 끈질긴 생명력을 보인다는 것이다. 즉 모성 때문에 생물학적 한계를 뛰어넘는 힘을 발휘할 수 있는 것이다. 이 작품의 봉염 어머니도 예외는 아니다. 남편은 죽었지만 자식을 먹여 살려야 한다는 생각에 그녀는 모진 일을 참고 견뎌낸다. 중국인 팡둥의 정욕의 대상이 되었을 때에 '싫은 생각이 부쩍' 들었는데도 그를 받아들일 수밖에 없었던 것도, 그의 아이를 임신했는데 죽지 못한 것도 오로지 봉염과 살아가야 한다는 의무감 때문이었다. 이것은 팡둥의 아이를 낳았을 때도 마찬가지였다.

그리고 미역국 생각이 또 일어나며 김이 어린 미역국이 눈앞에 자꾸

어른거려 보인다. 따라서 배는 점점 더 고파왔다. 이제 몇 시간만 더 이모양으로 굶었다가는 그가 아무리 살고 싶어도 살 수가 없을 것 같았다. 그는 이러한 생각에 겁이 펄쩍 났다. 무엇을 좀 먹어야 할 터인데 그는 눈을 뜨고 사면을 휘돌아보았다. …… 마침내 그는 파를 입 속에 넣었다. 그리고 우쩍 씹었다. 그때 이가 시끔하며 딱 맞찔린다. 그래서 그는 얼굴을 찡그리며 입을 쩍 벌린 채 한참이나 벌리고 있었다. 침이 턱밑으로 흘러내릴 때에야 그는 얼른 손으로 침을 몰아넣으며 이 침이라도 목구멍으로 삼켜야 그가 살 것 같았다.

세상의 그 무엇이 그녀에게 이렇게도 모진 생명력을 부여할 수 있는가? 홀로 남의 집 헛간에서 진통을 참아내며 아이를 낳고, 매운 파뿌리를 먹으면서도 살아남아야 한다는 절박함. 이럴 때 자존심은 배부른 자의 사치라고밖에는 말할 수 없다. 새로운 생명과 비참한 상황 앞에서 그녀는 더 이상 자신의 존엄을 지키려는 한 인간일 수 없었다. 그녀는 단지 아이의 어머니로서 생명을 지켜야 할 의무를 지닌 존재일 뿐 그 이상이 될 수는 없었던 것이다. 이 작품은 이처럼 식민 통치하의 궁핍상을 한 여성의 모성 체험과 끈질긴 생명력을 통해 그려내고 있다.

그것이 최선이었던가

이 작품을 읽다 보면 계속해서 드는 의문이 하나 있다. '과연 봉염 어머니의 행동은 최선이었을까? 나라면 과연 어떻게 살았을까?' 하는 것이다. 작품의 대부분은 봉염 어머니의 내면에 초점을 두고 전개

되고 있다. 그러나 그녀는 자신이 왜 가난한지, 왜 남편이 죽어야 했는지, 또 아이들은 무엇 때문에 하나씩 죽어나가야 했는지에 대해 깊이 생각하지 못한다. 자신의 고통의 원인을 알지 못하고, 또 무엇이 자신을 고통에서 구해줄 수 있는지도 모르고 있는 것이다. 그러기에 남편이 죽었는데도 그 이유를 찾아나서지 못했으며, 봉식이 집을 나간 뒤에도 적극적으로 찾아볼 생각을 하지 못했다.

학교에서 돌아온 봉염이 "어머니, 왜 돈 없는 것을 알아야 해요. 운동화는 왜 못 사줘요. 오빠는 왜 공부를 못 시켜요!" 하고 물었을 때에도 그녀는 그저 "밑천 없어 남의 땅을 부치니 없지."라고 대답할 뿐이었다. 또 봉염 어머니는, 아들 봉식이 공산주의자가 되어 당당하게 죽음을 맞이했다는 소식을 전해들었을 때에도 공산당 때문에 남편이 죽었다는 생각에 증오심만 키울 뿐, 아들이 애비의 원수인 공산당에 들었을 리 없다고 믿는다. 가난은 집단적인 행동을 통해서만 구원받을 수 있다는 아들의 신념에 대해서는 전혀 생각하지 못하는 것이다.

살다 보면 한 치 앞도 내다보지 못하는 상태에서 당장 해결해야만 하는 절박한 일이 더욱 많은 법이다. 봉염 어머니도 마찬가지였다. 남편이 죽었지만 그녀에게는 당장 아이들을 먹여 살려야 하는 현실이 더 중요하고 절실했다. 봉식이 죽었다는 소식을 들었지만 그것보다는 오히려 팡둥의 집에서 쫓겨나면 어떻게 살아가야 할지가 더 큰 문제였다. 게다가 쫓겨나자마자 찾아온 진통과 해산은 죽은 자에 대한 그리움조차 잊게 하는 벅찬 현실이었다. 또 그녀는 유모가 되어 돈을 버는 것이 그녀와 자식들을 살리는 구원의 길이라고만 생각했지, 그것이 정작 자신의 아이들을 열병 속에 죽게 만드는 원인이 될 줄은 몰랐다. 그리고 부양해야 할 가족이 모두 죽어버렸다. 이제 남은 것은 그

동안 미뤄왔던 자신의 죽음이 아닐까?

　　"봉염의 어머니두 몸이 튼튼해지거들랑 좀 해봐유. 조선서는 소금 한 말에 삼십 전 안에 든다는데 여기 오면 이 원 삽십 전! 얼마나 남수."

　　그의 말에 봉염이 어머니는 기운이 버쩍 나면서도 다시 얼핏 생각하니 두 딸을 잃은 자기다. 남들은 아들딸을 먹여 살리려고 소금 짐까지 지지만 자신은 누구를 위하여……? 마침내 자기 일신을 살리리라는 결론을 얻었을 때 그는 너무나 적적함을 느꼈다. 그러나 아무리 자기 일신일지라도 스스로 악을 쓰고 벌지 않으면 누가 뜨물 한술이나 거저 줄 것일까? 굶는다는 것은 차라리 죽음보다도 무엇보다 무서운 것이다. 보다도 참기 어려운 것은 그것이다.

　　그저 자기 일신을 위해, 남자들도 죽어 나갈 만큼 힘든 소금 짐을 진다는 것은 또 얼마나 슬픈 현실인가? 그런데도 그녀는 소금 밀수를 하게 된다. 그녀는 '죽음보다 굶는 것이 더 무서운 현실'이라는 것을 잘 알고 있었기 때문이다. 여기에서 이상화의 시를 다시 떠올려보자. 차라리 조물주가 데려가주기를 바랄 수밖에 없는 현실, 죽으려 해도 쉽게 죽을 수조차 없는 현실은 최선의 선택을 생각할 수 없을 만큼 절박한 것이었다. 그렇다면 봉염 어머니의 행동을 놓고 그것이 최선이었는가를 묻는 것은 잔인한 일이 아닐까.

결핍의 상징, 소금

　　이 작품의 제목은 '소금'이다. 왜 하필 소금일까? 소금은 누구나 아는 것처럼 음식의 맛을 내는 기본양념이다. 제아무리 정성을 들인 요리라도 간이 맞지 않는다면 맛이 없다. 그러나 소금의 효용은 간을 맞추는 것에만 있지 않다. 소금은 사람에게 생리적으로 필요 불가결한 것이다. 염분은 체내, 특히 혈액에 들어 있으며, 삼투압의 유지에 중요한 역할을 한다. 염분의 섭취가 부족하면 전신 무기력, 권태, 피로 및 정신 불안 등이 생기고, 결국에는 죽음에 이르게 된다. 행군을 하는 병사들이 소금을 가지고 가는 것도 그런 이유에서이다. 이 작품에서의 소금 역시 이런 절박감을 담고 있다. 식민 치하의 우리 현실이 아무리 궁핍하다 해도 사실 음식의 맛을 낼 소금은 충분했다. 그러나 궁핍에서 벗어나려고 조국을 떠나 간도행을 택한 사람들에게 닥친 현실은 사람이 살아가는 데 가장 기본적 물품인 소금조차 구할 수 없는 참담한 것이었다.

작품의 마지막에서 봉염 어머니는 죽을 고비를 넘기고 가져온 소금자루를 앞에 놓고 한탄한다. 소금을 구해본들 그 소금으로 맛난 음식을 해줄 가족도 없고, 또 그것으로 돈을 벌 수도 없었다. 그녀를 맞은 것은 밀수범을 잡기 위한 관원뿐이었기 때문이다. 결말 부분의 이 아이러니컬한 상황은 결국 이들 가족에게 '소금은 무엇을 의미하는가?'라는 질문을 던지고 있다. 소금은 살아가는 데 꼭 필요한 것을 빼앗긴 철저한 결핍의 상태를 표현하는 매개물이다. 작가는 이 매개물을 통해 한 가정을 유지하려는 소박한 여성의 꿈조차 여지없이 깨지고 마는 현실을 드러냄으로써, 가장 기본적인 욕구도 충족시킬 수 없었던 식민 치하의 궁핍상을 형상화했다. 이 점에서 〈소금〉은 여성 특유의 섬세한 관찰과 경험으로 포착한 극적인 수난의 기록이라고 할 수 있을 것이다.

다음은 〈소금〉 중 '유모'라는 소제목이 붙은 장의 첫머리이다. 남편과 아들이 죽고, 지주인 팡둥의 집에서도 쫓겨난 봉염 어머니는 봉염과 남의 집 헛간을 찾아간다. 그러나 그 밤에 팡둥의 아이를 낳게 된다. 불륜의 씨를 가졌다는 사실에 유산하려고 했었고, 이도 안 되자 죽으려고 온갖 일을 해보았던 그녀는 끔찍한 해산의 고통을 겪고 오히려 삶의 욕망을 가지게 된다. 그것은 봉염뿐 아니라, 새로 낳은 아기에 대한 본능적인 모정 때문이다. 자식을 위해, 살기 위해 헛간에 있는 파뿌리를 먹는 장면은 끈질긴 생명력과 궁핍한 현실을 가장 리얼하게 그린 부분이라 할 수 있다.

❈ 유모 ❈

애기를 죽이려다 죽이지 못하고 또 무서운 진통기를 벗어난 봉염의 어머니는 이제는 극도로 배고픔을 느꼈다. 지금 따끈한 미역국 한 사발이면 그의 몸은 가뿐해질 것 같다. 미역국! 지난날에는 남편이 미역국과 흰 이팝을 해 가지고 들어와서 손수 떠넣어 주던 것을…… 하며 눈을 꾹 감았다. 비에 젖고 또 비에 젖은 헛간 바닥에서는 흙내에 피비린내를 품은 역한 냄새가 물큰물큰 올라왔다. 어떻거나? 내가 무엇이든지 먹구 살아야 저것들은 키울 터인데 무엇을 먹나, 누가 지금 냉수라도 짤짤 끓여다가만 주어도 그 물을 마시고 정신을 차릴 것 같다. 그러나 그는 흙을 쥐어먹기 전에는 아무것도 먹을 것이 없지 않은가, 봉염이를 깨울까, 그래서 이 집 주인에게 밥이나 좀 해달랄까, 아니아니 못할 일이야, 무슨 장한 애를 낳다고 그러랴, 그러면 어떻게? 오래지 않아 날이 밝을 터이니 아침에나 주인집에서 무엇이든지 얻어먹지…… 하였다. 그리고 눈을 번쩍 떠서 뚫어진 헛간문을 바라보았다. 아직도 캄캄하였다. 날이 언제나 새려나, 이 집에는 닭이 없는가 있는가 하며 귀를 기울였다. 사방은 죽은 듯이 고요하다. 간혹 채마밭에서 나는 듯이 벌레소리가 어두운 밤에 별빛 같은 그러한 느낌을 던져주었다. 그는 애기를 그의 뛰는 가슴속에 꼭 대이며 자기가 아무렇게서라도 살아야 할 것 같았다. 낳기 전에는 아니 보다도 이 아픔을 겪기 전에는 죽는다는 말이 그의 입에서 떠나지 않았고 또 진심으로 죽었으면 하고 생각도 많이 하였다. 그러나 마침 죽음과 삶의 경계선에서 아차아차한 고비를 넘기고 겨우 소생한 그는 어쩐지 죽고 싶지는 않았다. 오히려 삶의 환희를 느꼈다. 그가 하필 이번뿐만이 아니라 이러한 경우를 여러 번 당하였으나 그러나 남편의 생전에는 죽음에 대하야 한번도 생각해 보지도 않았으며 역시 죽고 싶지도 않았다. 그래서 죽음이란 아무 생각 없이 대하였을 뿐이었다.

이튿날 봉염의 어머니는 곤히 자는 봉염이를 흔들어 깨웠다. 봉염이는 벌떡 일어났다.

"너 이거 내다가 빨아오너라, 그저 물에 헤우면 된다."

피에 젖은 속옷이며 걸레뭉치를 뭉쳐서 그의 손에 들려주었다. 그때 봉염의 어머니는 어쩐지 딸이 어려웠다. 그리고 딸의 시선이 거북스러움을 느꼈다. 봉염이는 아직도 가슴이 울렁거리며 모두가 꿈속에 보는 듯 분명하지를 않고 수없는 거미줄 같은 의문과 공포가 그의 조고만 가슴을 꼭 채었다. 그는 얼른 일어나 밖으로 나왔다. 그의 어머니는 딸이 나가는 것을 보고 저것이 추울 터인데 하며 자신이 끝없이 더러워 보이었다.

봉염의 신발소리가 아직도 사라지기 전에 그는 애기의 얼굴을 자세히 들여다보았다. 볼수록 뭉치정이 푹푹 든다. 그러고 애기의 얼굴에 얼굴을 맞대지 않고는 견디지 못하였다. 주인집에서 깨어 부산하게 구는 소리를 그는 들으며 밥을 하는가, 밥을 좀 주려나, 좀 주겠지 하였다. 그러고 미역국 생각이 또 일어나며 김이 어리인 미역국이 눈앞에 자꾸 얼른거려 보인다. 따라서 배는 점점 더 고파왔다. 이제 몇 시간만 더 이 모양으로 굶었다가는 그가 아무리 살고 싶어도 살 수가 없을 것 같았다. 그는 이러한 생각에 겁이 펄쩍 났다. 무엇을 좀 먹어야 할 터인데 그는 눈을 뜨고 사면을 휘돌아보았다. 아직도 헛간은 컴컴하다. 컴컴한 저편 구석으로 약간씩 뵈이는 파뿌리! 그는 어제 저녁에 주인 여편네가 오늘 장에 내다 팔 파를 헛간으로 옮겨 쌓던 생각을 하며 옳다! 아무 게라도 좀 먹으면 정신이 들겠지 하고 얼른 몸을 솟구어 파뿌리를 뽑았다. 그러나 주인이 나오는 듯하여 그는 몇 번이나 뽑은 파를 입에 대다가도 감추곤 하였다. 마침내 그는 파를 입 속에 넣었다. 그러고 우쩍 씹었다. 그때 이가 시큼하며 딱 맞찔린다. 그래서 그는 얼굴을 찡그리며 입을 쩍 벌린 채 한참이나 벌리고 있었다.

 침이 턱 밑으로 흘러내릴 때에야 그는 얼른 손으로 침을 몰아 넣으며 이 침이라도 목구멍으로 삼켜야 그가 살 것 같았다. 그는 다시 파를 입에 넣고 이번에는 씹지는 않고 혀끝으로 우물우물하여 목으로 넘겼다. 넘어가는 차는 왜 그리도 차며 뻣뻣한지, 그의 목구멍은 찢어지는 듯 눈물이 쑥 삐어졌다. '파를 먹고도 사는가' 그는 이렇게 생각하며 헛간 문 사이로 보이는 하늘을 멍하니 쳐다보았다.

강경애 〈소금〉(《신가정》, 1934. 5.~10.), 이상경,
《강경애 전집》(소명출판) 중에서

최인훈의 광장
갈매기, 자유로운 존재의 꿈

1960년은 우리나라 민주주의가 새롭게 발전하는 계기가 되었던 4·19 혁명이 일어난 역사적인 해이자, 지적이면서 세련된 문체로 이데올로기와 사랑이라는 주제를 다룬 최인훈(崔仁勳, 1936~)의 〈광장〉이 태어난 해이기도 하다. 이 작품은 분단으로 인해 남북한 문제에 대한 이야기조차 금기시되던 1960년대 상황에서, 철학도인 주인공 명준을 통해 남북한 이데올로기의 허와 실을 정면으로 다루어 큰 반향을 일으켰다. 이제 통일의 길목에서 〈광장〉은 그간의 분단 이데올로기의 문제를 진단하며, 민족적 주체성을 다시 정립하기 위해 꼭 읽고 지나야 할 문제작으로 자리매김할 수 있다.

최인훈은 함북 회령 출생으로 고등학교 재학 중 6·25를 만나 월남했다. 서울대 법대에 재학 중이던 1955년 《새벽》에 시

〈수정〉이 추천되어 등단했다. 1957년 군에 입대, 통역장교로 근무하면서 집필한 〈GREY 구락부 전말기〉가 1959년 《자유문학》에 추천되고, 1960년에 〈가면고〉와 〈광장〉이 발표되면서 소설가로서 각광을 받기 시작했다. 그 뒤, 〈구운몽〉, 〈크리스마스 캐럴〉, 〈총독의 소리〉 등을 발표했는데, 특히 당대 사회에 만연한 위기의식을 풍자한 〈총독의 소리〉는 지식인 소설의 새로운 영역을 개척한 작품으로 평가되고 있다. 1966년에는 〈웃음소리〉로 동인문학상을 수상했다. 1970년 온달과 평강 공주의 이야기에서 소재를 차용한 〈어디서 무엇이 되어 다시 만나랴〉를 발표하면서 희곡에도 관심을 가져 〈옛날 옛적에 훠어이 훠이〉, 〈봄이 오면 산에 들에〉, 〈달아 달아 밝은 달아〉 등 설화나 전설의 스토리를 패러디한 작품들을 발표했다. 또 1994년에는 작가 자신의 체험을 바탕으로 하는 자전적인 장편 소설 〈화두〉를 발표하여 장르론적인 논쟁을 불러일으키기도 했다. 그는 현대인의 고뇌와 불안을 묘사하기 위해 꿈과 환상, 내적 독백 등 다양한 기교를 사용하면서도 플롯을 중시하는 소설미학으로 전후의 가장 주목할 만한 작가로 평가되고 있다.

나는 콩사탕이 싫어요

1980년대 말 어느 즈음이던가 이승복 어린이(?)에 대한 유머 시리즈가 돌았다. 무장 공비가 그가 싫어하는 콩사탕을 자꾸 권하는 바람에 '나는 콩사탕이 싫어요.' 라고 말한 것이 와전되어 '나는 공산당이 싫어요.' 라는 말의 역사가 이루어졌다는 것. 그러나 유감스럽게도 이 유머는 나를 웃기는 데 실패했다. 그 대신 나는 매우 놀라고 당황스러웠다. 초등학교 때부터 줄곧 학교 대내외 행사로 치러졌던 반공 글짓기, 반공 웅변, 반공 포스터 대회가 머릿속에 노랗게 그려졌다. 그러니까 적어도 그런 반공 교육을 받은 우리는 이런 유머에 웃어서는 안 된다는 즉각적인 반응이 나를 옴짝달싹 못하게 했던 것이다. 통일 이데올로기가 혼란스럽게 나부끼고 있던 중이었는데도 말이다.

해방 직후부터 시작된 좌우익의 대립은 분단으로 완전히 고착되었고, 한국 전쟁 직후에는 통일이라는 말만 꺼내도 목숨이 오락가락할 만큼 분위기가 삼엄했다고 한다. '반공 이데올로기'에 의해 북에 대해, 좌익 가족에 대해, 또는 붉은 것에 대해, 통일에 대해 말하는 것이 '공식적으로' 금지되었던 것이다. 이것은 전쟁이 끝나고 수십 년이 지난 뒤까지, 전 세계가 해빙 무드로 무르익던 1980년대 말까지도 계속되었다.

이런 분위기 속에서도 최인훈의 〈광장〉은 대학생의 필독서로 읽혔다. 대학에 갓 들어온 신입생들이 지성인 광장의 문턱에서 좌우익에 대한 편견을 버리고 우리가 살고 있는 분단의 현실과 역사를 진지하게 통찰하는 데 더없이 좋은 작품이기 때문이었다. 이 때문에 유감스럽게도 〈광장〉은 단지 좌우익 이념에 대한 비판과 통찰을 담은 내용으로만 간추려 이해되기도 했다. 그러나 자세히 읽어보면, 해방과 분단과 전쟁에 이르는 격동기를 치열하게 산 젊은이가 방황과 좌절을 겪어야만 했던 이유가 다만 이념 때문만은 아니었다는 것을 알 수 있다. 〈광장〉 속에는 원초적 상실감, 사랑의 실패, 허무와 정체성 찾기의 여정이 그려져 있는데, 그것은 예나 지금이나 변함없는 젊은 마음의 초상이기 때문이다. 〈광장〉이 지금의 젊은이들에게도 여전히 매력적인 이유는 바로 여기에 있다.

광장과 밀실, 사회와 개인

'커서 무엇이 되고 싶으냐' 는 것만큼 많이 받아본 질문이 또 있을까? 요즘 아이들은 흔히 백댄서나 프로 게이머, 아니면 연예인이 되고 싶다고 말하지만, 가끔은 '훌륭한 사람' 이 되고 싶다는 정말 어려운 대답을 하는 아이들도 있다. '무엇이 훌륭한가? 어떻게 사는 것이 잘 사는 것인가?' 라는 철학적인 물음이 따라올 그런 무서운 대답 말이다. 무엇이라 대답할 수는 없어도 인간은 누구나 그런 삶, 복되고 훌륭한 삶을 꿈꾼다. 이 같은 꿈을 이루기 위해 가장 순수하게, 가장 힘차게 매진하는 때가 아마도 청년 시절일 것이다.

〈광장〉의 주인공인 이명준의 사는 모습도 그러했다. 그의 꿈 역시 보람 있게 청춘을 불태우는 것으로, 주변 사람들의 너절한 삶에 환멸을 느끼고 참다운 삶을 살기 위해 지적 추구에 힘썼다. 하지만 현실은 암담했다. 월북한 아버지의 그림자는 계속 그를 쫓아다녔고, 여자 친구인 윤애는 그의 마음을 알아주지 않았다. 이러한 현실 속에 갈등하던 그는 북으로 밀항하여 아버지를 만난다.

그러나 때묻지 않은 광장이 있을 줄 알았던 북의 정치 현실도 실망스럽기는 마찬가지였다. 그는 은혜라는 여자와 사랑을 나누며 현실을 잊으려 하지만, 한국 전쟁이 나면서 그를 따라 전쟁터로 나왔던 은혜는 전사하고 만다. 결국 포로로 잡힌 이명준은 남쪽도 북쪽도 아닌 중립국을 선택하여 이 땅을 떠나고, 중립국으로 가는 배(타고르 호) 안에서 갈매기를 따라 자취를 감춘다. 그는 어디에서도 '청춘을 불태울' 만한 것을 찾지 못하고, 바다 한가운데에 자신을 던진 것이다.

이 소설에서 특히 관심을 가져야 할 부분은 주인공 명준이 반복해서 말하는 '광장'과 '밀실'의 대립이다. 흔히 광장은 사회적인 삶의 공간으로, 밀실은 개인의 비밀스런 삶의 공간으로 해석되는데, 그것은 작품에서 북과 남의 대립으로 설명된다. 인간이란 개인과 사회 사이에서 줄타기를 하면서 살아가는 존재이다. 집단을 무시하고 개인으로만 살아갈 수도 없으며, 개인을 무시한 채 집단만 중요시하며 살아갈 수도 없다. 이렇게 모순된 삶이 극단적으로 이데올로기화되어 나타난 것이 사회주의와 개인주의의 모습이다. 남한은 서구적인 개인주의로 정체되어 있어 광장은 죽고 밀실만 있는 반면, 북에는 혁명이라는 풍문만 어지러울 뿐 개인을 위한 밀실은 없고 공허한 광장만 있다는 것이다. 이 작품은 이와 같이 '광장/밀실'의 비유를 통해 남과 북의 현실을 설명하며, 결국 광장도 밀실도 잃은 주인공의 자살을 통해 이념의 한계를 보여주고 있다.

그러나 사실 '광장/밀실'은 이런 이념적인 공간만을 상징한다고 볼 수 없다. 명준은 이제 인민의 광장은 무너지고 제 손을 뻗쳐 사람을 안을 수 있을 만큼의 공간이 광장이라고 생각한다. 또 나중에는 은혜와 밀회를 거듭하던 부채꼴 모양의 동굴이 자신의 마지막 광장이라고 느낀다. 그뿐 아니라 작품의 마지막 부분에서는 갈매기가 날아다니는 바다를 '푸른 광장'으로 생각한다. 이렇게 볼 때 '광장'과 '밀실'을 이념적 의미에만 한정시켜 해석해서는 곤란하다. 광장은 자신의 진실이 통하는 공간, 인간적인 교감이 이루어지는 자유로운 공간이고, 밀실은 개인의 삶의 근원, 존재의 근원을 의미한다고 볼 수 있기 때문이다.

'몸의 길' – 사랑과 폭력

〈광장〉은 탐색의 소설이다. 철학도였던 명준이 인간다운 삶을 찾기 위해 거쳐야 했던 여정이 그대로 소설의 구성을 이루고 있기 때문이다. 이 소설은 중립국으로 가는 타고르 호 안에서 명준이 과거를 회상하는 형식으로 전개된다. 그의 삶은 크게 두 부분으로 나뉘어 있는데, 앞부분은 남한에서의 생활, 뒷부분은 북한에서의 생활이다.

한편, 남한에서 북한으로, 중립국으로 향하는 명준의 행로는 물리적인 공간의 변화를 떠나 명준의 지적(知的) 도정(道程, 여행의 경로)이기도 하다. 명준은 개인주의와 자본주의에 대한 지적 환멸에서 사회주의에 대한 탐색과 절망, 그가 스스로 '몸의 길'이라 불렀던 육체에 대한 탐색의 시기를 거친다. 철학도였던 명준은 지적인 탐색을 통해 삶의 목적을 찾으려 했지만, 결국 그것이 얼마나 허무한 것인가를 깨닫는다. 월북한 아버지 때문에 고문을 받고 거짓 진술을 강요당하자, 그는 불안과 공포에 휩싸였기 때문이다. 그리고 불안감을 이기기 위해 윤애에게 달려가 사랑을 갈구한다. 하지만 그녀는 그의 사랑을 차갑게 거절한다.

명준은 북한에서 개인주의적이며 부르주아적이라며 자아비판을 받고 나서도, 그곳에서 알게 된 은혜라는 여인을 찾아 마음을 달래려 한다. 그런 그를, 은혜는 거절하지 않고 따뜻하게 감싸준다. 명준은 자신을 비우고 모든 것을 온전히 그에게 맡긴 은혜를 보며, 부드러운 가슴과 젖은 입술을 가진 인간을 마지막 우상으로 삼게 된다.

세상에 태어나서 지금 이 자리에서 처음으로 진리의 벽을 더듬은 듯이 느꼈다. 그는 손을 뻗쳐 다리를 만져 보았다. 이것이야말로 확실한 진리다. 이 매끄러운 닿음새. 따뜻함. 사랑스러운 튕김. 이것을 아니랄 수 있나. 모든 광장이 빈터로 돌아가도 이 벽만은 남는다. 이 벽에 기대어 사람은, 새로운 해가 솟는 아침까지 풋잠을 잘 수 있다. 이 살아 있는 두 개의 기둥.

몸의 길은 몸을 안다.

그는 은혜의 다리를 만지면서 확실한 진리를 깨달았다고 느낀다. 손에 잡히지 않는 관념에 매달렸던 그는, 살아 있는 몸, 잡을 수 있는 그것에 반사적으로 집착한 것이다. 명준이 '몸의 길'이라고 부르는 이러한 행위는 광장이 사라지고 밀실조차 침입당한 현실에서 유일한 탈출구였던 셈이다.

그러나 몸의 길도 사랑과 생명을 위한 길이 있고, 증오와 죽음을 향한 길이 있다. 명준은 전자의 길에서 나와 후자의 길로 들어선다. 은혜는 자신을 두고 모스크바로 떠나고, 남한에서 애인이었던 윤애는 자신의 친구인 태식과 결혼하였기 때문이다. 두 여자에게서 배신당한 그는 폭력적인 몸의 길로 나선다. 우연히 잡혀 온 태식을 마구 때리고, 전쟁 중에 잡혀 온 자들에게 엄청난 폭력을 행사한다. 그리고 한 치의 오차도 없이 반응하는 그들의 몸에 대해 희열까지 느낀다.

하지만 이념도 사랑도 떠난 폭력이 그가 청춘을 오롯이 바칠 진실은 아니었다. 명준은 자기를 만나기 위해 스스로 전쟁터로 나온 은혜를 만나면서 비로소 그 수렁에서 벗어난다. 그리고 전쟁터라는 생명 파괴의 현장에서 그들은 생명의 희망을 주는 밀회를 거듭한다. 그 장소였던 동굴은 명준에게는 밀실이요, 광장이었다. 그는 인간에 대한 새로운 희망과 진리의 발견으로 설렌다.

하지만 이 같은 설렘은 은혜의 죽음과 더불어 모두 물거품이 되어 버리고 만다. 그는 자신과 현실을 비끄러맬 어떤 진실도 떠올릴 수 없었다. 명준의 중립국행은 그렇게 이루어졌던 것이다.

갈매기야 갈매기야

더 높이 더 멀리 나는, 갈매기 조나단의 꿈을 기억하고 있을 것이다. 바다에 가면 흔히 볼 수 있는 갈매기는 리처드 바크의 〈갈매기의 꿈〉이라는 소설 덕택에 자유의 상징으로 여겨지고 있다. 밀실과 광장의 비유만큼이나 〈광장〉에서 중요하게 생각되는 것이 바로 갈매기의 비유이다. 소설의 처음부터 끝까지 명준의 주위를 기웃거리는 갈매기, 또는 갈매기 환각은 이 소설의 내용을 쥐고 있는 열쇠라 할 수 있다.

〈광장〉은 타고르 호에 탄 명준의 모습으로 시작된다. 명준은 배를 쫓아오는 두 마리의 갈매기를 발견한다. 배의 선장은 갈매기가 '죽은 뱃사람의 넋', 뱃사람을 잊지 못하는 여자의 마음이라 말하지만, 그는 갈매기가 기분 나쁠 뿐이다.

가랑비는 짙은 안개 같다. 안개 속에서, 이따금, 짧은 뱃고동이 울려 온다. 안개 속에 윤애의 흰 가슴이 있다. 그가 만지게 맡겨 주던, 촉촉하게 땀 밴 가슴이, 가랑비를 맞으며 둥둥 떠 있다. 그 분지에서 자지러지게 어우러지다가, 그녀는 불쑥,

"저것, 갈매기……"

이런 소릴 했다. 그녀의 당돌한 말이 허전하던 일. 그 바다새가 보기 싫었다. 그녀보다도 더 미웠다. 총이 있었더라면, 그는, 너울거리는 흰 그

것을 겨누었을 것이다. 떨리는 손가락으로 방아쇠를 당겼을 것이다. 흰 가슴 위에서 갈매기가 날고 있다. 비에 젖어.

명준이 윤애를 만나 사랑을 나눌 때마다 나타난 갈매기는 좌절과 도피를 비웃듯 그들의 주위를 맴돌며 방해했다. 그리고 앞의 인용문에서는 윤애와 동일시되기까지 한다. 그런데 소설의 마지막 부분을 보면, 갑자기 갈매기는 북에서 만났던 은혜와 은혜가 뱃속에 가졌던 딸의 환생인 것처럼 이해된다. 그리고 그는 갈매기들과 함께 바다로 사라지고 만다. 그렇다면 이 소설에서 갈매기는 그가 사랑한 여인의 넋인가? 그리고 남북의 분단으로 갈등하던 이명준의 죽음은 사랑하는 여인의 넋을 따라간 것으로 이해해야 하는가?

이 작품에서 갈매기는 '자유로운 삶의 길을 인도하고 일깨우는 존재'로 이해할 수 있다. 작품을 자세히 읽어보면 명준이 전쟁터에서의 폭력과 강간 사건들을 회상할 때나 태식과 결혼한 윤애를 능욕할 때, 명준과 함께 중립국으로 떠나던 사람들이 홍콩의 밤거리에 나가고 싶어 명준을 구타할 때, 명준은 갈매기의 너울거리는 흰 환각에 시달린다. 그는 그 환각에 대한 증오심에 시달리며 급기야 준비했던 총으로 갈매기를 쏘려는 결심까지 한다. 그 행위는 바로 현실에 자신을 맡겨 둔 채 삶의 꿈을 잃은 자신, 이념도 사랑도 육친도 잃고 중립국을 선택한 스스로에 대한 자괴감에서 비롯된 것이다.

그러나 그는 결국 갈매기가 나는 푸른 광장을 향했다. 그것은 좌절과 죽음이 아니라, 새로운 광장을 향한 것으로 이해되어야 한다. 현실에서 좌절했으나 명준은 결코 존재의 자유를 위한 공간, 광장에 대한 꿈을 잃지 않았음을 작가는 분명히 보여주는 것이다. 그 매개체가 바로 갈매기이다.

분단 문학의 중심, 〈광장〉

4·19혁명이 만들어놓은 자유로운 토론 분위기에서 탄생한 〈광장〉
은 1960년 10월에 발표된 이래 6번에 걸쳐 개작되었다. 처음에는 남
한의 정치 현실에 대한 비판에 중심이 놓여 있었지만 북한에 대한 비
판이 첨가되어 원고지로 200매가량이 더 늘었다. 그리고 남북 분단과
명준의 사랑에 함께 무게 중심이 놓이면서 소설은 부분적으로 수정되
어 1994년 7차본까지 나왔다. 이 소설이 이렇게 여러 번 개작된 것은
세월이 지나도 한 청년의 지적 탐험과 사랑 이야기, 사회에 대한 애정
이 변함없이 소통되기를 원하는 작가의 간절한 소망 때문일 것이다.

남북이 갈라져 있는 상황 속에서, 분단 현실을 제 것으로 고민해야
할 청년의 지적 점검을 위해 〈광장〉은 여전히 그 중심에 서 있다. 그
리고 갈매기는 그 이념의 바다 한가운데를 날고 있다. 자유로운 존재
의 꿈을 지닌 갈매기는 길을 잃고 거짓 행위와 증오의 길로 치닫는 이
들에게 자주 흰 가슴을 열어 보일지도 모른다. 방황의 한끝에서 언젠
가 그 갈매기를 만난다면 당신은 그 길로 광장을 향해 힘껏 달려가야
할 것이다.

작품 읽기

다음은 주인공 명준이 인민군 포로수용소에서 본국송환 문제를 두고 면담하는

부분이다. 남한에서의 대학생활을 거쳐 월북, 북한에서 인민군으로 참전했던 그는 휴전이 되자 중립국행을 선택한다. 남, 북을 두고 갈등이 없었던 것은 아니지만, 전장에서 우연히 재회한 은혜마저 전사한 조국에서 그는 어떤 의미도 찾을 수 없다는 결론을 내린다. 송환등록장에서 남측과 북측의 온갖 유혹과 권유를 단호하게 물리치며 다만, '중립국' 만을 반복하는 그에게서는 이념에 대한 환멸을 넘어 비장함마저 느껴진다. 이 대목에서 우리는 남북의 이데올로기에 대한 작가의 냉정하고 객관적인 거리화를 충분히 느낄 수 있다.

"동무, 앉으시오."

명준은 움직이지 않았다.

"동무는 어느 쪽으로 가겠소?"

"중립국."

그들은 서로 처다본다. 앉으라고 하던 장교가, 윗몸을 테이블 위로 바싹 내밀면서, 말한다.

"동무, 중립국도, 마찬가지 자본주의 나라요. 굶주림과 범죄가 우글대는 낯선 곳에 가서 어쩌자는 거요?"

"중립국."

"다시 한 번 생각하시오. 돌이킬 수 없는 중대한 결정이란 말요. 동무의 부모는 어디 살고 있소?"

"중립국."

이번에는, 그 옆에 앉은 장교가 나앉는다.

"동무, 지금 인민공화국에서는, 참전 용사들을 위한 연금 법령을 냈소. 동무는 누구보다도 먼저 일터를 가지게 될 것이며, 인민의 영웅으로 존경받을 것이오. 전체 인민은 동무가 돌아오기를 기다리고 있소.

고향의 초목도 동무의 개선을 반길 거요.”

“중립국.”

그들은 머리를 모으고 소곤소곤 상의를 한다.

처음에 말하던 장교가, 다시 입을 연다.

“동무의 심정도 잘 알겠소. 오랜 포로 생활에서, 제국주의자들의 간사한 꾀임수에 유혹을 받지 않을 수 없었다는 것도 용서할 수 있소. 그런 염려는 하지 마시오. 공화국은 동무의 하찮은 잘못을 탓하기보다도, 동무가 조국과 인민에게 바친 충성을 더 높이 평가하오. 일체의 보복 행위는 없을 것을 약속하오. 동무는……”

“중립국.”

중국 대표가, 날카롭게 무어라 외쳤다. 설득하던 장교는, 증오에 찬 눈초리로 명준을 노려보면서, 내뱉었다.

“좋아.”

눈길을, 방금 도어를 열고 들어서는 다음 포로에게 옮겨버렸다.

다음은, 맞은편에 자리 잡은, 유엔 측 테이블로 걸어간다. 그는 아까처럼, 우뚝, 섰다.

“자넨 어디 출신인가?”

“……”

“흠, 서울이군.”

설득자는, 앞에 놓인 서류를 뒤적이면서,

“중립국이라지만 막연한 얘기요. 제 나라보다 나은 데가 어디 있겠어요? 외국에 가본 사람들이 한결같이 하는 얘기지만, 밖에 나가 봐야 조국이 소중하다는 걸 안다구 하잖아요? 당신이 지금 가슴에 품은 울분은 나도 압니다. 대한민국이 과도기적인 여러 가지 모순을 가지고 있는 걸 누가 부인합니까? 그러나 대한민국엔 자유가 있읍니다. 인간은 무엇보다도 자유가 소중한 것입니다. 당신은 북한 생활과 포로 생활을 통해서 이중으로 그걸 느꼈을 겁니다. 인간은⋯⋯"

"중립국."

"허허허, 강요하는 것이 아닙니다. 다만 내 나라 내 민족의 한 사람이, 타향 만리 이국 땅에 가겠다고 나서니, 동족으로서 어찌 한마디 참고되는 이야길 안 할 수 있겠읍니까? 우리는 이곳에 남한 2천만 동포의 부탁을 받고 온 것입니다. 한 사람이라도 더 건져서, 조국의 품으로 데려오라는⋯⋯"

"중립국."

"당신은 고등교육까지 받은 지식인입니다. 조국은 지금 당신을 요구하고 있읍니다. 당신은 위기에 처한 조국을 버리고 떠나 버리렵니까?"

"중립국."

"지식인일수록 불만이 많은 법입니다. 그러나, 그렇다고 제 몸을 없애 버리겠읍니까? 종기가 났다고 말이지요. 당신 한 사람을 잃는 건, 무식한 사람 열을 잃은 것보다 더 큰 민족의 손실입니다. 당신은 아직 젊습니다. 우리 사회에는 할 일이 태산 같습니다. 나는 당신보다 나이를 약간 더 먹었다는 의미에서, 친구로서 충고하고 싶습니다. 조국의 품으로 돌아와서, 조국을 재건하는 일꾼이 돼 주십시오. 낯설은 땅에 가서 고생하느니, 그쪽이 당신 개인으로서도 행복이라는 걸 믿어 의심치 않습니다. 나는 당신을 처음 보았을 때, 대단히 인상이 마음에 들었습니다. 뭐 어떻게 생각지 마십시오. 나는 동생처럼 여겨졌다는 말입니다. 만일 남한에 오는 경우에, 개인적인 조력을 제공할 용의가 있습니다. 어떻습니까?”

명준은 고개를 쳐들고, 반듯하게 친 천막 천정을 올려다보았다. 한 층 가락을 낮춘 목소리로 혼잣말 외듯, 나직이 말했다.

“중립국.”

설득자는, 손에 들었던 연필 꼭지로, 테이블을 툭 치면서, 곁에 앉은 미군을 돌아보았다. 미군은, 어깨를 추스르며, 눈을 찡긋 하고 웃었다.

나오는 문 앞에서, 서기의 책상 위에 놓인 명부에 이름을 적고 천막을 나서자, 그는 마치 재채기를 참았던 사람처럼 몸을 벌떡 뒤로 젖히면서, 마음껏 웃음을 터뜨렸다. 눈물이 찔끔찔끔 번지고, 침이 걸려서 캑캑거리면서도 그의 웃음은 멎지 않았다.

최인훈, 《최인훈 전집1-광장/구운몽》
(문학과지성사, 1976, 180~184쪽) 중에서

박경리의 김약국의 딸들

운명적 비극인가, 여성의 현실인가

작품 및 작가 소개

〈김약국의 딸들〉은 〈토지〉의 작가 박경리(朴景利, 1926~)가 1962년에 발표한 작품으로, 〈토지〉만큼이나 많은 사람들의 사랑을 받았다. 작가의 고향인 경상남도 통영을 배경으로 하는 이 소설은, 김약국 집안의 비극을 통해 개항 이후 우리 민족이 겪었던 슬픔과 고통을 형상화하고 있다고 평가된다. 특히 진한 사투리와 정감 어린 문체, 비극적인 내용의 흡인력, 빠르고 힘 있는 전개와 긴장미, 다섯 딸들의 생생하고 선명한 성격화는 이 작품을 몰입해서 읽게 만드는 마력으로 작용한다. 이 작품에서 무엇보다 중요한 것은 대가 끊긴 김약국 집안의 다섯 딸들이 겪는 비극이 인간으로서 어쩔 수 없이 겪게 되는 운명적인 비극이냐, 아니면 당대 여성에게 주어진 부당한 윤리와 보수적인 의식에서 파생된 문제냐 하는 근본적인 문제 제기에 있다.

박경리는 1926년 경남 충무에서 출생했으며, 1955년 단편 〈계산〉이 《현대문학》에 추천되어 등단했다. 이후 〈불신시대〉, 〈흑흑백백〉, 〈암흑시대〉와 같은 자전적 작품을 중심으로 가족 간의 갈등, 사랑과 운명의 엇갈림, 전쟁과 관습의 폭력성, 전후 현실의 부조리를 예리하게 파헤쳤다. 이런 경향은 1959년에 발표한 〈표류도〉를 시작으로 사회에 대한 관심으로 확대되어, 〈김약국의 딸들〉, 〈시장과 전장〉, 〈파시〉와 같은 문제작들을 통해 역사의 변전과 이에 따른 일상인의 비극적 삶을 형상화해냈다. 1969년부터 1994년까지 장장 26년에 걸쳐 창작된 〈토지〉는 구한말에서 1945년에 이르기까지 최참판가를 중심으로 한 수백 명의 인물들이 겪는 개인의 삶과 역사의 의미를 조명한 대하 장편 소설로 한국문학사에 길이 남을 명작으로 자리매김하고 있다.

절손(絕孫)과 몰락의 이야기

요즈음 부모의 성을 나란히 쓰는 사람을 흔히 볼 수 있다. 유명한 사회학자 조혜정은 조한혜정으로 이름을 바꾸었고, 대학에서 여학생 회장에 출마하는 후보들 역시 으레 아버지와 어머니의 성을 함께 쓰고 있다. 이렇게 한다면 필자의 이름도 이김상진이다. 어머니도 나를 낳아주신 분이니 두 분의 성을 나란히 쓰는 것은 이상한 일이 아니라, 두 손 들어 환영할 일이다.

그러나 아직도 남성을 중심으로 한 가족사가 이어지기를 바라는 사람들은 이것을 하나의 도전으로 받아들인다. 부모의 성을 함께 쓴다는 것은 근본적으로 지금까지의 가족 제도 자체를 뒤흔드는 일이기 때문이다. 요즘 젊은 사람들이야 별로 그렇게 생각하지 않겠지만, 과거에는 아들이 없어 대가 끊기는 일은 조상에 대한 불효로 절대 있어서는 안 되는 일이었다. 박경리의 소설에는 이 '절손(絶孫, 대가 끊김)'이라는 소재가 자주 등장하는데, 그것이 가장 비극적으로 다루어진 작품이 〈김약국의 딸들〉이다.

〈김약국의 딸들〉은 1962년 전작 장편으로 발표되었다. '전작 장편'이란 잡지나 신문에 연재 발표되지 않고 완성된 상태에서 책으로 간행된 장편을 말한다. 이 작품은 이처럼 독자 대중의 영향을 받지 않고 쓰인 만큼 소설적 완성도가 높으며, 사건의 전개도 자유롭다. 또한 비극적이고 주술적인 내용, 속도감 있는 전개, 다섯 딸들의 생생하고 선명한 성격화는 쉽게 작품에 몰입시키는 요소이다. 이 작품은 영화로도 만들어질 만큼 독자들의 인기를 얻었을 뿐 아니라, 지금까지도 스테디셀러로 서점의 한자리를 차지하고 있다.

하지만 〈김약국의 딸들〉에는 여느 대중 소설이 지니는 행복하고 나른한 순간도, 갈등과 대립이 극적으로 풀리는 재미도, 극단적인 대조가 주는 긴장도 없다. 다만 한 여성의 자살에서 시작하여 살인과 죽음, 광란으로 얼룩진 채 몰락하는 집안의 비극적인 역사가 그려질 뿐이다. 그렇다면 이 비극이 주는 의미와 재미가 무엇이기에 오랜 세월 변함없이 독자들의 사랑을 받고 있는지 생각해보자.

옛이야기의 주술성

이 작품은 끔찍한 살인과 자살로 물들여진 사건에서 시작된다. 숙정(김약국의 어머니)은 사주가 세다는 이유로 자신을 연모하던 사람(욱이)과 결혼하지 못하고 봉룡(김약국의 아버지)에게 재취로 시집 와 아들 성수(김약국)를 낳는다. 그러던 어느 날 욱이가 찾아오자 봉룡은 길길이 날뛰고, 그녀는 결백을 증명하기 위해 비상을 먹고 자살한다. 결국 남편은 질투에 못 이겨 욱이를 살해하고 아들 성수를 형에게 맡긴 채 영영 집을 떠나버린다. 이 일로 김약국 집은 '비상 먹은 자손은 지리지 않는다(비상을 먹고 죽은 이의 자손은 번성하지 못한다).'라는 저주 섞인 운명에 처하게 된다.

〈김약국의 딸들〉을 지배하는 것은 바로 이 '비상 먹은 자손은 지리지 않는다.'라는 말이다. 보통 사람들은 근거 없다고 생각하는 속신(俗信)에 지나지 않지만, 이 작품에서는 하나의 주문처럼 보인다. 마치 이 속신을 증명이라도 하듯, 김약국 집안은 몰락하고 절손되며 딸들은 대부분 불행해진다. 옛이야기에서 '이 아이는 10살이 되면 물레 바늘에 찔려 잠이 들게 될 것이며, 왕자가 나타나 입 맞추기 전에는 결코 깨어나지 못할 것이다.'라는 주술사의 저주가 그대로 들어맞은 것처럼 말이다. 이 점에서 〈김약국의 딸들〉은 우리의 어린 시절을 수놓았던 수많은 전래 이야기들과 닮아 있다.

이 작품이 어린 시절 들었던 옛이야기와 닮아 있다는 증거는 곳곳에서 찾을 수 있다. 불행의 징후라고 할 만한 사건들이 이야기 구석구석에 숨어 있는 것이다. 탄생부터 불길했던 김약국집 머슴 한돌은 셋째 딸 용란을 사랑하다 쫓겨나 결국 용란의 남편이 휘두른 도끼에 맞아 죽고, 김약국의 사촌 누나 연순은 결혼 전날 혼례복의 옷고름이 두

동강나더니만 폐병으로 죽는다. 김약국은 가업인 관약국(官藥局)을 그만두고 어장 일을 새로 시작했는데, 배의 낙성식에서 고사떡이 없어지는 일이 생기더니 그 배가 침몰하고 만다. 그런가 하면 폐가나 흉가를 찾으면 안 된다는 금기를 어기고 폐가가 되어 버린 옛집(김약국의 어머니인 숙정이 약을 먹고 자살한 곳. 사람들은 숙정과 숙정을 사모했던 사람이 귀신이 되어 이 집에 머물고 있다며, 이 집을 도깨비 집이라 부름)을 즐겨 찾았던 김약국은 결국 위암으로 죽고 만다.

이처럼 이 작품 속에는 주술적인 내용들이 가득해서 마치 그것들이 바로 인물의 삶을 지배하는 것처럼 보인다. 그리고 속신이나 금기, 불길한 예감들이 하나도 틀리지 않고 맞아떨어지는 데에서 우리는 운명에 대한 두려움을 가지며 작품에 몰입하게 된다. 이 점은 〈김약국의 딸들〉의 비극적 특성이기도 하다.

사랑의 엇갈림과 결혼

그런데 이 작품의 흡인력은 불행한 운명에 내맡겨진 채 한 집안이 풍비박산 난다는 비극성에만 있을까? 작품을 잘 들여다보면 김약국 가족의 불행은 결코 운명이 아니라 주변 환경 속에 이미 예비되어 있었고, 이들은 이것을 풀어나갈 힘이 없었다는 점을 발견할 수 있다.

이 작품은 3대에 걸친 가족의 이야기인데, 3대가 모두 불행한 결혼 생활을 한다. 불행한 결혼은 모두 사랑의 부재(不在)에서 비롯된다. 1대인 숙정(김약국의 어머니)이 자살한 것은 남편의 의심에 항의하기 위해서였다. 사랑에서 비롯된 의심이지만 그것이 죽음을 불러올 정도라면 남편의 집착이 매우 병적이라는 것을 짐작할 수 있다. 2대인 김약국도 어머니와 마찬가지로 사랑 없는 결혼을 한다. 그는 자기 아버지를 빼닮은 사촌 누나 연순을 사랑했지만, 그 사랑은 결코 이루어질 수 없는 것이었다. 첫사랑에 좌절당한 그는 사랑도 없이 한실댁과 결혼하고, 어질고 평범한 한실댁은 첫아들을 잃은 뒤 딸만 내리 다섯을 낳는다.

3대인 김약국의 딸들 역시 불행한 결혼 생활을 한다. 큰딸 용숙은 일찍 남편을 잃고 돈에 집착하다 불륜을 저지르고, 셋째 용란은 자기 집 머슴이었던 한돌을 사랑하지만 신분 차이로 헤어지고 성불구자인데다 성격까지 괴팍한 부잣집 아편쟁이 아들과 결혼한다. 결국 그 아편쟁이 남편은 장모와 머슴 한돌을 도끼로 찍어 죽이고, 용란은 미치광이가 된다. 사랑 없는 결혼을 하기는 넷째 용옥도 마찬가지이다. 용옥은 기두라는 착실한 청년과 결혼하지만, 기두의 마음속에 있는 여인은 바로 언니 용란이었다. 기두는 용옥에게 다정한 남편이 되어주지 않을 뿐더러, 언제나 집 밖으로만 떠돌았다. 결국 용옥은 자신을 겁탈하려는 시아버지를 피해 집을 나오고, 사고로 죽는다.

결혼 제도는 인류 공통의 것이다. 많은 사람들이 인생에서 결혼을 하나의 통과 의례로 생각하고, 결혼하여 자식을 낳고 기르면서 삶을 비로소 알게 된다고 말한다. 그러나 결혼의 전제는 사랑이며, 결혼은 두 남녀의 평등한 만남이고, 관계 맺음이어야 한다. 이 중 어느 것이라도 어긋나면 결혼은 삶의 족쇄요 불행의 근원이 된다. 생각해보면 김약국 집안의 어떤 사람도 사랑이 전제된 결혼을 하지 못했다. 사랑이 없으면 결혼하지 않거나 결혼했어도 다시 갈라서기도 하지만, 당시의 관습은 이것을 허락하지 않았다. 그래서 이들은 모두 불행한 결혼 생활을 해야 했고, 사랑 없는 결혼 생활은 마침내 파행적 행동과 죽음, 광란이라는 극단적인 형태로 끝을 맺었다.

　다만 자신의 의지대로 결혼보다는 공부를 선택한 둘째딸 용빈과 아직 나이가 어린 막내 용혜만이 그 불행에서 벗어날 수 있었다. 결국 이렇게 보면, 이들의 비극적 삶은 불평등하게 강요된 불행한 결혼과 어긋난 사랑에 그 원인이 있다고 할 수 있다.

운명과 자유 의지

　시험을 앞두고 운명론에 기대어 궤변을 펼치는 친구들이 간혹 있다. 시험을 잘 볼 운명이라면 공부를 안 해도 잘 볼 것이요, 시험을 못 볼 운명이라면 공부를 해도 못 볼 것이니 하나 안 하나 마찬가지라는 것이다. 때론 입시 제도의 문제점에 모든 원인을 돌리고, 이러한 교육 현실에서 열심히 공부하는 것은 바보나 하는 짓이라고 말하는 친구들도 있다. 어떤 경우나 자신에게는 잘못이 없고, 또 상황을 바꿀 힘도 없으니, 결국 나는 아무것도 할 수 없다는 해석이다. 그렇다면 내가 가진 생각과 느낌과 이 모든 삶의 의지는 다 소용이 없는 것인가? 나는 나의 주인이 아닌가?

　이 작품의 주인공인 김약국은 자살한 어머니와 살인한 아버지에게서 받은 정신적 충격, 사촌 누나 연순에 대한 가슴 아픈 사랑 때문에 상처로 얼룩진 유년기를 보냈다. 그는 자라면서 내내 비극적인 운명의 예감에 휘둘렸고 자기 속에서 벗어날 어떤 적극적인 의지도 가지지 못했다. 그저 통영을 떠나는 배들이 보이는 도깨비 집에 가서, 답답하고 암울한 그 공간을 벗어나고 싶은 심정을 달랠 뿐이었다. 배가 침몰하는 사건이 벌어졌을 때도, 사업이 몰락의 기로에 섰을 때도, 그를 꼼짝 못하게 했던 것은 비극적인 운명이 자신을 둘러싸고 있다는 생각이었다.

그런데 더 큰 문제는 딸들의 결혼에 대한 그의 생각이었다. 김약국은 딸들의 개성을 충분히 파악하고 있으면서도 그들의 욕망을 읽어내지 못했다. 자유분방한 용란의 욕정을 이해하지 못하고, 딸이 사랑한 사람이 머슴이자 무당의 아들이기 때문에 무조건 반대한다. 시대는 이미 변하여 신분제도는 의미가 없어지고 있었지만 그는 머슴을 사위로 받아들이지 않았다. 그렇게 해서 용란은 결국 남자로서 능력이 없으나 양반집 자손인 아편쟁이 남편과 결혼하게 되었다. 용란의 혼례식에도 참석하지 않은 김약국의 행동은 현실을 도피하고 싶은 심정을 그대로 드러내는 것이다. 이런 김약국의 무책임한 행동은 그가 유난히 싫어했던 큰딸 용숙에 대해서도, 맹종적이고 말이 없는 용옥에 대해서도 마찬가지였다.

그가 유일하게 제대로 이해한 딸은 용빈이었고, 그녀의 의견만은 존중했다. 다른 딸들이 자신의 삶에 대해 무력하게 대응했던 것과는 달리 자기의 생각대로 삶을 설계하고 살아나갔던 용빈은 불행한 삶에 휘말리지 않고 끝까지 가정의 버팀목이 된다. 결국 자기 인생의 주인됨을 채 깨닫지 못했던 김약국은 그렇게 자신과 자신의 가족을 비극적 운명 속에 철저히 내버려두었고, 그것이 한 가정의 비극을 가속화시켰다고 할 수 있다.

다시 시작하기 위하여

〈김약국의 딸들〉은 용빈이 새로운 길을 떠나면서 끝이 난다. 그것이 이 집안의 비극의 끝인지 아닌지는 알 수 없지만, 이 부분에서 적어도 독자가 안도감을 느끼는 것은 그녀가 신뢰할 만한 인물이기 때문이다. 용빈은 교육의 세례도 받고, 나름대로 자유 의지를 펼칠 수 있는 상황에 놓였던 인물이다. 그리고 무엇보다도 그녀는 주변에 가득 찬 비극적 운명과 무의지 속에서도 현명하게 자신을 추스린 인물이었다. 불행도 용빈의 앞에서는 고삐를 늦추었던 것이다.

사람들은 대개 자기에게 어려운 일이 닥치면 남을 탓하기 쉽다. 사실 자신이 생각해도 아무 잘못이 없다면 당연히 누군가의 탓으로 돌릴 수밖에 없다. 그것도 아니면 사회를 탓하고, 제도를 탓하고, 아니면 팔자소관으로 돌린다. 그러나 운명에 대한 의존은 사람을 무력하게 하고, 타인이나 사회에 대한 비난은 사람을 무책임하게 만들 뿐이다. 힘들수록 꼼꼼하게 주변을 살피고 방법을 찾아보자. 길은 마음에 있다.

작품 읽기

다음은 〈김약국의 딸들〉 중 '도깨비집'이라는 제목이 붙은 장의 앞부분이다. 어머니가 비상을 먹고 자살하고, 아버지마저 행방불명된 채 성수(김약국)는 큰아버지 집에서 자란다. 성수는 제가 살던 집(도깨비집)에 혼자 가곤 하는데, 그곳은 이미 폐가가 된 비극의 현장으로, 출입이 금지된 곳이다. 결국 이 때문에 성수는 '귀신 들린 사람'이라는 말과 불행한 운명의 암시를 받아들이며 살게 된다. 이 부분은 성수가 아련한 사랑을 가지고 바라보았던 사촌 누이 연순과 도깨비집에서 대화하는 장면이다. 이 부분에서 성수가 사실은 귀신이 들려서가 아니

라, 부모에 대한 그리움과 고향을 떠나고 싶은 욕망 때문에 금지를 어기고 도깨
비집에 간다는 것을 알 수 있다. 성수가 후에 약국을 접고 고집스럽게 어장사업
을 하려고 했던 것도 모두 비극의 진원지인 통영을 떠나고 싶은 욕망 때문이었
던 것이다.

❈ 도깨비집 ❈

어머니와 고모가 주고받는 말을 옆방에서 들은 연순은 살며시 집을
빠져나갔다. 도깨비집까지 가는 오솔길 양편의 풀이 봄이라서 그런지
부드럽게 발에 감긴다. 안뒤산 솔이 잣나무처럼 서리빛을 띠고 있었
다. 광선이 엷어진 때문이다. 멀리 선자방(扇子房) 우물에서 물을 길
어 오는 여인의 모습이 보인다.

연순은 무너진 돌담 사이로 뜰 안을 들여다보았다. 덕이의 말대로
성수가 앉아 있었다. 몇 해 전 바람에 쓰러진 채 그대로 내버려둔 버
드나무 ― 마을 사람들은 공연히 벼락 맞은 나무라 했다. ― 위에 성수
는 오도마니 앉아서 턱을 양손으로 괴고 있었다. 하염없이 하늘을 바
라보고 있었다. 연순은 어깨에 걸쳐진 머리를 뒤로 넘기고 살금살금
뜰 안으로 들어간다. 장난스런 미소를 띠면서. 그러나 성수는 움직이
지도 않고 그냥 하늘만 바라보고 있었다.

"성수야."

가는 목뼈가 부러질 만큼 고개를 휙 돌린다. 투명한 피부에 피가 몰
려들었다. 소스라치게 놀란 것이다. 연순을 의식하자 성수의 눈은 심
하게 흔들렸다. 그리고 빙긋이 웃는다.

"나 여기 있는 줄 어떻게 알았소?"

연순은 잠자코 치맛자락을 걷으며 성수 옆에 나란히 앉는다.

"니 많이 여빘구나."

온통 눈만인 듯 싶을이만큼 여윈 성수의 얼굴을 들여다본다.

"구신이 붙어서 살이 자꾸 빠지는가배요."

성수는 슬며시 외면을 한다.

"미친 소리 하지 말어."

연순의 눈이 멍해진다.

"누부는 여기 와 오요? 야단 맞을라고……"

"니는 와 오노?"

"나하고 누부는 다르지요."

"그라믄 니는 사람 앙이가?"

"나? 나는 구신이 붙었입니더. 동네 사람들도 그라고 큰어무이도 안 그랍니꺼."

"그런 말 함부로 안 하는 기다."

까치가 푸드득 날아간다. 울 밖의 느티나무에 가 앉더니 날카롭게 운다. 앵두꽃도 살구꽃도 지는 판이다.

"성수야."

성수는 어금니를 지그시 깨문다. 볼이 실룩거렸다.

"여기 뭐 하러 오지?"

"비상 묵고 죽은 사람을 한번 만나볼라고요."

도전하듯 말한다.

"만나서 뭐 할래."

부드럽게 속삭이는 듯하다. 성수는 얼굴을 돌렸다. 서로 한참 동안 마주 본다.

“누부, 나 그만 타관에, 타관에 가고 싶다.”

별안간 어린 시절의 말투로 돌아간다.

“타관에?”

연순의 얼굴이 상기한다.

“아부지를 찾고 싶다. 돌아가셨다면 그 흔적이라도 알고 싶다.”

연순은 침묵한다. 멀리 항구를 떠나는 배가 보인다. 성수는 도깨비집에 비상 먹고 죽은 사람을 만나러 오는 것은 아니다. 실상은 저 배를 바라보려 오는 것이다. 연순은 그렇게 생각하였다.

박경리, 〈김약국의 딸들〉(나남, 1993, 39~41쪽) 중에서

황석영의 삼포 가는 길
길 위의 길

1970년대 들어 급격한 경제 개발의 결과, 전통적인 사회 질서가 무너지고 농민들이 하나둘씩 도시로 몰려들었다. 이에 따라 경제적으로 궁핍하고 사회적으로 소외당한 도시 빈민층은 점점 늘어만 갔다. 이렇게 급속하게 진행된 산업화의 물결 속에서 고향도 잃고 삶의 뿌리도 잃은 채 정처 없이 떠도는 노동자들의 이야기를 다룬 작품이 바로 황석영(黃晳暎, 1943~)의 〈삼포 가는 길〉이다. 1973년 《신동아》에 발표된 〈삼포 가는 길〉은 고향 삼포를 유토피아로 생각하는 정씨의 귀향길을 중심으로 뜨내기로 사는 작중 인물들 간의 유대감을 따뜻하게 그리고 있다. 그러나 그 한편에서 결국 고향도 잃고 뜨내기로 전락할 수밖에 없는 상황을 재확인시킴으로써 산업화의 현실을 비판하고 있다.

황석영은 만주 신경에서 출생하여, 해방이 되자 평양으로 이주했다가 1949년에 월남, 영등포에 정착했다. 6·25 동란으로 대구중앙국민학교로 전학했다가 가출하는 것을 시작으로 퇴학과 가출과 방랑을 계속했다. 1962년 《사상계》 신인문학상에 〈입석부근〉이 입선되어 데뷔했으며, 1964년 숭실대학 철학과에 입학했다. 6·3사태가 일어나자, 즉결재판소에서 만난 부랑노무자와 사귀어 신탄진 연초공장에서 일하다가 방랑했으며, 1966년 해병대에 입대 후 월남에 파병되었다. 이때의 체험은 월남전에 대한 사실적이고 비판적인 문제작 〈무기의 그늘〉을 낳았다. 1970년 조선일보 신춘문예에 〈탑〉이 당선된 후 〈객지〉, 〈아우를 위하여〉, 〈낙타누깔〉, 〈잡초〉, 〈돼지꿈〉 등을 발표했다. 1973년에는 구로공단에서 공원으로 일하다가 위장취업 문제로 도피하기도 했는데, 이때의 일과 노동 체험은 〈삼포 가는 길〉의 소재와 주제의식을 형성했다. 1974년부터 장편 대하소설 〈장길산〉을 연재했으며, 1980년에 목격한 광주사태 해결을 위해 재야에서 활동했다. 1993년 입북 사건으로 투옥되어 5년 만에 석방되었으며, 현재 다시 왕성한 창작활동을 하고 있다.

길에서 사는 사람들

인생은 흔히 길에 비유된다. 어떤 사람은 처음부터 편편하고 넓은 길을 찾아가고, 어떤 사람은 일부러 위험하고 좁은 길만을 골라 간다.

또 여러 갈래 길을 만나면 어떤 길을 선택해야 할지 갈등하고, 가지 못한 길이 못내 아쉬워 뒤를 돌아보기도 한다. 그래서 인생을 가장 구체적으로 그리는 장르인 소설의 경우, 길을 소재로 한 작품이 특히 많다. 이러한 작품에서 주인공이 문제를 만나 해결해가는 과정은 대체로 '길 찾기'에 비유되곤 한다. 이런 소설을 '여로 소설'이라 부르는데, 영화로 치면 로드 무비(Road Movie)에 해당한다.

길을 떠나본 사람은 알 것이다. 길에서는 아무 거리낌 없이 사람들과 친해질 수 있지만 또 쉽게 헤어진다. 그래서 아쉬움도 더 크다. 길에서 떠도는 이들은 마음속 깊이 자리 잡은 외로움과 상처를 치유하기 위해 마음의 둥지를 틀 수 있는 정신적 고향을 찾아 헤매곤 한다. 그러나 1970년대 급격한 산업화로 자신의 보금자리를 떠날 수밖에 없었던 이들은 정신적인 고향은 물론 물질적 고향마저 잃어버렸다. 1973년에 발표된 〈삼포 가는 길〉은 이 같은 혼란의 소용돌이 속에 길을 떠날 수밖에 없었던 세 사람의 이야기를 다루고 있다. 이 소설에 등장하는 세 사람, 부랑노무자로 떠도는 '영달', '큰집(감옥을 뜻하는 은어)'에서 나와 고향을 찾아 나선 '정씨', 인정 많은 작부 '백화'는 길에서 우연히 만나 동행하고 이야기를 나누면서 서로의 처지를 이해하게 된다.

이 소설보다 약 40년 전쯤에 나온 이효석(1907~1942)의 〈메밀꽃 필 무렵〉 역시 '여로 소설'에 해당하는데, 이 작품은 평생을 길에서 보내는 장돌뱅이 인생을 다루고 있다. 그러나 두 소설의 주인공들이 길을 떠나는 이유는 근본적으로 다르다. 〈메밀꽃 필 무렵〉의 장돌뱅이 인생은 단 한 번의 사랑을 위해 스스로 선택한 것이었지만, 〈삼포 가는 길〉의 뜨내기 인생은 산업화가 빚어낸 어쩔 수 없는 선택이었던 것이다. 그리고 그 방황은 수십 년이 지난 지금까지 끝나지 않았다.

초점의 변화와 얽힘

이 작품의 주인공은 영달이다. 영달을 한자로 쓰면 '榮達' 로, 그 속에는 '높은 지위에 올라 귀하게 된다.' 라는 무척 큰 뜻이 담겨 있다. 전영택(1894~1968)의 〈화수분〉에 나오는 형제들의 이름('거부', '귀동이' 등) 속에는 잘살고 귀하게 되라는 뜻이 담겨 있지만, 역설적이게도 모두 가난했다. 영달도 마찬가지이다. 영달은 고작 일용 노동자로 빚을 지고 도망하며, 밥집 주인 여자와 놀아나는 그렇고 그런 인물이다. 그런가 하면 백화(白花)라는 이름의 여주인공은 이름과는 어울리지 않는 퇴폐적이고 화려한 생활을 한다. 정씨는 끝까지 본명이 밝혀지지 않는데, 아마도 그의 과거가 철저히 감추어져 있기 때문인 것으로 보인다. 그는 비밀에 싸인 채 영달을 삼포로 인도하는 안내자이다. 이들은 모두 1970년대 산업화의 과정에서 뿌리를 잃고 도시의 밑바닥 생활을 하는 인물로, 서로 다른 과거와 각기 독특한 개성을 지녔지만, 본질적으로는 같은 인물들이라 할 수 있다.

작품의 처음은 영달에게 초점이 맞춰져 있다. 즉 서술자는 영달의 눈으로 세상을 바라보고 있다. 정씨에게 함께 길을 떠나자고 제의하는 것도 영달이고, 백화와 그럴듯한 사랑의 감정에 빠지는 것도 영달이다. 영달의 내면은 독자들에게 수시로 보인다. 그러나 정씨는 외면만 묘사되어 있어서, 독자는 정씨가 어떤 생각을 하고 있는지 알 수 없다. 그저 그의 행동과 약간의 대화를 통해 짐작만 할 수 있을 뿐이다. 백화는 자신의 과거를 이야기하며 잠시 내면을 내비치지만, 그것은 영달에게 그에 대한 자신의 마음을 전달하는 데 그칠 뿐이다. 이 같은 내용으로 보아 작가는 영달을 주인공으로 내세우고 있다는 것을 알 수 있다.

그런데 이상하게도 이야기를 이끌어가는 힘은 오히려 정씨에게 있다. 정씨는 자신의 고향인 삼포로 영달을 안내하며, 뭔지 모를 위엄으로 영달의 행동을 조절한다. 작품의 마지막을 보자.

작정하고 벼르다가 찾아가는 고향이었으나, 정씨에게는 풍문마저 낯설었다. 옆에서 잠자코 듣고 있던 영달이가 말했다.
"잘됐군. 우리 거기서 공사판 일이나 잡읍시다."
그때에 기차가 도착했다. 정씨는 발걸음이 내키질 않았다. 그는 마음의 정처를 방금 잃어버렸던 때문이었다. 어느 결에(어느 틈에) 정씨는 영달이와 똑같은 입장이 되어 버렸다.

일자리를 찾으러 나선 영달에게 삼포의 변화는 반가운 일이지만 정씨에게는 그렇지 않다. 그런데 여기에서 놀랍게도 삼포가 관광지로 변하고 있다는 노인의 이야기를 듣는 주체가 영달에서 정씨로 바뀐다. 갑자기 정씨의 내면으로 이야기의 초점이 옮아가, 삼포라는 곳이 결국 정씨에게 마음의 위안이 되지 못하며, 그를 영달과 같은 뜨내기로 만들고 말았다는 것을 보여준다. 이것으로 보아 이 작품의 표면적 주인공은 영달이지만 이면적 주인공은 정씨인 것을 알 수 있다.

겨울, 헐벗은 영혼의 자리

소설에서 공간적 배경은 흔히 인물이 놓인 상황이나 행동의 물리적 공간으로 구체화되며 때로는 인물의 심리 상태를 상징하기도 한다. 식민지 시대에 겨울이라는 배경은 혹독한 식민지 현실을 비유하는 장치로 흔히 사용되었다. 〈운수 좋은 날〉에서 김 첨지가 아주 '운' 이 좋았던 그날은 마침 얼다 만 비가 내리던 겨울이었고, 〈화수분〉에서 화수분이 아이를 사이에 둔 채 부인과 껴안고 죽었을 때도 한겨울이었다.

〈삼포 가는 길〉의 배경도 겨울이다. 특히 서두 부분의 묘사는 영달이 놓인 황폐하고 궁핍한 현실을 암시하고 있다.

영달은 어디로 갈 것인가 궁리해보면서 잠깐 서 있었다. 새벽의 겨울바람이 매섭게 불어왔다. 밝아오는 아침 햇볕 아래 헐벗은 들판이 드러났고 곳곳에 얼어붙은 시냇물이나 웅덩이가 반사되어 빛을 냈다. 바람소리가 먼데서부터 몰아쳐서 그가 섰는 창공을 베이면서 지나갔다. 가지만 남은 나무들이 수십여 그루씩 들판가에서 바람에 흔들렸다.

다소 파격적인 도입이다. 이것이 두 번째 문장이라면 혹시 모를까 처음부터 영달은 어디로 갈까 궁리한다고 되어 있다. 이런 갈등은 사실 소설의 중간쯤에나 제시될 만한 것이다. 게다가 갈등하는 모습을 보여주고 나서는 엉뚱하게도 다시 배경 묘사가 한 단락을 차지한다.

그러나 자세히 살펴보면 첫 문장의 '영달은' 이라는 주어는 다음 문장의 주어들과 동질 관계에 있다고 볼 수 있다. 즉 '영달은—겨울바람이—헐벗은 들판이—얼어붙은 시냇물이나 웅덩이가—바람소리가—가지만 남은 나무들이' 로 이어지는 주어들이 바로 영달의 환경, 한푼 없는 뜨내기 신세를 은유하고 있다. 영달의 내면과 처지가 구체적인 배경 묘사와 어우러져, 공간적 배경은 한결 적극적인 의미를 갖게 되는 것이다.

이 작품은 '기차가 눈발이 날리는 어두운 들판을 향해서 달려갔다.' 라는 문장으로 끝을 맺는다. 정씨와 영달이 결국 타지 않은, 삼포로 가는 기차의 모습이다. 이 모습은 첫 부분과 명확히 대조가 되며 연결된다. 정리해보면 다음과 같다.

서두	마지막
정적 (영달이 ~ 서 있었다 / 얼어붙은 웅덩이)	동적 (기차가 ~ 달려갔다 / 눈발이 날리는)
밝음 (밝아오는 아침 햇볕 / 반사되어 빛을 냈다)	어두움 (어두운 들판을 향해)

영달이 어디로 갈지 망설이던 첫 대목은 차갑고 헐벗었지만 밝아오는 때였다. 그러나 마지막 부분은 어두운 밤이다. 이것은 그저 대조에 머무는 것이 아니라 순환적으로 연결된다. 밤이 지나면 다시 아침이 올 것이고, 눈이 내리면 웅덩이가 얼어붙는다는 것이다. 영달과 정씨는 아침부터 밤까지 따뜻한 희망을 품고 삼포를 향해 함께 걸었으나, 밤이 되면서 마음의 정처를 잃고 결국 처음과 같은 상황이 되고 말았다. 따라서 처음과 마지막에 나오는 '들판' 은 어두우나 밝으나 차가운 힘에 의해 고통받는 현실, 변하지 않는 뜨내기의 현실을 의미한다고 볼 수 있다. 이렇게 되면 첫 문장에서 영달이 어디로 갈 것인

가 궁리하는 모습은 한때의 행동이 아니라 뜨내기로서의 '주기적인 행위'가 된다. 이 작품은 이렇게 정처를 찾지 못하는 뜨내기의 삶을 배경과 구조를 통해 더욱 분명히 드러내고 있다.

삼포, 잃어버린 고향

'삼포(森浦)'는 현실적으로 존재하지 않는 허구의 공간이다. 작가는 전쟁 중에 머물렀던 바닷가를 떠올리며 이 지명을 만들었다고 한다. 그 공간은 작가에게 커다란 정신적 위안을 주었고, 작품 속의 인물인 정씨 역시 그곳에서 마음의 평안을 찾으려 한다. 마지막에서 볼 수 있는 정씨의 실망은, 산업화로 변해가는 지방의 한 공간에서 이제 예전의 인생살이를 기대할 수 없게 되었다는 판단의 결과일 것이다. 호텔 공사로 상징되는, 변화하는 삼포는 그곳에 뿌리내리고 살던 주민들보다는 일용 노동자를 필요로 하고 있으며, 그것은 고향인 삼포를 부정적으로 변화시킬 것이라는 생각 말이다. 일시적이고 또 비본질적인 일들이 사람들을 영원하고 정직한 노동에서 벗어나도록 만들던 풍경이 바로 1970년대의 모습이었던 것이다.

황석영의 '삼포' 말고도 임철우(1954~)의 〈사평역〉과 곽재구(1954~)의 〈사평역에서〉에 나오는 '사평'이나, 김승옥(1941~)의 〈무진기행〉에 나오는 '무진' 등은 모두 현대 도시인이 마음을 쉬고 달랠 이상향이자, 동시에 잃어가는 고향으로 나타난다. 이러한 공간에 대한 추구는 1970, 80년대에는 급속한 산업화가 빚어낸 경제적 어려움, 그것으로 인한 소외감에서 비롯되었다. 그러나 이 상실의 감각은 지금의 정신적 공황과도 어느 정도 공통분모를 가지고 있다. 모두 삶이라는 길 찾기에 대한 커다란 은유이기 때문이다.

그렇다면 지금 우리에게 삼포는 어디인가? 그것은 아마도 평생을 두고 찾아야 할 궁극적 가치, 가장 소중한 어떤 것이라고 할 수 있겠다. 그것이 있기에 인생은 힘든 모험이지만 의미가 있는 것이다.

작품 읽기

다음은 길에서 만난 영달과 정씨가 함께 삼포로 가던 중 도망가는 백화를 만나 뜨내기로서의 유대감을 가지게 되는 부분이다. 도망한 술집 작부를 만 원의 현상금에 잡아달라던 주인을 두고, 같은 신세의 그녀를 보호하며 길을 가다가 서로의 처지를 이해하고, 종국에는 가진 돈을 털어 고향에 보내는 내용이 이 작품에서 가장 감동적인 부분이다. 결국 백화는 보냈지만, 삼포행 기차를 타려던 정씨와 영달은 한 노인으로부터 삼포가 변했다는 말을 듣고 정처를 잃고 만다.

사방이 어두워지자 그들도 얘기를 그쳤다. 어디에나 눈이 덮여 있어서 길을 잘 분간할 수가 없었다. 뒤에 처졌던 백화가 눈 덮인 길의 고랑에 빠져 버렸다. 발이라도 삐었는지 백화는 꼼짝 못하고 주저앉아 신음을 했다. 영달이가 달려들어 싫다고 뿌리치는 백화를 업었다. 백화는 영달이의 등에 업히면서 말했다.

"무겁죠?"

영달이는 대꾸하지 않았다. 백화가 어린애처럼 가벼웠다. 등이 불편하지도 않았고 어쩐지 가뿐한 느낌이었다. 아마 쇠약해진 탓이리라 생각하니 영달이는 어쩐지 대전에서의 옥자가 생각나서 눈시울이 화끈했다. 백화가 말했다.

"어깨가 참 넓으네요. 한 세 사람쯤 업겠어."

"댁이 근수가 모자라니 그렇다구."

그들은 일곱 시쯤에 감천 읍내에 도착했다. 마침 장이 섰었는지 파장된 뒤인데도 읍내 중앙은 흥청대고 있었다. 전 부치는 냄새, 고기 굽는 냄새, 곰국 냄새가 풍겨왔다. 영달이는 이제 백화를 옆에서 부축하고 있었다. 발을 디딜 때마다 여자가 얼굴을 찡그렸다. 정씨가 백화에게 물었다.

"어느 방향이오?"

"전라선이에요."

"나는 호남선 쪽인데. 여비는 있소?"

"군용차를 사정해서 타구 가면 돼요."

그들은 장터 모퉁이에서 아직도 따뜻한 온기가 남아 있는 팥시루떡을 사 먹었다. 백화가 자기 몫에서 절반을 떼어 영달에게 내밀었다.

"더 드세요. 날 업구 왔으니 기운이 배나 들었을 텐데."

역으로 가면서 백화가 말했다.

"어차피 갈 곳이 정해지지 않았다면 우리 고향에 함께 가요. 내 일자리를 주선해 드릴게."

"내야 삼포루 가는 길이지만, 그렇게 하지?"

정씨도 영달이에게 권유했다. 영달이는 흙이 덕지덕지 달라붙은 신발 끝을 내려다보며 아무 말이 없었다. 대합실에서 정씨가 영달이를 한쪽으로 끌고 가서 속삭였다.

"여비 있소?"

"빠듯이 됩니다. 비상금이 한 천 원쯤 있으니까."

“어디루 가려우?”

“일자리 있는 데면 어디든지……”

스피커에서 안내하는 소리가 웅얼대고 있었다. 정씨는 대합실 나무 의자에 피곤하게 기대어 앉은 백화 쪽을 힐끗 보고 나서 말했다.

“같이 가시지. 내 보기엔 좋은 여자 같군.”

“그런 거 같아요.”

“또 알우? 인연이 닿아서 말뚝 박구 살게 될지. 이런 때 아주 뜨내기 신셀 청산해야지.”

영달이는 시무룩해져서 역사 밖을 멍하니 내다보았다. 백화는 뭔가 쑤군대고 있는 두 사내를 불안한 듯이 지켜보고 있었다. 영달이가 말했다.

“어디 능력이 있어야죠.”

“삼포엘 같이 가실라우?”

“어쨌든……”

영달이가 뒷주머니에서 꼬깃꼬깃한 오백 원짜리 두 장을 꺼냈다.

“저 여잘 보냅시다.”

영달이는 표를 사고 삼립빵 두 개와 찐 달걀을 샀다. 백화에게 그는 말했다.

“우린 뒷 차를 탈 텐데…… 잘 가슈.”

영달이가 내민 것들을 받아 쥔 백화의 눈이 붉게 충혈되었다.

그 여자는 더듬거리며 물었다.

“아무도…… 안 가나요.”

“우린 삼포루 갑니다. 거긴 내 고향이오.”

영달이 대신 정씨가 말했다. 사람들이 개찰구로 나가고 있었다. 백화가 보퉁이를 들고 일어섰다.

"정말, 잊어버리지…… 않을게요."

백화는 개찰구로 가다가 다시 돌아왔다. 돌아온 백화는 눈이 젖은 채 웃고 있었다.

"내 이름 백화가 아니에요. 본명은요…… 이점례예요."

여자는 개찰구로 뛰어나갔다. 잠시 후에 기차가 떠났다.

황석영, 〈돼지꿈〉(민음사, 1980, 207~209쪽) 중에서

이청준의 **당신들의 천국**
낙원 세우기와 경계 부수기

작품 및 작가 소개

　이청준(李淸俊, 1939~)의 〈당신들의 천국〉은 1976년에 간행된 장편 소설로서 작가의 여타 작품처럼 비정상적인 인물들이 사회적 문화적 변동에 의해 정체성을 잃고, 중심으로부터 소외되어가는 모습을 상징적으로 그려내고 있다. 동시에 이들과의 화해와 사랑의 실천을 내세우는 긍정적 주인공도 내세우고 있다. 작품의 주인공은 소록도에서 나병환자들의 천국을 만들려고 노력했던 조 원장이지만 실질적으로 이 작품을 떠받치는 인물은 소록도에 사는 나환자들이다. 그들은 소외된 자신들을 위해 소록도와 육지를 이어 낙토를 만들어보겠다는 조 원장의 꿈을 믿지 않는다. 결국 나환자들의 뿌리 깊은 소외감, 피해의식과 싸우는 조 원장의 진정성이 바로 이 작품의 주제를 형성한다. 인간 소외의 경계에서 싸워온 그에게 과연 어떤 깨달음이

왔는가, 그 깨달음의 과정은 이 작품에서 눈여겨보아야 할 부분이다.

　이청준은 전남 장흥에서 출생하여 서울대학교 독문과를 졸업했으며, 1965년에 〈퇴원〉으로 등단했다. 〈병신과 머저리〉, 〈굴레〉, 〈석화촌〉, 〈매잡이〉 등의 초기작에서 현실과 관념, 허무와 의지 등의 대응관계를 구조적으로 형상화했다. 1970년대에 들어서면서는 〈소문의 벽〉, 〈조율사〉, 〈이어도〉, 〈낮은 목소리로〉, 〈서편제〉, 〈잔인한 도시〉, 〈살아있는 늪〉 등의 작품을 통해 정치적, 사회적 폭력에 대항하는 인간정신을 주로 그려 폭넓은 독자층을 형성했다. 1980년대에 접어들면서는 보다 본질적인 삶의 양상에 대한 탐색으로서 〈시간의 문〉, 〈비화밀교〉, 〈자유의 문〉 등의 작품을 발표했다. 그의 작품은 생활과 예술, 혹은 이상과 현실 사이의 갈등과 고민으로 구성되어 있어, 관념적이고 상징적인 표현이 두드러진다. 이런 이유로 그의 진지한 작가의식이 때로는 자의식의 과잉이나 지적 우월감으로 느껴지기도 한다.

칭찬합시다

좋은 일을 많이 하는 사람을 찾아다니며 칭찬하는 프로그램이 있었다. 그 시간에는 세상에서 버려지고 소외된 사람들을 위해 모든 것을 희생하는 아름다운 사람들을 만났다. 몇십 명이나 되는 치매 노인을 정성껏 보살펴주는 사람, 장애인·노숙자·소년 소녀 가장들을 자기

식구처럼 돌보는 사람……. 그 시간이면 나도 모르게 눈물을 흘리며 '세상은 참 살 만하구나.' 하는 생각을 했었다. 정말 착한 일을 하고 나면 뭔가 뿌듯하고 기분이 좋다. 그래서 선행 그 자체가 살아가는 데 큰 기쁨과 위로가 되기도 한다. 거기다 칭찬까지 받는다면 이보다 더 기쁜 일은 없을 것이다.

만일 허구 속의 인물을 칭찬해준다면 제일 먼저 칭찬해줄 사람은 누굴까? 이청준의 〈당신들의 천국〉의 주인공 조백헌 원장이 아닐까? 누구나 꺼리는 나환자들의 섬에 가서 그들을 위해 온몸으로 희생한 사람이니 말이다. 그러나 어찌된 일인지 소설 속의 조 원장은 존경과 칭찬을 받는 대상이 아니라 생명의 위협을 느끼며 차갑고 신랄한 비판을 한 몸에 받는 인물이다. 왜일까? 이 질문을 생각하며 작품을 찬찬히 읽어가면 나환자촌을 배경으로 작가가 심어놓은, 여러 층으로 겹겹이 쌓인 우리 사회의 문제점을 발견할 수 있다. 이 소설은 사회 속에서 진정 잘 살아간다는 것이 무엇인지 고민하게 만드는 작품이기 때문이다.

분홍색 절망 – 소외자의 그늘

〈당신들의 천국〉은 이상적 사회를 향한 이청준의 의지와 실천이 실험된 역작이다. 우선 작품의 줄거리부터 간단히 살펴보기로 하자.

나환자 섬의 병원장 조백헌은 직선적이고 투지가 강한 인물이다. 그는 탈출 사건이 끊이지 않는 나환자들의 섬에 부임해 와, 시종일관 무표정하게 살고 있는 나환자들의 마음을 열기 위해 고심한다. 축구 대회를 통해 원생들의 신뢰를 얻은 그는 나환자들이 독립적으로 먹고 살 터전을 만들기 위해 간척 공사를 제안한다. 그러나 공사는 기후 조건과 육지 주민들의 방해, 내부 문제로 여러 번 실패에 부딪친다. 설상가상으로 육지 주민들은 당국의 힘을 빌려 간척권을 빼앗으려 하고, 그 와중에 조 원장은 강제로 전임된다. 그리고 5년이 지난 어느 날, 그는 평범한 개인으로 다시 섬에 돌아와 낙원 건설의 꿈을 키운다.

지금은 치료약이 개발되어 나병 환자가 많이 줄었지만, 과거에는 이 병에 걸린 사람들이 매우 많았다. 소록도에 강제 수용되기 전까지 이들은 가족에게조차 버림받아 함께 무리 지어 떠돌아다니며 인간 이하의 취급을 받았다. 이른바 '문둥이' 라고 불리는 이들은 온몸이 썩어 들어가는 흉측한 몰골 때문에 일반인이 가장 기피하고 두려워하는 존재였다.

해와 하늘 빛이
문둥이는 서러워

보리밭에 달 뜨면
애기 하나 먹고

꽃처럼 붉은 울음을
밤새 울었다.
— 서정주, 〈문둥이〉

서정주의 시에서도 볼 수 있듯이 나환자들은 자신들을 둘러싼 온갖 해괴하고 끔찍한 소문에 시달려야 했다. 그들은 병과 죽음에 대한 공포보다 소외당하고 버림받은 외로움에 더욱 서러워했다. 문둥이 시인 한하운(1920~1975)이 죽어서 파랑새가 되고 싶다고 간절히 노래한 것도 이 때문이었을 것이다.

더군다나 나환자는 완치가 되더라도 정상인으로 대접받지 못하는 경우가 많았다. 다행히 몸의 어느 부분이 떨어져 나가지는 않았더라도, 나병의 흔적은 죽을 때까지 남아 있기 때문이다. 눈가의 불그레한 색조, 나병 고유의 빛깔, 그것은 절망의 흔적이었다. 아무리 지우려 해도 지워지지 않는 그 분홍색은 음성 병력자가 되어도 정상인의 생활을 할 수 없다는 소외자의 분명한 표지가 되었다. 작가는 소록도의 아름다운 벚꽃에 이 분홍색의 절망적 이미지를 대조시키며 정상인과 환자의 융합될 수 없는 삶의 문제를 제기하고 있다. 그리고 그 문제의 제기와 해결 과정이 바로 이 소설을 떠받치는 힘이다.

자기 속의 동상 – 시혜와 수혜

작품의 1부는 이상욱이라는 인물의 시선을 통해 포착, 서술되고 있다. 이상욱은 어두운 출생의 비밀 때문에 괴로워하는 인물로, 그 비극의 원인을 제공했던 주 원장의 역사가 다시 반복될 것을 늘 경계한다. 30년 전 이 섬의 원장이었던 주정수는 소록도를 지상의 낙원으로 만들려 했지만, 그 과정에서 원생들에게 강제 노동을 시켰고 결국 서로를 배반하게 만들었다. 주 원장이 만든 낙원은 주 원장 자신만의 낙원이었을 뿐, 원생들에게는 바로 강제 노역소였다. 그는 결국 원생들이 자발적으로 세워 바친 자기의 동상 앞에서 원생들의 손에 살해당했다. 무리한 동상 세우기는 끔찍한 배반을 불러왔던 것이다.

인간은 누구나 자기 속에 동상을 가지고 있다. 세계의 중심에 우뚝 서려는 마음, 자기가 만든 세계의 신이 되고 싶은 욕망, 다른 사람을 지배하려는 욕망 등이 그것이다. 사람들은 여러 가지 방법으로 그것을 이루고자 한다. 주정수 원장의 경우는 강제 노역과 지배 체제의 강화로 그것을 얻었고, 그 결과 소록도라는 작은 왕국의 지배자로 군림했다. 그러나 그것은 곧 철거될 운명에 놓일 수밖에 없는 부정적 동상이었다.

그렇다면 조백헌의 경우는 어떠했는가? 그는 원생들의 낙원을 건설하기 위해 모든 것을 바쳤을 뿐 자기의 영화(榮華)를 위해 어떤 일도 하지 않았다. 그는 원장이 타는 차도 마다했고 원생보다 더 고단하게 일했다. 그런데도 이상욱은 조 원장이 자기의 동상을 가질까 늘 경계하고 독설을 서슴지 않았다. 과연 조 원장이 그런 동상을 가지고 있었을까?

선하다는 것은 그대로 족한 것, 그래서 아무 목적도 필요로 하지 않는 것이다. 만일 어떠한 대가를 바라고 그런 행동을 한다면 그것은 거짓 선행이 된다. 그러나 선행을 베푼 결과, 수혜자들의 존경과 사랑을 받게 되면, 시혜 의식에 사로잡혀 자기도 모르게 '동상'을 만드는 경우가 있다. 이상욱이 경계한 것은 바로 그것이다. 조 원장이 주도한 축구 대회에서 승리한 나환자들이 모처럼 흥분과 열기에 사로잡혀 행복해할 때, 차 위에 서서 이들을 흐뭇하게 바라보던 조 원장의 미소는 마치 자신이 만든 세계를 바라보며 미소 짓는 조물주를 보는 것 같은 섬뜩한 느낌을 주었다. 그는 자기도 모르게 동상을 세우고 있었던 것이다. 적어도, 그의 계획이 여지없이 무너지기 전까지는.

자유와 사랑의 실천

〈당신들의 천국〉 2부는 조 원장이 환자들과 함께 오마도 간척 공사를 진척시켜 나가는 이야기로 진행된다. 조 원장은 간척 공사에 자신의 모든 것을 걸지만 자주 반복되는 나환자들의 불가사의한 무관심과 배반으로 어려움을 겪는다. 그때마다 조 원장은 황 장로의 조언을 통해 나환자들의 그 어두운 핍박의 세월에 대해, 그 때문에 생겨난 독기와 심술에 대해 조금씩 알게 된다. 그리고 환자와 건강인의 구별, 지배자와 피지배자의 구별 등 보이지 않는 경계를 부수기 전에는 결코 낙원을 건설할 수 없음을 절감한다. 조 원장의 계획은 원생들이 독립적으로 살아갈 경제적 여건을 마련하는 데 있었지만, 그것은 단지 조 원장, '당신'의 계획이었을 뿐, 누리고자 하는 사람, '우리'의 선택이 무시된 것이었다.

그렇다면 그 낙원은 무엇을 바탕으로 이루어져야만 하는가? 낙원 세우기에 고심하던 조 원장에게, 사람들 사이의 경계를 부수기 위한 대안으로 이상욱이 강조한 것은 '자유'였다. 죽고 싶으면 죽고, 정상인과 살고 싶으면 격리된 공간을 뛰쳐나가고, 사랑하고 싶으면 사랑하고, 아이를 낳고 싶으면 낳아서 키우는 삶. 이상욱은 주 원장이 건설하려던 낙원의 결과가 독재의 동상을 세우는 것으로 나타났음을 잊지 않고, 이것을 경계하여 '자유'를 강조한다. 그러나 이상욱은 자유의 실천이 사실상 불가능할 뿐 아니라 그것이 낙원 건설의 전제는 아니라는 문제에 부딪치자 홀연히 섬을 떠난다.

자유란 결국 뺏고 빼앗기는 것으로, 그 싸움은 미움과 원망을 불러올 수밖에 없다. 그래서 나환자들의 정신적 지주였던 황 장로는 자유보다는 사랑이 중요하다는 것을 강조한다. "사랑은 빼앗음이 아니라 베푸는 길이라서 이긴 자와 진 자가 없이 모두 함께 이기는 길"이라는 것이다. 이러한 사랑을 바탕으로 하지 않는 자유란 불신과 대립을 낳을 뿐이다.

이상욱과 황 장로의 이야기를 바탕으로, 섬을 떠나 있던 5년 동안의 고민 끝에 조 원장이 얻은 결론은 바로 다음과 같은 것이었다.

결국 같은 운명을 삶으로 하여 서로의 믿음을 구하고, 그 믿음 속에서 자유나 사랑으로 어떤 일을 행해 나가고 있다 해도 그 믿음이나 공동 운명 의식은, 그리고 그 자유나 사랑은 어떤 실천적인 힘의 질서 속에 자리를 잡고 설 때라야 비로소 제 값을 찾아 지니고, 그 값을 실현해 나갈 수 있다는 이야깁니다.

이 말을 한마디로 한다면 '자유와 사랑의 실천'이다. 그 바탕에는 공동 운명 의식과 믿음 등이 자리 잡고 있다. 그가 지배자인 원장 자리를 물러나 한 평범한 개인으로서 간척 공사 대신 어렵게 추진한 일이 바로 음성 병력자인 윤해원과 정상인인 서미연의 결혼이었다. 환자와 건강인 사이의 자유로운 결합, 바로 사랑의 실천이다. 조 원장은 이들의 결합이 섬 전체의 공동 의식, 신뢰를 회복할 것이라 믿고 있다. 그러나 그 신뢰의 뒷면에는 역설적이게도 숨겨진 비밀이 있다.

보이지 않는 철조망, 진실의 회복

〈당신들의 천국〉 3부는 화려한 벚꽃이 활짝 핀 봄날, 소록도에서 열릴 결혼식에 대한 기대와 설렘으로 끝을 맺는다. 활짝 핀 벚꽃의 붉은

빛은 사실 음성 병력자의 분홍, 곧 결혼 당사자인 윤해원의 절망의 색
이다. 봄만 되면 구름처럼 섬을 뒤덮는 분홍색 벚꽃, 섬 사람들은 누
구나 그 절망스런 분홍색의 경험을 가지고 있고, 그것을 저주한다. 그
런데 처음에는 절망의 이미지로 나타났던 벚꽃이 이번에는 축복의 이
미지로 나타난다. 음성 병력자 윤해원이 자신이 그렇게도 질투하던
건강인과 결혼하게 되었기 때문이다.

이 결혼은 소록도 안은 물론이고 외부인의 방문까지 이어져 건강인
과 환자 사이의 거리를 없애는 축제로 그려진다. 그런데 이상하게도
이 소설은 그 떠들썩한 분위기에 맞추어 행복하게 끝나는 것이 아니
라, 조 원장의 외로운 결혼식 축사 연습에서 끝을 맺는다. 그리고 조
원장이 축사 연습을 하고 있는 방 밖에서는 오랜만에 섬에 돌아온 이
상욱이 뜻 모를 미소를 머금고 이 축사를 듣고 있다. 왜인가?

사실 건강인으로 알려진 신부는 미감아(나환자의 자식)였다. 이 일을
몰래 추진한 조 원장은 벌써부터 이 사실을 알고 있었지만 결혼 당사
자인 윤해원에게는 비밀에 붙인다. 그러니 엄밀하게 말해서 이들의
결혼은 건강인 지대와 환자 지대 사이의 보이지 않는 철조망을 걷어
치우는 상징적인 예식이 아니다. 그런데도 조 원장은 이 사건이 오마
도의 방둑 대신에 솟아오른 진실의 둑임을 강조한다. 그는 왜 이 사실
을 숨기고 이 결혼에 지나친 의미를 부여하려 하는가? 왜 엄청난 거짓
말을 바탕으로 사람들 사이의 경계를 부수려고 하는가?

어쩌면 그것은 작가가 암시하는 우리의 현실인지도 모른다. 언젠가
우리가 들추어낼, 또는 이미 들춰진 역사는 얼마나 거대한 눈속임들
로 가득 차 있는가. 작가는 조 원장의 입을 빌려 자유와 사랑의 실천
을 내세웠지만, 그것을 바탕으로 낙원이 건설되는 모습은 그리지 않

고 있다. 오히려 이 미묘한 결말에는 작가가 조심스레 제시하는 진실이 숨겨져 있다.

작가는 진실을 가리고 경계를 없앤다고 해서 낙원이 건설되는 것은 아니라는 점을 말하고 있다. 그것은 '당신들의 천국'이지 결코 '우리들의 천국'은 되지 못한다. 우리들 사이에 보이지 않는 무수한 경계를 부수고 신뢰를 회복하지 않는 한, 지상의 낙원은 있을 수 없는 것이다.

작품 읽기

다음은 〈당신들의 천국〉의 3부에 나오는 부분이다. 조 원장의 낙원 건설이 소록도 환자들의 반발과 무관심에 부딪치고, 다시 외부의 압력으로 무산되자 조 원장은 소록도를 떠난다. 이 부분은 조 원장의 행동마다 냉소적인 반응을 보이던 이상욱이, 소록도를 떠난 조 원장에게 보낸 진심 어린 충고이다. 특히, 인용된 부분에서는 이 작품의 제목이 왜 '당신들의 천국'인지를 알 수 있게 하는 암시가 들어 있다.

원장님 — 그러므로 전 이제 원장님께 이 긴 글을 드리게 된 마지막 동기를 말씀드려야 할 때가 온 것 같습니다.

원장님, 원장님께서 굳이 이 섬 위에 일사불란한 그 원장님의 천국을 완성해내려고 하지 마십시오. 천국을 완성해내시고서야 섬을 떠나려고 하지 마십시오. 절 강제라도 보시고 가겠다는 원장님의 생각 역시 마찬가지입니다. 그것을 완성하지 못하고 섬을 떠나시게 되심을 섭섭하게 여기지 마십시오. 그것은 이 가엾은 섬사람들을 위해서뿐만 아니라, 원장님 자신을 위해서도 지극히 현명하고 다행스런 결단이 될 것임에 틀림없습니다. 섭섭한 말씀이 될지 모르겠습니다만 원장님께서 끝끝내 원장님의 천국을 고집하실 경우, 원장님께서는 아마도 그 천국의 꿈이 섬 위에 실현되는 바로 그 순간부터 원장님께 대한 그 천국의 견딜 수 없는 배반과 복수가 새로 시작될 것이기 때문입니다.

　이상한 얘기지만 이 섬 원생들은 실상 천국이 다 완성되어지기도 전에 벌써 그 천국의 모든 축복을 누려 버리고 있는 것입니다. 원장님께서도 이미 알고 계신 일일 줄 믿습니다만, 이 섬을 다스려 온 분들은 섬사람들을 달래고 설복시키기 위해 전부터 자주 그 천국의 축복을 가불해 주는 버릇들이 있었습니다. 천국이 이루어지기도 전에 사람들을 그 몇 년 뒤의 천국의 꿈에 위하게 하여 그들을 손쉽게 지배해 오곤 했습니다. 내일의 꿈을 오늘 미리 가불해주고, 그 가상의 현실을 당장 오늘의 그것으로 착각하고 즐기게 하여 진짜 현실의 갈등을 잠재워 버리는 말의 요술은 이 섬을 다스려 온 사람들의 해묵은 수법이기는 하지만, 그러나 오늘의 삶이라는 것이 늘 힘겹고 짜증나는 사람들에게는 그야말로 지극히 손쉽고 효과적인 지배술의 하나였습니다.

　알고 계셨든 모르고 계셨든 지난 몇 해 동안 원장님께서도 이 섬사람들에 대하여 그러한 조작을 부단히 계속해 오고 계셨음은 이제 부인할 수가 없으실 것입니다. 한다면 막상 그 천국의 꿈이 현실로 실현되는 날 섬사람들은 더 이상 그 천국에서 무엇을 얻어 누릴 수가 있겠습니까. 저들은 이미 저들이 꿈꾸며 꾸며온 천국에서는 모든 축복을 미리 가불해다 누려 버린 처지에서 말씀입니다. 천국은 저들에게 아무 것도 새로운 축복을 내릴 수가 없을 것입니다. 그리하여 축복이 없는 천국은 다만 그 천국 안에 저들의 삶을 한정시키려는 답답한 울타리를 깨닫게 할 뿐일 것입니다.

복수가 시작될 것입니다.

배반이 감행되기 시작할 것입니다.

그 복수는 물론 원장님께서 저들에게 내일의 천국을 가불받아 살게 했음에서부터일 것이며, 또한 그 배반은 일사불란한 천국의 울타리에 대한 저들의 각성에서 비롯된 탈출의 모험으로 해서일 것입니다.

원장님의 천국은 이룩되어질 수도 없는 것이며, 이룩되어져서도 안 될 것입니다. 원장님으로 인해 원생들의 그 오마도 농장을 이룩해나간다 해도 그 역시 출소록의 길이 아니라 또 하나의 더욱 더 완벽하고 안심스런 저들의 울타리가 될 것이기 때문입니다. 떳떳하게 섬을 나가 주십시오. 원장님이 아니더라도 누군가가 또 그것은 원장님 대신 실현해내고자 할 사람이 나타나리라는 협박은 말씀하지 마십시오. 그때 또 그런 사람이 나선다 하더라도 그것은 이미 원장님의 일은 아닐 것입니다. 원장님께서 저들의 천국을 원하신다면, 이 섬의 진정한 주인이어야 할 저들에게도 그들 스스로 자기들은 시험해 볼 기회를 주십시오.

이 섬은 원장님이 아니면 안된다는 원장님만이 이 섬을 위하고 원장님에게서만이 진실로 그 천국이 가능하며 원장님만이 오직 선이라는 그 오만스런 독선이야말로 오히려 이 섬을 사람의 천국이 아닌 추악한 문둥이들의 수용소로 만들어 갈 뿐일 것입니다. 무엇보다도 원장님은 결국 이 섬이나 섬의 환자들과는 운명을 서로 섞을 수가 없는 처지이기 때문입니다.

이청준, 〈당신들의 천국〉(문학과지성사, 1984, 357~359쪽) 중에서

황순원의 일월

외로움에 대하여

작품 및 작가 소개

〈일월〉은 1950~60년대에 백정의 후예라는 사실을 숨기고 상류 사회에 편입한 한 가정의 몰락 과정을 통해 인간의 근원적인 소외 문제를 다루고 있는 작품이다. 황순원(黃順元, 1915~2000)은 이 작품에서 백정에 대한 역사적·민속학적 고찰을 통해 그간 가려져만 있던 이들의 삶의 형태는 물론, 그 피압박의 역사를 잘 나타내고 있다. 그러나 이것은 지나간 현실이나, 불평등한 시각에 대한 비판을 위한 것이 아니다. 타고난 조건을 통해 인간의 근본적인 외로움을 극복하는 문제를 제기하기 위한 것이다. 즉 이 작품에서 백정이라는 신분적 문제는 인간의 존재론적 외로움을 그리기 위한 매개 역할을 하고 있다.

황순원은 평남 대동에서 출생하여, 숭실중학 재학 중인 1931년, 《동광》에 시 〈나의 꿈〉을 발표하여 데뷔했다. 1934년 일본으로 건너가, 동경에서 이해랑(李海浪), 김동원(金東園) 등과 극예술 연구단체인 '동경학생예술좌'를 창립했으며, 1939년 와세다 대학을 졸업했다. 이 시기에 《단층》의 동인으로 주로 모더니즘 계열의 시를 발표하다가, 1937년부터 소설을 쓰기 시작하여 1940년에 〈늪〉을 출간하면서 소설 창작에 주력했다. 해방 직후 월남, 〈별〉, 〈그늘〉 같은 환상적이고 심리적인 경향이 짙은 단편을 발표했다. 1954년 〈카인의 후예〉를 단행본으로 출간하면서 장편 소설 작가로 자리 잡았고, 이후, 〈나무들 비탈에 서다〉, 〈일월〉, 〈움직이는 성〉을 발표하면서 장편 작가로서 진면목을 드러냈다. 황순원의 작품들은 간결하고 세련된 문체, 소설의 미학을 위한 다양한 기법적 장치들, 소박하면서도 치열한 휴머니즘 정신, 한국인의 전통적인 삶에 대한 애정 등을 고루 갖추고 있다. 특히 그의 여러 장편 소설들은 서정적인 아름다움을 충실하게 살려놓으면서도, 일제 강점기로부터 근대화가 제창되는 시기까지 긴 기간 동안의 역사와 현실을 비판적으로 조명하고 있다. 2000년 9월 14일 노환으로 타계했다.

숙명을 어떻게 받아들일 것인가

자연과학자들 중에는 인간이 환경에 의해 지배된다고 생각하는 사람들이 많이 있다. 그들의 주장처럼 환경이 인간을 완전히 지배하는 것은 아니라고 하더라도 환경이 인간에게 많은 영향을 주는 것은 사실이다. 하지만 지혜롭고 용기 있는 사람들은 얼마든지 자신의 힘과 노력으로 주어진 환경을 극복해낼 수 있다. 이것이 인간이 믿고 있는 합리와 이성의 힘이다. 그러나 아무리 환경을 이겨낼 수 있다고 해도 자신이 타고난 환경, 과거의 사실마저 부정할 수는 없다. 가령 열악한 환경에서도 열심히 공부해서 남보란 듯이 성공했다고 하자. 그렇다고 천한 일을 했던 무식한 부모를 외면하고 부정할 수 있겠는가? 또 내가 타고난 환경이 출세에 방해가 된다고 해서 숨기고 위장하는 것은 어떤가? 그것이야말로 타고난 조건이나 따지는 불합리한 세상에 굴복하는 행위가 아닌가?

불과 100여 년 전만 해도 대를 거듭하며 세습되는 신분 제도가 우리 사회를 지배했다. 신분의 변동이야 조선 후기부터 있었지만, 이 신분 제도가 공식적으로 사라진 것은 1894년 갑오개혁을 거치면서였다. 그러나 그 뒤에도 실질적으로는 신분에 대한 차별이 여전했으며, 수십 년이 지나도록 뿌리 깊은 신분 의식에 얽매여 사는 사람들이 많았다. 이런 신분 제도 때문에 가장 큰 고통을 당했던 계층은 아마도 백정들이었을 것이다. 백정들은 기와집에서 살거나 비단옷을 입을 수 없었고, 장례 때도 상여를 사용할 수 없었다. 또한 학교나 교회에서도 함께 수업을 받거나 예배를 볼 수 없었고, 상민들과 떨어져 집단으로 거주해야 했다. 일제 때는 백정에 대한 비인간적인 대우에 저항하는 '형평(衡平) 운동' ▪이 일어나기도 했지만 이들에 대한 차별은 유난한 것이어서 해방과 전쟁 같은 혼란기를 거치고도 여전히 남아 있다.

황순원의 〈일월〉은 1950~60년대에 백정의 후손이라는 사실을 숨기고 상류 사회에 편입했으나 결국은 그 때문에 몰락해가는 한 집안의 이야기이다.

건축학과 대학원생인 인철은 어느 날 지 교수 집에서 분디나뭇골에

사는 어떤 백정 노인의 사진을 보고 이상한 느낌을 받는다. 그리고
형 인호를 통해 할아버지가 백정이었음을 알게 된다. 아버지 상진 영
감은 이 사실을 감추려 하고, 인호도 그것을 숨기기 위해 모든 가족
관계를 끊고 사라져버린다. 인철은 충격에서 벗어나지 못한 채 도수
장(짐승을 잡는 곳. 도살장)에서 일하는 사촌형 기룡을 찾아나서며, 지 교
수와 분디나뭇골에 가서 백정의 풍습을 지켜나가는 큰아버지 본돌
영감의 모습을 확인하게 된다. 한편, 인철의 배다른 동생 인주는 연극
에 몰두하며 홀로 살아갈 계획을 세우다가 연출가 남준걸을 사랑하
게 된다. 막내아들 인문은 방에서 온갖 동물을 키우며 자폐적으로 살
아가는데, 어느 날 어머니 홍 씨는 인문이 사온 뱀 때문에 충격을 받
고 기도원으로 가버린다. 아버지 상진 영감의 사업도 차츰 위기에 몰
린다.

인철의 가족은 점차 불행의 늪에 빠지게 되지만, 인철은 모든 문제
를 접어둔 채 술집과 다방만 전전할 뿐, 어머니같이 포근한 사랑을 베
풀어주는 다혜에게도, 적극적이고 화려한 나미에게도 마음을 털어놓
지 못하고 외로움에 빠져든다. 이런 가운데 인철은 사촌형 기룡과 만
나면서 외로움을 스스로 견뎌나가는 삶의 방식을 조금씩 배워간다.

■ 1923년부터 일어난 백정의 신분적 인권 해방 운동. 저울대처럼 인간의 신분은 평등
해야 한다는 뜻을 지닌 이 운동은 1923년 진주에서 양반 출신 사회 운동가, 백정 출신
지식인, 경제력을 확보한 백정 등이 중심이 되어 '형평사'를 설립하면서 일어났다.
그러나 이 운동은 봉건적 관습에서 탈피하지 못한 일반 농민들의 거부감에서 오는
반(反)형평 운동에 부딪혔다. 또한 인권 운동의 차원을 넘어 사회주의 사상의 영향
속에서 다른 사회 운동과 제휴하여 전개되면서 일제의 탄압을 받기도 했다. 1935년
적극적인 사회 운동으로서의 기능을 상실했다.

그러나 결국 어머니는 기도원에서 돌아오지 않고, 인주는 교통사고를 당하며, 인철의 가족이 백정의 후예라는 사실이 알려진다. 인철은 자신이 설계한 나미의 집에서 열린 크리스마스 파티에 갔다 오면서 외로움에 대해 새로운 깨달음을 얻지만, 이때 인철의 집에서는 자금 압박에 견디지 못한 아버지가 자살한다.

이 작품은 초반에 신분 차별에 대한 문제 제기가 강렬하여, 주인공 인철이 백정의 후예라는 타고난 조건을 어떻게 받아들이게 될 것인가가 소설의 초점인 것처럼 보인다. 그러나 백정에 대한 신분적 차별을 고발하는 것이 이 작품의 전부는 아니다. 문제는 인철의 가족이 새로운 사회 계층에 편입되면서 신분을 숨겨야만 하는 데 따른 갈등에서 나오지만, 소설의 전체 내용은 그 갈등을 겪으면서 파생되는 문제, 즉 인철과 그 곁에 있는 다양한 인물들이 겪는, 외로움을 견디기 위한 힘겨운 싸움에 관한 것이다. 이 작품에서 백정이라는 신분적 문제는 인간의 존재론적 외로움에 대한 문제를 제기하기 위한 매개 역할을 하고 있는 것이다. 자, 그러면 각 인물들이 인간으로서 타고난 어쩔 수 없는 외로움, 그 숙명을 어떻게 받아들이고 있는지 함께 살펴보자.

구원을 찾아서

옛날에 상계 천왕에게 왕자가 하나 있었다. 그런데 왕자는 다른 일은 않고 여색에만 빠져 있었다. 이 사실에 노한 천왕은 왕자와 궁녀 하나를 소로 변하게 하여 하계로 내려보냈다. 그때 천왕은 이들에게 고된 부림을 받다가 나중에 죽으면 혼백만은 다시 상계로 올라오게 해주겠다고 약속했다. 그리고 소를 죽여 상계로 올라가게 해주는 사람도 함께 극락에 가게 하겠다고 말했다.

이 이야기는 백정들 사이에 전해 내려오는 '소'에 관한 설화로서 〈일월〉에 소개되어 있다. 황순원은 이 작품을 창작하면서 백정의 삶에 관한 자료를 발굴하는 데 힘썼다. 이 작품에 나오는 수많은 역사적·민속학적 자료들은 바로 그러한 노력의 결과이며, 그 자료 덕분에 본돌 영감을 둘러싼 백정의 생활이 사실적으로 생생하게 그려질 수 있었다.

본돌 영감은 백정의 생활 풍습에 따라 머리를 빡빡 깎고 수염도 밀고, 실로 만든 단추를 단 무명옷을 입으며, 맨발에 짚신을 신고 살아간다. 그뿐 아니라 소를 위해 제사를 지내고, 조상의 묘소에는 풀이 나지 않도록 늘 신경을 쓴다. 동생 상진 영감은 백정의 후손임을 숨기기 위해 인연조차 끊어버렸는데 반대로 그는 자신이 백정의 후손임을 온몸으로 드러내고 살아간다. 그것은 백정들이 전통적으로 지켜온 종교적인 신념 때문이다. 그는 앞서 소개한 소에 관한 설화를 굳게 믿고 있다. 따라서 본돌 영감은 소를 죽이는 것이 극락에 가기 위해 도를 닦는 것이며, 그 칼에는 영검한 힘이 있다고 믿는다. 그러나 그가 믿는 구원이란 현실적인 소외감, 그 차별과 천시를 정신적으로 극복하기 위해 오랜 세월을 두고 만들어낸 허상에 지나지 않는 것이다.

한편 인철의 어머니 홍 씨는 가정에는 소홀한 채 사업에만 열중하던 남편이 외도까지 하자 종교의 힘을 빌려 문제를 해결하려 한다. 그러다 자식들마저 겉돌게 되자 결국 가족과 벽을 쌓은 채 기도원에서 영혼의 구원에만 몰두하게 된다. 그러나 그것은 참된 구원인가?

예수가 높은 산에 올라갔을 때 모세와 엘리야가 나타나 예수와 더불어 이야기하는 것을 본 베드로가 여기에 초막 셋을 지어 하나는 예수, 하나는 모세, 하나는 엘리야를 살게 하면 어떠냐고 했으나 예수는 다시 산을 내려오고 마는 것이다. 결국 설교 내용은, 기독교 정신은 산으로 도피하는 데 있는 것이 아니고 사람들 속으로 들어가야 한다는 것이었다. 그렇다면 어머니도 이 산에서 거리로 돌아가야 하지 않을까.

기도원에서 어머니를 돌보던 막내 인문의 생각이다. 가족과 타인을 외면한 종교 활동은 올바르지 않다는 것이다. 그러나 홍 씨는 이 생각을 받아들이지 않는다. 그는 '예수의 피에 의해' 자신의 외로움을 잊고 '자기 외로움이 해소된 것으로 착각'하고 있을 뿐 아니라, 그 착각에 집착하고 있다. 홍 씨는 자신의 외로움을 스스로 견디는 것이 두려워 종교에 의지하고 거기에서 구원을 얻으려 하는 것이다.

본돌 영감이 소와 백정에 대한 샤머니즘에 가까운 믿음에 매몰되어 거기서 구원을 찾았다면, 인철의 어머니 홍 씨는 기독교 신앙 속에서 구원을 찾으려 했다. 이들은 자신의 문제를 모두 종교를 통해 해결하려 했다는 점에서 닮았다.

외로움은 스스로 견뎌야 하는 것

사람은 누구나 현실적인 소외감, 숙명적인 외로움을 느끼며 살아간다. 여럿이 모여 함께 살아가지만 삶의 고통도 기쁨도 온전히 자기 혼자의 몫이다. 어느 누구도 자신을 대신할 수 없으며, 자기 이외에는 누구도 자신을 완전히 알지 못한다. 이것을 존재론적 외로움이라 할 수 있을 것이다. 사람들은 이 외로움을 해소하기 위해 일에 파묻히거나 예술 작품을 즐기기도 하고, 종교를 가지기도 한다. 본돌 영감이나 인철의 어머니가 가졌던 거의 광신적인 믿음은 바로 그런 외로움의 해소 방법이었다. 다른 인물들의 행위, 즉 인주가 연극에 매달리는 것이나 인문이 온갖 동물들을 키우면서 자신만의 세계 속으로 빠져들어가는 것, 상진 영감이 수단과 방법을 가리지 않고 돈을 벌려고 하는 것도 같은 맥락에서 이해할 수 있다.

그렇다면 주인공 인철은 어떤가? 인철은 늘 어머니처럼 따뜻한 여자 친구 다혜를 마음에 두고 있으면서도 이 여자 저 여자를 찾아다니며 자신의 외로움을 달랜다. 그러던 중, 세련되고 발랄한 연극배우 나미를 만난다. 다혜와는 매우 대조적인 나미는 단번에 인철을 유혹하여 그에게 갈등 요인이 된다. 그러나 이 긴 소설이 끝날 때까지 인철은 끝내 어느 여자에게도 마음을 열지 못하고, 또 어느 여자와도 관계를 정리하지 못한다. 처음부터 이들의 삼각관계에 관심을 둔 사람이라면 이 소설의 종결부에서 아마 맥이 빠지고 말 것이다.

다혜와 나미는 모두 인철의 방황을 강조하기 위해 배치된 인물들이라 할 수 있다. 인철이 다혜와 나미 사이에서 약간의 심리적 갈등을 겪을 무렵, 그는 형 인호를 통해 자신이 백정의 후예라는 사실을 알게 된다. 백정의 후예라는 사실은 인철의 의지와는 무관하지만 부정할 수도 회피할 수도 없는 숙명적인 조건이다. 그는 이 사실에 대한 충격에서 벗어나려고 하지만 결국 아버지나 형처럼 위장하거나 도피하지 않고 자신의 운명을 받아들이기로 한다. 자신이 백정의 후예라는 것을 굳이 숨기려 하지 않겠다는 결심을 하는 것이다. 하지만 이것으로 그의 갈등이 사라진 것은 아니다. 지금은 아무 상관없는 과거의 신분이라고는 하지만 그것 때문에 그는 어느 여성과도 당당하게 결합하지 못한다. 그러나 두 여자 사이에서 방황하는 것은 백정의 후예라는 신분 문제 때문만은 아니다.

사랑을 통해서 자신의 외로움을 잊고, 또 새 출발의 계기로 삼으려는 사람이 많다. 사랑은 인간을 감동시키고 변화시키는 큰 힘이 있기 때문이다. 그러나 사랑은 만병통치약이 아니다. 사랑이 그 무엇의 수단이 되면, 쉽게 퇴색되고, 퇴색한 사랑의 끝은 그 어떤 감정보다도 견디기 어렵다. 인철을 사랑한 두 여성은 생각보다 단단한 사랑을 가지고 있어, 신분의 비밀을 알고 난 뒤에도 인철에게 변함없는 사랑을 보인다. 그러나 인철은 이들의 사랑을 받아들이지 않는다. 신분 문제는 넘어섰지만 인철에게는 아직 자신의 외로움을 견딜 시간이 필요했기 때문이다. 사랑에 매달려 나미의 화려함으로, 또는 다혜의 포근함으로 외로움을 달랜다고 해도 근본적인 해소는 불가능하다. 이 외로움은 그 어떤 것으로 해소되는 것이 아니라 스스로 견뎌야 하는 것이기 때문이다.

사람 속으로

이 작품에서 인철에게 가장 큰 변화를 가져다주는 인물은 사촌형 기룡이다. 백정의 풍습을 이어가는 아버지 본돌 영감을 따라 현대의 백정이 되어 살아가는 그는 강인한 정신력을 가진 인물이다. 그는 상당히 지적인 인물이지만, 자기 신분에 맞추어 남들이 모두 기피하는 도수장에서 일하며, 무언가에 기대어 외로움을 해소하려는 사람들을 냉소적으로 바라본다. 인철이 자주 가는 술집에서 만난 사람들, 지적 놀음이나 물질에 안주하여 외로움을 해소하려는 사람들, 또는 종교나 권력·사랑·술에 자신을 맡겨두고 외로움을 잠시 잊어버리려는 사람들에 대해 그가 보내는 시선은 냉정하기만 하다.

인철은 자신의 뿌리를 찾기 위해 기룡을 만났지만, 자신도 모르게 그에게 끌린다. 그것은 기룡이 보여주는 숙명에 대한 의연한 태도, 외로움을 묵묵히 견디는 삶의 방식 때문이다. 기룡은 자신의 운명을 받아들임으로써 타고난 조건을 초월하여 세상을 당당하게 살아가는 태도를 가지게 되었다. 또 그는 모든 일상적 인간관계를 거부하는데, 관심을 갖고 정을 주고 사랑하고 미워하는 모든 인간관계는 세상과 거리를 둔 채 자신의 외로움을 인정하고 홀로 감당하는 삶의 방식과 일치하지 않기 때문이다. 그래서 그는 누구에게도 정을 주는 법 없이 언제나 자기 혼자 사는 고양이의 모습을 닮아간다.

기룡의 삶의 방식을 좇아 인철도 주어진 외로움을 참고 견뎌 나가려고 애쓴다. 그러나 작품의 마지막에서 인철은 화려한 크리스마스 파티에 참석하고 돌아오면서 외로움에 대한 새로운 결론에 이른다.

이대로 나는 관객의 입장에서 다혜와 나미를 대해야 하는가. 나는 나, 너는 너라는 인간관계란 있을 수 없지 않은가. 인간이 소외당한 자기 자신을 도루 찾으려면 우선 각자에 주어진 외로움을 참구 견뎌 나가는 데서부터 시작해야 할 거야. 기룡의 말이었다. …… 그건 그렇다. 하지만 그 외로움이란 인간과 인간이 격리돼 있는 상태에서만 오는 게 아니지 않는가. 서로 부딪칠 수 있는 데까지 부딪쳐 본 다음에 처리돼야만 할 문제가 아닌가.

인간으로서 누구나 가지고 있는 존재론적 외로움을 작가는 내내 인철의 갈등과 고뇌를 중심으로 풀어보려 했고, 여기에 대한 해답을 기룡을 통해 암시했다. 그러나 이 마지막의 독백은 인철이 이제 스스로 그 외로움에 대한 또 다른 깨달음에 이르고 있음을 보여준다. 소외감과 외로움은 스스로 참고 견뎌야만 하는 것이다. 그런데 진정으로 외로움을 이겨내고 소외당한 자신을 찾으려면 외로움을 인정하고 혼자 감당하는 데에서 나아가 다시 일상적인 인간관계로 뛰어들어야 한다.

아버지 상진 영감이나 큰아버지 본돌 영감, 그리고 어머니와 형 모두는 자기 자신의 외로움에 매몰되어 이것을 해소하는 데 실패하고 세상에서 도피했다. 하지만 인철은 세상에 대한 수긍과 사람 간의 관계 맺음 속에서 당당하게 외로움에 맞서야 한다는 결론에 이른다. 인간의 근원적 외로움과 구원에 대한 이 같은 탐구는 황순원 소설의 지속적인 주제이며, 핵심이다.

작품 읽기

다음은 황순원의 〈일월〉의 II부 4장 '타인' 중 일부이다. 자신이 백정의 후예라는 사실에 충격을 받은 인철은 형의 도피와 아버지의 부정, 동생 인문의 자폐적 증상과 어머니의 가출이라는 계속되는 가족의 불행을 그저 바라보기만 할 뿐이다. 인철은 나미를 통해 알게 된 술꾼들 틈에서 방황하던 중, 다음과 같은 부조리한 사건을 당한다. 인철은 취객들 사이의 사소한 오해로 부당하게 폭력을 당하나 함께 있던 누구도 인철을 돕지 않는다. 그는 '자기를 중심한 먼 둘레 안에 사람이란 하나도 없는 것 같은' 인간 정글을 느낀다. 사람은 있어도 아무도 자기 자신을 대신할 수 없는 절대 고독. 작가는 이 우연한 사건을 통해 인철이 절대 고독

인철도 박해연이 붓는 대로 잔을 들었다. 아침에 부친과의 사이에
있었던 말들이 되살아왔다. 술기운이 피어오르면서 그는 몽파르나스
에 나미가 있을 텐데 하는 생각을 몇 번 했으나 급기야는 그것마저 상
관치 않고 잔을 비우곤 했다.

"저어, 김형……."

박해연이 상체를 앞으로 숙인 자세대로 턱만을 치켜들어 인철을 보
는 것이었으나 곧 시선의 초점이 흐려지며,

"먼저 때린 건 예편네야……. 애녀석이 알 부러지지 않는 연필을 사
달라구 조르니까 말야……. 예펜네가 애녀석을 먼저 때렸어. 그리구
나두 때렸지. ……. 예펜네는 볼기짝을 때렸지만 난 닥치는대루 마구
때렸어……."

이렇게 중얼거리고는 캡 청년에게로 고개를 돌리고서,

"야봐, 미스터 손, 너무 욕심부리지 마……. 욕심 부린다구 되는 게
아냐……. 단막물이라두 괜찮으니 창작극을 해. 긴 작품만이 맛이 아
냐……. 뱁새가 황새걸음을 흉내 내다간 다리가 찢어져, 다리
가……."

캡 청년은 못들은 채 남준걸에게만 얘기를 하고 있었다.

"…… 애녀석이 나중엔 울음소리두 못 내드군. ……. 단막물이면
돼, 단막물……. 어이 미스터 손, 여기 술 한잔 부어. 술을 부란 말
야……."

박해연이 반쯤 남은 자기 잔을 흔들거리는 손으로 들어 캡 청년에

게 내밀다가 그냥 그를 향해 끼얹어 버렸다. 그것을 인철이 한 손으로 막는다는 것이 자기 앞으로 술을 쫙 뿌려놓고 말았다. 심부름하는 애더러 걸레를 좀 가져오래려고 하는데 난데없이 뒤에 앉았던 청년 하나가 앞으로 오더니 다짜고짜 인철의 멱살을 잡아 일으키는 것이었다. 첫눈에 머리를 바특이 깎고 원색의 화려한 머플러를 하고 있는 게 확 들어왔다.

"왜 기어오르는 거야? 어디가 근질어? 얌전히 술이나 처먹지 못허구."

그리고 이쪽이 무어라 채 말을 할 새도 없이 주먹이 와 턱을 쳤다. 인철은 걸상과 걸상 사이에 나둥그러졌다. 머리가 찡한 속에서 주위가 갑자기 조용해졌다는 것을 느꼈다. 마치 자기를 중심한 먼 둘레 안에 사람이란 하나도 없는 것 같은. 눈을 떴다. 좀 전의 청년이 앞에 버티고 서 있었다. 몸을 일으키다가 다시 턱 밑을 맞고 그 자리에 쓰러졌다. 일방에 미적지근한 액체가 번지는 걸 깨달았다. 그리고 지금 자기는 부당한 일을 당하고 있다고 의식하면서도 이상스레 분노는 일지가 않았다. 다시금 주위가 너무나도 조용하다고 느껴졌다. 아무도 없는 허허벌판에 혼자 남은 것 같은. 눈을 떴다. 앞의 청년은 보이지 않았다. 그러나 사람들이 있었다. 얼굴들이 모두 이리 향해 있었다. 그러나 하나같이 다칠세라 도사리고 앉았는 얼굴들이었다. 좀 전에 동석했던 사람들마저도.

무인지경 같은 속에서 인철은 몸을 일으켜 허청거리며 자기 자리로 가 앉았다. 잔에 술을 부어 입 안에 고인 액체와 함께 들이삼켰다. 허허벌판, 아니 정글야. 둘러봐야 사람이라군 하나두 없는…… 아니지. 사람들이 있었어. 인간으루 이뤄진 정글…… 인철은 혼잣속으로 이

렇게 말하고는 또 술을 따라 마셨다. 그때야 홀 안이 다시 웅성거리기
시작했다.

황순원, 《황순원전집8-일월》
(문학과지성사, 1990, 190~191쪽) 중에서

이문열의 젊은날의초상

나는 어둡고 낯선 길 위에서
피로를 슬픔 삼아 울었노라

작품 및 작가 소개

〈젊은 날의 초상〉은 1960~70년대 젊은이들의 낭만과 이상, 방황과 고뇌를 그린 작품이며, 작가 이문열의 젊은 날에 대한 회상이 스며든 자전적 소설이라고 할 수 있다. 처음에 대학 중퇴 후 방황하고 자각하는 젊은이를 그린 〈그해 겨울〉이라는 제목의 중편 소설을 발표했고, 거의 2년 후 중편 〈하구〉와 〈우리 기쁜 젊은 날〉을 발표하여 '젊은 날의 초상'이라는 3부작 장편을 완성했다. 각기 독립된 중편으로 쓰였지만, 전체적으로는 한 젊은 주인공이 지적이고 낭만적인 충동과 방황을 겪고 존재의 의미를 깨달아가는 과정을 보여주는 서사를 이루고 있다. 곧 이문열은 자신의 정체성과 가치를 찾기 위한 젊은 주인공의 관찰과 탐색과 여행의 기록으로 1960~70년대 젊은이의 초상을 대신하고 있다.

작가 이문열은 1948년 서울 청운동에서 출생했으나 6·25 중 부친이 월북한 후 서울과 안동, 밀양 등으로 이사하며 학교를 다녔다. 1965년 안동고교를 중퇴하고, 1968년 대입 검정고시에 합격하여 서울대학 사범대 국어과에 진학, 작가의 꿈을 안고 사대문학회에서 활동했다. 1977년 대구 매일신문 신춘문예에 단편 소설 〈나자레를 아십니까?〉가 가작으로 당선되어 문단에 등단했다. 이어 1979년 동아일보 신춘문예에 중편 〈새하곡(塞下曲)〉이 당선되었으며, 등단 이후 〈사람의 아들〉, 〈들소〉, 〈사라진 것들을 위하여〉, 〈어둠의 그늘〉, 〈황제를 위하여〉, 〈영웅시대〉, 〈우리들의 일그러진 영웅〉, 〈변경〉, 〈선택〉 등을 발표하면서 다양한 소재와 주제를 현란한 문체와 해박한 지식이 뒷받침된 능란한 이야기 솜씨로 풀어내어 폭넓은 대중의 호응과 사랑을 받고 있다.

젊음, 아름다운 방황

해마다 5월이면 장미꽃을 한 다발씩 든 젊은이들을 보게 된다. 달걀 세례와 밀가루로 뒤범벅이 된 채 성인이 된 기쁨을 만끽하는 스무 살들, 그들이 합법적인 성인이 되는 순간이다. 이제 거리에서 담배를 피워도 되고, 술집에서는 더 이상 나이를 문제 삼지 않을 것이며, 부모의 동의 없이 결혼도 할 수 있다. 얼마나 기쁜 일인가? 어느 여가수의 '성인식'이라는 노래가사만 보아도 그들은 성인이 되는 것을 삶의 무한정한 자유인 듯 생각하고 있는 듯하다. 하지만 성인이 되는 것이 그렇게 자유롭고 즐겁기만 한 것은 아니리라. 지금도 지구촌 어딘가에서는 꽤나 까다롭고 성스러운 성인식이 거행되고 있을 것이다. 가족과 격리된 채 광야에서 짐승들과 함께 살아가는 시련을 주기도 하고, 이를 뽑고 손가락을 절단하는 등 신체에 성인의 상징이 되는 고통의 흔적을 만들기도 한다. 이것은 물론 오지에 사는 원시 부족의 종교적 전통에 불과하지만, 자기가 속한 사회를 이끌어갈 책임과 의무를 가진 인간으로 거듭나는 것이 얼마나 어려운 일인가를 분명하게 보여주는 예라고 할 수 있다. 성인이 되는 것은 그저 자유로 돌입하는 즐거운 예식이 아니라, 기성세대가 만들어놓은 전통과 질서의 세계로 진입하는 고통스런 과정인 것이다.

이러한 성숙의 과정을 담은 소설, 즉 성인이 되어가면서 느끼는 방황과 고뇌와 고통, 성숙에 이르는 과정을 보여주는 소설을 흔히 성장 소설(成長小說, 이니시에이션 소설)이라 부른다. 우리나라에도 이런 유의 소설이 많이 창작되었는데, 이문열의 〈젊은 날의 초상〉은 본격적인 성장 소설은 아니지만, 1960~70년대 젊은이의 방황과 고통, 그리고 성숙에 이르는 과정을 잘 형상화한 수작으로 150만 부나 팔려나갈 만큼 많은 젊은이들의 공감을 얻었다.

이 작품은 30대의 서술자가 10대 말에서 20대 초반의 삶을 회상하는 방식으로 쓰인 자전적 소설이다. 처음에는 〈하구(河口)〉, 〈우리 기쁜 젊은 날〉, 〈그해 겨울〉이라는 제목의 독립된 중편으로 발표되었다가, '젊은 날의 초상'이라는 제목으로 묶여졌는데, 각각 분위기는 다르지만 방황과 고통의 연속이라는 공분모와 시간의 연속이라는 틀에 의해 통일성을 이루고 있다. 즉, 〈하구〉는 '나'의 열아홉의 초상을, 〈우리 기쁜 젊은 날〉은 '나'의 대학시절 약 2년간을, 그리고 〈그해 겨울〉은 대학 중퇴 후 방황하던 겨울날을 그리고 있다. 이들 모두는 자신의 정체성과 가치를 찾기 위한 관찰과 탐색과 여행의 기록이다.

관찰 – 열아홉의 일기

〈하구〉는 그간의 방황을 정리하고 공부하기로 결심한 '나'가 열 달 남짓한 기간 동안 강진이라는 곳에서 검정고시와 대입을 준비하던 시기의 이야기이다. 그곳에서 나는 모래장 일을 하는 형을 도우면서 과거를 감추고 제2의 삶을 꾸린 여러 유형의 사람을 관찰한다. 친형제나 다름없이 살면서 늘 토닥거리던 최광탁과 박용칠, 돈 많은 남자의 정부로 폐병 든 오빠와 함께 살던 별장집 남매, 이념 문제로 고향과 가족을 떠나야 했던 서 노인의 새로운 삶. 이들의 삶은 모든 것을 받아들이고 다시 내보내는 '하구'라는 공간적 특성과 닮았다. 결국 '나'의 방황도 하구라는 곳에서 매듭을 짓고 새로운 바다로 향하게 된다. 스스로를 채찍질하며 힘들여 공부한 끝에 서울에서의 대학생활을 향해 새 출발을 하게 되었던 것이다.

〈하구〉는 비교적 평안한 내면의 기록과 외부의 관찰이며, 형을 통해 가족 관계를 회복하는 내용이 중심이다. 그간의 방황은 생략되어 있고 대신 '나'는 건장하고 지적이며 성실한 젊은이로서 무난히 성인으로 성장하는 것처럼 보인다. 제 자신 역시 무수한 일탈과 방황을 겪었으면서도 사회로부터 이탈되고 격리된 인간상에 대해서 적당한 거리를 두고 관찰만 하는 태도라든가, 병약해진 육체를 채찍질하며 공부에 몰두하는 모범생 같은 모습이 모두 그렇다.

〈자기에게 끊임없는 성찰의 눈길을 던지는 것, 자신을 정신적인 무위와 혐오할 만한 둔감 속에 방치하지 않기 위해 노력할 것이 필요하다. 그리하여 너는 지금 어떠한 일의 와중에 있으며, 그 의미는 무엇이며, 또 그러한 네가 현재에게 지불해야 할 것은 어떤 것들인가에 대해 항상 눈떠 있어야 한다.

일체가 무의미하다는 것, 혹은 우리 삶의 궁극은 허무일 뿐이라는 성급한 결론들의 비논리성에 유의하라. 근거 없는 니힐리즘은 조악한 감상주의 이상 아무것도 아니다.

저급한 쾌락주의, 젊음의 일회성(一回性)에 대한 지나친 강조 따위, 일상적인 삶의 과정을 경멸하도록 가르치거나 그것을 위한 성의와 노력을 포기하도록 권하는 모든 견해에 반역하라, 그것들은 개개 피상적 체험이나 주관적인 인식만으로도 사물의 핵심에 도달할 수 있다는 지난날의 네 믿음처럼 자기류의 사변을 학문적으로 진술한 것에 불과한 것이므로. 또 너는 무엇이건 지나간 것은 모두 가치 있고 아름답게 만드는 기억의 과장을 경계하라. 지난 이 년이 감미로운 방랑으로 되살아나 너를 충동하게 하는 것은 네 삶을 떠돌이의 비참에 맡기는 것과 같다.〉

이 작품의 주인공이 검정고시와 대입을 준비하면서 스스로를 채찍질한 일기의 한 부분이다. 젊음의 한순간 순간을 얼마나 치열하게 살려고 애썼는지 알 수 있게 한다. 현재에 대한 의미 부여, 허무의식과 감상주의, 쾌락주의에 대한 경계, 피상적·주관적 인식의 문제 등 열아홉으로서는 더할 수 없이 지적인 번득임이 눈에 띄는 글이다. 그러나 스무 살의 '나'는, 열아홉의 내가 그렇게 되고 싶었던 대학생이 되어서는 곧 정상궤도를 이탈하고 만다. 이 일기 속에 무수히 써놓은 반성과 경계에도 불구하고 가장 염려하던 감상과 허무와 피상과 주관의 덫에 스스로 걸리고 말았던 것이다. 왜 그랬을까?

탐색 – 쩌그노트의 추억

〈우리 기쁜 젊은 날〉은 가난한 대학생으로 피로한 가정교사 생활, 혜연에 대한 첫사랑, 개론적인 학문, 그리고 문학적 자아의 발견과 좌절에 대한 이야기로 지적 탐색의 기록이다. 나는 우연히 친하게 된 하가, 김형과 함께 시간을 보내면서 지적 탐색을 즐긴다. 특히 함께 문학회에 들면서 나는 문학으로부터 진정한 삶의 의미를 찾게 된다. 그러나 그것도 잠시, 사랑했던 혜연과의 좁힐 수 없는 거리, 문학에 대한 한계, '다만 모든 것을 다 아는 바보'가 되어가고 있다는 생각에 술과 광기로 날을 보낸다. 그러던 어느 날 역광장의 싸구려 여인숙에서 만난 소년의 순수하고 당당한 삶의 의지에 부끄러움을 느낀다. 게다가 김형의 죽음은 피로에 지친 나를 허무와 절망의 벼랑으로 내몬다. 결국 나는 보다 확실한 믿음과 새로운 가치를 찾기 위해 알고 있는 모든 것에 대한 자질구레한 애착을 버린 채 학교를 떠난다.

젊은 날의 이러저러한 에피소드들의 모음으로 이루어진 〈우리 기쁜 젊은 날〉을 이해하기 위해 '나'의 어느 날 풍경을 엿보도록 하자. 나와 하가, 김형이 밤낮 없이 쩌그노트라는 술집에 가서 저질렀던 추억 중 '비용제(祭)'라 이름 붙여진 이야기이다. 어느 날 금주를 결심한 우리들이 금주결심기념대회로 술을 마시는 모순된 상황이 펼쳐진다. 그리고 누군가 비용의 시를 읊어대었다.

"현자(賢者)의 말씀에

〈내 아들아, 젊을 때 즐기어라〉

나는 그 뜻을 너무 유리하게 해석했는데,

뒤에는 딴 뜻이 있었나니,

그대로 옮기면

〈젊음은 오직 미망과 무지에 지나지 않도다〉…….”

　비용은 프랑스의 시인으로 살인자에 도둑이고 싸움꾼으로 명성이 높았던 괴짜 시인이다. ‘나’를 비롯한 하가와 김형은 이 시구의 운을 따 과거에 대한 반성과 야유, 풍자 섞인 시를 지어내기 시작하고, 만취하자 곧바로 비용 흉내를 낸다. 비용처럼 도둑질을 하기로 한 것이다. 차례로 술집을 나서서 그들은 전구에 대야, 장난감 권총, 세발자전거, 밥솥과 수박 등 눈에 띄는 대로 훔쳐 와서 의기양양해한다. 그리고 그것을 가지고 다리 밑의 빈민들에게 자선을 베푸는 호기를 부리기까지 한다. 시인의 시에 취해 시인을 흉내 내는 객기쯤이야 젊음의 장난으로 넘어가도 좋으리라. 하지만 비용제와 같은 일탈은 한때의 치기가 아니라, 지적 탐색에 지치고 이상과 현실의 거리를 메우지 못한 채 방황하던 ‘나’의 오만한 초상이다. 시인은 되지 못하고 시인의 흉내나 내는, 삶의 진정한 가치와 의미는 찾지도 못하면서, 자질구레한 지식으로 관념의 유희나 하며 신체를 혹사하는 젊음. 그 삶은 무언가 결단을 요구하고 있었고, 그렇게 방랑은 시작되었다.

방랑 – 절망은 존재의 시작이다

〈그해 겨울〉은 이 3부작 중 가장 먼저 발표된 것이지만 작품 구성상 맨 마지막에 속한다. 내용은 학교를 그만둔 내가 경북의 한 산촌에서 술집 방우로 있다가 바다를 향해 방랑하는 이야기로, 정신적 방황의 기록이다. 처음에 '나'는 자신을 비참하고 고통스럽게 함으로써 지난날의 잘못을 스스로 벌하려고 한다. 치매와 같은 상태의 침묵 속에서 아홉 개의 방마다 걸려 있는 남포등의 그을음을 깨끗이 닦아내는 일이라든가, 장작을 패서 방마다 군불을 때는 일 등 어려운 육체노동을 기꺼이 해냈던 것은 오로지 지적 오만과 허위에 대한 참회에서였다. 그러나 그것도 회피와 안주에 불과하다는 생각에 괴로워하다가 길을 떠난다.

겨울의 혹한 속에서 바다로 가다가 만난 창수령은, 모든 가치의 출발이며 끝이고, 또한 모든 개념의 전부이며 절대적 공허로서 아름다움을 깨닫게 한다. 새로운 가치로서 아름다움이 그곳에 있었고, 그 순간 여행의 목적은 완성되었던 것이다. 그러나 곧 그런 아름다움은 신의 경지에 있는 것일 뿐, 나 스스로는 도달할 수 없다는 절망에 빠지고 만다. 인간의 창조란 아름다움에 대한 극히 불완전한 모사일 뿐이라는 생각이다. 여기에서 진정한 아름다움이란 인간이 도달할 수 없는 어떤 본질적인 것이라는 작가의 생각이 읽혀진다. 생각해보면 그간 '나'의 방황은 결국 '이곳'에 없는 어떤 것을 향한, 곧 '잃어버린 낙원'을 찾기 위한 것이 아니었던가. 작가의 낭만주의적 사고가, 낭만적인 젊은 날의 추억으로 변형되어 '나'에게 온전히 투사되어 있었던 것이다. 따라서 새로운 가치를 찾아 떠난 여행은 좌절을 향한 여행이며, 결국은 손에 넣을 수 없는 것을 위한 죽음의 여행이 될 뿐이다.

여기에서 〈우리 기쁜 젊은 날〉에 삽입된 〈해따기〉라는 '나'의 습작 소설을 떠올려보자. 주인공이 쓴 이 작품은 지치고 피로한 순례자가 목적도 없이 헤매다가 여순례의 부탁을 받고 해를 따려 하지만 번번이 실패하고 결국은 죽어서 제 심장으로 해를 만들어낸다는 내용이다. 이 소설에서 '해'는 도달할 수 없는 절대 가치라 할 수 있다. 그리고 그 '해'를 따기 위해 어떤 고통도 무릅쓰고 여행하던 순례자의 모습은 바로 '나'의 투영이다. 그런데 결국 순례자가 자신의 죽음으로 해를 만들어내었다는 내용은 이 소설의 마지막에 대한 복선이 된다. 절대 가치는 여기가 아닌 다른 곳에 있는 것이 아니라 나에게서 획득된다는 것, 상징적인 죽음과 재생을 통해서만 다다를 수 있다는 것이다.

죽음과도 같은 고통, 극도의 피로와 추위와 굶주림, 그리고 '죽음에의 공포' 속에서 주인공은 순례자처럼 그렇게 바다를 찾아갔다. 죽으려고 찾아간 바다였지만, '나'는 죽음을 향한 끈질긴 유혹을 결국 이겨내고야 만다. 죽음과도 같은 고통으로 유희는 충분했다는 생각, 그리고 오히려 우리의 구원은 우리가, 우리의 삶은 스스로에 의해 채워져야 할 것이라는 자각에 이른 것이다.

〈그러나 갈매기는 날아야 하고 삶은 유지돼야 한다. 갈매기가 날기를 포기했을 때 그것은 이미 갈매기가 아니고, 존재가 그 지속을 포기했을 때 그것은 이미 존재가 아니다. 받은 잔은 마땅히 참고 비워야 한다.

절망은 존재의 끝이 아니라 그 진정한 출발이다.……〉

나를 사랑하기 위하여

　방황은 끝나고 그리고 주인공은 제자리를 찾았다. 그리고 그는 거리에서 흔히 찾아볼 수 있는 배가 약간 나온, 그렇고 그런 기성세대로 늙어가고 있을 것이다. 어쩌면 모두가 눈치 채고 있듯 그는 이름을 대면 누구나 알고 있을 소설가가 되어 있을지도 모른다. 그렇다면 그에게 예술가로서 존재의 아름다움을 창조할 수 있었는지 붙잡고 물어볼 수도 있을 것이다. 그러면 그는 무엇이라고 대답할 것인가?

　아마도 그는 존재의 아름다움이란 '젊은 날의 치열한 고뇌와 방랑'이라고 말할지도 모른다. 아름다움을, 새로운 가치를 찾으려는 그 치열한 몸부림 자체가 아름다움이었노라고, '나'를 사랑하기 위해 그렇게 긴 시간 방황했었노라고 아주 쓸쓸하게 대답할지도 모른다. 그렇다면 그 삶의 주인이 되었느냐고 물으면 또 그는 어떻게 대답할까? 그는 그 낯설고 어렴풋한 기억을 끄집어내었던 것조차 힘들었다는 듯 벌써 허옇게 새기 시작한 머리를 풀썩거리며 등을 돌릴 것이다. 그 뒷모습에서 치열한 젊음의 흔적을 찾아내기는 쉽지 않을 것이다. 또한 그의 추억 어딘가에 꽂혀 있는 젊은 날의 초상이 살아가는 데 얼마나 힘이 되었을지도.

작품 읽기

다음은 이문열의 〈젊은 날의 초상〉 3부 〈그해 겨울〉의 거의 마지막 부분이다. 학교를 그만둔 내가 경북의 한 산촌에 있다가 바다에서 죽음의 유혹을 벗어나 절망과 존재의 의미를 자각하는 내용이다. 이 부분에서 성장을 위한 가장 중요한 상

　　나는 그 바닷가에 오랫동안 말없이 서 있었다. 거센 해풍은 끊임없이 파도를 휘몰아 바닷가의 바위를 때리고 사장을 할퀴었다. 허옇게 피어오르는 물보라와 깜깜한 하늘 끝에서 실려온 눈송이가 무슨 안개처럼 나를 휩쌌다.

　　아아, 지금도 떠오른다. 광란하던 그 바다, 어둡게 맞닿은 하늘, 외롭게 날리던 갈매기, 사위어 가던 그 구성진 울음, 그리고 문득, 초라하고 왜소하던 내 모습이여.

　　그때 내가 빠져 있던 침묵은 또 하나의 몽롱한 도취나 아니었던지. 그리고 나는 그 속에서 바다와의 어떤 교감을 기다렸던 것이나 아닌지. 이미 오래 전에 던져졌으나, 끝내 홀로 결단할 수 없었던, 지금으로 봐서는 터무니없지만 당시로 봐서는 절실했던 내 의문의 대답을 듣게 되기를. 힘겨운 이 잔을 던져 버릴 것이냐, 참고 마저 비워야 할 것인가를 결단해 주기를.

　　그러나 바다는 여전히 내가 이해 못할 포효에만 열중하고 있었다. 대답하라, 대답하라. 나는 채근하듯 물가로 다가갔다. 밀려오는 파도가 내 언 발등에 미지근한 온기를 심어 주었다. 그리고 곧 무릎까지 이른 온기와 함께 거센 물결이 나를 휘청이게 했다.

 나는 잠시 걸음을 멈추고 몸의 평형을 유지하며 점점 어두워 오는 하늘과 맹렬해지는 바다의 몸부림을 응시하며 귀 기울였다. 멀지 않은 곳에서 몇 마리의 회색 갈매기가 거센 물결 위에 내려앉아 피로한 나래를 쉬고 있었다.

 나는 눈을 감았다. 무슨 희미한 빛과도 같은 것이 내 의식 깊은 곳으로부터 서서히 번져 나오고 있는 듯한 느낌이 들었다. 바다의 오의(奧義)가 내 방황에 흔연한 종말을 가져올 목소리로 내게 와 닿을 것 같았다.

 나는 그것들이 보다 밝고 뚜렷해지기를 기다렸다.

 그렇게 꽤 긴 시간이 흘렀다. 하지만 내가 다시 눈을 뜬 것은 허벅지께에 오른 맹렬한 타격과 근처 바위를 때리는 엄청난 파도소리 때문이었다. 그런데 그때 흔들리는 내 시야에서 작은 사건이 일어났다. 착각이었을까. 멀지 않은 곳에 떠 있던 조그만 회색 갈매기 한 마리가 갑작스레 덮여온 산악 같은 파도에 잠겨 버렸다.

 한번 나래를 퍼덕이고 잠긴 그 갈매기는 연이은 파도에 다시는 떠오르지 않았다. 나는 몽롱한 의식 중에서도 그 작은 갈매기가 다시 떠오르기를 간절히 빌었다. 그것은 끝내 떠오르지 않았다. 다만 그것을 삼킨 물결의 거센 여파가 두 번 세 번 내 허리를 후려치는 바람에 나는 쓰러지고 말았다.

 그 다음 내 몸은 온전히 본능에 맡겨진 듯하다. 이상하리만치 따뜻하게 느껴지는 바닷물의 유혹에도 불구하고 내 모든 근육은 힘을 다해 나를 사장으로 끌어내었다. 그리고 한 순간의 위기에 자극된 생명력은 갑작스런 불꽃으로 내 의식을 타오르게 하였다.

참으로 치열하였지만 또한 그만큼 처연하고 음울한 리비도의 불꽃이었다. 그것은 방금 파도에 잠겨 버린 갈매기같이 조그마하고 지친 내 존재를 가식 없이 비추었다. 거대한 허무와 절망의 파도에 의지해 떠 있는 내 가엾은 존재를.

그러자 갑자기 바다의 포효는 무의미해지고 그 몸부림 또한 무기물의 공허한 움직임에 불과하였다.

〈돌아가자. 이제 이 심각한 유희는 끝나도 좋을 때다, 바다 역시도 지금껏 우리를 현혹해온 다른 모든 것들처럼 한 사기사(詐欺師)에 지나지 않는다. 신(神)도 구원하기를 단념하고 떠나 버린 우리를 그 어떤 것이 구원할 수 있단 말인가.

그러나 갈매기는 날아야 하고 삶은 유지돼야 한다. 갈매기가 날기를 포기했을 때 그것은 이미 갈매기가 아니고, 존재가 그 지속을 포기했을 때 그것은 이미 존재가 아니다. 받은 잔은 마땅히 참고 비워야 한다.

절망은 존재의 끝이 아니라 그 진정한 출발이다……〉

역시 눈비로 얼룩진 그날의 수첩은 그렇게 결론짓고 있다. 그러나 그 갑작스럽고 당돌한 결론에도 불구하고, 나는 그것에 따른 원인 모를 허탈과 슬픔까지 극복해낸 것 같지는 않다. 절망의 확인이란 아무리 냉철한 이성이라도 그것만으로 견뎌낼 수 있는 것이 아니다. 실제로 나는 그 바닷가의 바위에 기대 한동안 울었던 기억이 난다.

이문열 〈젊은 날의 초상〉(민음사, 1982, 190-192쪽) 중에서

테마로 읽는 우리 소설

지은이 • 이강엽 · 이상진
펴낸이 • 조승식
펴낸곳 • 도서출판 이치
등록 • 제9-128호
주소 • 142-877 서울시 강북구 라일락길 36
www.bookshill.com
E-mail • bookswin@unitel.co.kr
전화 • 02-994-0583
팩스 • 02-994-0073

2008년 4월 1일 1판 1쇄 인쇄
2008년 4월 5일 1판 1쇄 발행

값 12,000원
ISBN 978-89-91215-61-0